A MALDIÇÃO DE EXCALIBUR

DA MESMA AUTORA, PELA **PLATAFORMA 21**

Saga da Conquistadora
Filha das trevas (v.1)
Dona do poder (v.2)
Senhora do fogo (v.3)

A Última Caça-Vampiros
Caçadora (v.1)
Escolhida (v.2)

A sombria queda de Elizabeth Frankenstein

As Novas Lendas de Camelot
A farsa de Guinevere (v.1)
A traição de Camelot (v.2)
A maldição de Excalibur (v.3)

KIERSTEN WHITE

A MALDIÇÃO
DE EXCALIBUR

V. 3 da trilogia
As Novas Lendas de Camelot

Tradução
Lavínia Fávero

TÍTULO ORIGINAL *The Excalibur Curse*
© 2021 by Kiersten Brazier
Publicado originalmente em inglês por Delacorte Press, um selo da Random House Children's Books, divisão da Penguin Random House LLC, Nova York. Direitos de tradução mediados por Taryn Fagerness Agency e Sandra Bruna Agencia Literaria, SL. Todos os direitos reservados.
© 2022 VR Editora S.A.

Plataforma21 é o selo jovem da VR Editora

DIREÇÃO EDITORIAL Marco Garcia
EDIÇÃO Thaíse Costa Macêdo
PREPARAÇÃO Juliana Bormio de Sousa
REVISÃO Raquel Nakasone
DIAGRAMAÇÃO Gabrielly Alice da Silva e Pamella Destefi
ARTE DE CAPA © 2021 Alex Dos Diaz
DESIGN DE CAPA Regina Flath
ADAPTAÇÃO DE CAPA Gabrielly Alice da Silva

Dados Internacionais de Catalogação na Publicação (CIP)
(Câmara Brasileira do Livro, SP, Brasil)

White, Kiersten
A maldição de Excalibur / Kiersten White ; tradução Lavínia Fávero.
— Cotia, SP : Plataforma21, 2022. – (As novas lendas de Camelot ; 3)

Título original: *The Excalibur Curse*
ISBN 978-65-88343-27-2

1. Ficção de fantasia 2. Ficção juvenil I. Título. II. Série.

22-100506   CDD-028.5

Índices para catálogo sistemático:
1. Ficção : Literatura juvenil 028.5
Cibele Maria Dias - Bibliotecária - CRB-8/9427

Todos os direitos desta edição reservados à
VR EDITORA S.A.
Via das Magnólias, 327 – Sala 01 | Jardim Colibri
CEP 06713-270 | Cotia | SP
Tel.| Fax: (+55 11) 4702-9148
plataforma21.com.br | plataforma21@vreditoras.com.br

Para Kimberly.
Que você nunca saia de seu casco.

CAPÍTULO UM

Certa vez, não muito tempo atrás, Guinevere cavalgara rodeada de soldados armados e ficara maravilhada com seu próprio poder. Agora, cavalgava rodeada de soldados armados e ficava maravilhada com sua pequenez. Tentou pensar nas duas coisas ao mesmo tempo: em seu poder *e* em sua pequenez, cada uma lhe oferecendo consolo a seu próprio modo. Ela era apenas uma garota, afinal de contas, em um mundo cheio de soldados armados.

Infelizmente, os soldados armados que a rodeavam neste exato momento eram inimigos de Arthur: pictões, liderados por seu rei, Nechtan; a feiticeira Morgana, meia-irmã de Arthur, e seu sobrinho, Mordred, o traidor.

Guinevere se sentiu triunfante quando vedou a cidade, pouco antes de eles chegarem. Mas não tinham vindo atrás da cidade. Vieram atrás *dela*. Era o que bastava para enlouquecê-la, mas a garota estava cansada demais para isso. Meio que suspeitava que o grupo não descera do cavalo nem descansara nas últimas doze horas para garantir que as partes pudendas dela ficassem tão doloridas a ponto de ser incapaz de tentar fugir. Não sentia mais os dedos dos pés e sua coluna doía, de tanto ficar sentada o mais ereta possível, para não encostar em Mordred. No mínimo, poderiam ter lhe dado um cavalo em vez de obrigá-la a ir na mesma montaria que ele.

Guinevere não fazia ideia de quantas léguas haviam percorrido, mas com certeza jamais percorrera tantas, de uma tacada só, durante toda a sua vida. O ritmo era rápido, mas não frenético. Os pictões eram soldados bem experientes. Não poriam em risco a saúde de seus cavalos, pelo contrário: seus cavalos haviam sido treinados para fazer exatamente isso.

O fato de Camelot ficar cada vez mais para trás enquanto cavalgavam no meio da noite não preocupava tanto Guinevere quanto o fato de que estavam galopando na direção oposta à de seu objetivo. Agora levaria muito mais tempo para chegar à caverna onde Merlin estava. A garota havia planejado ir direto para lá, andando, tentando descobrir uma maneira de libertá-lo da armadilha da Dama do Lago e exigir que o feiticeiro respondesse às suas perguntas a respeito de quem ela era. Para finalmente saber. Se ao menos pudesse saber isso, tudo o mais faria sentido. Seria mais fácil. Disso Guinevere tinha certeza.

Ela se concentrou na caverna, porque era menos doloroso do que pensar em Camelot. No modo como havia ido embora de lá. Em quem havia deixado para trás.

A imagem de Lancelote, ajoelhada atrás da barreira mágica que as duas criaram, para manter exércitos inimigos do lado de fora — mas Lancelot do lado de dentro —, estava gravada na mente de Guinevere feito uma ferida. A garota sabia muito bem como era não ter acesso a informações cruciais. Ser manipulada para tomar um rumo, sem ter liberdade de escolher. E havia feito exatamente isso com seu bravo cavaleiro: contara a Lancelote que ela ficaria do lado de dentro do escudo da cidade, e Guinevere, do lado de fora, quando era tarde demais.

Foi cruel, injusto e uma traição à confiança que Lancelote sempre depositara nela.

Sendo assim, Guinevere fazia de tudo para não pensar nisso. Felizmente, somando os soldados inimigos, Mordred, e aquela maldita cavalgada interminável — além da já longa caminhada que a separava da caverna onde Merlin estava—, a garota tinha distrações em abundância.

Enfim, com a alvorada já tingindo o céu de um rosa terrível, Mordred gritou:

— Os cavalos precisam descansar.

Era a primeira vez que ele dizia algo durante toda aquela jornada. A primeira vez que dizia algo desde que chegara a Camelot, implorara para Guinevere não perder a confiança nele e depois anunciara que havia conseguido sequestrar a rainha. Com exceção do contato do peito de Mordred com as costas de Guinevere — e de seus braços, que seguravam as rédeas, envolvendo o corpo da garota—, a única interação entre os dois era quando ele lhe passava, periodicamente, o cantil para que bebesse água.

Assim que Mordred declarou que os cavalos precisavam descansar, a notícia se espalhou pelo grupo em marcha. Guinevere estimou que deveria haver duzentos ou trezentos soldados. Pôs a mão na bolsinha. Durante toda aquela longa jornada, fizera um nó depois do outro na cabeça, do mais inofensivo ao mais perverso. Estava na hora de escolher.

Um arrepio percorreu sua espinha. Ela sabia o que precisava fazer. Necessitaria de seu fio de ferro, precisaria de sangue, e seria o pior nó que já fizera na vida. Pior do que a proteção que colocara no rio, mais acima de Camelot, que matava qualquer um que se aventurasse passar por Guinevere com a intenção de lhe fazer mal. Pior até do que fizera com Sir Bors, tocando sua mente e manipulando suas lembranças. Talvez não muito pior do que fizera com Rei Mark — destruindo sua mente, mas deixando seu corpo. Esta certamente era uma magia tão maligna que iria assombrá-la pelo resto dos seus dias.

Guinevere faria um nó da morte e passaria o fio em volta de si mesma, para que qualquer ser vivo que encostasse nela morresse imediatamente. E então iria embora do acampamento, a pé. Não faria diferença se a seguissem até a caverna onde Merlin estava, porque ninguém poderia encostar nela. O nó a impediria de ir a cavalo. Mas, depois de passar doze horas montada em um, isso era quase uma bênção.

No entanto, antes, precisava se livrar de Mordred. Alguém encostaria nela, sem dúvida, antes que acreditassem em sua ameaça. Só não podia ser Mordred. Mordred, não. Tinha que ser alguém cujo nome e rosto ela não conhecesse. Um soldado sacrificado em um conflito que não fora iniciado por Guinevere.

Uma pessoa, tanto pequena quanto infinita, que encontraria seu fim porque Guinevere dava mais valor a si mesma.

Como Arthur fazia aquilo? Como tomava tais decisões? Seu estômago roncou, mordendo o próprio vazio. A garota fechou bem os olhos. Era capaz de fazer aquilo. Queria fazer aquilo.

Os dedos de Mordred enlaçaram seu pulso, segurando-a com delicadeza, mas também com insistência, e tiraram a mão de Guinevere de dentro da bolsinha. Ele soltou a bolsinha do cinto de Guinevere e a atirou para uma mulher alta, que usava uma capa elegante. Sua mãe, Morgana. Que pegou a bolsinha no ar e a guardou em sua própria bolsa.

Guinevere não sabia ao certo se tinha vontade de chorar de frustração e decepção ou de alívio. Mordred roubara seu poder de decisão. Ninguém morreria pelas mãos dela naquele dia. Encontraria outra forma de fugir. De preferência, pagando um preço menos desesperador.

Sentindo-se confusa, de tão exausta, ficou observando o acampamento surgir ao redor deles com uma eficiência bem ensaiada. Os soldados davam risada e gritavam entre si enquanto trabalhavam.

De repente, todos ficaram imóveis: o Rei Nechtan passou por eles a cavalo. O rei foi mais devagar, fixando os olhos — que, um dia, até poderiam ter sido grandes e gentis — em Guinevere. O que quer que aqueles olhos tenham sido um dia estava escondido debaixo das sobrancelhas peludas e da sombra de um desdém permanente. O homem seria intimidador mesmo sem o manto de pele que usava nos ombros, que estremeciam, cheios de mariposas pretas. A garota sabia que cada uma daquelas mariposas trazia em si um pouco da Rainha das Trevas. Lembrando, constantemente, de a quem o Rei Nechtan servia. Era difícil dizer o que era o quê quando se tratava da Rainha das Trevas.

Havia uma mariposa na orelha do rei, feito uma joia. Nechtan baixou a cabeça, seu olhar se tornou distante e enevoado, e então voltou a se fixar em Guinevere com uma força quase física. Ela deu um suspiro de alívio quando o rei se virou para Mordred. Não era apenas a presença do Rei Nechtan, mas também o fato de saber que nada do que ele fazia ou dizia vinha apenas dele. Sozinhos, o rei dos pictões e a Rainha das Trevas já eram inimigos formidáveis, e agora Guinevere tinha que se defrontar com ambos ao mesmo tempo.

Nechtan disse algo em sua própria língua. Guinevere não entendeu, mas nem precisava. O modo como o rei falou deixou claro que Mordred estava encrencado. Se a garota estivesse se sentindo melhor, teria zombado dele. Do jeito que estava, só ficou feliz por Rei Nechtan continuar cavalgando, passando por eles, baixando mais uma vez a cabeça na direção das asas sussurrantes de seus passageiros e da rainha da qual faziam parte.

Mordred pulou do cavalo e estendeu as mãos para ajudar Guinevere a descer. Ela passou a perna, propositadamente, em direção ao outro lado do cavalo e saltou. Mas não contava que suas pernas estariam tão dormentes, depois de cavalgar por tanto tempo. Assim que seus pés encostaram no solo, seus joelhos falsearam, e ela caiu, toda desajeitada, batendo as costas, que já estavam doloridas, no chão.

Uma mulher que estava perto deu risada. Guinevere olhou e deu de cara com um soldado pictão – todos estavam vestidos da mesma forma, com couros e peles –, que estendia a mão para ela. A mulher que tinha dado risada era um *soldado*.

Guinevere segurou a mão estendida e foi puxada, rapidamente e sem cerimônia, até ficar de pé.

— Seu rei devia levá-la para cavalgar com mais frequência – disse a mulher, lhe dando uma piscadela. Tinha um pano de um azul vibrante enrolado na cabeça, e seu rosto tinha sardas que davam de dez a zero nas de Guinevere. Seus olhos azuis-claros eram emoldurados por cílios quase brancos e sobrancelhas tingidas de laranja. A mulher tinha dois machados presos nas costas e um cinto repleto de facas.

— Fina. Já chega. — Outra mulher, alguns centímetros mais alta do que a primeira, com um rosto quase igual e ainda mais armas, deu um empurrão, com o ombro, em Fina. Olhou para Guinevere com curiosidade, uma expressão mais fria que o azul-gelo de seus olhos. — Eu me chamo Nectudad. A maioria dos soldados não fala sua língua, tentar falar com eles será um desperdício de energia.

— Aprendi sua língua para casar com seu marido – comentou Fina, dando um sorriso irônico. Seus dentes da frente eram separados, fazendo seu sorriso parecer ainda mais largo e feliz. Guinevere não sabia se esperavam que ela se desculpasse por ter se casado com Arthur, mas o sorriso de Fina ficou ainda mais largo. — Sorte dele eu não ter me casado. Acho que ele não conseguiria sobreviver a mim.

Guinevere espremeu os olhos e comentou:

— Arthur é o homem mais forte que eu já conheci na vida.

— Eu não estava falando de combates. Estava falando na cama. Não sei, não, se ele prefere coisinhas delicadas como você...

Mordred surgiu ao lado de Guinevere e falou:

— Ah, que bom, você conheceu as princesas. — Ele fez uma reverência acentuada. — As princesas do norte são bem diferentes.

Até Nectudad sorriu ao ouvir isso, uma reação mais reservada do que a risada insolente de Fina, tão alta que o cavalo ao lado de Guinevere se assustou e bateu os cascos no chão. Mordred esticou o braço e o passou pelo pescoço do cavalo. O animal se acalmou imediatamente.

— Meu pai deseja vê-lo, filho das fadas — disse Nectudad. — Ele quer saber como você se juntou ao nosso destacamento.

Morgana apareceu de novo, esvoaçando sua capa preta. Estava impecável, mesmo depois de uma viagem tão extenuante. Seu cabelo preto, entremeado com fios prateados que pareciam de metal, estava perfeitamente trançado; seus olhos, de um tom mais escuro e mais antigo de verde do que os de Mordred, não deixavam transparecer nenhum cansaço.

— Claro. Temos muito o que conversar com o rei.

Morgana segurava as duas pedras — as pedras com as quais Guinevere fizera magia de sangue, as pedras que não a haviam alertado do retorno de Morgana e eram inúteis — na mão. Então a feiticeira havia encontrado a pedra escondida na bolsinha de Guinevere, bem como seu par.

Há quanto tempo será que Morgana havia descoberto a pedra secreta? Será que só se dera conta do que era quando viu a mesma pedra na bolsa de Guinevere ou será que a guardara para alertar a garota de que o exército se aproximava? Guinevere poderia perguntar, mas como poderia acreditar na resposta dada pela mulher que havia se disfarçado de dama de companhia de Lily, infiltrando-se em Camelot e tentado convencer Guinevere a ir embora com ela?

Até aí, Morgana tivera muito tempo para fazer mal a Guinevere, a Lily ou até a Arthur. Nenhum dos três havia suspeitado dela. Mesmo depois que a feiticeira dera a Guinevere uma poção para obrigá-la a dizer a verdade, a garota não ficou com medo dela. Sentira compaixão, tristeza pelos lutos de Morgana, e confusão em relação ao que aquela mulher realmente queria.

E nenhum desses sentimentos mudariam tão cedo. Principalmente a confusão.

— Venha, Mordred — disse Morgana, com uma expressão insondável. — Fina, Nectudad, vocês poderiam providenciar que nossa convidada seja alimentada e acomodada? E fiquem de olho nas mãos dela.

Fina ergueu a sobrancelha, em uma expressão dúbia.

— Por acaso devo temer esse deslize?

— Não permita que ela costure nem faça nós. Amarrem as mãos dela antes de ela dormir.

— Sulistas — resmungou Fina, sacudindo a cabeça. — Eu não entendo vocês. Bem, venha comigo, Deslize. — Ela abraçou Guinevere, guiando-a à força. A garota olhou para trás. Mordred estava observando com uma expressão de preocupação, mas se virou e saiu com a mãe.

Mordred e Morgana não eram seus aliados. Não podia acreditar em nada que fizessem ou dissessem. Mas, pelo menos, eram conhecidos. Nada mais ali era. À sua volta, soldados — tanto homens quanto mulheres — estavam atarefados. Guinevere não conseguia entender uma palavra do que diziam. Até os aromas das comidas que estavam sendo preparadas nas fogueiras eram desconhecidos.

Seu desespero deve ter transparecido em sua expressão. Nectudad lhe deu um tapinha no ombro com força quando pararam diante de uma tenda com cobertura de couro rústico, no meio do acampamento.

— Não temos nada contra você. Só contra seu rei.

— E contra nossa nova rainha — resmungou Fina.

Nectudad lhe lançou um olhar de reprovação e fez *psssst* baixinho. Fina endireitou a postura e sorriu de novo.

— E você não precisa temer por sua virtude. A menos que queira que eu alivie um pouco desse peso. Nesse caso, poderá contar ao seu rei exatamente o que ele perdeu. Mas não irá querer voltar para ele depois de me conhecer. Então, antes de pedir, tenha certeza.

— Fina! — Nectudad pronunciou o nome em um suspiro exasperado.

— Que foi? Ela parece tão tensa. Estou oferecendo uma solução, sendo uma boa anfitriã.

— Vá buscar comida. — Nectudad empurrou Fina na direção da fogueira mais próxima e se voltou para Guinevere. Falou baixo, para que só a garota pudesse ouvir. Tinha uma voz clara e tranquila, feito um lago em uma tarde sem vento. — Vou lhe proteger porque preciso de você. Mas, se fizer qualquer coisa que ameace meu pai ou tentar fugir, quebro suas pernas e todos os seus dedos. Entendeu? Balance a cabeça se entendeu.

Guinevere balançou a cabeça, com um nó na garganta. Entendera perfeitamente. Fora embora de Camelot para descobrir quem era. Abandonara Arthur, Lancelot, Brangien, Dindrane e Lily, todos que a amavam. Deixara para trás o castelo e a coroa. Agora estava rodeada de inimigos. Não tinha nenhum aliado, ninguém em quem pudesse confiar. Só podia contar consigo mesma. Mas, por hora, teria que se contentar com isso. Com ou sem Merlin, *descobriria* seu passado.

De preferência, com as pernas e os braços intactos.

CAPÍTULO DOIS

Fina falava sem parar enquanto amarrava cuidadosamente as mãos de Guinevere com tiras de pano. Esse contato físico transmitia autoconfiança, como tudo o mais nela. Em diversos aspectos, a princesa lembrava Arthur, mas a sensação que Guinevere teve dela era mais selvagem, mais aguda e... mais feliz. Se Fina não estivesse amarrando suas mãos para impedi-la de fazer nós, se não fosse filha do homem que a sequestrara para dar de presente à Rainha das Trevas e se não fosse irmã de Nectudad, que havia apenas uma hora ameaçara, calmamente, quebrar diversos ossos de Guinevere, ela teria gostado muito da garota.

— ... injusto. Eles podem só descer do cavalo, desamarrar a braguilha e sair mijando. Nós temos que encontrar um lugar para agachar. Reclamei com meu pai, mas ele disse que nem sequer um rei pode mudar a forma como homens e mulheres mijam. Achei que devíamos tornar as braguilhas dos homens mais difíceis de abrir, para ser mais justo. Nectudad me baniu do conselho por uma semana depois disso. Você consegue sentir seus dedos?

Guinevere assentiu com a cabeça.

Fina amarrou os pulsos de Guinevere, unindo-os bem apertado, para que ela não conseguisse soltá-los, mas não tão apertado a ponto de machucar. Depois, envolveu as mãos de Guinevere em um saco de couro e puxou os fios para fechá-lo, amarrando com um nó tão complicado que Guinevere não teria como desfazê-lo com os dentes sem que ninguém notasse. — O que eles acham que você vai fazer de tão perigoso com esses dedos?

— Mímica de sombras — disse Guinevere.

Fina franziu o cenho, confusa, e então soltou aquela risada de assustar cavalos.

— Gostei de você. Achei que você ia chorar até dizer chega. Ou, quem sabe, desmaiar. Na verdade, apostei dinheiro no seu desmaio. Perderei moedas de prata por sua causa.

A aba da tenda se abriu, deixando passar uma claridade ofuscante. Mordred entrou.

— Olá, Fina.

— Então meu pai não matou vocês. — Fina soltou um suspiro e completou: — Mais dinheiro perdido. Preciso parar de apostar.

Mordred arregalou os olhos e perguntou:

— E existia a possibilidade de seu pai me matar?

Fina deu de ombros.

— Você não deveria estar aqui. Meu pai não gostou de você ter falado para não atacar a cidade. E não sabe se você a apoia ou não. — Fina fez um gesto vago. Por um instante, Guinevere pensou que Fina estava falando dela, mas então se deu conta de que Fina estava imitando o voo de uma mariposa. A Rainha das Trevas.

Mordred deu uma risada debochada.

— Ela é minha avó — declarou.

— Não faz diferença. Nectudad matou nossa avó em combate.

— Ela *o quê?* — Guinevere não conseguiu resistir e se intrometeu na conversa.

— Ah, sim. Nossa avó estava apoiando nosso tio, que queria derrubar nosso pai. Não gostava do fato de meu pai não ter filhos homens, só nós. Houve uma guerra. Nós vencemos. Por pouco.

Mordred, pelo jeito, não achou a história impressionante. Afastou-se da entrada da tenda, apontando para ela.

— E por falar em Nectudad, ela estava procurando você. Posso ficar com Guinevere, esperando minha mãe voltar.

— Fina — disse Guinevere. A mulher ficou parada na entrada da tenda. — Se você me falar quais são suas apostas, posso ajudá-la a ganhar.

Fina ficou radiante.

— Ah, você é perigosa, sim, Deslize. Com ou sem dedos.

Então foi embora, baixando a aba da tenda, transformando a penumbra do lado de dentro em um casulo para Guinevere e Mordred.

Os dois já tinham ficado a sós dentro de uma tenda.

Guinevere preparou-se para o que quer que Mordred estivesse prestes a tentar. Ele insistiu que fora para Camelot para alertá-la, implorou que acreditasse nele, mas como podia acreditar?

Mordred já havia ajudado Guinevere, na floresta, quando ela se feriu. Provara que não queria lhe fazer mal cruzando a linha de defesa mágica que a garota havia criado. E fizera de tudo para ajudar Rhoslyn e as pessoas de seu povoado a escapar dos homens que lhes teriam feito mal. Mas os pulsos de Guinevere ainda tinham as cicatrizes das árvores que Mordred a convencera a despertar. E iam encontrar a Rainha das Trevas, e fora Mordred quem manipulara Guinevere, convencendo-a a restaurar sua forma física.

Ele havia segurado a garota entre Excalibur e a Rainha das Trevas, desafiando Arthur a matá-los ou a libertá-los. O medo do rei — de que Guinevere seria usada contra ele, de ser obrigado a escolher entre Camelot e sua rainha — virara realidade por obra de Mordred.

E agora a Rainha das Trevas estava preparando uma nova ameaça, um novo ataque. E por acaso isso não era culpa de Guinevere, por ser alguém que Arthur preferia salvar em vez de pôr fim ao seu mais terrível inimigo? Por ser alguém que *precisava* ser salva?

Era culpa dela. Mas era mais culpa de Mordred. Disso, Guinevere não se esqueceria.

Mordred se agachou, não estava mais à vontade. Sua postura era tensa, ele falava baixo, mas com um tom aflito.

— Não diga nada a minha mãe. Não diga nada a ninguém. Mas, principalmente, não diga nada a ela.

Não era o que Guinevere estava esperando. Tentou formular uma resposta, mas parecia que estava descendo uma escada no escuro e não percebera que havia um último degrau. Tudo era uma queda atordoante. No mínimo, esperava que Mordred estivesse de conluio com a mãe. Que insistisse para Guinevere confiar apenas nos dois.

— Mas...

— Tenha paciência. Estou implorando. — Ouviram uma voz, vinda do exterior da tenda. Mordred mudou de posição, ficou deitado de lado, com uma perna dobrada e a cabeça apoiada em uma das mãos. — E não durma — sussurrou. Então uma máscara brincalhona tomou conta de seu rosto bem na hora que a aba da tenda foi afastada, e Morgana entrou.

— Mordred — disse, sentando-se em um redemoinho de saias. — Essa foi por pouco.

Ele sacudiu a mão, dando a entender que não fora nada.

— Não entendo por que Nechtan estava contrariado. Simplifiquei a situação para todo mundo. Sem lutas, sem vidas perdidas, e a rainha foi entregue.

— Hummm. — Morgana ajeitou o vestido, sentando-se com as costas tão retas que parecia uma mulher esculpida em pedra.

— Acho que Nechtan esperava ter uma desculpa para atacar Camelot. Pode até estar sob influência de sua avó, mas ainda é um rei guerreiro. Agora... — Ela pegou a bolsinha de Guinevere e jogou o que tinha nela no chão da tenda. A garota lançou um olhar de cobiça para seu fio de ferro, sua adaga, todos os seus materiais. Seu lenço, bordado com o sol de Arthur, zombava dela, com suas cores vivas e esperançosas. Morgana passou a mão nos pertences de Guinevere e indagou: — Aonde exatamente você estava indo? E conte-me como fez para vedar Camelot. Estou muito curiosa.

Era fascinante o quanto Morgana estava diferente agora que não fingia mais ser Anna, a dama de companhia. Suas duas identidades mais pareciam reflexos distorcidos uma da outra: o pragmatismo e a afetuosidade de Anna e a contundência imperiosa de Morgana.

— Arthur fez alguma coisa com a espada.

Guinevere não podia permitir que descobrissem a verdade: que, se ela ultrapassasse a barreira mágica que colocara sobre Camelot, o escudo se partiria. Mordred e Morgana só precisavam levá-la para casa, que a cidade cairia.

A feiticeira soltou um suspiro e pôs lentamente a mão na própria bolsa, procurando algo, então insistiu:

— Mentirosa. Aquela espada amaldiçoada não é capaz de criar, só de destruir. Quem vedou a cidade?

Guinevere ficou sem ar, esperando para ver o que Morgana iria tirar da bolsa. A feiticeira já havia dado à garota uma poção que a obrigou a dizer a verdade. Se isso acontecesse de novo, Mordred e sua mãe saberiam como destruir a barreira. E como chegar a Camelot antes que Arthur voltasse para proteger a cidade.

— Não me machuque. Foi Merlin — disparou Guinevere.

Se Morgana a subestimava e a achava incapaz de criar tamanha magia sozinha, ela fingiria que sim.

— Como? — Morgana ficou pálida. — Achei que o feiticeiro estava preso em uma caverna. Ela disse que Merlin estava preso em uma caverna.

— Eu também achava. E era para lá que eu estava indo. Procurar Merlin. — O que era verdade, ou quase. — Eu era a única pessoa capaz de atravessar a barreira. Presumi que isso significava que Merlin queria que eu fosse embora.

— Se Merlin está livre, nada está a salvo. — Morgana ficou de pé, tremendo de raiva. — E isso quer dizer que ainda posso matá-lo. Venha. Já. Temos outros propósitos.

A feiticeira estendeu a mão. Guinevere quase ficou de pé também, até que três vultos escuros se soltaram, saíram voando de suas costas e pararam na mão de Morgana.

Mariposas. Na penumbra da tenda, Guinevere nem sequer percebera que estavam em suas costas. Mas respirou com mais facilidade quando o peso da Rainha das Trevas saiu de cima dela.

Morgana se retirou da tenda, furiosa, e o ar quase crepitava por onde ela passou. Guinevere não podia esquecer de que aquela não era Anna. Aquela era Morgana le Fay, a feiticeira. Que havia arrancado poder do mundo das fadas e se imbuído dele para lutar contra Merlin. Era tão tacanha quanto o feiticeiro. Todo o mal que Merlin havia feito fora para proteger Arthur. E tudo o que Morgana fazia era para derrotar Merlin.

Mordred se sentou, esfregando o rosto. Parecia estar limpando a máscara de tranquilidade que usava, substituindo-a pela tensão.

— Boa jogada. Fico surpreso por minha mãe ter presumido que outra pessoa fez o escudo. Morgana devia saber. O que realmente aconteceu? Aonde você estava indo?

Guinevere lhe lançou um olhar de frieza e respondeu:

— Recentemente, me aconselharam a não falar nada para ninguém.

Ele soltou um suspiro seco, quase uma risada.

— Você só dá ouvidos aos outros quando quer. Sabe o que eu acho? — Mordred se apoiou em uma das estacas que seguravam a tenda e ficou encarando Guinevere com um olhar cansado e triste. — Acho que você estava fugindo. Acho que, se eu tivesse chegado antes de Nechtan, você teria permitido que eu lhe acompanhasse.

— Você está enganado.

— Estou? Eu vi quando o escudo se ergueu, com Lancelote de um lado e você do outro. Se *eu* fosse um cavaleiro muito corajoso, faria questão de que minha rainha ficasse do lado de dentro, e eu, do lado de fora. A menos que a rainha tivesse planejado isso de propósito para que ninguém pudesse impedi-la de partir.

A garota desviou o olhar. Mordred sempre via demais.

— Guinevere, eu...

A aba da tenda se abriu de novo.

— Sua mãe dá medo — disse Fina, que entrou, deitou de costas e tirou as botas com o pé. — E você não pode ficar aqui sozinho com a Deslize, porque ninguém tem permissão de encostar nela, a menos que ela queira. Nesse caso, ela irá me escolher, sem dúvida. Sou uma amante generosa e vigorosa. Hora de dormir.

Guinevere permaneceu sentada, com o corpo e a alma doloridos. Mordred tampouco mudou de posição. As únicas coisas que havia entre os dois eram seu histórico de mágoa e traição e os roncos suaves de uma princesa pictã.

Guinevere ergueu a cabeça de súbito, obrigando-se a abrir os olhos. Nuvens densas obscureciam a Lua minguante. O ruído dos cavalos e dos soldados os cercava, mas ela não conseguia distinguir nada específico.

Havia ficado sentada na tenda, acordada o dia inteiro, com as mãos amarradas; Fina estava esparramada, dormindo, e Mordred também dormia — ou fingia dormir, ela não sabia ao certo —, sentado com as costas apoiadas na estaca da tenda. Morgana não voltou. Nechtan não apareceu. Ninguém mais os perturbou. O próprio acampamento ficara em silêncio quase todo o tempo, todos descansando enquanto podiam. E então, no fim da tarde, as tendas foram desmontadas com a mesma velocidade que foram erguidas, os cavalos foram carregados com provisões e soldados, e Guinevere estava de novo cavalgando com Mordred. Haviam desamarrado suas mãos apenas para que comesse e fizesse suas necessidades.

A garota mexia os dedos o melhor que podia, desejando poder beliscar a si mesma. Sua coluna doía, de tanto ficar ereta para não encostar no peito de Mordred. Queria encostar nele o mínimo possível. Há quanto tempo não dormia? Ficara acordada para vigiar a cidade quando Arthur partira em busca da carta que lhe prometera um filho, mas Guinevere tinha certeza de que não existia filho algum. Pensar no rei fazia seu coração doer muito mais do que suas costas. Arthur ficaria arrasado, e ela não estaria lá para ajudá-lo a enfrentar essa situação.

Como será que Arthur estava naquele exato momento? Será que os mensageiros tinham conseguido encontrá-lo a tempo de convencê-lo a voltar? Talvez já tivesse usado Excalibur para desfazer o escudo mágico que Guinevere erguera para proteger a cidade. Arthur e Lancelote — "ai, Lancelote", Guinevere não conseguia pensar em seu cavaleiro sem sentir uma pontada de dor e arrependimento — estariam traçando planos, prontos para tomar uma atitude. E Brangien, Dindrane, Lily? O que estariam fazendo? Lily devia estar tão triste por saber que "Anna", sua dama de companhia, era responsável por tudo aquilo. Todos aqueles lírios bordados deixados para trás. Faixas. Cintos. Almofadas. Almofadas.

Almofadas.

Guinevere levou um susto e ficou ereta de novo. Estava tão cansada que tinha a impressão de estar enlouquecendo. Sem fio. Sem adaga. Morgana pegara todas as suas coisas. E ninguém permitiria que usasse as mãos. Poderia atear fogo às próprias mãos. Queimar as tiras que as prendiam. Usar o fogo para abrir caminho e encontrar uma saída.

Hild morrera em um incêndio causado por Guinevere, quando a garota chamou o dragão para ajudar. E agora o dragão também estava morto, e ninguém viria ajudá-la, e era melhor assim. Sem fogo. Por ora. Iria convencê-los lentamente a confiar nela, a achar que era indefesa. E então, assim que os convencesse...

— Guinevere — disse Mordred, com uma voz exasperada. Ela despertou levando um susto tão grande que Mordred precisou segurá-la para que não caísse do cavalo. — Apenas durma.

— Não me diga o que fazer! — a garota tentou dar uma cotovelada em Mordred. Mas, com aqueles nós prendendo seus pulsos, só conseguiu cutucar seu peito. — Foi você que me mandou não dormir!

— Como todas as mariposas da Rainha das Trevas foram atrás de sua mentira sagaz, ela não pode entrar em seus pensamentos quando você baixar a guarda. É seguro.

— *Nada* aqui é seguro.

Mordred soltou um suspiro.

— Eu sei. Mas é seguro você dormir agora. Não deixarei você cair.

Guinevere queria resistir ao sono. Para provar que tinha razão. Mas, se não dormisse logo, Morgana não precisaria de uma poção para confundir seus pensamentos: eles estariam completamente confusos e vulneráveis por si só. Se queria encontrar uma saída, precisava estar preparada. Ou seja: descansada.

— Não irei dormir só porque você mandou — sussurrou, finalmente relaxando.

Os braços de Mordred enlaçaram sua cintura com firmeza. Ela inclinou a cabeça para trás, encostando no ombro dele e, antes que conseguisse pensar em algo maldoso para dizer, para garantir que Mordred soubesse que ela odiava aquilo, Guinevere pegou no sono.

Ou pelo menos pensou que havia dormido, até seus olhos se abrirem de novo.

— Guinevere! — gritou Isolda, que correu em sua direção e a abraçou. — Pensávamos que você tinha morrido!

CAPÍTULO TRÊS

Guinevere estava em uma floresta. Os troncos das árvores se erguiam ao redor delas feito pilares de uma igreja, folhas e galhos formando delicados padrões de vitral em contraste com o céu. Insetos zumbiam no ar quente, tudo tinha cheiro de vida. De algum lugar ali perto, vinha o ruído suave da água, coisa que a garota não tinha a menor vontade de ver. E Isolda também estava ali, lhe dando um abraço.

— Onde estamos? — perguntou Guinevere, confusa. Não podia ser um sonho. Ela conseguia sentir o peito de Isolda se movimentando ao respirar, sentir o aroma de água de rosas de seu cabelo. Os únicos sonhos que já tivera com aquele nível de detalhe não eram sonhos, mas lembranças que pertenciam à Dama do Lago.

Isolda a soltou, radiante, secando os olhos. Mostrou uma mecha de cabelo para ela. Havia fios pretos amarrados aos seus cachos castanho-avermelhados.

— Brangien...

Guinevere sentiu um calor no coração tão intenso quanto o dia que as rodeava. A dama de companhia havia usado a magia dos sonhos de Guinevere para conectá-las.

— Ela queria ter vindo, mas não consegui fazer os nós direito. Desculpe. Vou treinar mais.

A garota segurou as mãos de Isolda e as apertou.

— Não peça desculpas. Estou tão feliz, tão aliviada de ver você. Por favor, conte-me tudo. Quanto tempo temos? — perguntou.

— Muitíssimo tempo! — Isolda sentou-se em um tronco coberto de musgo, e Guinevere fez a mesma coisa. — Tenho dormido quase que constantemente, mas não conseguia encontrar você. Brangien estava com medo de ter feito os nós errados, e todos estávamos com medo de não encontrar você porque... Bem, aqui está você!

— Não morri — Guinevere deu um leve sorriso.

— Onde você está agora?

— Indo para o norte, com as forças do Rei Nechtan.

— Foi isso mesmo que Lancelote pensou.

— Lancelote! Como ela está? — Guinevere foi para frente, curiosa.

Isolda ficou corada. Seu sorriso, que normalmente brotava com a facilidade das flores na primavera, não apareceu.

— Está cuidando da cidade.

— Mas como ela está, de verdade?

— Está arrasada. E furiosa. Brangien sugeriu que Lancelote viesse tentar falar com você aqui, mas...

— Mas ela não quis.

Isolda sentou-se ao lado de Guinevere. Segurou sua mão e fez carinho nela.

— Dê um tempo para Lancelote. Amor profundo implica sentir tudo com mais intensidade.

— Incluindo a traição — sussurrou a garota.

Porque ela não podia negar. Havia traído Lancelote. O cavaleiro deixara bem claro que sua maior prioridade — sua única prioridade — era sua rainha. E Guinevere havia obrigado Lancelote a escolher Camelot e não ela. Uma atitude perversa de tão egoísta. Naquele momento, pareceu-lhe necessário atacar sozinha. Mas, se soubesse o que estava por vir, será que ainda teria feito isso?

Sim. Ela não teria deixado Lancelote encarar o exército do Rei Nechtan sozinha. Lancelote era sua protetora, mas Guinevere se importava mais com ela do que com seu próprio coração e não se arrependia de tê-la protegido.

A garota pigarreou, tentando se livrar de parte da dor que se alojara em sua garganta. Em seguida, perguntou:

— E a cidade, como anda? O escudo ainda funciona?

— Sim.

— E o que as pessoas acham que é?

— Elas não sabem ao certo. Há boatos de que foi obra da Rainha das Trevas, outros dizem que foi a Dama do Lago, que voltou para proteger Camelot na ausência de Arthur.

Guinevere não havia pensado nessa possibilidade. Era uma alternativa mais positiva.

— Incentive esse boato. Invente uma história, dizendo que a Dama fez algo parecido no passado, e espalhe pela cidade. Os cidadãos entraram em pânico?

— Não, nada que perturbe a paz. Lily, Brangien e Dindrane se ocuparam disso.

— Como?

— Elas declararam que todos precisavam passar o maior tempo possível na igreja, rezando pela segurança do rei e pelo retorno da rainha. E, quando as pessoas não estão rezando, podem assistir a peças gratuitas encenadas no teatro, assim como fazer treinamentos e assistir a rodadas amistosas de luta na arena. E todo cidadão que ajuda com a higiene da cidade ou na fabricação de armas recebe um convite para almoçar ou jantar no castelo.

— Tudo isso em dois dias? — Guinevere estava impressionada e levemente perplexa. Não teria pensado em nada disso. Provavelmente, teria colocado soldados nas ruas para garantir que ninguém se comportasse mal. Mas manter uma cidade inteira ocupada a ponto de não se preocupar com o que estava acontecendo era muito mais inteligente. Lily, Brangien e Dindrane eram tão brilhantes que a garota teve vontade de chorar. Tinha sorte de conhecer mulheres como elas. E Camelot tinha ainda mais sorte de poder contar com a compaixão e a inteligência dessas mulheres. — Notícias de Arthur?

Isolda sacudiu a cabeça e falou:

— Lancelote mantém uma fogueira acesa perto da passagem secreta. Na esperança de que Arthur a veja e vá direto para lá quando voltar. Assim, poderá explicar para o rei o que aconteceu. Ela tem dormido ali e destacou guardas para ficar de vigia todas as horas do dia.

— Que bom. Isso é bom. Certamente um dos mensageiros irá encontrá-lo.

Guinevere se sentia mal quando pensava em Arthur. Sua esperança mais fervorosa era a de que ele recebesse as notícias antes de chegar ao seu destino e descobrir a cruel verdade a respeito de seu "filho". Não seria fácil ouvir a verdade, mas, pelo menos, o rei não perderia tanto tempo tendo esperança.

— Agora — disse Isolda, com uma expressão séria —, me mandaram perguntar detalhes específicos sobre o lugar para o qual levaram você, quantas pessoas estão com você, a velocidade com que avançam e qualquer outra coisa que possa ajudar. Lancelote estará preparada para vir lhe buscar assim que Arthur regressar.

A garota deu um sorriso, mas ainda tinha vontade de chorar. Porque, apesar do que fizera a Lancelote, ela sabia que era verdade. Lancelote estaria preparada, sempre.

— Espero que isso não seja necessário. Fugirei na primeira oportunidade e voltarei para o sul. Diga a Lancelote que, se tudo o mais der errado, irei encontrá-la na caverna.

O cavaleiro saberia qual era a caverna. Fora uma das primeiras coisas que as duas fizeram juntas — Lancelote salvara a vida de Guinevere, depois Guinevere salvara a vida de Lancelote, e ambas saíram em busca de Merlin. O que selou o destino do feiticeiro, porque a Dama do Lago o prendeu em uma caverna vedada, mas também selou a relação entre Lancelote e Guinevere.

— Nada dará errado — garantiu Isolda, com um tom determinado. — E elas nunca irão me perdoar se eu voltar sem nenhuma informação. Conte-me tudo.

Guinevere deu os detalhes que pôde a respeito das forças do Rei Nechtan, o número de soldados, de cavalos e de armas.

— E Morgana está aqui, em conluio com a Rainha das Trevas.

— E Mordred ainda está do seu lado?

A garota soltou um suspiro e respondeu:

— Sim. Mas, para ser sincera, não sei de que lado ele está. Duvido até que o próprio Mordred saiba.

Isolda só conhecia Mordred pelo que Brangien, que jamais perdoara as atitudes dele, havia contado. Guinevere gostaria que seus próprios sentimentos fossem assim tão claros, para poder considerá-lo mau e se livrar de qualquer influência que Mordred pudesse ter sobre ela. Mas não queria pensar nem falar a respeito, e essas não eram informações das quais Lancelote precisava.

— Ah! Diga para Lancelote que muitos dos soldados são mulheres, e as filhas de Nechtan é que os lideram.

— E isso é importante? — perguntou Isolda.

— Só pensei que ela gostaria de saber. Se eu não tivesse sido sequestrada, teria ficado muito impressionada e gostaria de saber mais da sociedade deles.

Isolda deu risada, mas ficou consternada em seguida.

— E como estão tratando você? — indagou.

— Ninguém me fez mal até agora. — Guinevere apertou a mão de

Isolda, querendo tranquilizá-la. — Estão me levando para o norte, para a Rainha das Trevas. Não deixarei que essa situação avance a ponto de descobrir o que ela quer comigo.

— Nem nós.

Depois disso, não havia mais detalhes que a garota pudesse dar a respeito de seus captores. Isolda olhou para cima, fechando os olhos, porque a luz do Sol atingiu seu rosto, e falou:

— Que bom.

— É sempre assim? A floresta faz parte da magia dos sonhos?

Guinevere só havia conectado os próprios sonhos com os de alguém uma única vez, com Merlin. E, como tudo que envolvia o feiticeiro, as regras normais não valiam.

— Ah, não. Quem sonha escolhe o lugar. Eu e Brangien sempre nos encontramos diante da lareira onde nos beijamos pela primeira vez. — Isolda soltou um suspiro feliz ao lembrar, mas logo tornou a se concentrar. — Não sei quanto tempo teremos, mas você gostaria de saber como Dindrane mandou prender a cunhada em uma cela por ter desobedecido o toque de recolher?

— Sim, por favor. Fico tão feliz de saber que os sonhos mais felizes de alguém estejam se tornando realidade durante essa época tão tumultuada.

A risada e as histórias de Isolda tomaram conta daquele vale na floresta, e o sonho as protegeu, isolando-as de todos os seus problemas.

Quando Guinevere despertou, não estava montada em um cavalo. Estava deitada em uma tenda, banhada por uma luz difusa. Era, no mínimo, fim da manhã, se não início da tarde.

— Obrigada!

A garota se sentou, sua cabeça girava. Fina estava sentada diante dela, afiando uma faca, radiante.

— De... nada?

— Você desmaiou! — Fina bateu em uma bolsinha presa ao seu cinto, fazendo soar um tilintar de metal. — Ou, pelo menos, é isso que consegui argumentar. De qualquer modo, você pegou no sono e ninguém conseguia acordá-la. Foi o que bastou para eu vencer a aposta. Mordred ficou muito preocupado, mas eu o tranquilizei, dizendo que as damas do sul não foram feitas para viajar desse jeito. E que, provavelmente, apenas tínhamos deixado você exausta, só isso.

— Isso é tudo? — Guinevere sacudiu a cabeça, tentou pegar um cantil que estava ao seu lado e percebeu que suas mãos ainda estavam amarradas. — Você faria o obséquio? — pediu, erguendo-as.

Fina desfez as várias camadas de pano, e Guinevere flexionou seus dedos e pulsos doloridos.

— Por quanto tempo fiquei dormindo? — perguntou.

— Cavalgamos até o meio da manhã e já estamos acampados há várias horas. Eu mesma acabei de acordar.

— Humm...

A garota se esforçou para não demonstrar emoção. Havia dito para Isolda que tentaria dormir enquanto estivesse em cima do cavalo, à noite. Essa lhe parecia a opção mais segura, e possibilitava que Isolda soubesse quando poderiam se encontrar. A amiga prometera voltar todas as noites, para receber informações. Guinevere estava mais interessada em vê-la do que em passar informações. Isolda era a sua conexão com Brangien, Lily, Dindrane e Camelot.

Lancelote.

Fina tirou a túnica, revelando os braços cobertos de desenhos. Parecia que um artista havia usado sua pele como tela, com todo o capricho. A tinta índigo dava a impressão que fios do céu noturno dançavam na pele sardenta da princesa, formando desenhos chamativos que iam de seus ombros até os pulsos. Havia desenhos de pessoas e animais, assim como linhas e símbolos dos quais Guinevere não conhecia o significado. Ela se inclinou para frente, intrigada.

— O que são esses desenhos? — perguntou.

Fina esticou os braços para que Guinevere pudesse inspecionar e foi apontando:

— Estes aqui representam minha família. Estes, meu povo. Estes mostram o lugar de onde vim. Está vendo as linhas dos rios? Meu povo partiu desta nascente. E estes só fiz porque queria que meus braços ficassem mais cobertos do que os de Nectudad.

— São *lindos*.

Os desenhos fizeram a garota se lembrar dos entalhes de Camelot, que contavam histórias que ninguém entendia. Mas Fina conhecia suas histórias. Guinevere foi tomada pela inveja.

Mordred entrou na tenda, e sua expressão foi tomada pelo alívio ao ver que Guinevere estava acordada. Mas, em seguida, essa emoção sincera foi substituída pela expressão que ele adotava quando assumia seu papel de enguia.

— Quando lhe falei que era seguro dormir, não imaginava que você fosse encarar isso com tanto entusiasmo.

— Prefiro estar desacordada à sua companhia. Fina, podemos ir comer? Ou tenho que ficar na tenda?

Os olhos da princesa brilharam de deleite ao observar os dois.

— Vocês já se beijaram.

— Como? — disparou Guinevere, tentando parecer ofendida e não toda atrapalhada.

Fina arregalou ainda mais os olhos, e suas sobrancelhas quase invisíveis se ergueram até a metade de sua testa sardenta.

— *Mais* do que se beijaram?

— *Não!*

Fina soltou uma gargalhada triunfante.

— Então vocês dois se beijaram. E você é casada com o tio dele. Talvez o sul seja mais interessante do que eu imaginava. Vocês têm tantas regras, é claro que as desobedecem com frequência.

— E vocês, os pictões, não têm regras?

Um clarão de raiva iluminou a expressão de Fina.

— Não somos pictões. É assim que os romanos nos chamavam, desdenhando de nossa arte e de nossos corpos. O que vocês chamam de pictões são um povo vasto, livre, unido apenas pelos laços de seus diferentes povos e de família. Como os romanos não conseguiram nos derrotar, nos menosprezaram. Seu rei cometerá o mesmo erro.

— Sinto muito — disse Guinevere, surpresa ao perceber que estava sendo sincera. — Eu não sabia. Como é o nome de seu povo?

— Você não conseguiria pronunciá-lo e tampouco lhe cabe saber. — Fina ficou de pé e anunciou: — Irei buscar comida para você.

A princesa saiu da tenda. Guinevere ainda estava zonza com a velocidade com que a conversa havia mudado de rumo.

— É um povo muito orgulhoso — comentou Mordred, sentando-se. — Os romanos foram brutais e cruéis, e eles não esqueceram nem perdoaram.

— Mas Arthur não é romano.

— O pai dele era. E Arthur representa o mesmo espírito conquistador que os romanos tinham.

— Arthur não conquista povos!

Mordred se recostou e colocou um braço sobre os olhos, para bloquear a claridade.

— Se você diz...

— Eu digo, sim!

— Os habitantes das fronteiras do norte que ele anexou, lenta mas definitivamente, irão discordar de você.

Guinevere se recusou a começar uma discussão a respeito de Arthur. Muito menos com Mordred. Sentou-se, emburrada e faminta, esperando o retorno de Fina. A tenda abafava os ruídos do acampamento, mas não os extinguia. Guinevere levou um susto quando duas vozes começaram uma discussão acalorada ali perto. Parecia que Fina estava discutindo com um homem.

— Os soldados querem ir de barco — murmurou Mordred, traduzindo. — Não entendem por que estamos viajando a cavalo. É mais lento e mais perigoso. Não estamos mais nas terras de Nechtan.

A garota pôs as mãos sobre a barriga, sentindo-se subitamente menos faminta e mais enjoada.

— E vamos? Seguir de barco?

— Não. Minha avó passou instruções muito claras para manter você longe da água. Fina e Nectudad estão formando uma frente com o pai e silenciando todos os protestos, mas não confiam em minha mãe nem em minha avó, porque as princesas são inteligentes, ao contrário de Nechtan.

— E elas confiam em você?

Mordred soltou um suspiro, sem tirar o braço da frente do rosto. Mas, pelo suspiro, parecia menos brincalhão e mais... triste.

— Ninguém deveria confiar — respondeu.

A respiração dele foi ficando mais tranquila à medida que foi pegando no sono.

A garota murchou aliviada ao saber que, pelo menos, as exigências da Rainha das Trevas a tinham poupado de uma viagem rápida de barco, costa acima. Mas isso a deixou intrigada. Por que será que a Rainha das Trevas tinha medo que Guinevere tivesse contato com água? Será que estava com medo de que a Dama do Lago roubasse seu prêmio?

E, naquele momento, ela pensou em um novo plano. Um plano terrível, que a deixou apavorada, mas que poderia salvá-la do inimigo conhecido ao entregá-la a um inimigo que não conhecia. Só precisava de um lago.

Fina entrou de novo na tenda, resmungando, e atirou um pouco de carne seca e um pedaço de pão rústico para Guinevere. Um pássaro cantou lá fora, e a garota ansiou estar ao ar livre, junto com ele.

— Podemos...

— *Shhh* — fez Fina, levantando a mão. O pássaro cantou de novo. Fina saiu apressada da tenda, gritando algo em sua língua. Mordred se sentou, já levando a mão à espada.

— O que ela estava gritando? — perguntou Guinevere, no mesmo instante em que a primeira flecha atravessou a lateral da tenda e ficou presa no chão, aos seus pés.

CAPÍTULO QUATRO

— Fora! — gritou Mordred. Ele saiu da tenda primeiro, depois fez sinal para Guinevere sair também.

A silenciosa ordem do acampamento foi extinta. Tudo era movimento, correria, gritos, berros.

— Arthur! — sussurrou Guinevere com seus botões, o coração acelerado.

Como o rei tinha chegado até ela tão depressa? Talvez não tivesse chegado a se dirigir para o sul. Ou talvez um dos mensageiros tivesse conseguido alcançá-lo, e ele veio direto para o norte, em vez de parar em Camelot.

A garota deu um passo em direção às árvores, para se esconder, e foi aí que se deu conta de que Arthur *não* poderia ter chegado ali tão depressa. Aqueles não eram os homens do rei. Na verdade, parecia que os próprios soldados de Nechtan estavam atacando. Um homem correu na direção de Mordred e Guinevere, vindo das árvores, coberto de peles, com faixas pintadas no rosto.

Uma faca apareceu em seu peito, e ele caiu, de cara no chão.

— Estão atacando os cavalos! — gritou Fina, brandindo outra faca, segurando um machado na outra mão. A princesa se aproximou dos dois e fez sinal para Mordred. — Se os cavalos entrarem em pânico, iremos perdê-los! Vá até eles!

— Não sairei do lado de Guinevere.

Mordred girou a espada, traçando um arco mortal, enquanto olhava em volta, à procura de ameaças.

— Sem os cavalos estaremos perdidos! Eu cuido da segurança dela. Vá, filho das fadas.

Fina lhe deu um chute. Mordred respondeu urrando.

Olhou para Guinevere, dividido, e brandiu a espada para Fina.

— Se ela for ferida, você me paga — falou.

Então saiu correndo.

— Quem são eles? — perguntou a garota.

Pelo menos, suas mãos não estavam mais atadas. E aquela poderia ser uma oportunidade de fugir. O caos cria oportunidades. Arthur havia lhe ensinado isso quando explicou o motivo para terem enterrado o caos da magia longe de Camelot. De repente, o plano assustador e nebuloso de Guinevere, de entrar em um lago assim que encontrasse um, na esperança de invocar a Dama do Lago, foi substituído por um plano muito mais agradável: sair de fininho, no lombo de um cavalo. Sem precisar de água nenhuma.

— Não são nossos amigos — respondeu Fina.

A princesa atirou outra faca, que ficou cravada, bem fundo, na coxa do homem que tentava atacar de surpresa um de seus soldados. O homem gritou e caiu no chão. O soldado se virou e acabou com ele, com um golpe eficiente na garganta.

Guinevere se encolheu toda ao ver aquela vida se esvair, sendo absorvida pela terra. Precisava de um cavalo. Não conseguiria fugir na velocidade desejada a pé, a menos que todos no grupo de Nechtan estivessem mortos. O que poderia até acontecer, pelo que estava vendo. Como Arthur conseguia lutar em suas batalhas? Era tanto barulho, tanto sangue, tanta violência. Ela se sentiu petrificada pelo horror de tudo aquilo.

Nectudad veio rugindo, abrindo caminho, com uma enorme espada nas mãos, para os soldados que corriam atrás dela, indo de encontro ao grupo de inimigos. Fina deu uns dois passos, por instinto, na direção deles, distraída da batalha pelo seu desejo de unir suas forças às da irmã. Um homem apareceu, vindo de trás da tenda, com a espada em riste, pronta para atacá-la pelas costas.

— Fina! — gritou Guinevere.

A princesa virou para trás bem a tempo de bloquear o golpe com o seu machado. Dançou em volta do homem, esquivando-se de suas investidas enquanto tentava chegar perto o suficiente para golpeá-lo.

Guinevere correu em direção aos cavalos, feliz porque o caminho da tenda até eles estava livre. Um animal já estava se afastando dos demais. Concentrada em seu objetivo, a garota quase tropeçou no corpo de um dos soldados de Nechtan, que estava com um arco na mão, as flechas espalhadas pelo chão.

A garota olhou para cima de novo. Mordred estava no meio dos cavalos, com as mãos estendidas, os olhos fechados, dizendo palavras que Guinevere não conseguia ouvir. Os cavalos perto dele não estavam entrando em pânico, pareciam irradiar tranquilidade. O animal que Guinevere havia escolhido estava ainda mais perto dela, quase ao alcance de suas mãos.

Duas tendas mais para frente, havia mais alguém observando os cavalos com um olhar mortífero. O ar sibilou quando ele atirou uma flecha, mirando cuidadosamente em Mordred.

O cavalo.

Fuga.

Mordred.

Antes que pudesse se dar conta do que estava fazendo, Guinevere já estava segurando o arco do soldado morto. Posicionou uma flecha e a fez voar pelos ares. Acertou o pescoço do arqueiro, que pôs a mão sobre o ferimento, gorgolejando.

Fina gritou enraivecida, e Guinevere foi correndo em sua direção, com outra flecha já no arco, que foi atirada em seguida. A flecha pousou nas costas do homem que havia obrigado Fina a ficar de joelhos, tendo apenas o machado em sua mão para se defender da espada do homem.

A garota pegou mais uma flecha, depois outra, depois mais uma, acertando todos os inimigos que se aproximavam dos cavalos. Não teve tempo para pensar, para questionar. Só sabia que aqueles homens iriam matar Mordred e que não podia permitir que isso acontecesse.

Seus braços tremiam quando ela virou para trás, alerta, preparada, com a última flecha já posicionada.

Fina, que surgira ao seu lado sabe-se lá como, segurou delicadamente a mão que mantinha a flecha em posição e a movimentou, para que o fio do arco perdesse a tensão.

— Já estamos fora de perigo, Deslize.

A flecha caiu, inofensiva, no chão. Havia acabado. Mordred estava são e salvo, no meio dos cavalos. Fina estava viva, e Guinevere não conseguira fugir.

— Onde você aprendeu a atirar? — perguntou Fina.

— Não aprendi — sussurrou a garota.

Seu corpo havia feito aquilo sozinho. O que Lily havia dito mesmo? "Ninguém se saía melhor no arco e flecha do que minha irmã." Mas Guinevere não era irmã dela.

A garota não era a verdadeira Guinevere. Então, como seu corpo sabia o que fazer? Suas ações foram instintivas, de memória muscular, adquirida com incontáveis horas de treino. Soltou o arco, como se o objeto a tivesse mordido.

— Guinevere. — Mordred a segurou pelos ombros, examinando

minuciosamente seu rosto. — Por que você fez isso? Deveria ter ficado escondida.

— Ela deveria ter saído correndo — disse Fina, dando tapinhas nas costas de Guinevere. — Isso foi burrice. Mas obrigada por salvar minha vida. Retomaremos a viagem assim que todos os feridos forem atendidos, e os mortos, honrados. Agora que sabemos que temos inimigos, precisamos mudar o trajeto, o que aumentará nossa viagem em vários dias. Será agradável liderar essa viagem.

A princesa então se afastou, pisando firme.

Guinevere desviou o olhar do arco e olhou nos olhos de Mordred. No festival da colheita, Morgana havia lhe contado que, independentemente do que se lembrasse ou do que achasse que sabia, ela *era* Guinevere. O que teria feito a feiticeira acreditar nisso? O que será que Morgana sabia, o que era capaz de ver?

— Preciso falar com sua mãe — declarou a garota.

A expressão de Mordred ficou preocupada por alguns instantes, e então ele deu um sorriso vago e falou:

— De forma alguma.

Ele empurrou Guinevere na direção das tendas.

— Não, tenho perguntas, e acho...

— Você não vai querer ouvir as respostas que ela pode lhe dar. Acredite em mim.

— Não acredito!

Mordred se abaixou, segurando a aba da tenda para Guinevere entrar.

— É um direito que você tem.

Nectudad quase passou reto por eles, mas parou de repente e olhou para Guinevere, com os olhos espremidos.

— Eu vi você perto dos cavalos, tentando fugir.

A princesa se abaixou e pegou uma pedra grande. Guinevere deu um passo para trás, com a visão obscurecida pelo pânico, até só conseguir enxergar a pedra, até só conseguir imaginar o dano que causaria.

Fina pôs a cabeça para fora da tenda e falou:

— Ela salvou minha vida! E a de Mordred também, infelizmente.

Nectudad balançou a cabeça, com um ar lúgubre, soltou a pedra e continuou andando como se não estivesse prestes a quebrar as duas pernas de Guinevere.

— Minha avó *tinha* que ter escolhido os pictões — resmungou Mordred.

Talvez não ter subido naquele cavalo tivesse sido a melhor decisão, afinal de contas. E, independentemente do que Mordred havia dito, Guinevere falaria com Morgana antes de fugir. Tinha que falar. Morgana havia prometido ajudá-la a descobrir quem ela realmente era. Se não conseguisse chegar ao feiticeiro, bem, tinha a feiticeira. Guinevere *obteria* suas respostas, de um jeito ou de outro.

CAPÍTULO CINCO

Guinevere estava sentada no chão, sentindo uma grama absurdamente macia debaixo de seu corpo, as mãos de Isolda habilmente torcendo e trançando seu cabelo, quando algo picou seu braço. Ela soltou um grito e olhou. Mas não havia nada.

— Que foi? — perguntou Isolda.

— Tem alguma... ai! Tem alguma coisa me picando! — Guinevere arregaçou as mangas, mas só viu sua própria pele, lisa e sem as marcas das cicatrizes deixadas pelas árvores. Entretanto, a cicatriz no local onde arrancara sua própria pele para tratar do ferimento de Lancelote ainda estava ali.

— É melhor você acordar — disse Isolda.

— Não sei como!

A garota estapeou os próprios braços, mas as picadas continuaram.

— Concentre-se na dor. Conecte-a a seu corpo. Rápido. Alguma coisa ruim pode estar acontecendo.

Isolda retorcia as mãos.

Guinevere fechou os olhos, concentrando-se nas picadas. E então elas se transformaram em beliscões fortes, e o bosque banhado pelo sol se transformou em um amanhecer gelado. Não havia mais grama macia, só o cavalo impiedoso e Mordred atrás dela.

— Guinevere — sussurrou ele, beliscando o braço dela.

— Pare! — A garota empurrou a mão de Mordred e endireitou a postura, porque estava aconchegada no peito dele. Sentiu frio na parte de trás do corpo, por causa da corrente de ar súbita.

— Qual é o seu problema?

— Estão começando a ficar desconfiados de você não acordar na hora de ir para a tenda. Os soldados acham que estamos envenenando você, o que não está ajudando em nada a minha reputação, mas minha mãe e Nectudad sabem que não. Nectudad passou por nós três vezes. Se você estiver fazendo seus nós, *vão* descobrir.

— Não estou, não. — Guinevere levantou as mãos atadas para provar. — Estou apenas cansada.

— Humm — fez Mordred. Não parecia nem um pouco convencido.

Dois dias haviam se passado desde o ataque. Guinevere suportava as horas à luz do dia dentro da tenda, sabendo que poderia passar a noite na companhia de Isolda. O que implicava dormir encostada em Mordred, mas a garota tentava não se preocupar com o que ele poderia pensar de sua disposição para dormir em seus braços.

Ela sabia que aquele espaço de sonho não a estava ajudando, mas até conseguir falar com Morgana ou pôr em prática seu terrível plano, essa fuga era um *alívio* tão grande... E estava louca para ter notícias de Camelot, para ouvir as histórias de como suas amigas estavam gerenciando a cidade tão habilmente, mas sempre com a esperança de que, uma noite, encontraria Isolda e receberia a notícia de que Arthur havia voltado. Tinha que ser logo. Ele tinha que estar quase voltando.

A garota imaginou o rei cavalgando em direção a Camelot, mas a paisagem que a cercava era bem diferente. O terreno ficara mais acidentado, com morros intermináveis, rochas cinzentas, árvores verdes esquálidas e uma absoluta ausência de lagos. Viajar só à noite fazia que avançassem mais lentamente, mas Nechtan e suas tropas ainda prefeririam acampar durante o dia, quando tinham mais visibilidade para avistar qualquer ameaça que se aproximasse.

Entretanto, a visibilidade daquele dia não estava a favor deles. Nuvens densas e escuras se assomavam no céu, e um vento cada vez mais forte bagunçava o cabelo de Guinevere. Com as mãos atadas, não podia trançá-lo, e ele estava absurdamente emaranhado. A garota quase deu risada, pensando que Brangien ficaria furiosa ao vê-lo. Teria que pedir para Isolda comentar sobre o estado de seu cabelo, só para ter certeza de que Brangien sentia a sua falta.

Morgana passou por eles. Era a primeira vez em dois dias que Guinevere via a feiticeira, que sempre cavalgava ao lado de Nechtan. Mordred ficava longe do rei, talvez para evitar que Nechtan lembrasse que considerara a possibilidade de matá-lo. Ou talvez porque estivesse tentando proteger Guinevere tanto do olhar de Nechtan quanto do de sua mãe.

Aquela era a sua chance. Antes que pudesse mudar de ideia, a garota gritou:

— Morgana!

Mordred se encolheu todo, soltando palavrões entredentes.

Sua mãe virou para trás, levantando uma sobrancelha imperiosa.

— Sim?

— Preciso falar com você.

— Em minha tenda — disse Morgana.

A feiticeira ficou com um brilho triunfante nos olhos, e isso disparou um alarme na cabeça de Guinevere. Mas que outra opção ela tinha? Morgana havia dito que poderia dar respostas às suas perguntas. A garota não tinha dúvidas de que haveria um custo: toda magia é uma transação, e Morgana era uma mulher que sempre cobrava o que lhe era devido.

Estavam acampados no topo de uma montanha rochosa. Homens e mulheres lutavam para manter as tendas de pé, porque o vento havia se intensificado, trazendo as primeiras gotas dolorosas de chuva.

— Guinevere — falou Mordred, apertando mais sua cintura.

Antes que ele pudesse descer do cavalo ou dizer mais alguma coisa, Fina apareceu, deu um tapa na perna da garota e exclamou:

— Ela está viva!

— Você me ajudaria a descer? — Guinevere colocou as mãos atadas em volta do pescoço de Fina, que a ajudou a desmontar. Conseguira se esquivar habilmente da tentativa de Mordred de conversar com ela.

— Mais uma aposta perdida — resmungou Fina. — Você sempre me surpreende.

— Sou um mistério até para mim mesma.

A garota tentou dizer isso com leveza, mas era verdade. Era o motivo para ter ficado do lado de fora de Camelot, do lado de fora do escudo. Talvez, se tivesse sido capaz de aceitar seu papel, de ser a rainha que Arthur via nela — que *queria* que ela fosse —, Guinevere teria encontrado outra maneira de proteger a cidade. Uma maneira que a deixasse ficar no mesmo castelo que suas amigas queridas, uma maneira que não a separasse de Lancelote. Aí, estaria esperando o retorno de Arthur, pronta para reconfortá-lo, e não depositando toda sua esperança em uma feiticeira ou em um feiticeiro.

Respirou fundo. Respostas. Morgana poderia lhe dar respostas, e essas respostas poderiam lhe dar coragem. Ela iria fugir de qualquer modo, mas se pudesse fazer isso armada de informações, seria capaz de planejar melhor o que faria depois de fugir.

— Venha, Deslize. A tempestade será feia.

Fina foi se dirigindo à tenda das duas, mas Guinevere foi na direção oposta.

— Irei falar com Morgana.

— Não — disse Mordred. — Fina, leve-a para a sua tenda.

— Não — Guinevere olhou feio para ele e repetiu: — Irei falar com Morgana.

Fina franziu o cenho e perguntou:

— Para quê?

— Para trançar o cabelo dela — respondeu a garota. — Faço isso muito bem. Morgana está me esperando.

Fina olhou para Guinevere e, em seguida, para Mordred. Então deu de ombros e declarou:

— Irei junto. Também quero trançar meu cabelo.

Mordred foi atrás de Fina, que já levava Guinevere para o outro lado do acampamento.

— Mude de ideia — Mordred disse, com uma voz grave e aflita.

— Você não foi convidado — disparou Guinevere.

— E Fina por acaso foi?

A princesa deu uma risada debochada e respondeu:

— Posso ir aonde eu quiser. Morgana pode até não concordar, mas não é ela que manda aqui. Ela não é do nosso povo. Se a Deslize vai ver a feiticeira, eu também vou. Ninguém irá proibir a minha entrada. E, se Morgana tentar, se dará mal. Mereço saber o que ela está fazendo.

Mordred soltou um ruído vago e falou:

— Não canso de repetir: ninguém tem o que merece nesta vida.

Mas não tentou impedir Fina de entrar na tenda de Morgana.

Assim que a princesa entrou, Mordred segurou o braço de Guinevere e suplicou:

— *Por favor*. Não sei o que você acha que quer, mas não é isso.

— Nunca finja que sabe o que eu quero.

Guinevere puxou o braço para se livrar dele. Se não fosse por Mordred, jamais teria encostado naquele arco. Se não tivesse parado para salvar a vida dele, poderia ter fugido. E não estaria se perguntando como seu corpo sabia atirar, já que sua mente não sabia.

Dentro da tenda, Morgana estava sentada em uma almofada, com dois copos diante de si. Ela sorriu para Guinevere e falou:

— Sentem-se. Receio não estar preparada para receber mais visitas. Fina, você pode ir embora. Não corro nenhum perigo se ficar sozinha com a rainha.

Fina deu de ombros e já foi se abaixando para se acomodar em uma almofada.

— Que bela tenda a sua — comentou.

Mordred também entrou. Não disse nada, apenas se sentou perto das mulheres.

Guinevere olhou para os copos, desconfiada, e declarou:

— Não estou com sede.

Morgana deu risada.

— Ah, pare com isso. Nunca tento usar o mesmo truque duas vezes. Sente-se.

A garota fez o que a feiticeira pediu, acomodando as pernas debaixo do corpo. Estava com a boca seca. Sabia o que precisava perguntar, mas de repente se arrependeu de não ter dado ouvidos a Mordred. Então disfarçou:

— Você teria um vestido para me emprestar? Gostaria de trocar de roupa.

Fora obrigada a limpar o próprio corpo e sua roupa com um pano úmido. Foi horrível. Sentia falta de seu fogo da limpeza. Por mais dolorido e incômodo que fosse, pelo menos não era um maldito pedaço de pano molhado.

— Logo ela também irá precisar de uma capa mais quente — completou Fina.

— Hummm... — Morgana pegou um dos copos e bebeu. Em seguida, bebeu do outro copo também. — Foi por isso que você veio? Para pedir um vestido emprestado?

Guinevere olhou para suas mãos atadas e disse:

— Usei um arco.

— Ouvi dizer. Muito heroico.

— Não sei usar arco e flecha. Jamais segurei um. Mas... eu sabia. Minhas mãos sabiam. — A garota ergueu os olhos para o rosto impassível de Morgana. — Você disse que poderia me ajudar a recuperar quem sou. É isso que quero. — Se Guinevere pudesse obter respostas para suas perguntas sem recorrer a Merlin, tanto melhor. Recuperaria seu passado e então fugiria. E então ela... o quê? Ficaria satisfeita com sua vida e voltaria para Camelot, para ser rainha? Será que queria isso?

Há um mês, teria dito "sim". Mas lhe fora dada a oportunidade de se apossar, absoluta e completamente, de sua identidade de Rainha Guinevere, e ela escolhera se isolar do lado de fora. O que realmente queria?

"Eu mesma." Ela queria a si mesma. Faria o que fosse preciso para descobrir quem realmente era.

Morgana deu um sorriso. Em seu rosto majestoso, o sorriso era de uma afetuosidade apaziguadora. Mais uma vez, parecia a Anna que conheceram em Camelot, com aquela segurança calma e experiente. Contrariando o bom senso, Guinevere se permitiu ter um momento de esperança e alívio. Aquela era a decisão correta.

— Solte as mãos dela — ordenou Morgana.

Mordred se inclinou para frente e fez o que a feiticeira pediu. A garota conseguia sentir o incômodo de Mordred toda vez que a pele dele roçava na sua. O alívio de Guinevere se evaporou. Se Mordred estava preocupado com o que a própria mãe estava fazendo, Guinevere não deveria estar ainda mais preocupada do que ele? Ou será que Mordred simplesmente não queria que ela obtivesse nenhuma resposta?

— Eu lhe contei um pouco do que sou capaz de fazer. Você lembra?

A expressão de Morgana era mais dura do que a de Mordred, seus traços eram agressivos, e os dele, elegantes. Ainda assim, a feiticeira era bela, mas de uma maneira que intimidava Guinevere, em vez de...

Bem, ela não queria sentir nada a respeito da aparência de Mordred.

— Você é como Merlin. Pode ver através do tempo.

— Não exatamente. — Morgana segurou as mãos de Guinevere e ficou olhando para elas. Quando a feiticeira a tocou, a garota pôde sentir sua raiva. Que não lhe pareceu ser relacionada com aquele momento. Não era a explosão de uma fogueira que ilumina, mas um calor abrasador, cuidadosamente acumulado, atiçado com amor. Aquela raiva fazia parte de Morgana, tanto quanto seu coração. — Você mentiu para mim. A caverna ainda está vedada. Merlin não criou o escudo em volta de Camelot.

Guinevere engoliu em seco e desconversou:

— Merlin é feiticeiro. Com certeza, uma rochinha não é nada para ele.

Morgana virou as mãos da garota, com a parte de dentro de seus pulsos para cima, deixando à mostra os traços delicados de suas veias, que apareciam no fim de suas mangas.

— Não minta para mim novamente. Somos aliadas, eu e você. — Guinevere ficou tensa, estreitou os olhos. Morgana sacudiu a cabeça. — *Somos* aliadas, quer você se dê conta disso ou não. *Merlin* é nosso inimigo. Vou lhe mostrar. — Neste momento, ela deu uma batidinha em um dos pulsos da garota. — Não sou como o feiticeiro. Não vejo através do tempo. Vejo através das pessoas. Sou capaz de ver através de quem eu estiver conectada. — Sua expressão clareou, afoita e ávida. — E agora também posso ver, através de você, as pessoas que estão mais conectadas ao seu coração.

Mordred pôs a mão no braço da mãe e disse:

— Talvez devamos tentar outra coisa.

— Quero desvelar o passado da jovem rainha. E é isso que ela quer também, não é? — O olhar de Morgana era fulminante. Guinevere se sentiu paralisada, incapaz de desviar os olhos. — Vou desfazer você, conexão por conexão, até encontrarmos a fonte de tudo. Até encontrarmos o feiticeiro. Até desvendarmos o mistério da rainha-que--não-é-rainha, o apelido carinhoso que minha Rainha das Trevas lhe deu. Você também quer isso. Saber quem você realmente é.

Guinevere queria. Mais do que qualquer coisa. Se estava disposta a pedir ajuda a Merlin, que fizera coisas inenarráveis tantas e tantas vezes, como poderia ser pior pedir ajuda a Morgana? Morgana, pelo menos, era humana.

— Dê a sua permissão.

A feiticeira segurava as mãos da garota com a firmeza de uma rocha. Guinevere ficou se perguntando: "Será que, se eu tentar me desvencilhar, ela irá permitir?".

— Pode ir em frente — sussurrou.

Morgana pressionou uma das veias do pulso de Guinevere e murmurou:

— Paixão.

Guinevere gritou, como se tivessem lhe arrancado um pedaço, e tudo ficou branco.

Ela estava olhando para baixo, para *si mesma*. Sua cabeça estava inclinada para trás, a boca entreaberta, em uma agonia silenciosa, petrificada. Queria fugir, queria voltar para o próprio corpo, mas ter consciência não fazia diferença. Não podia fazer nada, apenas observar.

— Mãe... — a voz de Mordred era dura. — Isso não.

Mas Mordred não falava sozinho, porque Guinevere também estava dizendo isso, junto com ele. Sendo ele. Era uma passageira atrás dos olhos de Mordred, uma clandestina em seu coração, introduzida ali pela magia de Morgana.

Os olhos de Morgana não eram mais verdes. Eram da mesma cor dos de Guinevere. A feiticeira não estava presa dentro de outra pessoa como a garota, mas estava conectada. Sabia onde Guinevere estava, o que ela via.

— Isso foi inesperado — disse Morgana, lançando um olhar de pena para o corpo imóvel de Guinevere.

Uma raiva, muito mais intensa do que a de Morgana, tomou corpo, e as mãos de Guinevere — *não*, as mãos de Mordred, ela não tinha controle, era uma mera passageira — se estenderam na direção da mãe. Raízes serpentearam, libertando-se da terra, enroscando-se nos tornozelos e joelhos dele, puxando-o para baixo.

Mordred ignorou as raízes, pulsando de raiva.

— A senhora não está fazendo isso por ela.

— Seja um bom menino ou não vou lhe contar aonde a paixão a levou. — Morgana franziu o cenho, concentrada. Mordred ficou observando, impotente. Era assim que ele sempre fora, que sempre seria. Guinevere sentiu, como ele sentiu, e teve vontade de chorar por Mordred.

Ele era incapaz de tocar o coração da garota. Assim como fora incapaz de tocar o coração de Arthur. Incapaz de salvar o próprio pai, de reconfortar a mãe, de proteger a avó. Incapaz de se sentir amado por qualquer um deles. O desespero havia levado Mordred até aquele bosque encharcado de sangue, na noite em que ele e Guinevere ressuscitaram a Rainha das Trevas. O desespero de, finalmente, remediar algo, de finalmente ajudar alguém, de finalmente fazer algo a respeito da dor que, ao que parecia, era o próprio âmago de seu ser.

E Mordred fizera mal a ela, fizera mal a Guinevere. E isso ele jamais poderia remediar, não merecia ser capaz de remediar.

O desespero tomou conta de Mordred mais uma vez, ao ver a mãe bater em outra veia e dizer:

— Ela aguenta mais, acho eu.

— Mãe. Eu imploro.

Mas Mordred sabia que não adiantaria implorar. Nada se interpunha entre Morgana e o que ela queria, e o que a feiticeira queria nunca era o que seu filho queria. Mordred só queria...

Sentindo um influxo parecido com o que sentia quando o sangue retornava aos seus dedos depois de tê-los amarrado com nós, Guinevere voltou a si. Estava ofegante, piscando, desorientada, e encontrou Mordred, mais uma vez, acima dela, que estava deitada no chão da tenda. Mordred ainda estava preso pelas raízes.

O olhar de Morgana era de pedra, prestes a pegar fogo.

— Vamos deixar Guinevere decidir. Você quer descobrir qual é sua conexão com Merlin? Ver e sentir como ele? Ou quer continuar sendo uma desconhecida para si mesma?

Guinevere lambeu os lábios secos, tentando recuperar a fala. Mordred havia dito que a mãe não estava fazendo aquilo por ela. Mas se seu objetivo — chegar ao feiticeiro, descobrir a verdadeira identidade de Guinevere — era o mesmo, que importância tinha os motivos das duas serem diferentes?

— Eu quero desvelar o que ele fez comigo.

— Ótimo. — Morgana apertou a esmo o pulso de Guinevere. — Humm... Estou pensando em qual conexão tocar para tentar encontrá-lo.

— Você realmente achou que seria paixão? — perguntou a garota, perplexa.

A feiticeira deu risada, uma risada grave e espontânea.

— Na verdade, não. Eu estava apenas me aquecendo. A paixão fica perto da superfície, estabelece um elo fácil e intenso entre nós. Você gostaria de falar sobre a pessoa com a qual a paixão lhe conectou?

Guinevere pressionou o pulso na mão de Morgana, com a cabeça girando e o rosto ardendo de vergonha.

— Vá em frente.

— Você achava que Merlin era seu pai, não achava? — Morgana respirou fundo e passou o dedo em uma das veias de Guinevere. Ela sentiu o mesmo formigamento de antes, como se sua veia estivesse tentando se erguer debaixo da pele, e isso a fez ter certeza de que iria enlouquecer. Até que Morgana bateu na veia e disse:

— Família.

Ela se dividiu em três, e sua consciência era como um rio com seus afluentes.

CAPÍTULO SEIS

No primeiro afluente, havia Brangien.

— Mas qual das duas versões é a verdadeira? — perguntou Ailith, a criada da cozinha que voltara para Camelot em vez de ir embora com o restante do povoado de Rhoslyn. Então indagou, tremendo, com as mãos enfiadas na massa, mas sem sovar: — A Rainha das Trevas está nos prendendo ou a Dama do Lago está nos protegendo?

Não era preciso ter a consciência ampliada para saber que Guinevere estava habitando Brangien. Poderia até ter dado risada com a onda de intensa irritação que a dama de companhia sentiu.

— Eu não imaginava que você precisava saber disso para terminar de fazer o pão das refeições do dia. Abandonarei todas as minhas muitas e muitas obrigações para ir correndo até o lago perguntar isso para você, porque essa é a minha única prioridade deste dia em que preciso cuidar de uma cidade inteira.

Ailith arregalou os olhos.

— Mesmo?

— Não! E, para os seus propósitos, poderia muito bem ser a Dama do Lago e a própria Rainha das Trevas fazendo amor apaixonado com Merlin nos céus que encobrem Camelot. Isso não mudaria o fato de o castelo precisar de pão, e você ser a responsável por fazê-lo. Se quiser abrir mão dessa responsabilidade, tenho certeza de que existe alguém nesta cidade que gostaria muito de sua posição, de sua cama no castelo e de seu pagamento. Alguém que tenha noção de que o que está acontecendo é assunto para reis e rainhas, e nós temos com que nos ocupar, garantindo que, neste meio-tempo, esta cidade continue funcionando.

Ailith começou a sovar a massa com um vigor apavorado. Brangien olhou em volta da cozinha, que estava excepcionalmente silenciosa, cada pessoa intensamente concentrada em realizar sua tarefa específica.

— E, dado que o céu não caiu em nossas cabeças, e nenhum de nós foi massacrado sem cerimônia, devia ser muito óbvio que o escudo em volta da cidade é uma proteção e não um perigo. Seja o que for, não muda nosso trabalho nem como devemos fazê-lo.

Brangien girou nos calcanhares e saiu da cozinha, pisando firme. Assim que chegou ao corredor e ficou sozinha, encostou-se na parede, passou a mão no rosto e pensou em seus amigos. Sir Tristão estava no sul, enfrentando sabe-se lá quais perigos; Guinevere estava no norte, nas mão de Mordred e Morgana; e ela estava ali, fazendo as criadas da cozinha chorarem. Mas alguém tinha que manter aquela maldita cidade funcionando enquanto todos esperavam Rei Arthur voltar e Guinevere ser resgatada.

A dama de companhia desejou, com um súbito e intenso anseio, que Isolda soubesse fazer os nós para que ela pudesse falar com Guinevere, em vez de ouvir os detalhes da boca de sua amada. Isolda descrevia muito bem o estado mental e emocional de Guinevere. Mas, ainda assim, era injusto. Cuidar de Guinevere era *sua* responsabilidade, não de Isolda.

A garota dera tudo a Brangien. Um lugar no castelo, uma amiga, um espaço seguro para ser ela mesma e, finalmente, o mais inacreditável de tudo: Isolda. E Brangien jamais havia dito a Guinevere o quanto gostava dela e valorizava sua amizade. A dama de companhia odiava isso em si mesma, o fato de saber muito bem xingar e criticar, mas a gentileza ainda lhe parecer um músculo que jamais exercitara. Conseguia ser gentil com Isolda, mas isso era fácil, porque sua amada conhecia o que ela tinha de pior e ainda assim a amava.

Quando Guinevere voltasse — porque ela voltaria, *sim* —, Brangien se esforçaria para ser gentil. Para de fato dizer as coisas boas que pensava das pessoas. *Depois* de gritar com a garota e dizer que seu plano fora tremendamente tolo. E de contar que ficara furiosa por não ter sido consultada.

Brangien empertigou-se e subiu as escadas até o quarto de Guinevere. Naquele meio-tempo, a garota havia lhe deixado responsável por aquela cidade imbecil, e a dama de companhia cuidaria tão bem dela que Camelot jamais seria a mesma. O rei e a rainha voltariam para uma Camelot em sua melhor forma, jamais vista: cada criado, cada soldado, cada ser vivo fazendo exatamente o que deveria fazer. Porque, do contrário, seriam destruídos por Brangien. A Rainha das Trevas não chegava nem perto no quesito determinação e fúria.

Ela arrumou o quarto já impecável de Guinevere, depois decidiu fazer a mesma coisa com o quarto do Rei Arthur. Brangien não costumava cuidar das coisas dele, mas precisava de algo, de qualquer coisa, para fazer enquanto esperava Isolda voltar de suas tarefas. Entrou no quarto do rei e parou de repente.

A coroa, no meio da cama.

A coroa de Guinevere.

"Não, não, não, não. Guinevere, sua tola." Xingando a melhor amiga, Brangien pegou a coroa e levou de volta ao quarto da rainha, onde a colocou, respeitosamente, em cima de uma mesa.

Ela protegeria a amiga de si mesma. Seja lá qual fosse o plano de Guinevere quando foi embora da cidade, com certeza, a esta altura, já teria mudado. E Brangien faria questão de que, quando Guinevere voltasse, não houvesse questionamentos, exigências e mágoas. A garota seria capaz de tomar uma decisão mais acertada, então. Não uma decisão motivada pelo pânico.

Mas...

E se... e se Guinevere realmente quisesse ter ido embora com Mordred?

Brangien sentou-se pesadamente na beirada da cama da rainha. Será que estivera cega em relação às necessidades de sua amiga? Guinevere obviamente queria ter algo a mais com o rei, coisa que Arthur não estava disposto a dar ou não podia dar. Guinevere pensara que, com o tempo, os dois se entenderiam. Mas sabia como era descobrir o que se quer, maldizer todas as consequências, abandonar quem se é e quem se poderia ser em troca do que se poderia ser com outra pessoa.

E Brangien não era boba. Já vira os olhares que Mordred lançava para Guinevere e os olhares que Guinevere se segurava para não lançar para ele.

Talvez, se tivesse sido uma amiga melhor, poderia ter remediado aquilo. Ou, se tivesse sido uma amiga melhor, poderia ter enxergado que isso era impossível de remediar e ajudado Guinevere a encontrar o caminho para sua própria felicidade. Mas Camelot precisava de Guinevere. Arthur precisava de Guinevere. *Brangien* precisava de Guinevere.

Alguém bateu à porta. A dama de companhia a abriu, resmungando.

— Que foi?

O pajem tremeu e disse, com a voz fina:

— Temos um problema com a programação da arena, e me disseram que... deveríamos... Você é a encarregada?

Pela graça de Deus, ela era.

— Diga que estou a caminho.

Brangien bateu a porta na cara do pajem e então vestiu sua capa. Seus olhos ficaram fixos na coroa. Aquela cidade não iria desmoronar enquanto ela fosse a responsável. Quando Arthur voltasse, Brangien faria questão de que o idiota do rei não deixasse Guinevere ir embora sem lutar por ela.

Guinevere estava se esvaindo. Algo estava se partindo, algo vazava pelas fissuras.

Mas, antes que pudesse sentir o devido medo, foi transportada ao segundo afluente, e seus sentimentos foram alçados para dentro de Lily.

As bochechas de Lily doíam de tanto sorrir, mas ela continuou mantendo a máscara no lugar, acenando para donos de lojas, fazendo gracinhas para bebês e parando para assistir ao jogo de bola que acontecia em uma das poucas ruas planas da cidade. Quanto mais a princesa Lily fosse vista divertindo-se em Camelot, comprando tecido para fazer vestidos novos, aplaudindo competidores na arena e dando risada das peças, mais as pessoas se dariam conta de que não tinham nada a temer.

Guinevere acusara Lily de só se relacionar com figuras importantes, e isso *fora* verdade enquanto a princesa lutava para ter seu espaço em Camelot. Mas, agora que o rei e a rainha estavam ausentes, Lily tomara o lugar dos dois. Como Arthur e Guinevere eram um rei e uma rainha do povo, ela passava o máximo de tempo possível entre os cidadãos comuns.

Se Guinevere fora capaz de ir para Camelot e se tornar corajosa, Lily era capaz de ir para Camelot e se tornar o que fosse necessário para fazer diferença. Camelot era um lugar cheio de oportunidades. De mudanças. Ela também permitiria que a cidade a mudasse para melhor.

— Você tem saudade de Sir Gawain? — perguntou Isolda, entrando com Lily em uma padaria. Isolda também era talentosa no sorriso. E era bom que as pessoas vissem seu rosto, de uma beleza radiante.

— Oh! Sim? Sim.

Na verdade, a princesa mal pensava no cavaleiro. O que a deixava um pouco triste. Adoraria estar apaixonada, ter saudade de um bravo cavaleiro e rezar para seu retorno, mas... Agora que não precisava se casar para continuar ali, toda aquela afeição aflita que havia construído por Sir Gawain diminuíra, dando lugar a um bem-querer passivo. Não fazia diferença. Seu pai estava enganado. Ela tinha muito mais valor como pessoa, não servia apenas para se tornar esposa e mãe.

Na padaria, Lily e Isolda compraram tudo o que havia disponível e levaram a comida em cestos.

— Boa tarde! — gritava Lily, distribuindo pão e pãezinhos de mel para todos que passavam. As mulheres juntavam as mãos, radiantes de gratidão, e ela sabia que não era por causa do pão, era pela esperança, pela tranquilidade de saber que Camelot estava fora de perigo e que tudo ficaria bem.

Poderia não ficar. Lily não era tola. Sabia que Guinevere fora levada por inimigos e que não faziam ideia de quando o rei retornaria. Sempre que acordava pela manhã e relembrava que sua irmã ainda estava ausente, ela ficava, em igual parte, arrasada pelo medo e furiosa por ter sido deixada para trás.

Mas, ao mesmo tempo, estava confiante. Orgulhosa. Guinevere a deixara no comando. Guinevere confiava nela. Acreditava nela. E Lily *gostava* de seu trabalho em Camelot. Adorava espalhar boatos positivos, criando a mentira de que a Dama do Lago estava protegendo a cidade. Não fazia ideia do que era aquele escudo, mas podia ver que Brangien e Lancelote sabiam.

Elas que guardassem seus segredos. Isso não afetava seu trabalho de modo algum. A princesa tinha uma cidade inteira para fazer feliz, e era muito, muito boa nisso. E, quando sua irmã voltasse – porque ela tinha que voltar, Lily nem sequer pensava em outra alternativa –, ficaria orgulhosa.

Guinevere queria poder dizer a Lily que já estava orgulhosa, mas quando lhe arrancaram de dentro dela, foi expulsa dali e pôde sentir pedaços de si mesma caindo, dissolvendo-se na escuridão e ela...

— Lady Dindrane! — disse Lionel, o filho mais novo do primeiro casamento de Sir Bors, fazendo uma reverência. O menino era um espigão alto, que acabara de completar 15 anos, com ombros largos, pernas e braços compridos. — A senhora está bem?

— Você está vindo do treino? — perguntou Dindrane.

Guinevere *não* era Dindrane. Tentou se desgrudar dela, segurar-se no ponto em que ela mesma acabava e Dindrane começava, mas isso a fazia ter a sensação de que estava sendo aberta à força com um formão.

Dindrane olhou para o enteado. Lionel se tornaria cavaleiro logo, com o apoio do pai. Era um jovem belo. Tinha a pele morena da mãe, o nariz fino e reto e olhos bondosos. Sempre fora educado, ia regularmente à igreja, e Dindrane jamais o ouvira dizer uma palavra maldosa para ninguém. E Sir Gawain estava ausente.

Certamente, a princesa Lily devia estar se sentindo sozinha. Não seria maravilhoso selar seu laço com Guinevere alcovitando o relacionamento entre seu enteado e a irmã da rainha? E que triunfo seria para Sir Bors ter o filho tão bem casado...

Houve um tempo, não muito distante, em que ela vivia com medo de que Guinevere um dia se desse conta de que fora tola ao valorizar Dindrane.

Nunca ninguém havia feito isso, afinal de contas. Dindrane era pequena e má porque o mundo ao seu redor era pequeno e mau. E estava tão acostumada a revidar de qualquer forma possível que, uma hora, começou a atacar primeiro, fustigando os outros com a língua antes que pudessem feri-la.

E, apesar disso, Guinevere dera risada, juntara as mãos e declarara que as duas seriam amigas.

E fora sincera. Aos olhos de Guinevere, Dindrane não era pequena e má, mas inteligente e leal. Ser vista por alguém dessa forma fez com que Dindrane visse a si mesma dessa maneira. Ela havia amadurecido. Era uma pessoa melhor porque Guinevere a amava.

A garota não deixaria de amar Dindrane. Mas nunca seria demais aprofundar as alianças dando de presente à doce Lily um rapaz igualmente doce.

— Tenho uma tarefa para você. — Dindrane deu o braço para Lionel e o virou para que caminhasse com ela. — A princesa Lily fica tanto tempo nas ruas da cidade, sem ninguém para acompanhá-la ou protegê-la. E, já que você é praticamente um cavaleiro, nada mais justo do que se incumbir disso.

— A princesa Lily? — A voz de Lionel tremeu sutilmente, deixando transparecer uma empolgação e uma emoção profundas, que não surpreenderam Dindrane, mas com certeza o incentivaram.

Viu como ela conseguia ser generosa?

Morgana puxou a mão, fazendo uma careta irritada.

— Não preciso ver essa mulher ridícula.

Em algum momento, Guinevere havia caído para trás. Tudo doía, como se seu próprio sangue estivesse com queimaduras de sol. Ela se sentia em carne viva, exposta e dispersa, presa entre o sonho e a vigília, com um medo súbito de que jamais acordaria completamente. De que pedaços dela haviam ficado para trás, em Brangien, em Lily, em Dindrane. Em Mordred.

— Você morreu? — perguntou Fina, preocupada.

— Não.

Guinevere tentou se mexer, mas seu corpo ainda não tinha acordado. Piscou os olhos rapidamente, tentando se concentrar na tenda, na sensação de que estava de volta à sua própria mente.

— Fina, vá buscar alguma coisa para Guinevere tomar — ordenou Morgana.

A princesa fez careta para Guinevere, com rugas de preocupação na testa.

— Vou, mas não porque você mandou. Vou porque ela precisa — respondeu. E então saiu da tenda.

— Dindrane não muda — disse Guinevere, com uma onda de afeição, apesar da confusão mental.

Por pior que estivesse se sentindo, estava feliz pelos poucos instantes que pudera passar com as três mulheres que amava. Que eram tão fortes, tão inteligentes. Tão complexas, infinitas e humanas.

— Mãe, solte-me. — A voz de Mordred era fria e firme.

— Humm... — Morgana estava com a mão na testa, os olhos bem fechados. Guinevere sofria os efeitos da magia, mas tampouco parecia ser fácil para Morgana. — Mas ela muda, sim. Todas mudam e mudaram por sua causa. E nada disso nos ajuda, porque nenhuma delas é Merlin. Qual você acha que é sua conexão com ele?

Guinevere queria se sentar, mas achava que não conseguiria. Tinha a sensação de estar com uma colmeia de abelhas dentro de sua mente, zumbindo sem parar, e sentia a dor de cabeça esperando para atacar, com uma força tão torrencial quanto a da tempestade que caía lá fora.

— Se eu soubesse qual é minha conexão com Merlin não precisaria de você.

Guinevere sentiu uma pontada no estômago e, por fim, a sensação de estar presa em um sonho foi interrompida pelo medo. Se já fora tão destrutivo entrar na cabeça de pessoas normais, como se sentiria na cabeça de Merlin?

Morgana soltou um suspiro e falou:

— Mas você precisa de mim, sim, para mais do que isso. Não sou sua inimiga. Somos aliadas contra Merlin, quer você se dê conta, quer não.

— Você quer me entregar para a Rainha das Trevas, para ela ser capaz de derrotar Arthur.

— Quero encontrar uma nova maneira de lutar contra Merlin. Ele usou todos nós, como se fôssemos ferramentas incautas, em sua missão de refazer o mundo de acordo com seus desejos. Eu... nós... precisamos nos desviar do rumo em que ele nos colocou.

A garota conseguiu se sentar. As abelhas em sua cabeça estavam formando um enxame, abrindo espaço para a dor que se aproximava.

— Eu não tenho amor nenhum por Merlin nem pelos seus métodos. — Ela lembrou do que fora feito a Igraine, a Morgana, a si mesma. — Mas, ao ficar contra Merlin, você também está contra Arthur, e eu acredito em Arthur. Ele construiu um mundo melhor em Camelot.

Mordred deu uma risada debochada e disse, com um tom amargo:

— Melhor para alguns. Não para todos.

Isso Guinevere não podia negar. Ver Ailith na cozinha com Brangien a fez lembrar disso. Mas Rhoslyn e as pessoas de seu povoado haviam optado por rejeitar Camelot, por manter suas tradições e sua magia, e ficaram expostas ao perigo. Sem a ajuda de Lancelote e de Mordred, o que poderia ter acontecido com eles?

O jeito de Arthur não era perfeito, mas o mundo era um lugar perverso, perigoso, e tudo que se contrapunha a isso era melhor do que nada. Tinha de ser.

— Ele só quer Camelot.

Morgana ergueu a sobrancelha e perguntou:

— É mesmo? Como você pode ter certeza? Arthur quer o que Merlin quer, e juro que esse monstro não ficará satisfeito só com uma cidade *perfeita*.

Guinevere tentou discordar sacudindo a cabeça, mas esse movimento fez tudo girar. Arthur não era Merlin e jamais seria.

— Aqui está! — disse Fina, bem alto.

A princesa entrou na tenda e entregou um cantil para Guinevere. Ela se balançou e quase caiu de novo. Sua vista estava sem foco.

Morgana levou a mão à própria testa.

— Por favor, Fina, fale baixo.

— Ah, então a magia terrível que usou em Guinevere deixou você esgotada? — Fina falou ainda mais alto. — Está com dor de cabeça? Está doendo muito? Quanto você acha que está doendo?

— *Shhh*, garota maldita. Ou farei todo o seu cabelo cair com minha magia.

— Tente e farei todo o seu sangue vazar. Com meu machado.

— Chega — interveio Mordred.

Ele havia conseguido se livrar das raízes que prendiam seus braços. Pegou uma faca e começou a cortar as que se enroscavam nos joelhos e tornozelos.

Morgana segurou o pulso de Guinevere. Antes que alguém pudesse impedi-la, a feiticeira pressionou uma veia e sussurrou:

— Dever.

CAPÍTULO SETE

Um pé calçando botas deu um chute no corpo, libertando-o da espada. *A* espada. Excalibur. Guinevere ainda guardava o suficiente de si mesma para ficar maravilhada, por um instante, com o fato de estar perto de Excalibur sem sentir aquele pavor nauseabundo, que sempre a fazia tremer. Mas então seus limites se dissolveram. Ela era como bolhas de ar que saíam de pulmões, flutuando até a superfície e desaparecendo, afogada em Arthur.

— Saxões — disse Sir Bors, cobrindo o corpo com um pano ensanguentado. — E encontramos moedas de prata com os rabiscos dos pictões — completou, mostrando uma moeda.

O rei ficou olhando para o cadáver. Seus cavaleiros haviam chegado voando, quase que por magia: as estradas estavam desimpedidas, os cavalos eram poderosos, e sua irmandade, mais forte que o ferro. Haviam invadido o castelo, o castelo que guardava seu passado, seu futuro, seu filho. Um filho e uma esposa, uma família, tudo dele. Arthur estava prestes a ter tudo o que seu coração sempre sonhara.

Só que, em vez disso, encontraram uma emboscada.

— Saxões. — A voz de Arthur parecia vazia. — E pictões. Algum sinal de crianças?

Sir Bors sacudiu a cabeça. E, por mais que esse cavaleiro fosse o menos emotivo de todos, seu bigode tremeu quando respondeu:

— Não. Nenhum sinal.

Arthur olhou para Excalibur. Era mentira. Era tudo mentira. Aqueles quatro dias de esperança, de certeza, de propósito. A alegria ardente de uma missão, da missão que compensaria o mal que ele causara a Elaine. Nunca fora uma missão.

Ele era um tolo.

Passou por cima do cadáver e foi se arrastando pelos corredores do castelo. Enxergava os corpos ensanguentados e feridos dos homens tão bem quanto as tapeçarias mofadas e o chão de terra coberto de juncos. Do lado de fora, conseguiria respirar melhor. Seus cavaleiros se reuniram em volta dele. Sir Percival levara uma flechada no ombro, Sir Gawain estava mancando, e Sir Bedivere estava fazendo um curativo no tronco, que sangrava copiosamente. Mas os ferimentos de seus homens não eram o preço mais alto a pagar pela esperança vã do rei, seu sonho ingênuo do bem que poderia fazer, à força, ao mundo que o rodeava. Camelot era o preço a pagar. Ao retornar, encontraria Camelot sitiada. Ou pior: conquistada.

Arthur fechou os olhos e ergueu a cabeça em direção ao céu. Voltar o mais rápido possível seria a melhor maneira de proteger Guinevere. A cidade conseguiria resistir ao cerco por alguns dias, no mínimo. Ele poderia entrar despercebido pela passagem secreta a tempo de salvar sua rainha. Tirá-la dali, caso o ataque tivesse avançado demais para poder ser repelido. Guinevere não fugiria sozinha, ele tinha certeza disso. Resistiria com a cidade até o fim.

Guinevere. Sua Guinevere. O último presente que Merlin lhe reservara. Olhou para a espada. Também fora um presente. Um presente e uma maldição. Ele ainda não estava livre da maldição.

— Estamos perto do território de Rei Mark, não estamos? — perguntou Arthur, abrindo os olhos.

Ele poderia voltar correndo e salvar Guinevere, mas isso não salvaria Camelot. Se quisesse derrotar o que quer que estivesse enfrentando, precisaria de uma força avassaladora. Homens suficientes para conseguir retomar a Camelot roubada.

— Sim, meu rei — respondeu Sir Percival.

O que era mesmo que Guinevere havia dito quando Arthur a repreendeu por ter destruído a mente de Rei Mark e introduzido o caos em seu reino? "Eles não têm um Rei Arthur."

Muito bem. Ele lhes daria um Arthur. Daria *a todos* um Arthur. Conquistaria o sul, e seus habitantes ficariam de joelhos porque seriam obrigados. Porque, uma hora ou outra, ficariam felizes por terem feito isto. Veriam que o seu modo de governar era melhor, à medida que Arthur se assomasse pela terra feito uma enchente, levando embora os saxões, levando embora os pictões, levando embora todos aqueles capazes de semear o caos, capazes de destruir o que ele se esforçava tanto para construir. Protegeria suas fronteiras eliminando-as. Estava na hora de transformar aquela ilha inteira em Camelot.

Arthur fincou a espada diante de si e se ajoelhou, fazendo um pacto com o futuro. Faria o que precisasse ser feito, e Guinevere não correria perigo, porque tinha que ser assim. Porque ele não sobreviveria se chegasse a outro castelo e também encontrasse esse pedaço de seu coração destruído. Merlin havia jurado que esse era o dever de Arthur. Seu direito. E, certamente, estaria cumprindo seu destino, fazendo o que era certo, e o destino garantiria a segurança de Guinevere até ele voltar.

Ainda assim, precisou de todo o seu ser, de cada fiapo da força reunida ao longo de sua vida, para levantar e se dirigir aos seus homens, em vez de sair correndo para seu cavalo e sua rainha.

— Tomaremos o sul — declarou. — E depois, o norte. Iremos tomar tudo. Por Camelot.

— Por Camelot! — gritaram seus homens, em uníssono, brandindo suas espadas. E a confiança deles foi como uma confirmação de que Arthur estava tomando a decisão correta.

Não havia escolha a não ser ele. Arthur era tudo, e nada mais importava. A última bolha de Guinevere, o último pedaço frágil de seu ser, evaporou-se.

— Ela não está respirando! — Guinevere ouviu alguém gritar.

A garota não conseguia se encontrar, não conseguia e não queria se acomodar. Queria estar com Arthur de novo, sentir aquela certeza tão absoluta a respeito de quem era o rei, do que ele deveria fazer. Não ser aquela pobre garota perdida, deitada no chão de uma tenda. Estava cansada demais para ser isso de novo. Por que havia escolhido isso?

— Não!

Mordred rompeu a última raiz que o prendia e se atirou em cima de Guinevere. Beijou-a nos lábios. Ela viu isso acontecer sem sentir nada. E, naquele momento, queria sentir — não importava o que mais iria sentir, queria sentir *aquilo* de novo, uma última vez.

Guinevere respirou.

CAPÍTULO OITO

Guinevere tinha a sensação de que haviam desfeito as costuras de seu ser e ainda não tinham remendado direito. Seus pensamentos continuavam confusos, como um cavalo assustado, movimentando-se de supetão e depois saltando para um outro lugar completamente diferente.

— Não foi isso que combinamos! A feiticeira a teria matado!

— Baixe a voz, garota. Também estou esgotada. Mas valeu a pena.

Um homem estava falando, mas a garota não entendia nada do que ele dizia. Por que seus ouvidos e seus pensamentos não conseguiam se organizar? Ouviu um silvo, um chacoalhar. Algo tentava estraçalhar a tenda, assim como sua mente fora estraçalhada. Alguém a abraçava, seu rosto estava encostado contra um peito cujo coração batia terrivelmente rápido. Tão terrivelmente rápido... Por que os corações tentam esgotar seus batimentos? Têm tão poucos...

— Não quero ir. Por favor. Quero ficar aqui — sussurrou ela, pressionando ainda mais o rosto contra o coração, que tentava sair da caixa torácica para encontrá-la.

— *Shhh* — sussurrou Mordred, e a garota conhecia sua voz, conhecia sua alma, e quando a mão dele segurou seu rosto, Guinevere não conseguia saber que dor era sua e que dor era de Mordred, e sabia que para ele não fazia diferença. Era tudo a mesma dor.

A feiticeira falou:

— Arthur irá tomar o sul. Não será difícil. São povos divididos, pequenos. A maioria é rei só de nome. Acha que estamos sitiando Camelot, mas quando descobrir que a cidade não foi invadida, atacará subindo pela costa. Irá para cima do norte.

— E de quem é a culpa?

— *Fina* — repreendeu Nectudad. — Como você sabe disso, Morgana?

— Eu vi. Porque sou *feiticeira*.

Um truque. Fora tudo um truque. Morgana jamais tentou ajudar Guinevere. Talvez nem esperasse encontrar Merlin de fato. Usara Guinevere para espionar Arthur. Uma nova onda de dor arrebentou, e esta dor era toda de Guinevere.

Fina argumentou:

— Mas, certamente, quando descobrir que Camelot não foi invadida, irá parar.

Guinevere conhecia a voz de Fina, a de Nectudad e a de Morgana. Entendia o que falavam. Ou seja: a voz que pronunciava palavras que ela não conseguia compreender era de Nechtan. A tenda estava muito cheia. A garota queria estar em outro lugar, em qualquer outro lugar, onde pudesse se afundar tranquilamente na dor e no desespero.

— Ele nunca irá parar — declarou Morgana. — Arthur é tão inevitável quanto a maré. Não podemos detê-lo com homens ou exércitos. Apenas a Rainha das Trevas é capaz de enfrentá-lo. Seu pai entende isso. Traduza.

— Traduza você, bruxa — disparou Nectudad.

O vento forte atravessava a tenda. Mordred mudou de posição para proteger Guinevere. Ela queria abrir os olhos, despertar, dormir, qualquer coisa, para deixar de se sentir daquela maneira. Para se encontrar ou se perder completamente.

— Traduza, Nectudad — insistiu Morgana, com um tom de voz frio como o ar que os cercava, e tão carregado quanto. — E meu filho saberá se você traduzir errado.

Mais uma lufada de vento. A aba da tenda se abriu de novo.

— Ou você fica aqui dentro ou lá fora, Fina — resmungou Morgana.

A princesa falou, parecendo brava:

— Entregue-a para mim! Guinevere. Entregue-a para mim.

— Não — respondeu Morgana.

— Muito bem, continue falando de nossa estratégia de guerra na frente da rainha do inimigo! Irei detalhar quantos soldados temos e com quais povos temos alianças. E você pode contar para a garota tudo o que sua Rainha das Trevas pretende fazer com ela. Não há como isso terminar mal.

Mordred fez que ia ficar de pé, ainda abraçado a Guinevere.

— Você fica aqui, Mordred — ordenou a feiticeira. — Não confio na tradução de Nectudad.

A voz de Nectudad saiu grave, de nojo:

— Só quem não tem honra duvida da honra de todos que o cercam. Se você não confia em minha tradução, como pode confiar na liderança que exerço sobre os exércitos de meu pai? Todos estamos juntos agora. Não há esperança sem você. Você se encarregou disso. — Nectudad fez um ruído, como se estivesse cuspindo. — Fina, tire Guinevere daqui. Mordred, fique.

Os braços de Mordred se apertaram em volta da garota.

— Serei gentil — sussurrou Fina, e o som da tempestade batendo na tenda fez com que suas palavras só fossem ouvidas pelos três.

Guinevere foi entregue a Fina, e era mais fácil estar longe de Mordred. Mesmo a tempestade que as açoitava enquanto a princesa tentava levar a garota para sua tenda — aos tropeços, com dificuldade — não parecia nada comparado ao que ela sentia quando encostava em Mordred.

Foi um alívio ficar dormente de novo.

Guinevere não sabia quanto tempo havia passado. Poderia ter sido minutos, horas ou dias. Talvez a tempestade continuasse inclemente para sempre, e ela existiria indefinidamente naquela tenda escura, com o corpo, a mente e o espírito despedaçados.

— Pentearei seu cabelo — declarou Fina, acendendo um lampião. Ela fez Guinevere se sentar e disse: — Está me incomodando. — A princesa desfazia os nós com a mesma impaciência brusca que Brangien teria. Guinevere gritou e, ao gritar, sentiu-se restaurada. Maltratada e ferida, mas ainda viva. Fina parou de penteá-la e se desculpou.

— Não, por favor, continue.

Guinevere abraçou os próprios joelhos, segurou as pernas e deixou as lágrimas rolarem pelo seu rosto.

— Então não funcionou? — sussurrou Fina.

Mal deu para ouvir suas palavras por causa da tempestade que açoitava o pano oleado da tenda.

A garota havia sido Mordred, depois foi suas mais queridas amigas, depois foi Arthur, e depois foi praticamente nada.

— Tenho certeza de que Morgana conseguiu o que queria, mas eu não. Merlin... — Guinevere deixou a frase no ar, sem saber como terminá-la. O que contar para Fina, sendo que tantos segredos que não eram seus já haviam sido revelados para os inimigos de Arthur?

— Eu sei quem é Merlin. Barba comprida. Olhos de carvão em brasa. Come criancinhas.

— Ele não... Bem, talvez coma criancinhas, sim. Não sei. Não sei nada. Merlin vai e volta no tempo, vendo tudo simultaneamente. E, apesar disso, não se dá ao trabalho de me dar nada verdadeiro, nada verdadeiro a meu respeito. Incutiu mentiras em minha cabeça e depois me despachou para Arthur.

— Você o viu, Arthur. Ele está mesmo reunindo um exército? Morgana não mentiu?

Guinevere deveria negar esse fato, mas talvez fosse melhor que soubessem. Não seriam capazes de derrotá-lo. Ela balançou a cabeça e respondeu:

— Arthur não sabe o que aconteceu em Camelot: acha que terá de lutar para recuperá-la.

— Talvez desista, quando voltar para Camelot e descobrir que não foi invadida.

De repente, pela voz, Fina parecia jovem, muito mais jovem do que Guinevere havia imaginado.

— Arthur encontrou uma emboscada em vez do filho que lhe prometeram, voltará para casa e descobrirá que sua esposa foi roubada. Você acha que ele irá parar?

A garota havia sentido a determinação do rei. Sentira a confiança, a certeza de suas escolhas acomodando-se em seus ombros. Guinevere havia se perdido no puro *poder* da fé de Arthur.

Ela acreditava em Arthur. Sempre acreditara. Mas agora havia algo apavorante na segurança do rei. Ninguém prestes a guerrear deveria se sentir tão seguro de si. O mundo de Arthur se resumia a bom ou ruim, certo ou errado. E, como esse mundo era seu, cabia a ele discernir, julgar o bem e o mal de forma cortante, com a lâmina de Excalibur.

Arthur acreditava que a espada era tanto um presente quanto uma maldição. O que isso queria dizer?

O rei havia pensado que Guinevere também era um presente. Mas não que a vida da garota, sua presença na vida dele, eram um presente. Acreditava que a garota era um presente *de Merlin*. Havia uma possessividade nessa ideia que a perturbava. Guinevere queria que Arthur fosse seu em todos os sentidos, mas queria isso para ambos, juntos. Não queria ser posse de ninguém, nem queria que ninguém fosse posse sua.

Quanto da raiva de Arthur era devida ao que ele achava que lhe fora roubado, ao seu desespero para ter a família que sempre quis, mas não tinha porque era incapaz de abrir mão de Camelot?

Fina sussurrou uma palavra que Guinevere não entendeu, mas teve a sensação, por instinto, de que era um palavrão e queria saber o que significava.

— Nectudad tem razão. Morgana nos encurralou. E agora Arthur virá para se apossar de tudo o que somos. — A princesa escovava o cabelo de Guinevere devagar, com as sobrancelhas claras enrugadas de preocupação. — Não somos perfeitos. Há derramamento de sangue e guerra entre os povos. Não temos compaixão por quem é fraco. Mas somos *livres*. Podemos dar as costas para um povo se não gostamos dele. Homens e mulheres podem decidir lutar, se isso está em seu sangue, ou ficar em casa e cuidar dos jovens. Podemos dar as costas para um parceiro se não gostamos dele. Não precisamos ser refeitos à imagem e semelhança de Camelot.

O povo de Fina era violento. Havia sequestrado Guinevere e enganado Arthur de um modo cruel. Mas ela também conhecera a bondade e a amizade com Fina, vira mulheres sendo tratadas como iguais. Pensar na princesa sendo forçada a assumir um papel que não queria, sendo restrita e diminuída, fazia a garota sentir uma tremenda tristeza.

E se Lancelote tivesse nascido ali? Será que teria sido mais feliz? Quantas pequenas Lancelotes do sul jamais poderiam ser o que realmente queriam e teriam que se diminuir para se encaixar em Camelot?

Mas quantas pessoas do norte sofreram sem necessidade e morreram devido à falta de uma liderança forte, à ausência de regras e de justiça, às guerras constantes?

Fina amarrou o cabelo de Guinevere com uma longa tira de tecido azul, igual à sua.

— Isso irá impedir que o seu cabelo fique emaranhado demais quando voltarmos a cavalgar.

— Obrigada.

A princesa cantarolou uma nota grave em resposta. Depois deu um tapa nas próprias pernas e ficou de pé. Tirou a túnica de proteção e deixou os braços à mostra. — Odeio quando ela fica molhada. É mais fácil secar os braços do que o couro. Você quer ficar bêbada?

— *Como?*

— Falei errado? Bêbada. Beber vinho demais. Deixar os nossos cérebros lentos e bobos.

— Não, você falou certo.

— Eu quero ficar bêbada. Acho que você também deveria ficar. Fez por merecer. Já volto. Não quero amarrar suas mãos neste exato momento. — Fina se agachou na frente de Guinevere e completou: — Por favor, não me obrigue a fazer isso.

A garota não tinha mais forças. Teve vontade de chorar de novo só de pensar em fazer até um simples nó de confusão.

— Eu lhe dou a minha palavra.

Fina assentiu com a cabeça e saiu pela aba da tenda, desaparecendo, engolida pela tempestade. Guinevere se arrastou até o meio da tenda, tentando ignorar o som da chuva que castigava aquele abrigo frágil, desesperada para entrar. Para pegá-la.

— Não estou preparada — sussurrou para a água. Tinha esperanças de deixar para trás seu plano de encontrar a Dama do Lago, mas agora isso era tudo o que lhe restava. Morgana não tinha o menor desejo de ajudá-la. Aproveitara o desespero de

Guinevere para conhecer seu próprio passado e o usara como ferramenta, para conseguir o que a Rainha das Trevas queria: informações sobre Arthur. Sabe-se lá o que mais poderia tentar, o que mais poderia fazer.

Guinevere sabia que não precisava estar tão magoada. Deveria ter esperado isso de Morgana. Em parte, viu uma mulher — uma mãe — e esperou ajuda. Mas ser mãe não torna alguém maternal. A feiticeira tinha seus próprios planos e propósitos e faria o que fosse necessário para alcançar seus objetivos sangrentos.

A garota não poderia lhe dar mais ferramentas. Fugiria assim que estivesse minimamente recuperada.

Depois de alguns minutos, a aba da tenda se escancarou e trouxe Fina, com uma explosão de chuva. Guinevere se afastou da água enquanto a princesa amarrava a aba para fechar a tenda novamente. Trazia um jarro de argila com tampa e estava com uma expressão triunfante.

— Seus braços — Guinevere apontou para as gotas d'água nos braços ornamentados de Fina. — Como a cor continua aí? Achei que sairia com a água.

Fina deu risada e deitou, apoiada nos cotovelos.

— Não sai com a água porque não está pintada em minha pele. Está debaixo da minha pele.

— O quê? — Guinevere chegou mais perto e ficou examinando os desenhos. — Como?

— Agulhas. Mergulham agulhas na tinta e aí furam a pele. A tinta é absorvida.

— Para sempre?

— Os desenhos mudam à medida que a gente envelhece, mas isso faz parte da beleza. Nossa história, contada em nossa pele.

Guinevere esticou a mão, mas parou em seguida.

— Posso tocar neles? — perguntou.

Fina esticou o braço. Guinevere passou o dedo nos desenhos. A pele era lisa, sem cicatrizes.

— Que lindo — disse. Então olhou para as próprias mangas e completou: — Em Camelot, não mostramos nem os pulsos.

— Por quê?

A princesa tirou a tampa do jarro e tomou um gole grande.

— Sinceramente, não sei. — Guinevere aceitou o jarro que ela lhe ofereceu e também bebeu. O vinho tinha especiarias, algo inesperadamente conhecido. A garota concluiu que vinho é igual em qualquer lugar, e isso, de certo modo, foi um consolo. — Eu gostaria de ter minha história escrita em meu corpo. Mas acho que tenho uma parte dela. — Então esfregou os próprios pulsos.

— O que você quer dizer com isso?

Guinevere desamarrou as mangas, soltando-as do corpete do vestido. Mostrou os braços, e as delicadas cicatrizes que havia neles refletiram à luz do lampião. — A Rainha das Trevas.

— E esta aqui? — perguntou Fina, apontando para a cicatriz maior e mais lisa.

— Tirei um pedaço de minha pele para salvar a vida de uma desconhecida que salvou minha vida. — Guinevere deu um sorriso afetuoso e declarou: — Como ela se tornou mais querida do que minha própria pele, nunca me importei com essa cicatriz. — Guinevere soltou um suspiro e confessou: — Fiz algo terrível com ela e acho que jamais irá me perdoar. E acho que nem deveria.

— O que você fez?

— Eu a enganei. Enganei a todos, o tempo todo, mas não a ela. Só que desta vez, a enganei. Achei que a estava protegendo. — Ninguém em Camelot sabia toda a verdade a respeito de quem Guinevere era, com exceção de Lancelote e Arthur. E, apesar de a garota tentar ser sincera com Arthur, sempre havia fingimento entre os dois. Guinevere sempre tentara agir como achava que deveria para ser a melhor pessoa para o rei. Para ser a protetora de que ele precisava, a rainha que ele merecia, tudo isso na esperança de, um dia, ser a esposa que ele amava.

Com Lancelote, Guinevere podia simplesmente... ser. E havia arruinado isso.

Bebeu mais um gole e passou o jarro para Fina. O vinho fora uma boa ideia. Ela finalmente se sentia aquecida e segura.

— Às vezes, precisamos ser falsos para sermos verdadeiros — disse Fina, erguendo a jarra em um brinde.

— Sim! Exatamente! Foi isso que aconteceu quando fui para Camelot e fingi ser rainha para poder proteger Arthur. — A garota olhou para o jarro, horrorizada. Não era por acaso que o sabor daquele vinho lhe pareceu conhecido. Já havia bebido exatamente a mesma coisa. — Ah, não. Ah, Fina, como você teve coragem?

— Como eu tive coragem de quê?

— Você me enganou.

— Estou confusa.

— É o vinho de Morgana.

— Sim! Eu roubei. A feiticeira não esperava por esta! Eu sabia que ela devia ter algo bom escondido só para si.

Guinevere deu risada, tapando a boca com a mão.

— Não! Você não sabia?

— Sabia o quê?

— É uma *poção*.

Fina arregalou os olhos de medo.

— O que vai acontecer comigo? Virarei um animal? Ou um homem?

— Não. Falaremos a verdade.

A princesa deu uma risadinha e disse:

— Então, com certeza, não virarei homem. Mas agora estou muito curiosa, você simplesmente terá que explicar. Como assim, você não é a rainha?

— Não sou princesa. E não sou Guinevere. Nunca fui.

A boca de Fina formou o mesmo círculo perfeito de seus olhos arregalados.

— E Arthur sabe disso?

— Sim! Sempre soube.

— Eu estava muito enganada achando que a vida no sul era chata! Ele é bonito?

— Extremamente. — Guinevere franziu o cenho e completou: — É frustrante.

— Mas você não precisa ter inveja da beleza dele! Você é tão linda. Conte-me mais sobre Arthur, que quase foi meu marido. — Fina virou de barriga para baixo, apoiando o queixo nos punhos cerrados. — Ele é bom amante?

— Não sei!

Guinevere sabia que devia tentar se resguardar, mas Fina não era uma ameaça. E, depois de tantos meses de fingimento, não era apenas a poção que a fazia se sentir solta e feliz. Era o fato de ter uma conversa sincera.

— Não! Você não... Ele não... Por acaso ele prefere homens?

Isso jamais havia passado pela cabeça de Guinevere.

— Não. Acho que não. Quer dizer, ele ama seus cavaleiros. Muito. Ama tanto que passa muito tempo com eles. Mas não é nada romântico.

— Então por que não?

— Ele queria esperar até eu estar preparada.

— E você não está preparada.

— Não! Eu estava preparada! Estava muito preparada. Principalmente depois de ter beijado Mordred.

Fina ergueu o punho cerrado no ar, em um gesto de triunfo.

— Eu sabia! Diga que ele beija bem.

— Sim, infelizmente.

A garota sentiu uma onda de tristeza. Mordred beijava bem. E, por mais que tivesse tentado libertar seu coração dele, sentir a dor que Mordred sentia, ver a si mesma com aquela mesma dor a fez se sentir mais próxima dele do que nunca. Mordred era uma melodia que Guinevere sentia em sua alma.

Fina balançou a cabeça, com um ar presunçoso.

— Eu deveria ter apostado nisso. Mas, espere aí... Se você estava preparada, e Arthur queria esperar até você estar preparada, então por que vocês ainda estão esperando? É essa poção que está me confundindo ou isso é confuso mesmo?

— *É* confuso! Tudo na minha vida é confuso. Mas Arthur estava sendo respeitoso.

— Ao não fazer o que você queria que ele fizesse.

— Sim.

— E ele controla tudo na relação de vocês?

— Não! — Guinevere fez careta e explicou: — Bem, às vezes, quando estamos em meu quarto, ele manda gente entrar ou sair. Mesmo estando no meu quarto. É porque está acostumado a ser rei. Mas me deixa no comando quando viaja.

Guinevere estava acorrentada demais à verdade para negar o quanto isso parecia tolo, o fato de Arthur permitir que ela governasse quando estava ausente. Fina não aceitaria isso.

— Não gosto nem um pouco disso — falou. Então mostrou a língua, confirmando o pensamento de Guinevere.

A garota queria empurrar a princesa, fazê-la enxergar, mas suas mãos não lhe obedeciam.

— Mas Arthur *é* bom.

Fina fez uma expressão de dúvida.

— Ele é bom para você. Não é bom para mim. É igual aos romanos, que chegam e exigem que o mundo se refaça à sua imagem e semelhança.

Guinevere franziu o cenho. Isso não era verdade. Ou será que era?

Arthur havia moldado Camelot e determinado como todos ali deviam viver, mas fazia isso pelo bem de todos. E agora faria a mesma coisa em todo o sul.

Será que isso era bom?

— Eu não quero mais falar de Arthur — declarou Fina, bufando.

— Você está brava por eu ter me casado com ele? Queria ter se casado com Arthur? — perguntou Guinevere.

Fina havia dito que ficara feliz por não ter se casado, mas será que estava dizendo a verdade? Será que Guinevere a magoara antes mesmo de se conhecerem?

A princesa sacudiu a cabeça de modo enérgico.

— Não. Meu pai queria que eu me casasse com ele, mas só de pensar em me tornar isso — falou, apontando para Guinevere —, eu tinha vontade de me atirar do alto de uma montanha.

— Não é fácil — admitiu Guinevere. — São tantas regras...

— Como essas suas mangas!

— Como essas minhas mangas! Eu odeio essas mangas! Deveríamos queimá-las!

Fina olhou para o lampião com más intenções, e sacudiu a cabeça em seguida.

— Você vai sentir mais frio ainda. Deve ficar com elas.

Guinevere soltou um suspiro e fez uma careta em seguida.

— Não é justo. Eu lhe contei que não sou princesa de verdade e que eu e Arthur não... — Ela fez um gesto vago, apontando para o próprio ventre. — Agora conte-me um segredo seu.

Fina tapou a boca com a mão, mas falou através dos dedos, tão compelida a continuar falando quanto Guinevere.

— Não quero nada que a Rainha das Trevas quer. Não suporto sequer olhar para ela. É uma aberração. E odeio o fato de meu pai estar enfeitiçado por ela. Amo meu pai, mas ele não acredita em seu povo. Tem medo. E a Rainha das Trevas descobriu esse medo e o utilizou para se infiltrar dentro dele. Como um verme.

— Como mil vermes — sugeriu Guinevere, lembrando-se de que a Rainha das Trevas emergira do chão, em um enxame de insetos.

Fina tirou a mão da frente da boca e gritou, triunfante:

— Sim! E agora Arthur virá trazendo um exército porque a Rainha das Trevas nos disse que, se entregássemos você para ela, teria uma magia poderosa suficiente para derrotá-lo. Mas não precisaríamos derrotá-lo se não tivéssemos sequestrado você! É uma cobra mordendo o próprio rabo. O veneno é o antídoto. Não quero levar você para ela. Muito menos depois do que Morgana fez hoje. A feiticeira usou você. Foi terrível.

— Você não deve me entregar para a Rainha das Trevas! Será ruim para todos nós. Tentarei fugir. Ai, eu não queria lhe contar isso.

— Como?

— Neste momento, meu plano é entrar no primeiro lago que vir pela frente.

— É um plano horrível. Você bebeu demais.

— *Você* bebeu demais!

Fina deu uma risadinha.

— Bebi. Mas irei ajudar você. Amo meu pai, minha irmã e meu povo, e irei protegê-los de todas as formas que estiverem ao meu alcance. Serei falsa para ser verdadeira, como você foi com sua amiga.

— Minha Lancelote. — Guinevere levou a mão ao coração. — Se ela nunca me perdoar, eu... Ai, Fina, não quero perdê-la. Às vezes, tenho a sensação de que Lancelote é a única coisa verdadeira em minha vida. Você a adoraria.

— Ela é bonita? Gosto de mulheres bonitas. E de homens feios. Com cara de pedra. Hummm.

— Ela é... — Guinevere tentou encontrar as palavras que mais bem descrevessem Lancelote. — ... ela é magnífica.

Fina assentiu, levando o jarro aos lábios.

— Não! É a poção, lembra? — alertou Guinevere, dando uma risadinha.

— Ah. Estou muito triste por não ser vinho de verdade.

— E, mesmo assim, você ficará de ressaca.

Fina soltou um suspiro.

— Agora estou ainda mais triste. Por que precisamos atar suas mãos?

— Eu faço nós.

— Isso não faz o menor sentido.

— Nós mágicos. — Guinevere remexeu os dedos e completou: — Sou bruxa.

— Isso faz mais sentido. Talvez possamos usar essa magia quando lhe ajudarmos a fugir.

A aba da tenda se abriu. Guinevere não conseguiu se movimentar nem se preocupar com quem iria entrar.

— Quem irá fugir? — perguntou Mordred, fechando a tenda. Seu cabelo castanho-escuro estava encharcado, formando cachos na altura dos ombros, pingando água no chão.

— Pelo menos, quando o seu cabelo está molhado, fica mais fácil resistir à vontade de passar a mão nele — disse Guinevere, dando um tapa na própria boca em seguida. Mordred arregalou os olhos, chocado.

— Ah, não! — Fina caiu no chão, dando risada.

Guinevere não havia ficado tão aberta às risadas na última vez que bebera daquela poção. Mas, até aí, Morgana estava pressionando uma faca na lateral de seu corpo. Era mais difícil se sentir ameaçada na companhia agradável de Fina. Mas Mordred! Ele não podia estar ali. Não naquele momento.

— Bata nele! — disse Guinevere. — Na cabeça! Para ele não conseguir nos perguntar nada!

— Pode deixar. — Fina não se mexeu. — Estou tentando, de verdade. Só não consigo me importar.

— Vocês duas estão bêbadas? — Mordred pegou o jarro e sentiu seu cheiro. — Ah, *não*. Ela sabe?

Mordred olhou para trás, como se esperasse que sua mãe aparecesse.

— Fina roubou a poção! — contou Guinevere.

— Você faz ideia...

— Não! — A garota tentou atacá-lo, mas seus braços e suas pernas não estavam obedecendo, e ela só conseguiu tombar para frente e por pouco não caiu de cara no chão. — Você não pode nos perguntar nada.

— Sim, porque você é mau — falou Fina, olhando feio para Mordred.

Mordred gentilmente ajudou Guinevere a se sentar de novo. Ficou olhando para seus braços à mostra, e um espasmo de dor percorreu seu rosto.

— Você acha que sou mau? — perguntou.

— Eu gostaria que você fosse mau. Tornaria tudo mais fácil. Eu entendo você, e dói tanto. — Guinevere olhou nos olhos verde-musgo que amava tão terrivelmente, que estavam refletindo a luz do lampião e pareciam duas chamas gêmeas. — Eu gostaria de poder acreditar em qualquer coisa a seu respeito. Até mesmo que você é mau. Poderia contar com isso, pelo menos.

Mordred sentou no chão.

— Muito bem — disse.

Então inclinou o jarro para trás e bebeu tudo o que havia nele. Guinevere ficou só observando, chocada.

Mordred, finalmente, não poderia mentir.

CAPÍTULO NOVE

— Em primeiro lugar — declarou Mordred, antes mesmo que Guinevere conseguisse formular uma pergunta em seu cérebro confundido pela poção —, não sei o quanto você se lembra do que aconteceu há pouco na tenda de minha mãe, mas prometi que não iria lhe beijar a menos que você me pedisse. Quando encostei meus lábios nos seus, foi para lançar ar em seus pulmões, não para lhe beijar. Jamais quebrarei essa promessa.

Fina deu uma risadinha, escondendo o rosto em uma pele que estava estendida no chão da tenda.

— Vocês dois são tão burros... O sul inteiro é muito burro. A herança sempre deve ser da linhagem materna, e aí não importa quem é o pai. Desse jeito, todo mundo pode se preocupar menos e simplesmente ser quem quer ser.

Mordred ergueu uma sobrancelha e respondeu:

— Não discordo. — Então olhou para Guinevere, com as pupilas dilatadas, o preto tomando conta do verde. — Ai. Isso foi uma péssima ideia. Eu não deveria ter bebido. Irei embora.

Ele olhou para a entrada da tenda, mas não se movimentou.

— Você estava mesmo indo para Camelot para me alertar?

— perguntou Guinevere. — E não para me entregar para sua mãe e sua avó?

Mordred soltou um suspiro e respondeu:

— Sim, mas a culpa é minha, mesmo assim. Minha mãe estava me usando. Ela me disse que as forças de Nechtan estavam vindo para lhe raptar porque sabia que eu tentaria chegar até você antes dele. Minha mãe iria olhar através de meus olhos para descobrir a passagem secreta. Eu os teria levado direto até você, de qualquer modo. Estrago tudo o que toco. Mesmo quando estou tentando ser bom. E *estou* tentando, com todas as minhas forças.

— Então, aquele dia, dos lobos...

— Ela matou minha égua. — As sobrancelhas de Mordred se juntaram, de dor. — Minha avó, no bosque, na noite em que a fizemos ressurgir. Senti quando minha égua morreu. Estava tão atarantado tentando tirar você de lá e impedir que Lancelote fosse assassinada, e aí fiquei tão bravo com Arthur... tão, tão bravo com ele... que não pude sequer lamentar sua morte. Mas por que ela matou minha égua? Não havia motivo para isso. E aqueles lobos também tiveram seu livre-arbítrio roubado. A Rainha das Trevas é... ela não é o que costumava ser. Foi deturpada, distorcida. Não está do lado de ninguém, só de si mesma. E eu ainda a amo, porque ela faz parte de mim, e não quero vê-la destruída. E é por isso que sempre irei manter *você* — Mordred apontou para Guinevere — bem longe dela. Irei salvar você de Nechtan, de minha mãe e de minha avó. E salvar *todos eles* de Arthur, mantendo você bem longe. Permitir que Arthur venha atrás de nós e deixe-os em paz. Salvar todos eles — Mordred sinalizou seu entorno e completou: — É muita gente para salvar. Sou capaz de salvar pessoas, sabia? Sou capaz, sim.

— Eu também tirarei Guinevere daqui! — Fina balançou o braço e tentou dar um tapinha no joelho de Mordred, mas errou o alvo. — Mas farei isso antes de você, e a mandarei de volta para

Arthur com um pedido de desculpas, para que ele desista de atacar meu povo.

— E eu vou tirar a mim mesma daqui e escolher por mim mesma aonde quero ir — resmungou Guinevere.

Fina soltou o ar, fazendo um ruído de menosprezo.

— Você não vai conseguir fazer isso sem minha ajuda. E também levarei meu pai para longe da mãe e da avó de Mordred.

— Você deveria mesmo — concordou Mordred. — Minha mãe está consumida pela ideia de arruinar os planos de Merlin. O feiticeiro roubou muita coisa dela, e ela está determinada a roubar o futuro que Merlin traçou, de qualquer maneira.

— Você devia lutar contra ela ao meu lado — sugeriu Fina.

Mordred deu de ombros e declarou:

— Família é uma coisa complicada.

— *Você* é uma coisa complicada! — disparou Guinevere.

Mordred assentiu com a cabeça, concordando.

— Eu gostaria de ser o que Arthur é para você. Gostaria mesmo. Andar na luz do Sol, cortar o mundo com uma espada de justiça e absoluta certeza. Mas sou a noite. Meus olhos sempre estiveram abertos à escuridão, e são tantas as nuances depois que você se acostuma com ela... Tantas sutilezas, não posso fingir que não as vejo ou que não as sinto.

Fina ergueu a mão.

— Mas por que Guinevere? O que a Rainha das Trevas quer com ela?

— Isso eu não sei. — Mordred sacudiu a cabeça e completou: — Das duas, uma: ou minha mãe não sabe ou não quer me contar. Fica sempre tentando me obrigar a ir embora. Sabe que não sou confiável.

— Porque você ama Guinevere? — perguntou Fina.

— Sim.

— Não! — resmungou Guinevere, fechando os olhos. — Isso não facilita nada! Quando eu fui Arthur, tudo era simples. Certo e errado.

Bem e mal. Atitudes precisavam ser tomadas porque eram a coisa certa a fazer, e nada mais importava. Mordred era apenas dor.

— Quando você foi Mordred? — indagou Fina, com uma careta confusa.

Guinevere deu um tapa na própria boca de novo, mas já era tarde demais.

A expressão de Mordred mudou de desespero para choque.

— Paixão — sussurrou ele. — Você me viu quando minha mãe tocou a veia da paixão! Agora tenho coragem para ter esperança. Tentei desejar apenas sua felicidade, de verdade, mas não quero que você seja feliz com Arthur. Quero que a sua felicidade seja *comigo*, e assim fica mais difícil ser bom. — Mordred estendeu a mão para tocar em Guinevere, mas mudou de ideia, deixando a mão pairar a poucos centímetros do rosto dela. Era doloroso ver sua expressão, mais aberta e esperançosa do que a garota jamais vira. — Você estava partindo de Camelot para me encontrar ou estava partindo para abandonar Arthur?

— Nenhuma das duas coisas! — exclamou Guinevere. — Eu estava partindo porque tentei ser bruxa e causei mal às pessoas, e tentei ser rainha e causei mal às pessoas, e faz tanto tempo que estou dividida que não sou mais *nada*. Não posso continuar causando destruição ao meu redor porque não sei quem nem o quê sou. Fiz coisas tão imperdoáveis... Pessoas morreram por minha causa. Tiveram sua mente destruída. E não apenas pessoas más: violei a mente de Sir Bors, e ele é um bom homem. Tentei proteger meu dragão e provoquei sua morte também.

Guinevere tirou as mãos da frente da boca para secar as lágrimas que escapavam pelos seus olhos. Mordred foi baixando a mão lentamente, quando ficou claro que a garota não a seguraria.

— Quem lhe ensinou a alterar mentes? — perguntou Fina, franzindo o cenho.

— Merlin. Era para lá que eu estava indo quando fui embora de Camelot: para a caverna onde ele está, tentar descobrir como libertá-lo e obrigá-lo a contar a verdade a respeito de quem sou. De quem fui. Porque, quando tento lembrar, eu...

A pior das verdades, a verdade que Guinevere não havia se permitido ver até então, a verdade que só era capaz de acessar agora, por causa da poção, veio à tona. Não podia desviar o olhar. Não queria desviar o olhar. Era exatamente isso que haviam feito com ela: a haviam obrigado a desviar o olhar.

Guinevere estremeceu, seu corpo inteiro sentia repulsa.

— *Ele fez isso comigo*. Merlin. Ele fez comigo a mesma coisa que fiz com Sir Bors. Quando lembro de estar debaixo d'água, olhando para cima... — Até mesmo mencionar essa lembrança já lhe dava vontade de dirigir seus pensamentos para outro lugar, para qualquer outro lugar, mas a poção exigia a verdade. — O que sinto em relação à água... Merlin não fez isso para me proteger da Dama do Lago. Fez para esconder a verdade de mim. Escondeu a verdade de mim e deixou um horror absoluto, devastador, em seu lugar, para que eu jamais consiga encontrá-la.

— Deveríamos matá-lo — sugeriu Fina, com uma voz de sono.

— Não temos forças suficientes para matar Merlin — respondeu Mordred. — Só a Rainha das Trevas tem.

— Você não faz ideia da minha força.

Guinevere conseguia sentir que o efeito da poção estava passando. Seu corpo estava pesado, e ela estava recuperando o controle de seus braços e de suas pernas, junto com o empuxo pavoroso da gravidade. Agora teria que sentir tudo. Tudo o que Mordred havia dito, tudo o que ela havia dito. Todas as verdades das quais sua mente se esquivara por tanto tempo. Será que era autoengano ou autopreservação?

De qualquer forma, não tinha mais o consolo da simplicidade.

Nem em relação a Arthur nem em relação a Mordred nem em relação a si mesma. Só que a simplicidade jamais fizera parte de sua relação consigo mesma.

— Sei exatamente o quanto você é forte e me apavora o fato de sua força poder ser diminuída ao lado de Arthur — disse Mordred. — Que ele possa subsumir você. Odeio o fato de você poder amá-lo e também entendo, pois como poderia não amar? Eu odeio e amo Arthur e gostaria de poder dar as costas para tudo isso. Eu gostaria de bastar para você, a ponto de também decidir abandonar tudo isso.

— O problema não é com você. Só pode ser comigo.

Guinevere deitou de lado e se encolheu. Fina roncava suavemente. A garota fechou os olhos por um instante, depois por muitos instantes mais. E, quando os abriu, não sabia ao certo se havia dormido. Mordred ainda estava sentado ali perto, observando-a, com um olhar inescrutável.

A garota olhou para ele, pensativa, e perguntou:

— O que você teria feito naquela noite, no torneio, se eu não o tivesse impedido?

— Teríamos fugido para uma cabana na floresta e não teria a menor importância o lugar de onde eu vim nem quem você costumava ser, porque estaríamos juntos, e isso bastaria para nós dois.

Guinevere sacudiu a cabeça e declarou:

— Você está mentindo.

O sorriso de Mordred estava de volta, um segredo que ele escondia do mundo. Um segredo que Guinevere ainda queria saber.

— Sim. Pelo jeito, voltei ao normal. Mas lhe prometo: tirarei você daqui e a levarei para bem longe de tudo isso. Podemos buscar respostas juntos. Só nós dois.

— E deixar Arthur sozinho em Camelot?

— Pela graça de Deus, *sim*. Deixe Arthur ficar sozinho. Deixe Arthur ficar sozinho para sempre.

Mordred soprou o lampião, lançando-os em uma escuridão silenciosa. O ar ficou pesado com as verdades que ambos foram incapazes de esconder.

Quando Guinevere finalmente pegou no sono, abriu os olhos e deu de cara com a floresta.

— Isolda? — gritou, desesperada para ter o consolo espontâneo da companhia da amiga.

— Guinevere!

Em vez de sentir o abraço afetuoso de Isolda, a garota quase foi derrubada pelo abraço apertado de Lancelote, que a soltou em seguida, afastando-a um pouco e examinando-a rudemente, sem olhá-la nos olhos.

— Você está bem? Isolda contou que algo aconteceu da última vez e não sabia o que havia arrancado você do sonho.

— Lancelote... sinto... sinto muito. Por favor, deixe-me explicar.

Guinevere tentou se aproximar, abraçar seu cavaleiro, mas Lancelote não permitiu. Segurou-a, mantendo-a a distância, com toda a firmeza de sua força.

— Diga-me que você está bem e diga exatamente onde está, quantos homens estão aí, como e quando se deslocam, e qualquer ponto de referência que tenha visto.

A garota deu um passo para trás, para permitir que seu cavaleiro determinasse a distância entre as duas, e perguntou:

— Arthur já voltou?

— Não, mas assim que voltar, irei buscar você.

Guinevere balançou a cabeça, sentindo um nó doloroso na garganta de tantas coisas que queria dizer. Como doía o fato de Lancelote não permitir que ela dissesse. Mas, se exigisse que seu cavaleiro ouvisse seu pedido de desculpas ou que o aceitasse, estaria fazendo isso por si mesma. Lancelote merecia sentir o que precisasse sentir, e Guinevere merecia a raiva de Lancelote.

— Que roupa é essa? — perguntou Lancelote, franzindo o cenho e pigarreando. — Faz parte da magia? Ou roubaram seu vestido?

Guinevere olhou para o próprio corpo e ficou surpresa ao ver que não estava com suas roupas de sempre, coberta do pescoço até os dedos dos pés. Seus braços estavam à mostra, em uma combinação sem mangas do mesmo tom de verde da floresta, que chegava apenas até seus joelhos. Seus pés estavam à mostra também; seus dedos se mexiam, felizes, contra o musgo macio.

— Acho que cansei de meu vestido.

Lancelote estava usando a antiga armadura de cavaleiro feita de retalhos, sem nem sinal do brasão do Rei Arthur. Trazia uma espada embainhada, presa na lateral do corpo. Será que ambas tinham, inconscientemente, escolhido como estariam vestidas?

O cavaleiro sacudiu a cabeça, tentando retomar a concentração. Talvez tentando lembrar que ainda estava bravo.

— Fale-me da organização do acampamento, que pensarei em um plano.

— Posso lhe ajudar com isso — disse Mordred, afastando-se de uma árvore retorcida.

— Você! — urrou Lancelote. Então brandiu a espada e atravessou o peito dele com a arma.

CAPÍTULO DEZ

Guinevere ficou olhando, petrificada, para o cabo da espada que saía do peito de Mordred. Ele também ficou olhando. Menos horrorizado e mais achando graça.

— Eu também estava com saudade de você, Lancelote.

Lancelote tirou a espada de Mordred. A arma prateada saiu do peito dele, reluzindo. A túnica de Mordred ainda era de um verde resplandecente, sem sangue nem cortes.

Ele alisou a túnica com as mãos, de um jeito afetado.

— Você sabe que estamos no sonho de Guinevere, certo?

O cavaleiro urrou e atacou novamente. Mordred se abaixou, rodopiou, dançou e dobrou o corpo, fazendo Lancelote errar todos os golpes. Havia uma espada nas mãos de Mordred também. Ele se esquivou de um golpe e as lâminas das duas armas se chocaram, com um barulho terrível.

— Você quer saber onde Guinevere está? — perguntou Mordred, desviando de um ataque que pretendia separar sua cabeça de seu corpo.

— Quero que você sofra! — exclamou Lancelote, atacando mais uma vez.

Mordred bloqueou o golpe, mas Lancelote golpeara com tanta força que ele foi um pouco para trás, cambaleando. Seu sorriso ficou ainda mais largo.

— Alguém tem pensado em nossa luta.

Lancelote o empurrou, e as lâminas se chocaram novamente.

— Como é que você está aqui, Mordred? — indagou Guinevere.

— Você fala durante o sono.

— E como você sabe disso? — Lancelote deu uma guinada para distraí-lo, depois o chutou, acertando-o no estômago para que ele se afastasse.

A expressão de Mordred era irritante de tão inocente. O que, no caso dele, significava o oposto de inocência.

— Estamos passando muito tempo juntos. De qualquer maneira, presumi que Guinevere estava se encontrando com alguém, baseado na parte dela da conversa. Como sou filho de feiticeira e do povo das fadas, me convidei hoje, sem precisar de nenhum nó. Na verdade, esperava encontrar Brangien. Mas suponho que ela teria uma reação bem parecida.

Desta vez, foi Mordred quem atacou, e Lancelote teve que ir para trás.

Guinevere não sabia o que dizer nem o que fazer. Foi estressante assistir à luta nos primeiros minutos. Mas uma hora ela se sentou e ficou trançando o próprio cabelo, a esmo.

— Vocês dois irão parar logo com isso? — gritou.

— Não! — berrou Lancelote.

— Cuidado com os pés. Mais rápido. — Mordred girou a espada perto dos pés dela e, quando Lancelote pulou para se esquivar do golpe, ele levantou o cabo da espada, acertando-a na testa. — Você é muito forte e muito rápida, mas é óbvio que nunca aprendeu a dançar.

— Odeio dançar — disse Lancelote entredentes, atirando-se contra Mordred mais uma vez.

— Nechtan tem 237 soldados — Mordred bloqueou um golpe de espada, chutou o joelho de Lancelote em seguida e foi para trás, ficando fora do alcance dela. — Você não usa bem as pernas. O rei tinha mais soldados, mas sofremos um ataque que nos retardou. Neste momento, estamos nas terras montanhosas, a cem léguas para o norte.

— Isso não fica no território de Nechtan!

Lancelote segurou o pulso de Mordred, puxando-o para baixo, e acertou uma joelhada com força em seu tronco.

Mordred tossiu, girou o pulso para se soltar do cavaleiro e fingiu passar a espada na barriga de Lancelote para estripá-la.

— Você parou de se movimentar. Nunca pare de se movimentar. Não estamos no território de Nechtan. A Rainha das Trevas se escondeu o mais ao norte possível. Quer consolidar seu poder antes de atacar Arthur. Entretanto, se Guinevere é seu único prêmio, faria mais sentido que um grupo pequeno levasse Guinevere até lá, seria mais rápido. A Rainha das Trevas insiste que todas as forças de Nechtan estejam presentes. Não sei por quê.

— O que você quer dizer com *"antes* de atacar Arthur"? Ela já atacou. Com as árvores e os lobos.

Mordred estocou na direção de Lancelote, e quando o cavaleiro bloqueou o golpe, ele girou em volta dela.

— Artifícios — disse, simplesmente. — Para distrair vocês.

Então bateu nas costas de Lancelote com o dorso da espada.

— Vou matar você — falou Lancelote, e girou a espada para enfatizar a promessa.

— Desse jeito, não vai, não.

Lancelote correu, abaixando o ombro para atacar Mordred. Ele rodopiou, e o cavaleiro só acertou de raspão, depois a empurrou para que seu próprio impulso a fizesse bater em uma árvore. Lancelote gritou, golpeou a árvore com a espada e, em seguida, se virou de frente para Mordred.

— Tenha paciência, Lancelote. Arthur está se demorando. Está conquistando o sul, reunindo um exército. Você terá de esperar mais do que imagina.

— Como você sabe disso? — indagou Lancelote.

— Estamos viajando na companhia de uma feiticeira, lembra?

— Eles têm soldados mulheres — disparou Guinevere, odiando o fato de Lancelote estar interagindo apenas com Mordred. Ela queria conversar com a amiga. Remediar a situação entre as duas. — Não há diferença entre homens e mulheres, pelo menos nas forças de Nechtan.

— Como? — Lancelote parou e ficou olhando para Guinevere.

— Você iria gostar de Fina. É a segunda filha de Nechtan. Ela luta com um machado e várias facas longas.

— Eu não iria gostar dela! Ela é minha inimiga. Todos eles são meus inimigos.

A garota não soube explicar que seu cavaleiro tinha razão, mas também estava enganado.

— A Rainha das Trevas é nossa inimiga.

— *Ele* é nosso inimigo!

Lancelote baixou a espada até a garganta de Mordred.

— Você pode se movimentar mais rápido do que eles — continuou Mordred, ignorando a interrupção de Guinevere. — Recomendo ir direto pela costa, depois cortar caminho por terra. Minha avó estará na floresta mais antiga. Pergunte onde fica a Capela do Homem Verde.

— Seu pai? Mas ele está morto. A menos que você tenha se aproveitado de Guinevere para revivê-lo também.

A expressão de Mordred ficou anuviada. Se de raiva ou de vergonha, era difícil dizer.

— O *Homem* Verde, não o Cavaleiro Verde. É um deus da terra ancestral. Há mais magia no mundo do que Camelot consegue recordar, mas qualquer um do norte saberá. Nesse meio-tempo, estou procurando uma oportunidade para...

Lancelote deu um golpe de espada, e Mordred apenas se esquivou.

— Muito bom! — disse ele. — Estou procurando uma oportunidade para tirar Guinevere daqui. Se conseguirmos, irei em direção à costa leste e descerei por ali. Idealmente, nos encontraremos no meio do caminho.

— Você é um mentiroso.

— Sim, sou. Mas temos o mesmo objetivo: manter Guinevere longe de minha avó. Pode acreditar que estou altamente motivado, como você. Agora, ataque-me novamente.

Mostrando os dentes, Lancelote atendeu ao seu pedido.

— Como você está, Guinevere? — resmungou Guinevere com seus botões. — Você deve estar se sentindo muito sozinha, deve estar muito preocupada com seus amigos. Aqui vão notícias deles. — Ela ficou de pé e andou no meio das árvores. — Tenho certeza de que você está arrasada com o que fez, e eu adoraria permitir que você se explicasse, já que sou a única pessoa que realmente lhe conhece. Irei entender, uma hora ou outra. Quando não estiver tão ocupada, brincando de espada. O que você acha de nosso plano de ir primeiro para o leste e depois para o sul? O quê? É o plano mais óbvio e, por isso, péssimo? Bem, o que você sugere então, Guinevere?

O que ela sugeriu *mesmo*? As forças de Nechtan esperariam que tentasse se reencontrar com Arthur fazendo o trajeto mais curto possível. E, se não houvesse como avisar ao seus que estava em segurança, faria sentido. Mas a garota tinha suas próprias maneiras secretas de se comunicar com eles.

Pelo menos quando não estavam ocupados lutando com Mordred em um sonho.

Não tinha importância. Ela iria se libertar sozinha e seguiria em direção noroeste. Avisaria Isolda ou Lancelote, para que contassem a

Arthur. E, depois, desceria gradualmente pela costa oeste e avançaria pelo continente até a caverna onde Merlin estava. Demoraria mais. Mas, se Arthur soubesse que não precisava atacar o norte, ela ganharia tempo. Tempo para descobrir quem era. Tempo para entender o que sentia pelo rei, agora que estivera dentro de sua cabeça e vira quais eram seus verdadeiros sentimentos por ela.

Os ruídos da luta a seguiam como um canto de pássaros, chamando-a de volta ao bosque. Ela se recusou a voltar. Se Lancelote queria usar Mordred para ignorá-la, muito bem. Guinevere facilitaria as coisas para os dois. A floresta estava agradável como sempre, ainda que um pouco falsa. Nenhuma floresta teria aquele carpete macio de musgo no chão para ela pisar, nem trilhas que pareciam se abrir apenas quando Guinevere precisava, verdejantes e convidativas.

"Uma cabana na floresta", lembrou-se, "seria o bastante para nós dois". Pelo canto do olho, a garota viu uma cabana se materializar.

— Não! — exclamou, virando-se abruptamente e indo na direção contrária.

Ela se recusava a olhar para a cabana, se recusava a reconhecer que seu cérebro a havia colocado ali.

Lá de cima, vinha um som musical. Foi só quando chegou perto que se deu conta de que sua mente, mais uma vez, a traíra. Não era música. Era um riacho, borbulhando até chegar a uma lagoa tranquila e silenciosa. A lagoa era um espelho perfeito, que duplicava as árvores e o céu.

— Não tenho medo — sussurrou, chegando mais perto, na ponta dos pés. — Merlin me fez ter medo, e eu me recuso a ter.

Deu mais um passo e teve a mesma sensação de estar próxima de Excalibur. O terror gelado e estremecedor de ser desfeita a atravessou, em ondas. Mais um passo e seria capaz de ver o próprio reflexo. O mais claro que já vira, naquela lagoa cristalina. Estendeu a mão, e uma mão pálida e trêmula reproduziu seu gesto. Deu o último passo.

E lá estava ela. Deitada, imóvel como a morte.

Não. Morta *de fato*. Porque aquilo não era um reflexo. Guinevere estava de pé, mas a Guinevere dentro da lagoa estava deitada de barriga para cima, os olhos abertos sem nada ver, os lábios no mesmo tom de azul do céu. A garota não conseguia respirar, não conseguia desviar o olhar.

Então a Guinevere morta se remexeu, dedos parecendo garras, tentando se agarrar em algo.

Guinevere deu um grito, caiu e foi rastejando para trás. Guiada pelo som das espadas, reapareceu no bosque. Mordred parou imediatamente e baixou a espada, preocupado.

— O que aconteceu? — perguntou.

Lancelote apunhalou suas entranhas e gritou, triunfante. Mordred lhe lançou um olhar indiferente e comentou:

— Você sabe que isso não faz nada, certo?

Lancelote segurou o cabo e enfiou a lâmina ainda mais fundo.

— Eu sei. Mas, mesmo assim, é maravilhoso.

Mordred a ignorou e virou para Guinevere.

— Você não deveria andar por aí sozinha.

Guinevere não conseguia esquecer do próprio rosto. Morto. Por que sua mente lhe mostraria isso?

— Mas este é o território dos meus sonhos.

— Exatamente. Eu não teria coragem de passear pelos meus. Mas acho curioso você ter nos trazido para uma floresta e não para sua amada Camelot.

Lancelote girou a espada.

— Faça-me o favor! — Mordred olhou feio para Lancelote e tornou a olhar para Guinevere em seguida. — Só estou dizendo que você não tem uma mente simples. Pode haver coisas à espreita por aqui com as quais você não está preparada para lidar. Os nós de sua magia dos sonhos não contêm nem controlam este território. Tudo que fazem é estabelecer conexões. Uma vez aqui, a paisagem é tão selvagem e perigosa quanto o sonhador.

— Não sou perigosa, sou... — Guinevere olhou para trás, meio que esperando ver algo. A água ou o que quer que contivesse, fluindo inexoravelmente em sua direção para se apoderar dela. Conteve um tremor.

— Quando *eu* fugir, Lancelote — falou, enfatizando a natureza solitária de seu plano —, irei primeiro na direção noroeste. Eles não esperam por isso. Assim que tiver certeza de que não estão atrás de mim, irei para o sul, pela costa oeste. Irei avisá-la quando conseguir fazer isso.

Lancelote deixou a espada cravada em Mordred. Sem olhar Guinevere nos olhos.

— Voltarei amanhã à noite — declarou.

— Fico feliz — disse Guinevere, dando um sorriso triste.

Mordred apontou para a espada que atravessava seu tronco.

— Também estou ansioso por isso. Treine seus pés nesse meio-tempo.

— Como fazemos para acordar? — perguntou Guinevere.

Queria ficar longe da lagoa e do que ela continha. No fundo, tinha vontade de pedir para Lancelote não usar a magia dos nós na noite seguinte. Não queria voltar ali. Muito menos agora, que sabia que aquele espelho abominável estava à sua espera.

O Sol desaparecera atrás de uma nuvem, e a floresta se agitou com a geada que caiu. Alguma coisa se partiu ali perto. Um graveto que se quebrara por causa do frio? Ou era algo se aproximando?

— Solte minha mão — falou Mordred.

Guinevere olhou para baixo. Sua mão estava vazia. Mas... tinha a sensação dele, aquela faísca que sempre sentia quando Mordred a tocava. Seus dedos se repuxaram, e ela sentiu os dedos de Mordred entre os seus, entrelaçados. Esticou os dedos e puxou a mão. Mordred desapareceu, e a garota ficou de novo a sós com seu cavaleiro, que finalmente a olhou nos olhos, pela duração de uma única batida de coração. Guinevere acordou.

A dor no olhar de seu cavaleiro a assombraria tanto quanto o cadáver que vira debaixo d'água.

CAPÍTULO ONZE

A tempestade não havia perdido sua força, trazendo chuva e neve nas horas mais frias da noite. E isso aconteceu exatamente no instante em que Guinevere se obrigou a acordar. Mordred agora estava sentado, mas ainda perto dela. A garota só conseguia distinguir a silhueta dele na escuridão. Sentia a própria mão quente, por ele a ter segurado. Tudo o mais era extremamente frio.

— Você vai continuar se intrometendo? — disparou, tremendo. Fina estava ali perto, na mesma posição em que pegara no sono, toda encolhida.

— Eu disse que irei levá-la para bem longe disso tudo. Lancelote irá ajudar.

— Você tem noção de que está treinando Lancelote para que ela seja capaz de derrotá-lo?

— Estou torcendo para que, quando ela nos encontrar, se dê conta de que não precisa me derrotar. Eu e Lancelote queremos a mesma coisa.

— Sinceramente, duvido. A menos que você *também* queira ver uma espada cravada em seu peito.

Mordred lhe estendeu uma pele pesada.

— Queremos a sua segurança. A sua felicidade.

Guinevere soltou uma risada debochada e disse:

— Você demonstra isso muito mal.

Mordred deitou e se cobriu com a pele, já que Guinevere se recusara a pegá-la.

— É difícil demonstrar algo para alguém que não quer ver. Lancelote entende isso.

Ele virou de lado, ficando de costas para a garota.

— Você é insuportável — resmungou Guinevere. Então pegou as peles mais próximas, cobriu o próprio corpo e o de Fina e deitou-se ao lado dela.

O calor do corpo de Fina não ajudou Guinevere a dormir. A garota estava atormentada pela dor conhecida de Mordred. Pelo corpo dentro d'água. Pela raiva de Lancelote e sua recusa em ouvi-la. E pelos pensamentos e atitudes perturbadores de Arthur. O que será que o rei estaria fazendo naquele momento? E se algo acontecesse quando ele tentasse conquistar o sul?

Guinevere já estivera no sul e nada que viu ali a fez pensar que qualquer um daqueles líderes era melhor do que Arthur. Certamente, as pessoas estariam mais seguras e bem-cuidadas sob seu comando. Mas isso não lhe dava necessariamente o *direito* de conquistar o sul. Com certeza, o rei seria capaz de enxergar esse fato.

Se Arthur não estivesse tão bravo, pensando que poderia perdê-la, além de perder o filho que jamais existira, será que estaria disposto a guerrear?

Quando o amanhecer, encharcado e gelado, finalmente se aproximou, Mordred saiu da tenda sem dizer uma palavra.

— O que aconteceu ontem à noite é um segredo nosso, certo? — perguntou Fina, atando as mãos de Guinevere.

— Um dos nossos muitos e muitos segredos.

A princesa deu risada. Mas, em seguida, baixou as sobrancelhas, ficando com uma expressão nervosa e não de brincadeira.

— E também não lembro de ter dormido aninhada em você. Será que estou esquecendo de alguma parte da poção?

Guinevere deu um sorriso delicado e sacudiu a cabeça.

Fina soltou um suspiro, e seu alívio ficou evidente.

— Espero que não. Sou muito boa em destruir amizades, e preciso muito mais de uma amiga do que de uma amante. Nesse sentido, somos opostas. — Ela deu uma piscadela e então riu de novo quando Guinevere lhe deu um soco com as mãos atadas. — Irei buscar comida e descobrir quais são os planos para hoje.

Antes que Guinevere desse por falta dela ou sequer terminasse de se espreguiçar, Fina voltou, com as bochechas rosadas por causa do frio.

— Vocês querem saber das boas notícias ou das más primeiro?

— A essa altura, não sei o que poderia ser uma boa notícia.

— Justo! A boa notícia é que não podemos seguir viagem enquanto essa tempestade não amainar. O que irá nos retardar, mas também retardará Arthur. Sendo assim, meu pai não está preocupado. A má notícia é que alguém roubou algo da tenda de Morgana.

— Ela descobriu que falta uma poção?

Fina deu um sorriso largo e respondeu:

— Não, alguém roubou isso. — Ela atirou a bolsinha com os materiais de Guinevere perto dos joelhos dela. Ela irradiava calor, por causa das pedras de localização. — E alguém também roubou isso — completou, colocando ao lado uma pilha de roupas dobradas parecidas com as suas.

— Fina... — Guinevere soltou um suspiro de surpresa.

— Estão reunidos em conselho de guerra hoje. Estarei presente, assim como Morgana, Mordred, Nectudad e meu pai. Já prevejo uma discussão acalorada. Posso incentivar que fiquemos discutindo o dia inteiro, o que será fácil, já que a feiticeira continua insistindo que precisamos levar todas as nossas forças conosco.

Mordred já havia comentado isso.

— Isso é suspeito. A Rainha das Trevas não deveria precisar de um exército se só quer a mim — disse Guinevere.

— É exatamente o que sinto. Um exército só chama atenção e nos retarda. Tentarei de tudo para convencer meu pai. E, como falei, discutirei cada detalhe copiosamente. Então, se eu destacar o soldado que menos gosto como guarda e algo acontecer com ele, acho que ninguém virá conferir o que você anda fazendo, por várias horas. E essa tempestade está muito feia, localizar você seria um desafio. Mas, por favor, diga que tem um plano melhor do que entrar em um lago.

A garota esfregou o rosto e respondeu:

— Ah, você lembrou... Acho que irei invocar a Dama do Lago. Suspeito que ela seja minha mãe. — Guinevere havia sonhado com lembranças da Dama do Lago e visto com os próprios olhos o quanto a Dama estava brava com Merlin, porque o feiticeiro havia roubado algo dela e entregado para Arthur. Ao que parecia, todos eles viam Guinevere como um objeto a ser possuído. A garota sentiu um aperto no coração ao pensar nisso, mas não tinha tempo para se entregar à sua tristeza. A Dama a queria, e Merlin queria mantê-la fora do alcance da Dama. Sendo assim, seria a ajuda da Dama que Guinevere pediria.

Fina cutucou o ombro dela e disse:

— Você me parece bem sólida para alguém que é metade água.

Guinevere deu risada e comentou:

— Não acho que seja assim que funcione. Olhe só para Mordred. O pai dele era o Cavaleiro Verde.

— Ah, sim, o filho das fadas. Só que ele não é normal. É capaz de conversar com os animais.

— Como?

Fina foi desatando as mãos de Guinevere.

— Não foi por acaso que pedi para ele cuidar dos cavalos durante o ataque. Mordred não conversa em voz alta com os animais, pelo menos eu nunca o ouvi fazer isso, e olhe que *tentei* pegá-lo no flagra para poder imitá-lo. Mas ele sabe quando precisam descansar, como fazê-los se esforçar um pouco mais ou como acalmá-los. É lá que ele está agora, garantindo que os cavalos não estejam sofrendo por causa desse tempo ruim.

— Não é para menos que ele guardou segredo. Isso não seria aceito em Camelot.

Guinevere lembrou-se de como Mordred era afetuoso quando estavam perto de animais. E como parecera magoado na noite anterior, quando contou que a Rainha das Trevas matara sua égua e roubara o livre-arbítrio dos lobos.

Então, outra lembrança lhe ocorreu. Naquela noite, quando ele a enganou, convencendo-a a fazer a Rainha das Trevas ressurgir, quando a garota o tirou de cima do cavalo e voltou para Arthur... Mordred poderia tê-la detido. Poderia ter ordenado o cavalo a não obedecê-la.

Mordred poderia ter obrigado Guinevere a ficar com ele, mas a deixara partir.

A garota esticou os dedos desatados, perguntando-se como essa informação reestruturava seu relacionamento com Mordred. Sentiu um abalo sísmico se assomando silenciosamente, mas não sabia ao certo onde esse abalo a faria parar.

— Fico triste em saber que Mordred poderia ser rejeitado por causa disso, quando há tantos motivos melhores para rejeitá-lo — brincou Fina, ajudando Guinevere a se despir. — É mais um defeito do sul. Temos desconfiança do povo das fadas. Mas, pelo jeito, não tanto quanto deveríamos. Só que ser tocado pelas fadas é algo que valorizamos. Conheço uma mulher cuja mãe era fada. As tatuagens que criava eram magníficas. Quando vistas de perto, os animais se mexiam. O que, de início, era um filhote na pele de uma jovem se tornava uma corça à medida que a mulher envelhecia.

Flores desabrochavam em volta das imagens de entes queridos, depois murchavam quando a pessoa estava doente ou morrendo. Conheci um homem que tinha uma serpente tatuada em volta do braço que mostrava as presas na presença de quem quisesse lhe fazer mal. A mulher morreu antes que eu tivesse idade para fazer minhas marcas. Isso sempre me deixou triste. Você tem alguma habilidade como essa?

— Nas mãos! — respondeu Guinevere, mostrando-as. — Consigo sentir coisas.

— Sim, é isso... que as mãos fazem. Você ainda está bêbada de poção?

Guinevere deu uma risada debochada. Sentiria saudade de Fina. Não esperava encontrar uma amiga entre seus raptores.

— Consigo sentir coisas das pessoas, de animais, às vezes até de objetos ou lugares. É um sentido a mais, que me ajuda a entender os outros. Ou não, em certos casos.

Guinevere olhou feio para o lugar onde as peles de Mordred estavam empilhadas, e Fina comentou:

— Ah! Entendi. Você pode ter razão! Ela pode ser sua mãe.

A princesa mostrou para a garota como amarrar na cintura as calças que lhe emprestou, para que não caíssem.

— Exatamente. É Merlin me fez ter medo da água e escondeu minhas lembranças. E a Rainha das Trevas proibiu vocês de me transportarem pela água. Acho que a Dama do Lago pode me encontrar se eu estiver dentro d'água. E é claro que contarei para minhas amigas em Camelot que estou livre, e Arthur não precisará vir para o norte.

Fina parecia estar duvidando profundamente do plano de Guinevere.

— Bem, apenas entre em um lago longe daqui. E, por favor, tenha cuidado. Sentirei sua falta. Mas jamais se esqueça — ela se aproximou, com um ar de lamúria nos olhos azuis — que fui *eu*, não Mordred, quem ajudou você a fugir. Eu deveria ter apostado nisso.

Guinevere deu risada. Mas logo ficou em dúvida. *Mordred*. Ela o abandonaria, e isso lhe parecia surpreendentemente cruel. Estava sempre lhe dando as costas, e Mordred sempre voltava para ela. Quando iria finalmente desistir de Guinevere?

Só de pensar em nunca mais ouvir aquela nota específica de sua voz zombeteira ou nunca mais ver o tom de verde de seus olhos, nunca mais sentir aquela faísca ao ser tocada por ele...

Como se lesse seus pensamentos, Fina sacudiu a cabeça e disse:

— A vida é curta, a morte é rápida, pegue o que quer enquanto pode. Você não pegou o filho das fadas e irá se arrepender. Agora deve se concentrar em salvar sua própria vida e meu povo, Guinevere. Não na sua cona.

— *Fina!*

A princesa deu de ombros e prosseguiu:

— Só estou dizendo que suspeito que Mordred seja bom de cama, e agora você nunca irá saber. Isso também me deixaria incomodada. Mas você precisa ir embora.

Guinevere deu um abraço bem apertado na amiga.

— Prometo que nunca me esquecerei do que você fez por mim. Espero encontrar você novamente algum dia.

— Eu também.

Fina lhe deu um beijo no rosto, então saiu da tenda e gritou algo com um tom irritado, dando ordens em sua própria língua. Guinevere vestiu a última camada de roupas. Nunca havia usado calças, e era estranha a sensação de ter suas pernas separadas por algo mais que apenas uma fina camada de tecido. Mas parecia que andar a cavalo ficaria mais fácil.

Ela roubaria um cavalo. Ou, pelo menos, faria parecer que tinha roubado. Um plano se esboçou enquanto terminava de se contorcer para vestir os couros e peles de Fina. Seu cabelo já estava amarrado com um pano azul. Chovia e nevava, o que não era o ideal, mas criava a oportunidade perfeita.

Sua bolsinha estava à sua espera. Guinevere sabia o que iria fazer. Era errado, mas era um erro pequeno, comparado a outros erros possíveis. A garota ainda lutava contra as ondas nauseabundas de culpa quando amarrou o fio, fazendo o mesmo nó que fizera em um pássaro, certa vez, para compeli-lo a levá-la até Merlin. Qualquer magia que tirava o livre-arbítrio de outro ser vivo lhe fazia muito mal. Era uma magia *violenta*.

Criando um escudo contra sua própria vergonha, afastou a aba da tenda e passou a laçada larga do nó na cabeça do homem que a vigiava antes que ele tivesse chance de reagir. Seus olhos, pequenos e malvados, ficaram vagos, e seus ombros caíram.

— Vá roubar um cavalo — ordenou Guinevere. — Não deixe que ninguém o veja, mas não cubra seus rastros. Vá para o sul o mais rápido que puder.

O guarda concordou com a cabeça e se afastou, com o corpo rígido. Foi rapidamente engolido pela ferocidade da tempestade.

Guinevere saiu da tenda. Pôs a capa e andou calmamente na direção contrária à do guarda. Foi arrancando cabelos enquanto andava e fazendo nós de confusão com eles, com as mãos geladas. Só alguns, para não exaurir suas forças, mas em quantidade suficiente para ninguém perceber os rastros que, porventura, deixasse.

Já estava com saudade de Fina. Estava com saudade de Mordred. Não podia deixar que isso a paralisasse. Devia isso a si mesma, a Camelot: alcançar o objetivo que tinha traçado.

Agora só precisava de um lago e da coragem para encará-lo.

CAPÍTULO DOZE

Guinevere supôs que estaria igualmente infeliz se estivesse a cavalo, mas pelo menos teria companhia. Agora, só tinha seus próprios pensamentos, que vacilavam entre a infelicidade, pelas suas circunstâncias atuais, e um terror vago em relação às suas circunstâncias futuras.

O terreno era acidentado e impiedoso, mesmo com o melhor dos climas. Ela escorregou e foi deslizando, descendo metade de um morro lamacento antes de conseguir recuperar o equilíbrio.

— Obrigada, Fina.

As mangas de couro impediram que seus braços ficassem todos arranhados. Só que, certamente, havia se ferido. E, apesar de a tempestade dificultar que Guinevere fosse rastreada, a garota não tinha nenhum amor por ela. Estava *molhada*. Toda aquela água que caía, formando poças ao seu redor, zombava dela, lembrando-a do que ainda teria que enfrentar.

Ao olhar para a lama, marcada pelo deslize de seu corpo, Guinevere soltou um suspiro e fez outro nó de confusão. Estava meio zonza, sentindo uma pressão incômoda atrás dos olhos, mas obrigou-se a se concentrar e atirou o nó no chão. Não precisaria fazer mais nenhum. Já fazia, pelo menos, oito horas que fora embora do acampamento. Ninguém chegaria tão longe seguindo seus rastros. Ainda mais que sua magia os escamoteava, e que o soldado a cavalo estava criando rastros óbvios em direção sudeste.

Levou as mãos à bolsinha; o calor que irradiava das pedras de localização pelo menos mantinha seus dedos aquecidos. Apesar de ser grata a Fina por ter lhe levado a bolsinha e roupas, Guinevere desejou que a princesa também tivesse pensado em roubar comida. Seu estômago reclamava, roncando baixo.

A paisagem que a cercava era salpicada de arbustos raquíticos, rochas cinzentas e inúmeros morros. Sabia que estava se dirigindo para o noroeste, gradualmente. Mas, sem ter um destino em mente, só podia torcer para se deparar com um lago. Só que, até então, não vira nada além daqueles malditos morros e daquelas rochas com pedregulhos afiados. Já era fim da tarde, e ainda não vira nenhum sinal de ocupação humana, e foi por isso que o choro de um bebê a assustou.

Seu primeiro impulso foi sair correndo. Mas um bebê queria dizer que havia gente, e gente queria dizer que havia comida. A garota foi se aproximando cautelosamente da origem do som. Escondeu-se atrás de um rochedo e espiou. A ideia de espionar um vilarejo pitoresco abandonou seus pensamentos. Aquilo não era um vilarejo. Não era sequer um acampamento.

Era um horror.

Guinevere saiu de seu esconderijo e deu alguns passos trôpegos para a frente. Havia uma mulher sentada, encolhida ao lado de um feixe de madeira molhada, com o braço esticado, um corte feio arrancara a pele de suas lindas tatuagens. As histórias de sua vida, interrompidas e apagadas pela violência. Ao lado dela, estava sentado um velho. No colo do velho, havia uma criança apática, com a cabeça sangrando copiosamente. Devia haver quarenta, talvez cinquenta pessoas reunidas no chão, sem ter onde se abrigar. A maioria estava ferida. Alguns poucos estavam deitados de bruços, imóveis, e Guinevere receou que já tivessem sucumbido aos ferimentos.

Havia mesmo pensado que poderia se aproveitar daquelas pessoas? Roubar delas? Envergonhada, a garota teve certeza de que aquelas pessoas não tinham nada a lhe oferecer, tampouco representavam uma ameaça. Ela, contudo, poderia lhes oferecer alguma coisa. Agachou-se ao lado da mulher e tirou as pedras da bolsinha. Fingiu causar atrito entre as pedras, e então invocou o fogo em seus dedos e o dirigiu até a madeira encharcada. A madeira soltou faíscas e fumaça. Mas, com o incentivo de Guinevere, o fogo pegou.

A mulher ergueu os olhos, piscando, surpresa. Disse algo em sua língua. Guinevere apontou para o braço da mulher e ergueu as sobrancelhas, em uma expressão de questionamento. A mulher soltou um suspiro.

— Saxões — falou.

Aquela palavra Guinevere conhecia muito bem. Aquelas pessoas eram refugiadas em seu próprio território, haviam sido empurradas para oeste pelos saxões que atracaram na costa leste.

Guinevere pôs mais madeira molhada na fogueira. Os refugiados que conseguiram se aproximaram. A garota se aproveitou da distração causada por eles para acender mais fogueiras, espalhando o calor.

Precisavam mais de sua capa do que ela. Guinevere a tirou e a rasgou, cuidadosamente, em tiras. Fez primeiro um curativo no braço da mulher, depois limpou o ferimento na cabeça da menininha o melhor que pôde, com a capa encharcada. Mas como poderia parar por aí? Continuou oferecendo cuidados, de grupo em grupo.

Outra menininha se sentou diante de Guinevere, o pai ou o avô a mantinha ereta. O homem era magro, esquelético, com um rosto sulcado de rugas. A menina, cujo cabelo loiro, quase branco, estava molhado e grudado na testa, tinha um ferimento de flecha feio na perna. Estava com os olhos vidrados, um olhar fraco e disperso. Como alguém poderia enxergar uma ameaça naquela menininha? Os dedos de Guinevere tremiam de frio e de raiva, e ela foi limpando cuidadosamente, depois fez um curativo no ferimento. A garotinha irradiava calor. Depois de Sir Tristan ter sido mordido por um dos lobos da Rainha das Trevas, uma febre o consumiu por dentro, e ele ardera desse mesmo modo.

A garota sacudiu as mãos. Não usava o fogo da limpeza desde que saíra de Camelot e não o usava com esse objetivo desde que havia curado Sir Tristan. Arthur a proibira de fazer isso de novo. Mas ali não era Camelot. Habilidades vindas do povo das fadas eram valorizadas naquele lugar. As pessoas entendiam a diferença entre a magia para ajudar e magia para ferir.

Ainda assim, ela precisava que lhe dessem permissão. Invocou as faíscas nos dedos e esticou a mão para o homem ver. Em seguida, apontou para a perna da menina.

O homem franziu o cenho, perplexo, mas sacudiu a cabeça, dando permissão para Guinevere prosseguir.

A garota fechou os olhos, esticou a mão e invocou mais chamas. Elas crepitaram, secas e ávidas. Reunindo todas as suas forças, Guinevere pôs a mão no ferimento da menininha e ordenou que as chamas consumissem tudo o que não pertencesse à criança. Precisou de uma concentração incrível, sem se dispersar por um segundo sequer. Se perdesse a concentração, o fogo sairia de controle e cresceria até devorar a garota.

Ela não podia permitir que isso acontecesse.

Quando Guinevere sentiu que o sangue da garota estava limpo, puxou o fogo de volta para as próprias mãos.

A menininha se espreguiçou, como se tivesse acabado de acordar. A cor voltou às suas bochechas, e ela abraçou o pescoço de seu cuidador. Ele estava com os olhos cheios de lágrimas e sussurrou sua gratidão em um tom que Guinevere entendeu. Então ergueu a voz e fez um sinal.

Pessoas e mais pessoas fizeram fila, algumas mancando, outras sendo carregadas. Guinevere sentiu um aperto no coração. Não havia planejado aquilo. Eram muitos, muitas necessidades. Mas como poderia dizer "não"?

Ela invocou as chamas de novo e se pôs a trabalhar. Sentia as palmas de suas mãos se enchendo de bolhas, jamais havia segurado o fogo por tanto tempo. Mas o obrigou a obedecer, o guiou com precisão, consumiu infecção e mais infecção para limpar ferimentos e sangue.

Guinevere já havia andado muito e consumido suas energias com os nós de confusão, e cada esforço a exauria ainda mais. Finalmente, terminou, no limite de suas forças. Então mais três pessoas se juntaram ao fim da fila. Guinevere ficou com os olhos cheios de lágrimas. Não conseguia mais. Teria que dizer isso a elas. Rejeitá-las.

Espontaneamente, Lancelote, Mordred e Arthur lhe vieram à mente. Lancelote não desistiria de lutar. Mordred teria uma raiva ardente por aquela injustiça, a ponto de se alimentar dela. E Arthur jamais pararia, não enquanto pudesse ajudar mais uma pessoa.

A garota respirou fundo, mantendo os três em seus pensamentos, e esticou a mão mais uma vez. Quando terminou, sentou-se no chão e apagou a chama, dando um leve grito de dor. A palma de sua mão estava em carne viva, cheia de bolhas. Ela não conseguia reunir forças nem para chorar, mas havia terminado.

A mulher para quem acendera a primeira fogueira veio mancando e se sentou, com cautela, ao lado de Guinevere. Despejou várias coisas em uma tigela e as amassou com uma pedra, formando uma pasta grudenta, que espalhou cuidadosamente nas mãos da garota. O alívio foi quase instantâneo.

Outra mulher lhe passou um pouco de carne seca. Outra, um pedaço de pão. Ficaram sentadas em silêncio, em volta da fogueira, comendo. A primeira menininha que Guinevere havia curado dava risada e pulava em uma poça d'água, com saúde o suficiente para aproveitar o fato de simplesmente ser criança por alguns momentos.

Guinevere teve uma ideia. Apontou para a poça, depois fez um gesto, indicando algo maior.

— Preciso de um lago — disse, ainda gesticulando.

Depois de várias tentativas de comunicar a ideia de um lago, o velho esquelético balançou a cabeça, demonstrando que havia compreendido. Fez que estava andando, levantou vários dedos e apontou em direção ao leste.

Agora, ela tinha uma direção para seguir. A bondade pode ser tão poderosa e tão útil quanto a força.

CAPÍTULO TREZE

Guinevere não se demorou muito mais no acampamento. Foi se arrastando, subindo e descendo morros, torcendo para que o velho tivesse entendido o que ela precisava quando apontou naquela direção. A tempestade finalmente amainou, e os raios baixos do Sol atravessaram as nuvens, porque o astro se pôs atrás do morro mais próximo.

Mas não antes de a luz revelar um lago de águas turvas e cinzentas.

Os pés de Guinevere pararam de se movimentar. Ela não queria seguir em frente. Não precisava fazer aquilo. Podia continuar caminhando, dar um jeito de chegar ao sul, encontrar a caverna. Merlin podia até ser um mal, mas pelo menos era um mal que ela conhecia. E um mal que não estava submerso na água.

Mas isso era covardia. A garota sabia que estava procurando qualquer desculpa para não entrar na água. Merlin apagara tantas partes dela, plantara deliberadamente aquele terror para mantê-la afastada da Dama do Lago. Se essa criatura fosse mesmo sua mãe, teria respostas para as perguntas de Guinevere. E, se Merlin queria manter as duas separadas, esse era mais um motivo para a garota procurar a Dama. Guinevere não acreditava mais que o feiticeiro tinha, em seu coração, boas intenções, a não ser para com Arthur.

Subiu o morro rochoso, indo de uma árvore esquelética a um rochedo, para que pudesse descer devagar e sem correr perigo. Aquele terreno não era nada cultivável, pelo contrário: era acidentado e nada convidativo. Não havia residências até onde seu olhar alcançava, e fazia tempo que deixara os refugiados para trás. Só havia Guinevere e o lago.

Ela se despiu das roupas de Fina, com as mãos tremendo tanto que mal conseguia tirá-las, e as colocou em cima de uma pedra. Depois colocou a bolsinha e as botas na pilha. Quando estava apenas com a combinação fina que usava por baixo de tudo, foi até a beira da água.

A lembrança da piscina de seu sonho apertava suas garras em Guinevere, mas o Sol havia se posto e o céu estava nublado. O lago escondia seus segredos, oferecendo apenas o mais fraco dos reflexos. Isso, pelo menos, foi um alívio. Guinevere não queria ver o reflexo do medo que estraçalhava sua alma, ondeando e zombando dela.

Seus dedos se encolheram, prendendo-se aos pedregulhos afiados da beira do lago. Ele estava localizado em uma bacia formada por montanhas, acumulava-se ali sabe-se lá há quanto tempo. Esperando. Os pulmões da garota pararam de funcionar. Guinevere já era incapaz de respirar e nem sequer havia encostado na maldita água. Ninguém ficaria sabendo se ela saísse correndo. Se esperasse até o amanhecer.

Mas a manhã não tornaria aquilo mais fácil. Nada tornaria. A garota teria que ser forte agora mesmo. Dera as costas para Camelot para ser rainha – para estar com Arthur em todos os sentidos –, porque não podia ser rainha sem saber quem era. Havia traído *Lancelote* por causa disso. Ela devia a Lancelote levar aquilo a cabo.

Quando deu o primeiro passo, a água estava tão gelada que Guinevere soltou um suspiro de assombro. Não sabia se os tremores violentos que sentia eram por causa da temperatura, da repulsa ou do medo. Sua respiração formava uma névoa. Mais um passo. Mais um. Mais um. A água já passava de seus tornozelos. Cada passo era um ato de pura força de vontade. Cerrou os punhos com tanta força que doeu, e as palmas de suas mãos queimadas latejaram de dor. Desejou ter Arthur ao seu lado para lhe emprestar um pouco de sua autoconfiança. Mas, se o rei estivesse ali, ela não estaria fazendo aquilo.

Lancelote, então. Só que Lancelote, provavelmente, a arrastaria para longe do lago, insistindo que aquilo não era necessário.

Mordred. Guinevere abraçou o próprio corpo e imaginou a faísca dele ardendo através de si mesma, trazendo calor e despertando as partes mais ávidas e desesperadas de seu ser.

Ainda assim, estava sozinha. Não havia nenhum movimento na água, nenhum brilho, nada que indicasse que a Dama estava prestes a aparecer.

— Cadê você? — gritou Guinevere, e sua voz ecoou pelas montanhas que a cercavam. — Estou bem aqui!

Tentando sentir raiva — e não pavor —, deu mais um passo. Seu pé pousou em uma pedra pontiaguda, e ela tropeçou. Antes que conseguisse recobrar o equilíbrio, seu outro pé escorregou nas pedras do fundo, e Guinevere ficou submersa.

A água era impenetrável, de um azul tão profundo que era quase preto. Guinevere tentou subir até a superfície, mas seus pés não tinham onde se apoiar para impulsioná-la. Debatendo-se desesperada, perdeu todo senso de direção. Bolhas saíam de sua boca enquanto gritava, e ela tentava segui-las em direção à superfície, mas seus movimentos frenéticos a faziam girar inutilmente. Guinevere desapareceria, e ninguém que amava jamais saberia o que havia acontecido com ela.

Havia água por todos os lados, enlaçando-a com seu abraço gelado. Mas isso tampouco era verdade. A água era apenas água. Não havia nada ali capaz de enlaçá-la, nada capaz de puxá-la mais para o fundo. Nada ali era capaz de responder às suas perguntas, de se preocupar com ela ou ajudá-la.

Ela estava sozinha.

Ela era uma tola.

E, à medida que seus pulmões ardiam e sua visão diminuía, teve absoluta certeza de que já tinha se afogado e estava se afogando de novo.

CAPÍTULO CATORZE

Guinevere não sabia se seus olhos estavam abertos ou fechados. Tudo era pressão e escuridão.

Braços fortes envolveram seu corpo por trás. "A Dama!", pensou seu cérebro com falta de oxigênio. Mas aqueles não eram braços de água e magia. Eram braços humanos, que quase esmagavam seus ossos.

Pernas chutaram atrás dela e então sua cabeça ficou fora d'água. A garota tossiu e se engasgou, odiando a água, a sensação líquida ainda em cima de seu corpo e dentro dela. Pior era saber — um saber que Guinevere não conseguia localizar nem decifrar — *que aquela não era a primeira vez que se afogava.*

— Respire! — ordenou Mordred.

Claro que não era a Dama. Era Mordred. Ninguém apareceria assim, onde não devia, tão incessantemente, para salvar a vida da garota.

Mordred arrastou Guinevere até a beira do lago. Ela caiu de quatro no chão, tremendo e tossindo. Estava com frio, com frio demais, e tremia tanto que nem sequer conseguia levantar.

Mordred a pegou no colo e a carregou. Parou para recolher os pertences dela, todo desajeitado, e então foi de encontro à sua égua, que batia os cascos, impaciente.

— O que você está enxergando? — perguntou, e Guinevere não conseguiu responder de tanto que batia os dentes. Mas não fazia diferença. Mordred não estava falando com ela. A égua relinchou e terminou de subir o morro, chegando a uma pequena caverna. Mordred foi atrás. A égua ficou parada na entrada, bloqueando um pouco do vento forte que soprava no vale. — Boa menina — disse ele.

Então colocou Guinevere no chão, encostando-a na parede do fundo da caverna. Estava tão escuro que ela não era capaz de ver a própria mão diante do rosto. Mordred pegou sua trouxa, que estava presa na égua, e esticou um colchonete. Sua silhueta ficou contornada em preto, contrastando com a luz que vinha da entrada da caverna. Guinevere se arrastou até o colchonete e ficou em posição fetal. Não conseguia falar. O choque de quase ter se afogado, combinado com o ar gelado, era demais para ela.

— Não podemos acender uma fogueira — disse Mordred, e a garota conseguiu perceber preocupação pelo tom de sua voz. — Seria um farol para quem quisesse nos localizar. Tire sua combinação.

Guinevere soltou um muxoxo com toda a indignação que conseguiu transmitir — que não foi muita. Estava com frio até os ossos. Só conseguia pensar na pressão implacável da água em volta de seu corpo, exigindo entrar em seus olhos, seus ouvidos, seu nariz, sua boca. E pensar que ela ainda estaria lá, estaria lá para sempre, se não fosse por Mordred.

A Dama não havia aparecido. Guinevere teria morrido, e ninguém ficaria sabendo. Lancelote teria ficado esperando, culpando-se. Brangien, Isolda, Lily e Dindrane continuariam tendo esperança, mas uma hora desistiriam. Arthur ficaria sozinho, exatamente como Mordred queria.

Mas isso não era verdade. Arthur teria seus homens — e sua Camelot. Se casaria de novo com alguém mais adequado às suas necessidades. Na verdade, depois de uns dois anos, para que ele ficasse de luto e ela crescesse, Lily seria a rainha ideal. Melhor do que Guinevere, certamente. O mundo teria continuado seu curso sem ela, fazendo apenas uma pequena pausa, e toda a sua vida seria um leve estremecer na superfície de um lago esquecido.

— Está tão escuro que não consigo ver nada — resmungou Mordred, trazendo-a de volta para o presente, para a realidade precária de ainda estar viva. — Não morrermos congelados é nossa prioridade neste exato momento.

Guinevere tirou a peça de roupa grudada em sua pele. Mordred imediatamente enrolou-a em um cobertor grosso e áspero. Que não a aqueceu nem um pouco.

— Minha bolsinha — ela forçou as palavras a saírem pelos seus dentes cerrados.

Mordred ficou tateando na escuridão antes de tirar da bolsinha as duas pedras, que irradiavam calor. Colocou-as perto do ventre de Guinevere, que se encolheu em volta delas. Em seguida, a garota ouviu o som de mais roupas molhadas caindo no chão da caverna.

Soltou um suspiro de choque quando Mordred deitou ao seu lado, encostando seu corpo gelado no dela.

— O que você está fazendo? — perguntou Guinevere.

— Tentando salvar nossas vidas. — Mordred pressionava o peito contra as costas da garota e aninhou as próprias pernas nas dela. Mas manteve os braços nas laterais do corpo, sem abraçá-la nem tocá-la. O corpo de Mordred estava rígido, não só de frio, mas também de uma raiva mal contida. — O que você estava *pensando*? Eu disse que tiraria você de lá!

— Como foi que você me encontrou?

Mordred soltou uma risada de escárnio e respondeu:

— Você quis que eu a encontrasse.

— Não quis, não!

— Você falou para Lancelote que iria em direção noroeste. Eu estava bem ali! E você sabe que reconheço seus rastros, mesmo com a magia de confusão. Já segui seus nós até encontrar você.

Guinevere deixou que a humilhação tomasse conta dela. Era verdade. Sabia que Mordred não era apenas capaz de encontrá-la quando ela escondia seus rastros usando magia, mas também tinha prática nisso. Será que a garota tinha mesmo esquecido ou, secretamente, não queria perdê-lo?

— E, além disso, encontrei um campo de refugiados inteiro maravilhado pela minúscula mulher mágica que parou ali para curar a todos.

— Eu tive que fazer isso!

— Na verdade, não. Você decidiu fazer. Sorte nossa que eu estava a cavalo e a alcancei a tempo de ouvir você gritar palavras sem sentido antes de cair no lago. O que você estava esperando conseguir com isso? Você odeia água! Não sabe nem nadar!

Guinevere fechou bem os olhos. Até suas lágrimas eram geladas.

— Eu achei... — ficou sem voz, que tremia junto com seu corpo. Quando conseguiu falar de novo, foi sussurrando: — Eu achei que a Dama do Lago iria aparecer. Eu achei que ela responderia às minhas perguntas.

— Por que ela faria isso? — perguntou Mordred, perplexo.

— Porque acho que ela é minha mãe.

Mordred ficou em silêncio por alguns instantes. Quando falou novamente, sua voz estava tensa da raiva que estava tentando segurar:

— Ela não *existe* simplesmente o tempo todo em qualquer lugar. Até seres místicos têm alma, um lugar onde estão centrados. A Dama sempre habitou os arredores de Camelot. Por que estaria tão longe, no norte? Como faria para chegar a um lago que não se liga a nenhum rio?

Guinevere soltou um pequeno soluço de humilhação e desespero. Seu plano grandioso, seu corajoso sacrifício para obter respostas, fora... tolo. A garota se achava tão importante que, por algum motivo, um ser ancestral saberia quem ela era e se importaria com ela.

Quando Mordred falou novamente, a raiva havia se dissipado. Pela sua voz, ele parecia cansado e triste, e Guinevere sentiu ambas as coisas no âmago de seu ser.

— Você deveria ter me contado. Se existe alguém que entende o que é ser filho de algo que não é humano, sou eu. E lamento que você tenha sido obrigada a descobrir desse modo, mas... eles não se importam conosco. São incapazes disso. — Mordred soltou um suspiro, chegou mais perto e tocou no cabelo molhado dela, afastando-o. Guinevere sentiu o hálito de Mordred em sua nuca, um calor bem-vindo. — Sabe aquela história que contei de ter derrotado o Cavaleiro Verde? De tê-lo encontrado na floresta, com os outros cavaleiros tentando atingi-lo sem sucesso, até que eu trouxe um cervo para devorá-lo? É verdade. E é a lembrança mais feliz que tenho dele. Por um breve e glorioso momento, tive provas de que era inteligente o suficiente para contentar meu pai. Ele ficou admirado comigo. E então foi embora. De novo. Nunca consegui que prestasse atenção em mim por mais de alguns instantes.

— Sinto muito — disse Guinevere, batendo os dentes.

— Nós os procuramos com nossos corações e nossas emoções humanas, e eles nos estraçalham não porque são cruéis, mas porque são incapazes de ter os mesmos sentimentos. Não existem neste plano. Qualquer pai ou mãe mergulhado no antigo mundo da magia é igual. Minha mãe foi envenenada por ele, tornou-se uma nova pessoa com o que roubou daquele mundo, tão maior e, de certa forma, menor. Um mundo que envenenou até Arthur do mesmo modo. Todos eles estão emaranhados em coisas maiores, mais profundas e mais antigas do que eles mesmos e não conseguem enxergar mais nada que seja pequeno. São *incapazes* de se preocupar conosco. Passei tanto tempo achando que eu é que era indigno de ser amado, que não fazia o suficiente para merecer o amor deles. Mas isso não tem nada a ver comigo...

As palavras de Mordred contradiziam o que sua voz fraca transmitia.

Guinevere se perguntou se Mordred realmente acreditava no que acabara de dizer ou se simplesmente queria acreditar.

— Arthur se importa — disse, baixinho.

— Ele quer se importar. Mas se devotou a Camelot, e qualquer coisa menor do que isso jamais será prioridade para o rei. Você sabe que isso é verdade.

Guinevere sabia. Arthur já lhe dissera isso certa vez, que jamais daria preferência a ela em detrimento de Camelot. E fora sincero. Esse fato não fazia a garota odiar o rei nem achar que ele estava errado. Mas nem por isso doía menos o fato de Arthur não ter vindo salvá-la de Maleagant ou ter parado para conquistar o sul e reunir um exército, pensando em proteger Camelot, em vez de vir direto resgatá-la.

Se Guinevere tivesse se afogado naquela noite, o curso da vida de Arthur não teria se alterado. Ela sentia isso como se estivesse soltando o ar, como se fosse o fim de algo que acabara de começar.

A garota jamais deixaria de se importar com o rei. Mas não podia dedicar toda a sua vida apenas a ele. Merecia mais.

Levou o braço para trás e segurou a mão de Mordred, posicionando o braço dele sobre seu corpo. Mordred passou o outro braço por baixo dela, abraçando sua cintura. A garota queria aquela faísca dele, seu calor, porque estava com tanto frio e tão, tão triste. Das duas, uma: ou Guinevere não conseguia sentir as emoções de Mordred por causa de seu próprio tormento, ou as emoções dele eram exatamente iguais às suas.

— Mesmo que a Dama tivesse aparecido — continuou Mordred —, ela não poderia lhe dizer quem você é. Nem mesmo Merlin pode.

— Mas eles sabem...

— Eles são como minha avó. Como minha mãe. Quando olham para nós, veem tramas, peões e armas. Como um ser que olha para você e só enxerga o que você pode fazer por ele seria capaz de lhe dizer quem você é?

— Mas, se ela for minha mãe...

— Se a Dama for sua mãe, fico feliz por ela ter ajudado a criar você, e essa breve gratidão é tudo que devemos a ela. Você não deve lealdade à Dama, assim como não deve nada a Merlin, assim como não devo *nada* à minha mãe, à minha avó nem a nenhum desses malditos. — O tom de Mordred se tornou duro. — Podemos até ter saído deles, mas não somos como eles. Você não é como eles. É por isso que é tão infeliz, tão perdida. Está tentando ser como eles, tentando oferecer sua vida em sacrifício para Merlin, assim como Arthur fez, tentando andar pelo mundo como um poder ancestral, que não vê nem se importa com nada a não ser com os próprios objetivos. Você não pode evitar se importar. Você vê as pessoas como elas são: indivíduos trágicos, maravilhosos, devastadores. Cada um com seu pequeno valor e potencial para o bem e para o mal.

— Você não tem Arthur em alta conta — sussurrou Guinevere. Ela havia devotado tanto do que era para Arthur e, mesmo depois de tudo, dava-se conta de que estava tentando defendê-lo. Receava que ele ficasse magoado ao vê-la naquela caverna, nos braços de Mordred.

— E você o estima por nós dois — disparou Mordred. — Durma.

Então afastou os braços do corpo dela e lhe deu as costas.

Mordred e Guinevere podiam até estar a sós, mas o espectro de Arthur pairava no ar, sempre separando os dois.

CAPÍTULO QUINZE

— Lancelote — disse Guinevere, aliviada de ver o cavaleiro em seu território dos sonhos, mas ainda brava por causa da conversa que tivera com Mordred na caverna. Ou brava porque ele estava bravo.

— Você está correndo perigo? — perguntou Lancelote.

— Isso ainda está aberto a debate — respondeu Mordred. — Você provavelmente vai achar que sim.

A garota sabia exatamente o que ele queria dizer: Guinevere estava dormindo em uma caverna, de costas para Mordred, perto dele. Mas Lancelote não sabia nem devia ficar sabendo disso.

— Eu fugi — foi logo dizendo Guinevere, antes que Mordred pudesse falar mais alguma coisa.

Lancelote arregalou os olhos de surpresa e alegria, e falou:

— Fugiu? — Mas o cavaleiro espremeu os olhos em seguida e completou: — Mas ele ainda está com você.

— Sim, bem, ele me seguiu.

— Ele *salvou* sua vida — locupletou-se Mordred.

— Onde você está agora? — indagou Lancelote.

— Fui para oeste, como havia dito. Assim que Arthur voltar,

certifique-se de que ele saiba que estou livre. Ninguém está me prendendo no norte.

Mordred ergueu a sobrancelha, como se fosse discordar. Guinevere apertou os lábios, em uma expressão afiada como uma faca, desafiando-o a fazer isso.

— Certo — concordou Mordred. — E que garantirei a segurança dela.

Lancelote retorceu os lábios, em uma careta brava.

— Isso é responsabilidade minha.

— E, mesmo assim, eu é que estou do lado dela e você está em Camelot, sem correr perigo nenhum.

Lancelote desembainhou a espada e atacou, sem rodeios. Por um lado, foi um alívio o fato de, pelo menos, Mordred não estar provocando nem ameaçando contar a Lancelote a verdadeira situação dos dois. Por outro, Guinevere ficou irritada. Aquele devia ser um momento só seu. Só que, mais uma vez, Lancelote mal falara com ela, apenas confirmou que Guinevere não corria perigo e foi logo dando uma desculpa esfarrapada para lutar com Mordred. Guinevere estava desesperada para conversar com a amiga, para contar do lago, o que havia acontecido e o que não havia acontecido e como estava se sentindo confusa, triste e perdida.

As palavras de Mordred a assombravam. Se, de fato, nenhum daqueles seres poderosos se importava com ela, teria que encontrar sozinha as respostas que procurava. Ou seja: havia voltado à estaca zero.

Uma bruxa com lembranças falsas. Uma rainha sem história. Uma garota sem passado.

O céu, que antes estava azul, ficou repleto de nuvens negras, e o canto dos pássaros deu lugar ao fatídico partir de galhos e farfalhar da vegetação rasteira.

— Por favor, não chova em nós — gritou Mordred. — Estou tão feliz por estar seco de novo.

Não adiantou. O território dos sonhos agora deixava Guinevere nervosa. Ela conseguia sentir a lagoa à espreita em algum lugar. Talvez esse fosse o significado do corpo que tentou agarrá-la. Uma premonição do que a aguardava na água: uma morte vazia.

Por que, então, ela ainda desejava tão ardentemente que alguém lhe dissesse quem devia ser e como?

— Preciso ir embora — a voz de Lancelote estava rouca. — Preciso estar no meu posto de guarda quando o rei voltar, para dizer como romper o escudo.

— E para dizer que estou livre — insistiu Guinevere, sem esquecer de sua dívida com Fina.

Mordred embainhou a espada e falou:

— Sim, vá logo, vá ficar de guarda, esperando o rei e seu exército.

Desta vez, Lancelote não o apunhalou. Das duas, uma: ou ela estava amolecendo ou aquilo tinha perdido a graça.

— E por que o rei não deveria ter um exército? Seus inimigos não o deixam em paz.

Mordred ergueu as mãos, desculpando-se:

— Nada disso foi ideia minha.

— É o que você diz. Assim que Arthur voltar, vou encontrá-lo na costa oeste. Guinevere ainda não está fora de perigo.

— É o que você diz, Sir Lancelote.

Mordred fez uma reverência e um floreio exagerado. Lancelote respondeu enfiando a espada no peito dele. Mordred sorriu, e o cavaleiro deixou a espada ali e se virou para Guinevere sem olhá-la diretamente nos olhos.

— Você gostaria que eu transmitisse alguma mensagem?

Guinevere foi atingida pelo desejo de ver suas amigas. Vira através delas, fora uma parte delas, mas não era a mesma coisa. Ansiava por contar seus problemas para Brangien, para a dama de companhia fazer pouco caso de todos, com sua praticidade brutal! Ou para passar o dia com Lily, apenas sendo uma garota. Ou até para ouvir as tramoias de Dindrane e saber por que, exatamente, ela havia mandado prender a cunhada em uma cela.

Mas pensar nessas mulheres e no que havia visto a fez imaginar algo que Guinevere *não* havia visto enquanto enxergava através de seus olhos: caos, falta de organização, inquietude. Guinevere, a rainha, não estava em Camelot. E Camelot estava... bem. Mais do que bem. Elas foram mais inteligentes ao governar a cidade do que Guinevere teria sido.

A fúria da tempestade diminuiu, transformando-se em um gotejar triste de pingos de chuva.

E se a Dama tivesse *mesmo* aparecido? Que respostas poderia dar às perguntas de Guinevere que pudessem subitamente aquietá-la, fazerem-na se sentir preparada para voltar à coroa que deixara para trás, voltar ao papel de rainha... e ser capaz de desempenhá-lo?

Guinevere deixara um rastro de cadáveres. Pessoas e animais assassinados porque ela usava uma coroa que não merecia. Escolhera dar as costas para Arthur e para Camelot porque não era o que precisavam. Mas agora também via que *eles* não eram o que *ela* precisava. Conhecer seu próprio passado não mudaria esse fato.

Tudo estava bem em Camelot sem ela. Talvez precisasse descobrir uma maneira de encontrar a completude sem o reino. Deu um sorriso forçado e falou:

— Apenas que Camelot tem muita sorte de poder contar com defensores e protetores tão bons. Ah! Diga a Brangien para ser um pouco mais gentil com o pessoal da cozinha.

Lancelote franziu o cenho e perguntou:

— Como você sabe a forma que ela trata o pessoal da cozinha?

Guinevere ficou tensa. Não contara a Lancelote que Morgana se aproveitara dela.

— Morgana consegue ver através dos olhos dos outros. Usou

minhas conexões com as pessoas para vê-las. Foi assim que ficamos sabendo do exército de Arthur.

Lancelote arregalou os olhos e perguntou:

— Através de quem você viu?

— Arthur, Brangien, Lily e Dindrane.

— E de mim — completou Mordred, tirando a espada de Lancelote do corpo e atirando-a no chão. — Conte para Lancelote o que conectou você a cada um de nós.

Seu sorriso era malicioso e conquistador, fazendo-a lembrar do velho Mordred. Guinevere ficou corada ao se lembrar onde os corpos dos dois estavam. Ele não fora galante nem sugestivo na caverna. Será que aquilo era um teatro para Lancelote? Ou será que estava provocando Guinevere por recalque?

— Lancelote precisa ir embora — urrou Guinevere.

Com um facho de mágoa que iluminava mais seu rosto do que qualquer raio, Lancelote desapareceu.

Pensar nas conexões fez Guinevere se perguntar: por que, quando Morgana pressionou a conexão da família, Lancelote não apareceu? Guinevere amava Brangien, Dindrane e Lily. Mas seu elo com Lancelote era mais profundo e mais forte do que qualquer um desses. Se a garota tivesse que escolher a pessoa que mais a conhecia entre todas do mundo, diria "Lancelote" sem pensar duas vezes.

Talvez Lancelote não sentisse a mesma coisa em relação a ela. Talvez a traição de Guinevere tivesse interrompido a conexão das duas para sempre, e a magia de Morgana soubesse disso.

Guinevere não questionara por que a paixão a levara até Mordred. Entendia, por mais que lutasse contra isso. Mas o fato de ter sido o dever que a levara até Arthur pesava muito sobre seus ombros. Queria estar apaixonada pelo rei, queria o reconhecimento de ser amada por ele. Se Arthur a amasse, se a desejasse, será que ela encontraria a completude?

Mordred se sentou no chão da floresta, aproximando-se do tronco em que Guinevere estava encostada.

— Já está pronta para acordar? — perguntou.

— Não — respondeu ela, apoiando o queixo nos joelhos. — Lá está frio.

Mordred apontou para a crescente escuridão que os cercava.

— Aqui também não está quente.

Guinevere fechou os olhos, tentando se concentrar. Tentando criar calor.

— Não podemos simplesmente ficar aqui? Por mais um tempinho?

A garota não queria estar acordada, tomar uma decisão. Encarar o futuro desconhecido sem a esperança de conhecer seu próprio passado. Agora não tinha nenhuma missão. Nenhuma direção. Nenhum propósito.

Mordred também não parecia estar com pressa de voltar à caverna. Começou a cantar, quase como se não percebesse que estava cantando. A canção era melódica, bela e profundamente triste, em uma língua que Guinevere não compreendeu.

— O que diz a canção? — perguntou.

Ele parou de cantar, e Guinevere se deu conta de que a floresta que os rodeava estava aquecida novamente. Mordred virou de frente para ela. Estavam tão perto um do outro que Guinevere conseguia enxergar as árvores refletidas nos olhos dele.

— Não sei, mas me deixa triste, e eu adoro. Algumas tristezas são tão doces que valem a pena ser sentidas.

— Mordred — falou Guinevere, sem conseguir parar de olhá-lo nos olhos. A sua floresta fora criada para combinar perfeitamente com o tom de verde deles. Mordred a seguira escuridão afora, salvara sua vida, impedindo que se afogasse, abraçara-a para que o frio não se apoderasse dela.

A vida toda, Mordred havia lhe contado quem realmente era:

a enguia, o sobrinho de Arthur, o filho das fadas, o salvador da Rainha das Trevas. E, ainda assim, trilhava seu próprio caminho, escolhia por onde andar e não ia atrás de ninguém. A garota se acovardara diante da dor dele porque era um reflexo de sua própria dor. Mas Mordred vivia em sua dor, não fugia dela. Cometia erros e seguia em frente. E sempre, *sempre* enxergou Guinevere de verdade.

— Mordred — sussurrou Guinevere, com pavor ou algo muito parecido, sentindo um aperto no estômago, como se estivesse prestes a se afogar de novo. — Quero ser beijada.

Ele fechou os olhos, e um espasmo de dor alterou sua expressão.

— Você quer ser beijada, mas quer ser beijada por mim? Aqui, em um sonho, para poder acordar e fingir que não aconteceu?

O calor do corpo de Mordred contra o de Guinevere, ali, naquela floresta, era real e não era. Ele tinha razão. A garota estava tentando viver algo sem consequências. Tentando se imiscuir de uma escolha.

Ao longe, Guinevere sentiu Mordred soltar sua mão, sentiu o frio se alastrando. Estava sozinha.

A garota acordou na caverna, Mordred estava se afastando.

— Não — disse Guinevere, virando de frente para ele.

"A vida é curta. A morte é rápida. Algumas tristezas são tão doces que valem a pena ser sentidas."

Guinevere acariciou os cabelos de Mordred, pôs a mão em sua nuca e aproximou o rosto dele do seu. Não foi a mesma coisa que o beijo roubado no torneio de Lancelote, cheio de faíscas, com a euforia do proibido. Não foi a mesma coisa que ser beijada por Arthur, com carinho e afeição. Era um beijo feito de tristeza, de medo, de dor, mas também de desejo. Mordred não era uma coisa nem outra, nem humano nem mágico, nem bom nem mau. Era um mentiroso, um ladrão e um traidor, e era verdadeiro, destemido e leal, e Guinevere o viu por completo. Exatamente como ele sempre a vira.

Mordred se afastou.

— Sim? — sussurrou, e a esperança em seu tom de voz dilacerou Guinevere.

Como não tinha palavras para responder, beijou-o de novo. Mordred a puxou para perto, beijando-a com lábios ávidos e afoitos, como se tivesse medo de que ela fosse desaparecer a qualquer momento.

Guinevere não sabia o que o futuro lhe reservava nem sequer no que seu passado consistia. Mas ali, naquele momento, teve certeza do que queria. E foi isso que fez.

CAPÍTULO DEZESSEIS

Guinevere passou a mão no rosto de Mordred, foi descendo por seu pescoço até seus ombros retos e pronunciados, revelados na luz do dia. Essa era a parte mais difícil de acreditar, a parte que a enchia de um maravilhamento dos mais frívolos. Ela podia simplesmente... tocá-lo.

E, a julgar pelos sentimentos de Mordred, ele também estava bastante satisfeito com aquele desenrolar dos acontecimentos.

Fina tinha razão, afinal de contas. Todo aquele tempo desperdiçado, desejando e negando esse desejo, evitando dizer a verdade, evitando até *sentir* a verdade, não era bom para ninguém.

Além disso, se Guinevere soubesse a pura alegria de tocar e ser tocada que estava perdendo, teria tomado essa decisão muito antes. Mordred encostou a cabeça em seu ombro. Agora a caverna estava quente, com o sol entrando e o calor do corpo dos dois. Mas, mesmo assim, eles não se afastaram.

A garota quase desejou que pudessem ficar ali para sempre. Mas é claro que isso não era prático nem possível. Soltou um suspiro, desvencilhou-se dos braços de Mordred e saiu da caverna para fazer suas necessidades. Lembrou-se das ideias de Fina para dificultar a vida dos soldados quando fossem fazer xixi ao ar livre e deu uma risadinha. Quando deu por si, estava gargalhando, com a cabeça para trás, sentindo o sol, e voltou para a caverna, a alma dançando delirantemente de alegria.

— Perdi alguma coisa? — perguntou Mordred, chegando perto dela. Mas então mudou de ideia, ainda sem saber ao certo quais eram os limites.

Guinevere se aproximou e encaixou as costas no peito de Mordred, aninhando a cabeça debaixo da dele. Os dois olharam para o lago. Ele abraçou sua cintura, como tinha feito quando a tirou do lago. Salvou-a de se afogar em busca de um passado com o qual ninguém mais se importava.

O lago era, de fato, mais uma lagoa; a água se acumulara naquela depressão entre as montanhas havia sabe-se lá quantas centenas ou milhares de anos. Olhar para ele era como tocar em uma ferida, e Guinevere desviou o olhar. Ficou observando a paisagem acidentada, selvagem e vazia.

— Devemos prosseguir? — perguntou. — As forças de Nechtan estão vindo para cá?

— Estão seguindo o cavalo que você tão habilmente roubou. Porque é claro que faz mais sentido você ir em direção ao sudeste, para Camelot.

— Ninguém questionou por que você veio nesta direção?

— Ninguém me viu sair. E conversei com os cavalos antes de ir embora. Se qualquer pessoa do povo de Nechtan decidir vir nesta direção, descobrirá que os cavalos se opõem a essa empreitada, teimosamente.

— Como você fez isso? — perguntou Guinevere, com uma curiosidade sincera.

— Eu incuti neles um medo muito real de que este caminho estava repleto de cobras. Cobras e mais cobras, sem fim, até onde a vista alcança.

Guinevere deu risada.

— Pobres cavalos — comentou.

— Eles vão esquecer, uma hora ou outra. Mas, na verdade, podem ter uma aversão de viajar para o oeste para sempre. E isso eu lamento. Mas não muito. — Mordred apertou mais a cintura de Guinevere, deu um beijo no topo de sua cabeça e completou: — Não posso lamentar nada que me trouxe até este momento.

Esse era um sentimento que Guinevere gostaria que fosse recíproco, mas ela ainda carregava um grande peso de arrependimentos e culpa nos ombros. Não por isso, por estar ali, com Mordred. Mas por todas as coisas que deveria, poderia ou teria feito. E pelas pessoas que deixara para trás.

Mas será que as tinha mesmo deixado para trás? Será que jamais voltaria? Naquele lugar ermo e abandonado, era fácil se imaginar andando a esmo para sempre. Camelot parecia estar a uma distância impossível de percorrer.

Como se sentisse sua tensão, Mordred acariciou seus braços, trazendo-a de volta para o presente.

— Tenho comida — falou.

— E sua mãe?

— Presumo que ela também tenha comida.

Guinevere se virou e fez careta para Mordred.

— Você entendeu o que eu disse. Você a abandonou.

O sorriso de Mordred contradizia a dor que a garota sentia irradiar quando ele a tocava.

— Não é nada que ela não tenha feito comigo ao tentar alcançar seus próprios objetivos. Tive a melhor professora para aprender a como me concentrar no que eu quero e deixar tudo o mais perder a importância.

— Mordred — disse Guinevere, falando mais baixo. — Eu...

— Café da manhã!

Mordred foi até sua égua. Trouxe os mesmos alimentos que haviam comido com o povo de Nechtan. Ele e Guinevere se sentaram lado a lado, sob o sol.

— Pare — disse Mordred, cutucando-a.

— Parar o quê? — Guinevere olhou para o que restava da comida, confusa. Por acaso tinha feito algo errado?

— Pare de se preocupar com o que está por vir.

A garota tentou sorrir.

— Ah, agora *você* consegue sentir o que estou sentindo através do toque? Achei que esse era o meu dom.

— Consigo sentir o que você está sentindo por causa da incrível tensão dessa sua postura, aí sentada. Como se estivesse prestes a sair correndo. Como se estivesse se preparando para levar um soco. Estamos fora de perigo.

Guinevere soltou um suspiro e falou:

— Mas por quanto tempo? E para quê?

Mordred ergueu a sobrancelha e inclinou o corpo para ficar de frente para Guinevere.

— Por que estar fora de perigo precisa servir para alguma coisa além de... estar fora de perigo?

— Bem, eu só queria saber o que vamos fazer agora. Continuamos indo para o norte e para o oeste? Começamos a tentar chegar ao sul de novo? Ainda devo tentar falar com Merlin ou desistir completamente disso? O que devo dizer para Lancelote da próxima vez que conversarmos? E ainda tem a questão da Rainha das Trevas. Ela pode até não ter mais a mim, mas ainda está tramando e não sabemos quais são seus planos nem como...

Mordred encostou o dedo nos lábios de Guinevere e falou:

— Por que isso tem importância?

— Porque ela está tramando contra Arthur e...

— E Arthur está tramando contra ela, e minha mãe está tramando contra Merlin e, sem dúvida, Merlin viu tudo isso e também tem suas tramas que foram desencadeadas setenta anos atrás e, de alguma maneira, vai acabar com tudo que minha mãe está tentando fazer, seja lá o que for, enquanto Arthur sai abrindo caminho com sua espada maldita e corta a magia de minha avó, que vai retroceder e tramar outra coisa, enquanto Arthur segue em frente e faz o que ele faz e minha mãe faz planos e Merlin interfere à distância. Todos eles são um rio terrível, descendo o morro com toda força. Nada irá impedi-los. Nada irá alterar seu curso. Se sairmos do meio disso, nossa única interferência no resultado será tomar posse de nós mesmos e da nossa felicidade, considerando isso mais importante do que nos afogarmos no conflito deles.

Guinevere sabia que Mordred tinha razão. Que Arthur podia e iria lutar contra tudo isso sozinho. Que Merlin provavelmente *já* vira tudo isso, e que eles poderiam até lutar, se preocupar e agir nos bastidores, que, no fim, o poder da Rainha das Trevas, do feiticeiro e da espada viveria mais do que todos eles. Mas...

— Pessoas serão feridas — disse ela. — E não estou falando das pessoas que gostamos, que aliás serão muito feridas.

A garota fechou os olhos para se proteger da dor, pensando em como Lancelote se sentiria quando descobrisse. Por um motivo que ela não conseguia explicar muito bem, estar com Mordred daquela maneira lhe dava a sensação de estar traindo mais Lancelote do que Arthur.

Ela não queria pensar nos sentimentos dos dois.

Guinevere estendeu o braço, sinalizando todo aquele território ao redor dos dois.

— Estou falando das pessoas que moram aqui. Das pessoas do sul e do norte. Das pessoas que estão tentando viver a sua vida, que não merecem ser arrastadas à força para toda essa violência e todos esses problemas.

— E por que, minha rainha — disse Mordred, roçando os lábios nos dedos de Guinevere, fazendo-a estremecer com a profundidade dos seus sentimentos, ao chamá-la de *minha* rainha —, você merece ser arrastada à força para isso tudo?

Guinevere abriu a boca para responder, mas se deu conta de que não tinha nada a dizer. Ela fora enviada para Camelot por Merlin, com um manto falso nos ombros. Havia entrado lá considerando-se uma protetora e descobriu que era ela quem devia ser protegida. Aceitara seu papel de esposa e rainha de Arthur, mesmo que nenhum dos dois fosse verdadeiro. A garota amava Camelot, mas também se sentia presa ali. E vira com seus próprios olhos que a cidade não precisava dela para prosperar e estar em segurança, mesmo sob as circunstâncias mais desafiadoras. Nem o escudo mágico que havia criado salvara a cidade, porque ela se enganara redondamente a respeito dos planos dos inimigos de Arthur.

Ela havia pensado que estava travando uma guerra, quando na verdade estava apenas sendo manipulada, era uma peça em um jogo controlado por jogadores muito mais poderosos.

Por que *mesmo* deveria ser arrastada à força para tudo aquilo? E o que pensava que poderia mudar, de verdade?

— Então, fazemos o que agora? — perguntou.

Guinevere fora embora de Camelot para se encontrar. Talvez se perder fosse a única maneira de fazer isso.

A expressão de Mordred se iluminou como o raiar do sol depois de uma noite infinita.

— O que quisermos — respondeu ele.

— E se eu não souber o que quero?

Ela só sabia que queria estar com Mordred, queria ser tocada, idolatrada e queria sentir paixão sem medo nem culpa. Talvez jamais recuperasse as partes de seu ser que foram perdidas. Não sabia se era capaz de aceitar isso. Mas era capaz de, pelo menos, tentar ficar em paz com isso, agora que havia protegido Camelot e ajudado a reverter a guerra contra o povo de Fina.

— Então iremos descobrir juntos. Podemos morar no povoado de Rhoslyn. Ela nos acolheria. Ou podemos ficar no norte. Gosto daqui.

— E morar em uma cabana e sermos felizes e satisfeitos para sempre? — brincou Guinevere.

Mordred deu risada, mas foi uma risada com uma ponta de tristeza.

— Você não ficaria feliz e satisfeita com isso. Você se importa demais. Mas ainda podemos fazer o bem juntos. Aqui, posso ser filho das fadas, e você pode ser... isso que você é. Podemos ajudar as pessoas, como você fez com os refugiados.

— E como você fez, no povoado de Rhoslyn.

— Exatamente! — Mordred se inclinou para frente, empolgado. — Não pedimos para ser quem somos, mas podemos escolher como viver nossa vida. Antes, eu achava que não tinha escolha. Achava que minha vida era uma tragédia. Mas você está aqui e eu estou... — Ele fechou os olhos, e sua expressão, que parecia de dor, contradizia a extraordinária felicidade que Guinevere sentia quando ele a tocava. — Estou renovado. Venha. Quero levá-la a um lugar e lhe contar o momento em que me apaixonei por você.

CAPÍTULO DEZESSETE

Guinevere cavalgou com os braços em torno da cintura de Mordred, a cabeça apoiada em seu ombro, e foi observando a paisagem que os cercava mudar lentamente. Estavam saindo das montanhas acidentadas e relativamente inóspitas para um terreno em declive cada vez mais acentuado. Ela suspeitava que o declive ia em direção ao mar, coisa que não tinha a menor vontade de visitar nem ver novamente.

— Você está perdido? — perguntou.

A garota havia se dado conta de que não sabia se Mordred já tinha estado naquela região. Parecia que não. Ou seja: ele não tinha um destino em mente, apesar do que dissera naquela manhã, quando os dois partiram.

Mordred apertou as mãos dela com uma alegria impossível de disfarçar na voz.

— Não estou perdido. Andar a esmo não é a mesma coisa que estar perdido.

Guinevere sorriu, encostada no ombro dele. Andar a esmo não é a mesma coisa que estar perdido. Pensaria em si mesma não como alguém perdido, mas que andava a esmo. Certamente, era mais romântico assim, e não sentiria tanto aquela solidão desesperadora.

Ela deixou escapar um suspiro de felicidade. Não sabia quanto do que sentia era sua própria felicidade ou o delírio alegre de Mordred, nem queria saber. Era tão bom desfrutar de uma emoção em comum e não se preocupar onde os sentimentos dele terminavam e os dela começavam...

— Pronto! Quase chegamos.

O entusiasmo de Mordred obrigou Guinevere a se empertigar. Talvez ele soubesse mesmo aonde estavam indo, desde o início. Mas a garota só viu uma floresta resiliente, de um verde pálido, mais à frente. Não tinha o verde vibrante de uma floresta no verão, mas o verde constante, cansado, das árvores que suportam o inverno sem perder suas folhas. As árvores eram ralas e ficavam bem mais afastadas umas das outras do que as das florestas do sul. A copa era escassa, competindo por água e luz solar. A casca das árvores era de um marrom-acinzentado, cor de poeira. Ainda assim, aquelas árvores eram belas em sua determinação, e Guinevere respirou fundo, inalando o cheiro da casca e das folhas agulhadas, amassadas no chão em que ela e Mordred cavalgavam.

— Você já conhecia esse lugar? — perguntou a garota, quando desceram do cavalo.

Mordred pegou sua trouxa e fez carinho no animal, que se afastou para procurar comida.

— Nunca estive nesta região. Estava procurando uma floresta qualquer.

— Para ficamos menos à vista?

— Para me ajudar a lhe explicar como me apaixonei por você. — Mordred inclinou a cabeça e ficou fitando Guinevere com um olhar carinhoso. — No segundo dia, depois que buscamos você no convento. No meio das árvores.

Guinevere soltou uma gargalhada, em choque.

— Você me odiou!

— Eu mal tinha reparado em você antes disso. Você era mais uma tarefa sem sentido. Empertigada, coberta por um véu e chata. — O sorriso de Mordred se tornou mais malicioso e provocador. — E parecia um peixe fora d'água. Senti pena de você, na verdade. Presumi que Camelot e suas damas a comeriam viva.

Ela deu um tapa de brincadeira no ombro de Mordred e balançou a cabeça.

— Para ser justa, elas bem que tentaram, mas eu tinha Brangien e Dindrane ao meu lado.

A garota jamais se saíra bem nesse aspecto, nos papéis e joguinhos que esperavam que as mulheres compreendessem.

— De qualquer modo — prosseguiu Mordred, como se estivesse afoito para tirá-la das lembranças que tinha com as amigas e colocá-la de volta em sua história —, lá estávamos nós, debaixo das árvores. Todo mundo estava tenso, atento, desesperado para voltar às pedras geladas e aos tetos sufocantes de Camelot, a salvo mais uma vez do maravilhamento, da beleza e da natureza. Mas você inclinou a cabeça para trás. Relaxou e respirou fundo pela primeira vez desde que tínhamos tirado você do convento. Pude ver como isso alimentava sua alma e, naquele momento, eu quis... precisei... conhecer você. — Ele ficou em silêncio por alguns instantes e completou: — E o fato de você ser muito bonita também ajudou, suponho.

Guinevere deu risada.

— Ah, bem, fico feliz que tenha ajudado.

Mas também ficou feliz com o fato de não ter sido sua beleza a primeira coisa que Mordred gostou nela. Mordred a vira e a achara bonita, mas só quis conhecê-la quando viu algo que também conhecia, algo intrigante.

Mordred pegou uma mecha do cabelo de Guinevere que havia escapado do pano azul de Fina e prosseguiu:

— Depois disso, inventei todas as desculpas que pude para me aproximar de você. Tentei me convencer de que espionava você para proteger Arthur. Para a Rainha das Trevas. Tentei me convencer de qualquer motivo que consegui encontrar para precisar estar perto de você, precisar descobrir tudo o que pudesse a seu respeito. — Então ficou em silêncio, baixou sua mão e seu olhar, e completou: — E acabei permitindo que você fosse ferida. Porque, em minha cabeça e em meu coração, libertar a Rainha das Trevas era o único modo de separar você de Arthur. E lamento muito. Sempre lamentarei.

Guinevere segurou o rosto de Mordred e o puxou para perto. Então o beijou, sentindo sua tristeza e sua culpa como uma corrente subterrânea e sombria, em contraste com as vivas faíscas de felicidade e desejo ao ser tocado por ela.

Mordred a puxou mais para perto, a abraçou, e a respiração dos dois entrou em sincronia.

Por muito tempo depois de Mordred tê-la magoado e ferido, Guinevere pensou que suas únicas opções eram perdoá-lo ou odiá-lo completamente. Mas agora sabia que podia tanto se apegar ao que ele fez de errado quanto perdoá-lo, porque as pessoas são muito mais do que as piores coisas que já fizeram na vida. Precisava acreditar nisso. Senão, como seria capaz de andar pelo mundo carregando a culpa do mal que ela mesma havia causado?

Guinevere entendia o desespero de Mordred para devolver à avó sua forma, seu ser. Entendia o desespero dos dois, na verdade. De cada um de seus amigos e dos inimigos também. As atitudes de Morgana só eram más porque ela não estava do lado de Arthur, mas contra Merlin. E as atitudes do próprio Merlin estavam longe de ser boas. Ele havia magoado, matado e destruído, tudo para criar Arthur. Então era um ser mau que fazia coisas boas? Ou um ser bom que fazia coisas más?

Até os saxões deviam ter seus motivos para ir até ali, para invadir aquelas terras. Se Guinevere tivesse nascido saxã, como se sentiria?

Ou, se tivesse nascido irmã de Fina ou se tivesse nascido... Bem, se ela lembrasse de qualquer coisa a respeito de como havia nascido e quem era ao nascer, será que as coisas seriam diferentes?

Arthur nasceu, foi criado e treinado em meio à violência. E, apesar disso, tentava fazer o que achava ser certo. Mas quem estava lá para mandá-lo pensar em outras perspectivas, outros valores? Quem na vida dele o mandava parar e pensar? Quem na vida dele lhe dizia "não"? Com certeza, não seus cavaleiros.

— No que você está pensando? — perguntou Mordred, afastando-se um pouco para conseguir interpretar a expressão de Guinevere.

Ela não podia admitir que estava pensando em Arthur. Então, contou parte da verdade:

— Estou pensando na natureza do mal.

— Você é tão romântica... — Mordred falou em tom de brincadeira, mas Guinevere conseguiu sentir a pontada de insatisfação, de preocupação. A garota se sentiu uma manipuladora, sabendo exatamente o que ele sentia e adaptando suas reações a isso.

Mordred acabara de contar a história de como se apaixonara por Guinevere. Ela deveria retribuir o presente. Mas não tinha uma história do momento em que se apaixonou para contar, porque não sabia se *estava* apaixonada. Sentia algo, sim. Uma atração que tentara negar por muito tempo. Compreensão e conexão. Talvez tudo isso fosse amor. Mas tinha medo de, se abrisse a boca e declarasse seus sentimentos, sempre se questionar se era ou não verdade. Ou se estava simplesmente refletindo o que Mordred estava lhe dando.

— A noite do teatro — disse ela, por fim. — Quando você subiu o morro dançando de costas para conseguir continuar conversando conosco sem nos dar as costas. Você brincou, dizendo que deveríamos ficar na rua depois do toque de recolher e que seríamos presos, e houve um momento em que eu quis muito saber o que faríamos... o que *poderíamos* fazer. Neguei essa vontade naquele momento e continuei negando o melhor que consegui sempre que estávamos juntos. Você não facilitou as coisas.

Guinevere sorriu para ele.

Não restava mais nem um traço de malícia ou sutileza na expressão de Mordred. Ele era um ser completamente feito da mais franca felicidade, uma vulnerabilidade de partir o coração. Guinevere quase ficou com medo de vê-lo dessa maneira. Mordred sempre conseguira sobreviver, manter sob controle as partes de si mesmo que poderiam destruí-lo. E agora oferecia todas para Guinevere.

— Estou tão feliz por você ter parado de negar — comentou ele.

Então a beijou, e os dois foram deitando lentamente no chão da floresta.

A garota também estava feliz por ter parado de negar, porque aquilo — aquele desejo, aquela paixão — fazia parte dela. Ninguém havia colocado isso em sua cabeça por mágica. Não eram lembranças nem sentimentos de outra pessoa. Tanta coisa lhe fora roubada, perdida ou escondida que ela se recusava a ignorar ou negar um pedacinho de si mesma que ainda lhe restasse.

O tempo passou como uma névoa de sonho, pontuada por faíscas de riso. Desejo transformado em satisfação inebriante. A garota observou a expressão de Mordred relaxando. Nunca o vira dormir. Ele sempre pegava no sono depois dela e acordava antes. Cauteloso e cuidadoso. Seu rosto, quando dormia, parecia ser bem mais jovem do que quando acordado. Frágil, até, apesar de Guinevere saber que Mordred era um dos homens mais perigosos de toda aquela ilha.

Esticou a mão para tocar o rosto dele, querendo se assegurar de que era real, que *ele* era real, e estavam realmente juntos, e aí os olhos de Mordred se abriram. Guinevere levou alguns minutos para entender o que estava vendo.

Porque não eram os olhos de Mordred. Guinevere passara bastante tempo olhando — e evitando desesperadamente olhar — os olhos de Mordred para saber que aqueles olhos verdes não eram dele. Os olhos de Mordred eram do mesmo verde da mais recôndita floresta, verdejante e exuberante. Aqueles eram do verde fraco do líquen que se gruda às rochas antigas, recusando-se a ser levado pela água.

— Ah, meu pobre e tolo filho — a voz de Mordred saiu com um tom que combinava com o verde de Morgana. — Você o roubou de mim.

— Sim, deve ser arrasador ter alguém que a gente ama roubado — disparou Guinevere. — Mas Mordred a abandonou porque você se recusa a enxergar algo que não seja sua desesperada busca por vingança.

O olhar de Morgana foi mais frio do que o vento que assolava o vale.

— *Todo mundo* que eu amo foi roubado de mim pelo monstro que manipula seu precioso Arthur como se fosse uma marionete.

Morgana havia perdido o pai e a mãe por causa das tramas de Merlin. Havia perdido o meio-irmão, Arthur, pelo mesmo motivo. Seu amado, o Cavaleiro Verde, fora assassinado por Arthur, e agora Mordred havia rompido com ela.

— O que você quer comigo? — perguntou Guinevere.

Ela se sentou e abraçou os próprios joelhos. Ficava arrepiada ao olhar para Mordred e ver a mãe dele. Sendo assim, ficou olhando para as árvores.

— Preciso acabar com a influência nefasta do feiticeiro nesta ilha. E você, sua garota boba e egoísta, é a única peça do trabalho dele a qual tenho acesso. A Rainha das Trevas irá arrancar o que quer de você, independentemente das consequências. Mas, se eu conseguir desvendar você primeiro, posso descobrir um jeito melhor. Um jeito mais fácil. Um jeito em que você tem mais chances de sobreviver. Volte para mim.

— Não volto. Nem eu nem seu filho. Ele merece coisa melhor.

— E eu não mereço? — as mãos de Mordred se agarraram aos pulsos de Guinevere. — *Irei* descobrir Merlin através de você. Tenho mais uma conexão para tentar. *Amor.*

Guinevere sentiu, durante uma única batida de seu coração, medo e esperança, perguntando-se a quem o amor a conectaria: Mordred? Arthur? À própria vida antes dos dois?

E então ela foi arrancada de si mesma e lançada dentro de...

CAPÍTULO DEZOITO

Lancelote. Guinevere era Lancelote.

O cavaleiro esperava na estreita faixa de praia de cascalho entre a passagem secreta e o limite do escudo de Guinevere.

Ficar olhando para o brilho azulado era quase uma dor física. Guinevere sentia isso junto com Lancelote, compreendia de verdade o que significava para seu cavaleiro estar preso lá dentro. Lancelote repassava sem parar o instante em que Guinevere dera um passo para trás, afastando-se dela. Abandonando-a. Deixando-a com a tarefa de proteger uma cidade que não a amava nem a queria, enquanto a rainha, pela qual ela faria qualquer coisa, era sequestrada.

Guinevere sentiu e teve vontade de chorar, de pedir desculpas, mas não era Guinevere naquele momento. Era Lancelote, e Lancelote estava rapidamente tomando conta de seu senso de si mesma.

Lancelote fazia a ronda, dando três passos em cada direção. Ela poderia tanto matar Mordred quanto defendê-lo, mas... acreditava que ele protegeria a vida de Guinevere. Pelo menos, havia provado que essa era uma de suas prioridades. E a rainha estava mais segura com Mordred do que com Morgana e Nechtan.

Mais segura, mas não fora de perigo.

Sua mente repassou os golpes, os bloqueios e as esquivas, seus braços e pernas estremeciam, em tentativas titubeantes de acompanhá-los. Naquela noite, no sonho de Guinevere, lutaria com Mordred de novo e o derrotaria, porque tinha que derrotar. Derrotaria o mundo inteiro se fosse preciso, incontáveis vezes, tantos inimigos quantos existissem entre ela e sua rainha.

Veria Guinevere novamente naquela noite, e seria doloroso. Mas, enquanto fosse doloroso, significava que ela ainda estava viva e intacta. E, enquanto Guinevere estivesse viva, Lancelote a resgataria.

Resgataria, *sim*.

Guinevere desejou que Lancelote também pudesse senti-la. Que pudesse sentir seu alívio ao saber que seu cavaleiro não havia desistido dela, apesar da dor que lhe havia causado. Mas Guinevere era um mero passageiro.

Lancelote retorceu o corpo para se esquivar de um golpe imaginário, olhou para o horizonte e parou. Cavalos. Que se aproximavam do lago de Camelot a uma velocidade feroz. Lancelote jogou mais galhos na fogueira, empilhando-os tão alto que doía ficar perto daquele fogo.

— Andem logo, andem logo — sussurrou, com os olhos lacrimejando por causa da fumaça, mas ainda fixos nos cavalos.

Eles mudaram de curso, dirigindo-se direto para ela.

O rei, Excalibur e o fim de sua vigia interminável. Lancelote pegou a bolsa e a pendurou no ombro. Alternaria entre sua égua e uma reserva, os faria correr o mais rápido possível dentro de um limite seguro. Sozinha, conseguiria percorrer a mesma distância que as forças de Nechtan tinham avançado em dois dias, dirigindo-se ao oeste para encontrar Mordred e Guinevere.

"Guinevere, estou a caminho."

Um dos cavalos se separou dos demais. Lancelote reconheceu a silhueta do Rei Arthur no crepúsculo, enquanto seus cavaleiros ficavam para trás. Ele desceu do cavalo, se aproximou da barreira e ficou olhando para o cavaleiro.

Os pensamentos de Guinevere — silenciados e confusos, mas não subjugados, como acontecera com Arthur — foram sacudidos. Visto através dos olhos de Lancelote, Arthur parecia tão diferente... Mais forte. Mais duro. Não havia afeição no olhar de Lancelote, apenas impaciência e uma surpreendente explosão de raiva em relação ao rei, que dera as costas para Guinevere com tanta facilidade.

— Meu rei! — Lancelote fez uma reverência rápida, com a mão no coração. — Há muito o que dizer e pouco tempo para isso. Guinevere foi sequestrada, mas conseguiu fugir. Sei onde ela está e tenho um plano.

— O que é isso? — perguntou o Rei Arthur, apontando para o escudo. — A cidade foi tomada? A Rainha das Trevas está aqui?

Lancelote sentiu mais uma onda de raiva porque o rei perguntou primeiro pela cidade, não por quem havia sequestrado Guinevere nem por onde ela estava.

— Magia de Guinevere. Enquanto ela estiver daquele lado e eu neste, a cidade não pode ser atacada.

— E por que *Guinevere* ficou do lado de fora do escudo? Por que não você?

Guinevere teve vontade de se encolher, de dar à sua vergonha uma expressão física, mas se obrigou a ficar de cabeça erguida.

— Ela não me contou que era assim que funcionava.

"Ela me enganou. Ela me protegeu e jamais irei perdoá-la por não permitir que eu a proteja", pensou Lancelote. "Ninguém nunca havia tentado me proteger. Apenas a Dama."

Ninguém jamais olhara para Lancelote e vira alguém digno de ser protegido.

Lancelote obrigou-se a abandonar esses pensamentos.

— Morgana le Fay e a Rainha das Trevas estão em conluio com Nechtan. Estão indo para o norte, para uma floresta conhecida como Capela do Homem Verde, onde a Rainha das Trevas se esconde. Mas Guinevere fugiu com... — Lancelote não pronunciou o nome. Não queria dizê-lo e não queria que o Rei Arthur soubesse. Mas ela era um cavaleiro e disse a verdade. — Guinevere fugiu com Mordred. Fina, uma das filhas de Nechtan, a ajudou, para que você não atacasse o povo dela.

Nos olhos do rei, brilhou uma emoção que Lancelote não compreendeu. Esperava raiva e viu raiva, mas também algo mais. Tristeza? Arrependimento? Ciúme? Parecia algo tanto mais sutil quanto mais complicado do que raiva.

— Como você sabe disso? — perguntou o Rei Arthur.

— Guinevere tem falado conosco. Em sonhos.

O rei franziu o cenho e indagou:

— Quem mais sabe disso?

— Só eu, Isolda e Brangien.

— E o que a cidade acha do escudo? — o Rei Arthur apontou para a barreira. — Sabem que foi obra de Guinevere?

— Não. Espalhamos boatos de que era a Dama do Lago protegendo Camelot durante a ausência do rei. O senhor só precisa quebrar o feitiço com Excalibur, que irei atrás da rainha. Eu a trarei de volta para casa.

À medida que a noite caía, o escudo foi ficando com uma cintilância sutil. A segurança de Camelot roubava a vista das estrelas no céu negro da noite, e Lancelote sentia falta delas, uma falta terrível. Logo estaria fora dali. Livre para salvar sua Guinevere.

O rei passou a mão na nuca, olhando para o domo que cobria toda Camelot.

— E isso continuará de pé, desde que você fique desse lado?

— Sim, mas Guinevere tinha certeza de que Excalibur romperia o escudo. Ela queria que o senhor fizesse isso perto do lago, onde todos poderiam ver, mas não temos tempo a perder. Mordred não está do lado de Nechtan, mas não confio nele nem por um momento e...

— Eu não esperava encontrar Camelot em segurança. Pensei que teria que sitiar minha própria cidade. Isso muda tudo.

O Rei Arthur não desembainhou Excalibur.

Lancelote não estava explicando direito. Ou o rei estava chocado demais para entender.

— Nós cuidamos da segurança da cidade para o senhor, sim. E juro que não voltarei sem a rainha.

O Rei Arthur deu um passo para trás. Sua voz ficou mais suave, maravilhada.

— Que belo presente Guinevere me deu. A cidade tem tudo de que precisa para enfrentar o inverno. Como meu povo inteiro está protegido, posso fazer o que precisa ser feito sem medo. Merlin devia saber disso quando a enviou para cá. Ele abriu o caminho para mim. — Arthur olhou fixamente para Lancelote. — Tenho um exército. Esse ataque ao coração de Camelot, ao *meu* coração, não será ignorado. Nechtan e a Rainha das Trevas precisam ser derrotados.

— Mas eles não estão mais com Guinevere. — Lancelot compreendia a raiva de Arthur, mas havia coisas mais importantes. Trazer Guinevere para Camelot em segurança era a prioridade. — Ela e Mordred foram em direção oeste e...

— Mordred jamais irá contra a vontade da mãe e da Rainha das Trevas. Está manipulando Guinevere. A única forma de salvá-la é destruindo os inimigos que poderiam usá-la contra mim.

Se o rei insistisse em viajar acompanhado de um exército, avançaria lentamente. E, se fosse atrás de Nechtan e da Rainha das Trevas, não encontraria Guinevere. Ou seja: Guinevere e Mordred ficariam mais tempo a sós, e Lancelote não podia concordar com isso.

Ela confiava em Guinevere. Mas não confiava em Mordred, não acreditava que ele permitiria que Guinevere tomasse suas próprias decisões. Mordred a manipularia de todas as maneiras possíveis. O Rei Arthur tinha razão a esse respeito.

— Muito bem — disse Lancelote. Não podia dizer ao rei o que fazer com seu exército, por mais que achasse que Arthur estava errado. — Eu encontrarei a rainha enquanto o senhor ataca Nechtan com seus homens. Juro que ela ficará protegida.

— Não. Camelot está em segurança, e você se incumbirá de que continue assim, mantendo o escudo em seu devido lugar.

— Mas...

O olhar do rei ficou duro e frio como ferro.

— Você é um cavaleiro de Camelot, e ordeno que mantenha minha cidade em segurança até eu voltar. Vá chamar o capitão da guarda. Preciso passar orientações para ele antes de partir.

Lancelote não entendeu o que acabara de acontecer. Ela tinha um plano. *Ela* tinha a conexão com Guinevere, tinha como ver onde ela estava, falar com ela. O Rei Arthur tinha...

Ele tinha um exército. Estava se encaminhando para a guerra, e Lancelote não podia fazer nada para ajudar Guinevere nem ajudar o rei... ou detê-lo. Desta vez, Lancelote não caiu de joelhos, desesperada. Estava anestesiada, incapaz de sentir. Deu as costas e obedeceu às ordens de Arthur Pendragon.

CAPÍTULO DEZENOVE

Quando Guinevere finalmente conseguiu recuperar suas forças, já era noite. Mordred estava dormindo e, até onde a garota podia ver, era ele mesmo de novo, completamente.

Mordred a alertara de que ficaria vulnerável à Rainha das Trevas enquanto dormisse. Talvez o mesmo acontecesse com Morgana. Guinevere quase o acordou, mas se deu conta de que a conversa que precisariam ter — agora que Morgana sabia de Lancelote, sabia que Arthur estava a caminho com seu exército, sabia de tudo o que eles faziam — teria que incluir Lancelote. Cansada e perturbada pelo que Lancelote havia visto, Guinevere cortou uma mecha do próprio cabelo e o amarrou no de Mordred, para garantir que os sonhos dele também fossem dela.

A floresta de Guinevere não era mais verde. Era inverno, verão, primavera e outono. Árvores flamejavam, cor de laranja, e folhas vermelhas entrelaçadas com brotos de primavera, obscurecidas por esqueletos nus do inverno, erguiam-se em direção ao céu.

Mordred e Lancelote estavam lá, e o vento os fustigava com rajadas inclementes, enquanto Guinevere explicava para Mordred o que havia acontecido. O que incluía explicar para Lancelote que Morgana havia usado Mordred para colocar Guinevere dentro dela.

— Sinto muito — sussurrou Guinevere, com plena consciência de que possuía sensações e informações a respeito de Lancelote que não haviam sido dadas de livre e espontânea vontade. Era injusto, na melhor das hipóteses. Uma agressão, na pior. A garota sentiu isso com mais força do que sentira com os demais. Talvez porque Lancelote fosse extremamente reservada ou porque Guinevere soubesse que Lancelote a perdoara, por mais que ainda não estivesse disposta a falar nisso. — Não tive escolha. Eu a teria impedido se pudesse.

— Ter avisado que você poderia ser possuído por sua mãe teria sido bom — rosnou Lancelote, dirigindo sua raiva para Mordred e não para Guinevere.

— Se eu soubesse, certamente teria avisado Guinevere! Tampouco foi uma surpresa agradável para mim.

— Por favor — interveio Guinevere. — Precisamos descobrir o que fazer em relação a Arthur. Morgana sabe que ele está a caminho. Além disso, prometi para Fina.

Guinevere entregara para Arthur uma Camelot perfeitamente protegida, mandara avisar que não corria perigo e, mesmo assim, ele estava a caminho.

Com todo um exército.

Guinevere estremeceu, lembrando como Arthur, o seu Arthur, parecia ser tão diferente através de outros olhos.

E *por que* o amor a havia levado até Lancelote? Ela olhou disfarçadamente para seu cavaleiro. Quando Fina lhe perguntou se Lancelote era bonita, Guinevere disse que era magnífica. E era verdade. A garota admirava Lancelote, ficava constantemente impressionada com ela, dependia dela. Se não fosse por Lancelote, Guinevere realmente seria capaz de desaparecer na natureza selvagem com Mordred e deixar Camelot para trás.

Mas não conseguira dizer para Mordred que o amava. E não conseguira imaginar o futuro com ele, porque implicava um futuro sem

Lancelote. Partia seu coração o fato de Lancelote achar que ninguém nunca a valorizara a ponto de tentar protegê-la, a não ser a maldita e desleal Dama do Lago. Guinevere não queria, não podia abandoná-la.

Sob muitos aspectos, ficara obcecada por Lancelote desde a primeira vez que a viu lutar. Mesmo então, teve certeza de que Lancelote era excepcional. E as duas vinham lutando uma pela outra desde aquele dia na floresta, em que enfrentaram o javali e a aranha da Rainha das Trevas. Protegendo-se, salvando-se e apoiando-se em igual medida. Era mais do que amizade, mais do que paixão, mais do que obrigação.

Sempre que Guinevere segurava a mão de Lancelote, sentia que estava com a pessoa certa.

— É preciso avisar o rei de que sabem que ele está a caminho — disse Lancelote.

— Isso não irá detê-lo. Arthur é um tolo — falou Mordred, sacudindo a cabeça.

Arthur não era tolo. Fora colocado naquele caminho por um feiticeiro que via todo o transcorrer do tempo de uma só vez. Será que era alguma surpresa o fato de Arthur considerar cada decisão sua necessária e acertada? Porque, certamente, se estivesse fazendo uma escolha errada, Merlin teria visto. Teria evitado.

Mas Arthur *estava* tomando a decisão errada. Não fazia aquilo por Camelot. Camelot estava em segurança, mais do que nunca, agora que todo o sul fora unificado sob o comando de Arthur. A Rainha das Trevas não era tão formidável a ponto de encarar o rei sozinha. E Lancelote lhe dera o recado que Guinevere estava livre, graças à Fina. O único propósito de atacar o norte era vingança. E aquele não era o Arthur que a garota conhecia. Ou, pelo menos, o Arthur que esperava que fosse quando olhava para ele.

— E se eu for até ele? — perguntou Guinevere, com a voz baixa. — Poderíamos interceptá-lo. Fazê-lo mudar de ideia.

— Ah, sim, Arthur irá mesmo me dar ouvidos — disparou Mordred.

— Eu não me sentirei mais segura se você estiver no meio de um exército. Eu deveria... — Lancelote passou a mão nos cachos, urrando de frustração. — ... eu deveria estar com você. Eu deveria estar indo ao seu encontro neste exato momento.

— Então por que você ainda está em Camelot? — indagou Mordred, encostando-se em uma árvore esquelética, de braços cruzados.

— Você bem que gostaria disso! Que eu rompesse a barreira mágica e deixasse Camelot sem espada *nem* escudo!

— Não dou a mínima para Camelot.

— É o que você diz. Mas está me incentivando a ir embora e romper a barreira.

— Na verdade, não quero que você se junte a nós, Lancelote. Pode acreditar, prefiro você e Arthur longe de mim. Mas há um exército avançando em direção ao norte. Minha mãe ainda é capaz de nos atingir. Nossos inimigos aumentam a cada dia. Se fosse apenas Nechtan, ou apenas minha mãe ou até apenas minha maldita avó, eu poderia ter uma chance. Mas não posso proteger Guinevere de tantas ameaças sozinho. Preciso de sua ajuda.

— Não preciso ser protegida — retrucou Guinevere.

Tantas pessoas sairiam feridas e, apesar de não ser por causa dela, a garota não podia deixar de se sentir responsável.

Lancelote a ignorou e disse:

— Não posso sair da cidade.

Mordred se aproximou de Lancelote, cutucou seu ombro e exclamou:

— Você jurou protegê-la!

Lancelote deu um soco tão forte em Mordred que ele caiu no chão.

— Você acha que não sei disso? Eu daria qualquer coisa para estar em meu cavalo, indo ao encontro dela. Mas, se partir, estarei traindo o rei.

Mordred deu uma risada amarga e comentou:
— Com a prática, vai ficando mais fácil, juro.

Lancelote fez que ia chutar Mordred, mas desistiu. Virou-se para Guinevere, com uma expressão torturada. Atravessou o bosque e ajoelhou diante dela.

— Por favor. Ordene. Diga o que quer que eu faça.

— Não... Não se ajoelhe. Por favor. Não por mim. — Guinevere caiu de joelhos e segurou as mãos de Lancelote. — Eu já tomei uma decisão por você e sei o quanto isso a magoou. E essa decisão irá me assombrar até o fim de meus dias. Se você partir, dará as costas ao título de cavaleiro e nunca ninguém mereceu mais esse título do que você. Eu ficaria arrasada se você o perdesse. Você é o melhor de todos eles.

— Mas, se eu não partir, não honrarei os votos que fiz a você. E esses votos, para mim, são mais sagrados do que os que eu fiz ao rei. — Lancelote fitou o rosto de Guinevere com os olhos castanho-escuros inundados de emoção. Normalmente, a diferença de altura separava as duas: nunca haviam ficado assim, tão perto, frente a frente. Guinevere foi tomada por um súbito impulso de beijar Lancelote.

Confusa, atarantada pelo pânico, pelo desespero, pelo medo e pela esperança, Guinevere abraçou-se ao pescoço de Lancelote e a puxou para perto. Fechou os olhos para se proteger da intensidade de seus sentimentos, para se proteger do alívio de ter sido perdoada. Não havia perdido Lancelote. Os cachos do cavaleiro fizeram cócegas no rosto de Guinevere, que encostou os lábios perto da orelha dela e declarou:

— Sei que você lutaria contra o mundo inteiro por mim. E eu faria a mesma coisa por você. E é por isso que não posso lhe dizer o que fazer. Estarei fora de perigo, seja como for. E ficaremos juntas novamente. — Guinevere sussurrou essas palavras como se fossem uma promessa, como se fossem uma prece.

— Iremos para a costa oeste — declarou Mordred. — Esconda-se. Ninguém irá nos encontrar. — Guinevere soltou Lancelote e ficou corada de vergonha, apesar de ninguém saber que chegara tão perto de beijá-la. Ceder aos seus impulsos com Mordred era uma coisa. Teria que dar um jeito de se controlar melhor. Ficou de pé e perguntou: — E permitir que o povo de Fina seja conquistado por um rei vingativo?

Mordred deu de ombros, mas sua expressão deixava transparecer seu arrependimento.

— Eles é que começaram, quando sequestraram você.

— Você realmente acha que, quando Arthur derrotar todos eles, porque é uma questão de *quando*, não de *se*, ele vai deixá-lo em paz? Que vai desistir de encontrar Guinevere? — Lancelote, então, se dirigiu à garota: — Você *quer* que Arthur a encontre? Qual era seu plano original?

As sobrancelhas de Lancelote se uniram, porque ela pensou, pela primeira vez, que Guinevere poderia não querer voltar para Camelot. Guinevere se preparou para ser repreendida ou lhe dizerem o que fazer.

Em vez disso, sem julgamentos nem expectativas, Lancelote simplesmente perguntou:

— De que você precisa?

— Eu... — respondeu Guinevere. — Eu preciso...

Ela não sabia do que precisava. *Queria* saber quem era. *Queria* fingir que só existiam ela e Mordred no mundo, perder-se naquele sonho acalorado. Ela *queria* se reencontrar com Lancelote. *Queria* estar com seus amigos, tanto os de Camelot quanto os do norte. Ela *queria* estar ao lado de Arthur, ajudá-lo, guiá-lo para que não se tornasse filho de seu pai.

Mas todos esses quereres não podiam existir ao mesmo tempo.

— Preciso caminhar um pouco — disse Guinevere, sem conseguir respirar, sem conseguir olhar Mordred nem Lancelote nos olhos e encarar as perguntas dos dois.

A garota saiu correndo.

Tinha se dado o direito de ter um presente delirante com Mordred. Mas, quando tentava ver um futuro, era repleto de vazio e de perguntas sobre seu próprio passado.

Ela amava tantas coisas em Camelot e as pessoas que ali moravam. Não era perfeito, Arthur tampouco era, mas mesmo assim Guinevere os amava. Não queria se separar deles para sempre.

E qualquer futuro que não incluísse Lancelote era um futuro que Guinevere não queria.

Mas o futuro estava vindo de encontro a todos eles, com uma velocidade violenta. Passaram por sua cabeça imagens de seus amigos feridos, morrendo, em um ciclo inescapável. Arthur puxado para debaixo da terra pelas raízes devoradoras da Rainha das Trevas, como acontecera com os homens de Maleagant. Fina alvejada por um dos soldados de Arthur, sua luz tão forte apagada para sempre. Lancelote desonrando seus votos, caçada pelos outros cavaleiros em nome da honra. Mordred assassinado por Arthur, assassinado por sua mãe, assassinado por Nectudad. Tantas possibilidades, todas elas terminando com as pessoas que lhe eram mais queridas morrendo porque ela foi incapaz de salvá-las.

Porque ela não sabia o que queria. Porque ela ainda estava perdida. Não podia se dar ao luxo de andar a esmo. Não tinha anos nem sequer meses para descobrir a si mesma. Precisava obter respostas. Encontrar uma maneira de conseguir entender a si mesma e saber qual era seu lugar no meio de todo aquele conflito, para poder fazer sua parte para remediá-lo.

Guinevere parou de andar. Seus pés a tinham levado até a lagoa. Imóvel e calma como a respiração que seguramos quando estamos apavorados, ela refletia o céu escuro, uma poça de uma tempestade perfeita e fatídica.

Merlin tivera tanta certeza de que a água seria capaz de desfazê-la, de atingir sua alma tão profundamente que a garota não conseguiria enfrentá-la, não conseguiria encontrar o que estivesse debaixo da superfície. E tudo o que tinha importância para Guinevere agora estava correndo perigo. Mordred tinha razão. Ela não obteria as respostas que queria com Merlin, nem com Morgana nem com a Dama do Lago.

Ela era a única que as tinha.

Guinevere foi até a beira da lagoa. Seu reflexo gritou quando ela mergulhou na água. A superfície da lagoa não estremeceu ao ser atingida. Estraçalhou-se.

Assim como Guinevere.

A dama / a garota

Ela toca tudo, fluindo por cima, através e ao redor. Ela está nas nuvens, nas rochas, na terra, nas árvores. Ela é profunda e calma e poderosa e impetuosa, uma gota e um oceano.

E um lago.

Ser um lago é o que ela mais gosta.

Não existe essa coisa de tempo, mas existem *instantes*, e são os instantes que a moldam. A primeira vez que um ser humano se ajoelha em sua beira e bebe dela. A primeira vez que um ser humano respira pela última vez em suas profundezas, levando-a para seus pulmões antes de deixar de existir. Ela é parte da vida desses seres, parte de sua morte, parte deles, mas é incapaz de sentir.

Ela quer sentir.

Ela reúne esses momentos como se fossem um tesouro, roubando-os em gotas de suor da pele de amantes, lágrimas de mulheres que fazem força para tirar novas vidas de suas barrigas, mesmo o sangue que tinge suas poças de um vermelho violento.

Eles são, todos eles, *vida*. E ela alimenta e amamenta e valoriza essa vida.

E a inveja.

Sem ela, nada disso seria possível e, mesmo assim, ela não pode ser nada disso. Não importa a forma que assuma, o quão longe se atire, o que toque e ajude, ela sempre, sempre volta a si mesma.

Ela forma família, de certa maneira. Ela tenta se convencer de que são uma família, porque quer mais. Sempre mais. Ela se dá nomes, e dá nome a Nyneve, a parte de si mesma que descartou no mais rigoroso dos invernos, com um ruído retumbante de rachadura espalhando-se pelo gelo.

"Irmã", ela chama, e Nyneve responde.

Na floresta, em suas partes mais recônditas, mais selvagens, ela encontra uma confusão de caos e vida tomando a forma de algo verdadeiro e se reconhece ali também. A escuridão não tem nome, e ela quer nomeá-la, mas a escuridão apenas dá risada.

"Sou vida e sou morte e tudo o que existe entre essas duas coisas", diz. "Como posso ser nomeada? Se você é uma dama, eu sou rainha, a Rainha das Trevas, a verdadeira rainha, a única rainha dessas terras."

Uma dama. Sim. É isso que ela quer ser. Então a Dama se apodera da rainha como irmã, como amiga, inundando-a e arrastando com ela, de forma voraz, todos os pedacinhos de vida que consegue. Ela é ávida, desesperada, e o desejo de ter mais não termina. Ela constrói para os humanos uma cidade, uma cidade perfeita, para que sempre sejam refletidos nela, para que ela possa se apegar a esses reflexos e caminhar entre eles, fingindo ser um deles.

Não basta.

Nyneve não entende. Nyneve ficou com todas as profundezas, calmas e insondáveis, deles. Contenta-se em existir, observar, fluir em ciclos intermináveis. A água sempre encontra um meio de voltar a si mesma, e Nyneve presume que, uma hora ou outra, as duas serão uma só novamente.

Mas a Dama não quer isso. Qualquer coisa menos isso. Ela tem fixação pelos seres humanos. Neles, enxerga a própria voracidade, o próprio desejo. Eles lutam infinitamente, tentam sem parar. Como um enxame por cima da terra e através da água, consumindo, criando e morrendo quase no mesmo sopro de ar. Criaturas tão frágeis, tão gloriosas. Ela guarda várias delas em suas profundezas, esperando por aquele instante arrebatador, quando a vida se torna nada, quando ela faz parte deles completamente por aquele instante infinito, ínfimo, entre o *algo* e o *nada*, quando o feiticeiro aparece em suas margens.

Ela abandona seus propósitos e se ergue para encontrá-lo. Porque ele é algo novo. E, pela primeira vez em sua existência, ela tem motivos para esperar algo que pensara jamais ser possível:

Mudança.

Outra criança nasce três anos depois daquela que foi meticulosamente planejada, violentamente criada e imediatamente roubada pelo feiticeiro.

Ninguém ainda tem planos para essa criança, porque é uma garota, e seu pai já tem filhos.

Ela é pequena e calada, com grandes olhos castanhos que observam o mundo. E o que ela vê parte seu coração frágil assim que é capaz de compreender. Um castelo inteiro cuida dela, mas ninguém tem cuidado *com* ela. Mil atos de falta de cuidado, crueldade ou indiferença, observados ou vividos, a dilaceram. Ela é apenas uma pessoa muito pequena. Uma pessoa muito pequena a quem ninguém dá ouvidos.

Essa garota tem uma irmã e encontra a alegria que é capaz de ter na determinação dourada de sua minúscula companheira, mas mesmo isso a enche de medo. Porque as duas serão separadas. Porque a faísca de vida de sua irmã será apagada por um pai que crê que garotas devem ser vistas e não ouvidas e, melhor ainda, vendidas para quem oferecer mais. Porque ela sabe que não pode proteger sua irmã nem a si mesma.

Ela aprende a atirar, cada flecha acerta o alvo, tranquilizando-a. Faz isso por horas, sempre que pode fugir das aulas ou obrigações. Encaixar, puxar, soltar. Encaixar, puxar, soltar. Ela finge ser a flecha, voando para longe dali, encontrando a segurança, fincada em um alvo.

Às vezes, é demais, e ela se recolhe profundamente dentro de si mesma, tão dentro de si mesma que quase não consegue sentir quando o pai bate na irmã, quando todos no castelo fingem que não veem, quase não consegue sentir quando ele elogia o seu comportamento apesar de ela saber que é covarde e parte do problema. Quase não consegue sentir quando sua *irmã a* consola.

Mas ainda sente pavor, quando o pai se vira contra ela, e a irmã fica entre os dois. Culpa, quando sua irmã mais nova precisa cuidar dela. Talvez o problema não seja seu pai nem sua irmã. Talvez seja ela. Sem ela, por que motivos os dois brigariam?

É ela que causa dor a todos. Sua fraqueza, sua tristeza, seu medo constante.

O convento é ideia dela. Ela a apresenta ao pai de forma dócil, não se tornaria uma noiva muito mais desejável? Ele concorda. Sua irmã fica arrasada, destruída. E, apesar de prometer que voltará para buscá-la, sabe que é mentira. Uma mentira que conta para ambas. Porque ela jamais será capaz de ajudar ninguém, e esta é a verdade de seu mundo. Uma garota sozinha não é nada.

O convento é mais fácil. Lá, ela só precisa existir. Gostam que ela seja calada e dócil, confundem seus olhos arregalados com atenção, não ausência. As noites, contudo, são longas. Ela não consegue dormir, sentindo a falta da irmã como uma ferida purulenta, com medo de tudo o que possa estar acontecendo à irmã enquanto ela está ali, a salvo. Com pavor do vazio desconhecido do futuro à espreita para engoli-la por inteiro quando for entregue a outro castelo, a outro homem.

Ela pega o arco e as flechas, que escondera no fundo falso de seu baú, e sai sem que ninguém veja. No escuro, a floresta é sua amiga. Ela consegue respirar ali, consegue simplesmente existir, como um animal selvagem. Todas as noites ela foge de si mesma. Todos os dias ela anda sonâmbula por sua vidinha minúscula e egoísta.

Então, uma noite, uma flecha vai longe demais. Não pode se dar ao luxo de perdê-la: tem tão poucas... Segue o trajeto da flecha, com a Lua cheia iluminando seu caminho. E, quando se dá conta, está à beira de um lago tão brilhante e reluzente quanto a própria Lua.

É de uma beleza tão inesperada que a tira de seu torpor. Ela senta e chora, suas lágrimas escorrem pelo rosto e caem no chão. Uma onda se ergue do lago imóvel, carregando sua flecha. Quando ela encosta na água, está morna, reconfortante como um banho.

Na noite seguinte, seu trajeto até o lago é iluminado por luzes piscantes. Ela não questiona a magia, apenas a segue, sentindo-se, finalmente, como uma flecha que voa em direção a um alvo desconhecido. Não se surpreende ao encontrar um barco na beira do lago, que a leva até o centro. Ela se debruça, vê a si mesma perfeitamente refletida. Mas não é ela, não exatamente. Porque os olhos da garota são da cor do lago. A garota é forte. Determinada. Feliz. Esta é uma garota capaz de ajudar outras pessoas.

Esta é quem ela quer ser, quem ela sabe que jamais conseguirá ser.

Então, atrás dela, surge outro reflexo. Um rapaz, belo e bondoso e tão real que sorri e põe a mão no ombro do reflexo dela, e ela olha para trás: certamente o rapaz está no barco com ela.

Os dois, juntos. Quando olha para eles, tem certeza: os dois poderiam mudar o mundo. E ela quer isso. Quer os dois, quer ser aquela garota, aquela versão de si mesma, mais do que jamais quis qualquer outra coisa na vida. A água ondula debaixo de sua mão estendida, e os reflexos desaparecem, deixando apenas seu próprio rosto, horrível, fraco, seus olhos castanhos sempre amedrontados.

O barco a leva, chorando, de volta à margem. Ela se agarra às laterais da embarcação, sem querer descer, sem querer deixar para trás o que viu. Uma mulher espera por ela. Tem longos cabelos prateados, mãos retorcidas como um velho carvalho, mas olhos que são apavorantes e vitalmente vívidos.

— Ele se chama Arthur — diz a velha. Sua voz é tão cansada quanto a alma da garota, mas seus olhos a fazem ficar petrificada. — Ele é o maior rei que esta ilha já conheceu ou conhecerá. Ele mudará tudo. E precisa de uma rainha. Você está disposta a se tornar esta mulher?

Ela deseja o homem do reflexo. Mas, mais do que isso, deseja a *Guinevere* que viu ali, a Guinevere que não tem medo, que é poderosa, que poderia merecer um homem como Arthur. Não há palavras para expressar o sentimento de finalmente ter um propósito, de poder se tornar outra pessoa que não ela mesma. Ela assente com a cabeça, sem dizer nada.

A velha suspira e, por um instante, seus olhos se enchem de lágrimas. Então pisca, e as lágrimas desaparecem. Ela entra no barco. Por um instante, a garota podia jurar que o reflexo da velha não tem longos cabelos prateados, mas uma longa barba prateada. Entretanto, ela não tem tempo para pensar nisso, porque o barco os leva rapidamente ao outro lado do lago. Então o lago se transforma em um rio, carregando-os ao longo de uma trilha na floresta, e para abruptamente diante de uma caverna.

— Sete dias — diz a velha, saindo do barco com agilidade. — Muita coisa para preparar em sete dias.

Ela aponta para uma pequena choupana. Por um instante, no prateado do rio, parece um casebre abandonado, dilapidado e apodrecido. Mas o rio recua, e é uma choupana mais uma vez.

A garota se desfaz do medo, se desfaz das dúvidas, imagina ser uma flecha. Finalmente, tem um alvo onde se fincar. Não errará. E, então, passa sete dias varrendo, dormindo e andando pela floresta.

Assombrada e ávida pela Guinevere que havia visto, pela Guinevere que poderia ser, concorda em fazer coisas terríveis. Senta-se, completamente parada, em um bosque, até que um jovem cervo confia nela a ponto de chegar perto. E aí ela crava uma faca em seu pescoço, deixando o sangue de uma vida roubada pulsar por cima dela, tingindo sua pele de escarlate. A velha pega uma agulha e risca nós e desenhos em sua pele ensanguentada, enquanto Guinevere fecha os olhos para se proteger do cheiro de ferro da culpa.

Ela tem que se tornar a Guinevere do lago. *Tem* que.

Finalmente, os sete dias chegam ao fim. A velha a pega pela mão e a leva para dentro da caverna. Guinevere chora de gratidão por, finalmente, poder se tornar algo novo. Alguém que não causará dor. Alguém que pode ajudar outras pessoas, ser mais do que apenas uma garota.

A caverna é o local mais escuro em que já esteve. A falta de luz é tão absoluta que ela quase não consegue respirar. Mas as mãos da velha a guiam, fazendo-a tirar as roupas e deitar. Ela obedece, fechando os olhos para se proteger da escuridão.

A água vem aos borbotões, envolvendo-a, morna e reconfortante. O sal de suas lágrimas de gratidão se mistura com ela.

— Obrigada — sussurra.

Suas lágrimas levarão quem ela costumava ser, e ela emergirá forte, boa e correta.

— Você tem certeza? — pergunta a velha. — Não haverá como voltar atrás. É o começo de tudo que *estamos* nos tornando, tudo que *nunca foi* e que *jamais será de novo*. É o começo de ser desfeita, de nunca mais voltar a si mesma. É a vida, verdadeira e real e, portanto, também é a inevitável morte.

— É isso que quero — diz ela, e a água ecoou suas palavras, dizendo a mesma coisa.

— Muito bem. Desculpe — diz um homem.

Ela abre os olhos. A caverna está luminescente por causa do brilho da água. Um velho com uma longa barba prateada olha para ela. Ela tenta se afastar, se cobrir, mas a água está por todos os lados, e ela não consegue se mexer. O que antes parecia um abraço se tornou um instrumento de tortura que esmigalha seus ossos.

Ela tenta gritar, e a água a acerta em cheio, enchendo sua boca, sua garganta, seus pulmões, seus ouvidos, seus olhos, forçando toda a magia que fora escrita em seu corpo justamente para contê-la. Por um breve instante, ela vê o rosto de outra mulher acima do seu, reluzente e límpido como a água. A mulher sorri com amor e afeto, e então se joga contra, dentro e através dela e não há ar

e não há luz

e não há mais *ela*.

A coisa que não é nem uma coisa nem outra senta-se no chão da caverna, tremendo, o cabelo preto emaranhado e encaracolado em volta dela. O feiticeiro observa seu rosto.

— Você não está aí, está? — ele franze o cenho, perplexo. — Não era para ser assim. Você ainda deve ser Nimue. Como não vi isso? — Ele coça a barba, puxa os longos fios prateados. — Eu não devia ter confiado na mistura de sua magia com a minha. Talvez você soubesse que isso iria acontecer.

Pela sua voz, ele parece profundamente perturbado, inclinando o queixo de um lado para o outro, tentando encontrar algo que não está mais lá.

Enfim, ele suspira.

— De qualquer modo, ele precisa de uma rainha e eu lhe fiz uma promessa. — Ele encosta o dedo na testa da coisa nova. — Isso deve bastar — sussurra. — Não procure mais.

Ele empurra o dedo, e ela abre os olhos, que não são mais castanhos, mas refletivos como um lago. Negros como a caverna que os cerca, esperando para serem verdes como uma floresta, azuis como o céu, cinzentos como as pedras de Camelot.

— Ai, Nimue — diz Merlin, sentando-se ao lado dela. — O que foi que fizemos?

CAPÍTULO VINTE

O cheiro de sangue permaneceu em suas narinas. Ela estava melada, coberta, encharcada de sangue.

Foi o cheiro que a fez recobrar os sentidos. Aquele cheiro de vida. De violência. De morte.

De roubo.

— Guinevere!

Alguém a sacudia.

Ela não era Guinevere. Ela não era Nimue.

Ela *não* era.

Abriu os olhos. A lagoa e a floresta haviam desaparecido. Só havia o breu e ela no meio, flutuando, os cabelos à deriva ao seu redor, em uma corrente lenta e invisível. Nenhuma peça de roupa cobria seu corpo rabiscado, marcado e assombrado, mas não tinha importância, porque aquele não era seu corpo.

Aquele não era seu corpo.

— Não, não, não, não — choramingou, arrancando os cabelos, olhando para si mesma, horrorizada.

— Guinevere. — A voz de Lancelote foi firme, seu medo contido e canalizado em ação. Ela agarrou as mãos de Guinevere e a segurou, obrigando-a a olhar em seus olhos. — O que foi que aconteceu?

— Não sou Guinevere.

— Sim, eu sei. — O tom de Lancelote foi de cautela.

— Não sabe, não! Eu *era* Guinevere. E eu era a Dama do...

Guinevere se engasgou, sua garganta foi se fechando, a lembrança da água morna entrando aos borbotões e a afogando era tão vívida que quase conseguia sentir seu gosto. A água escorreu de sua garganta, derramando-se por seu corpo num fluxo interminável.

Lancelote gritou, alarmada:

— Qual é o problema? Como podemos ajudar?

Mordred segurou o rosto de Guinevere e o virou de frente para ele.

— Concentre-se! Você precisa se concentrar! Conte-nos o que foi que aconteceu.

— Preciso tirar. — Guinevere puxou as mãos, desvencilhando-se de Lancelote e passou as unhas pelos braços, arranhando a pele. — Preciso sair dela.

— Sair de quem? Do que você está falando?

— Essa não sou eu! Esse não é o meu corpo! Eles a enganaram. Eles a usaram. E eles a roubaram. Não sou Guinevere, mas este corpo... este corpo é. Eu não sou nada. Sou uma *infecção*.

Como o veneno da Rainha das Trevas se infiltrando no corpo de Sir Tristão, devorando-o por dentro. Era isso que ela era. Era só isso que ela era. Um corpo estranho, que destruía e tomava conta.

A água parou de sair por sua boca, mas jorrava de seus olhos, e jamais pararia, jamais poderia parar.

— Quem são *eles*? — indagou Lancelote.

— Merlin e Nimue. A Dama do Lago. A sua Dama do Lago, a Dama do Lago de Arthur, ela se transformou nisso, em mim, para poder possuí-lo, e eu... eu não posso... eu não posso ser isso, não posso. — Guinevere era *real*. Isso era Guinevere. Ela arranhou o rosto, o rosto com o qual havia sorrido, falado e beijado, o rosto que havia usado como se fosse uma máscara, para se movimentar num mundo que nunca fora dela, jamais seria dela, jamais deveria ser dela. — Eu posso me queimar para sair. Livrá-la da infecção que sou. Farei isso agora e depois...

Mordred lançou um olhar desesperado para Lancelote. O cavaleiro segurou os pulsos de Guinevere de novo, mantendo-os firmes em suas mãos.

— Foi *você* que fez isso com ela? — perguntou para Guinevere.

— Eu *sou* isso.

— Mas foi você? Você atraiu Guinevere? Você usou magia para roubar a vida de Guinevere e criar a si mesma?

— Eu não existia até estar naquela caverna. Foi Merlin e a Dama e...

— Então não foi *você*.

— Não fui eu porque não sou real! Sou o sonho voraz da Dama que tinha tudo e queria mais, o experimento de um feiticeiro que remodelou a realidade de acordo com sua vontade. E não era sequer para eu ser isso! Algo deu errado, e Nimue também se perdeu. Não sou nem Guinevere nem Nimue. Não sou nada.

— Mas você é... — Lancelote sacudiu a cabeça, com o cenho franzido. — Você é você. Eu conheço você. Conheço você desde o instante em que nos encontramos pela primeira vez.

Guinevere tinha a sensação de ter levado um tapa. Lancelote. A conexão das duas. O elo entre elas. O amor. Não era nem um pouco das duas.

— Porque você reconheceu Nimue. Porque ela enganou você, aliciou você, criou você para ser quem você é e então se certificou de que você continuaria a ser dela!

— Não. Você está decidindo por mim novamente. A Dama... — a voz de Lancelote embargou, mas recuperou sua força em seguida. — Não é a mesma coisa. Não sinto a mesma coisa por ela que sinto por você. Eu nunca a amei.

— Você não *me* ama — disse Guinevere, e seu coração não pôde se partir, porque não era seu coração. Mas, mesmo assim, doía tanto... — Não há nada para amar. Você foi enganada, assim como Guinevere foi enganada, assim como Igraine foi enganada, assim como Arthur foi enganado.

— E eu? — a voz de Mordred saiu terrivelmente baixa. — Por que eu deveria ter amado você? Como fui enganado?

— Eu não deveria estar aqui, foi assim! Eu não pedi para existir.

Mordred deu risada, e o som do seu riso se estancou ao cair no vazio do breu sem eco.

— Nenhum de nós pediu. Você acha que eu teria escolhido nascer filho de um ser mágico caprichoso ou de uma mãe obcecada por vingança? Que Lancelote teria escolhido uma vida de batalhas sem fim para ser vista como ela é?

— Não é a mesma coisa! Eu sou uma aberração. A minha mera existência é uma violação de Guinevere, de quem deveria estar aqui, do que ela deveria ser. — Guinevere (Como ainda conseguia pensar em si mesma com esse nome? Mas o que mais tinha lhe restado?) procurou, dentro de si, aquela garota real, aquela criatura violada e desesperada. Procurou até por Nimue, aquela criatura voraz e desesperada. Mas era apenas ela mesma, apenas o que quer que fosse, qualquer alma falsa que se apresentara para preencher o vazio que abundava entre Guinevere e Nimue.

E, apesar de tudo, por acaso não conseguia enxergar algo delas em si mesma? Elas estavam amarradas em sua alma. O coração terno de Guinevere, que via dor e desejava, a ponto do desespero, poder pôr fim a ela. A voracidade e o desejo de Nimue por mais: mais experiências, mais vida, mais amor. Não tinha as lembranças de nenhuma das duas, mas fora criada dentro daquele corpo por ambas. A humanidade de Guinevere, a magia de Nimue.

— Ela tem olhos castanhos — sussurrou Guinevere, e então Mordred a segurou porque ela caiu, aos soluços.

— Precisamos de você, Lancelote — disse Mordred. — Ela precisa de você.

— Partirei assim que eu acordar — respondeu Lancelote.

— Não. — Guinevere levantou a cabeça, sacudindo-a. — Por favor. Camelot não deve sofrer por minha causa.

Lancelote ferveu de raiva.

— E como seria por sua causa? Foi Arthur quem partiu em direção ao norte. Meu voto é com você. Não com ele nem com Camelot.

— Seu voto foi com a rainha. E você sabe tão bem quanto eu que não sou a rainha. Não sou nada.

A voz de Lancelote saiu distorcida e rouca de raiva:

— Não diga que você não é nada.

— Eu a proíbo de sair de Camelot. — Ela não iria permitir que Lancelote arriscasse a própria vida, não por ela. A única coisa que podia fazer era garantir a segurança de Lancelote e de Camelot. O que não era o suficiente para compensar o que ela era, mas pelo menos salvaria algo do que ela amava. Algo do que ela não tinha direito de amar.

— Se você não é a rainha, não pode me dar ordem nenhuma. Farei o que bem entender. — Lancelote se dirigiu a Mordred: — Vá para a costa. Irei ao encontro de vocês.

Mordred assentiu com a cabeça, e Lancelote desapareceu. Mordred soltou um suspiro e acariciou o cabelo de Guinevere.

— Seja paciente. Seja gentil consigo mesma. Vamos entender tudo isso juntos.

Guinevere não respondeu. Assim que despertasse, queimaria a si mesma, limpando aquele corpo, devolvendo-o à verdadeira Guinevere.

Como se lesse seus pensamentos, Mordred continuou:

— Se você fizer algo precipitado, poderá destruir tudo. Você e o que pode ter restado dela. — Não pronunciou o nome de Guinevere, e a garota teve certeza de que Mordred não queria chamar a outra pessoa, a pessoa verdadeira, Guinevere. — Foi preciso dois, Nimue e Merlin, para fazer isso. A magia deles é mais poderosa e complexa do que tudo o que você conhece. Se você se sente responsável pelo que aconteceu com aquela garota, não piore a situação destruindo-a ainda mais. Juro que vamos encontrar uma saída.

— Para libertá-la?

Mordred lhe deu um beijo na testa.

Não passou despercebido por Guinevere, quando ela abriu os olhos para a enormidade da luz do dia, que Mordred não havia prometido ajudar a libertar a garota cuja vida ela roubara. Sabia, pelo tom de voz, quando Mordred estava mentindo, e ele havia mentido quando disse que os dois encontrariam uma saída. Ele não tinha intenção de ajudá-la. Já havia decidido que a garota jamais libertaria a verdadeira Guinevere.

Mordred mudou de posição ao seu lado. Ela arrancou cabelos da própria cabeça, fez um nó para pegar no sono e atirou no peito dele.

Ela não precisava nem de Mordred nem de Lancelote. Precisava de Morgana, Morgana le Fay, a feiticeira, a mulher mais poderosa que já havia vencido o abismo entre ser humano e ser fada.

Pelo menos, Guinevere sabia quem era. E faria qualquer coisa para remediar isso.

CAPÍTULO VINTE E UM

Nos arredores de um acampamento, os homens ainda não haviam atentado para sua presença, e Guinevere tinha uma consciência extremamente aguçada do corpo que estava usando. Não podia permitir que fosse ferido novamente. Já fizera tanto a esse corpo, tanto com ele.

Não pensaria mais a respeito.

O trajeto até Morgana seria mais fácil se a égua de Mordred tivesse permitido que a garota a levasse. Mas o animal se recusou a partir sem o dono. Depois de quatro horas de caminhada para voltar ao acampamento de Nechtan, ela finalmente se deparou com um grupo de homens. Que tinham três cavalos. E também tinham uma quantidade excessiva de armas.

A língua que falavam era a mesma de Hild e seu irmão. Saxões. Talvez fossem o grupo que havia atacado os refugiados que Guinevere encontrara. Ou talvez estivessem simplesmente procurando um lugar para se estabelecer. De qualquer modo, ela precisava de um cavalo.

Os homens levantaram a cabeça, surpresos, quando ela surgiu do meio das árvores. Em seguida, a surpresa se transmutou em algo mais sombrio, algo mais afoito. Foi reconfortante ver exatamente quais eram suas intenções. Ela não sentiu culpa quando ateou fogo às próprias mãos e os viu fugindo aos tropeções, apavorados.

Guinevere escolheu a égua que lhe pareceu mais saudável, mas gostaria de ter levado todos os animais. Eles não pareciam ser bem-cuidados. Se Mordred estivesse com ela, poderia persuadir todos os cavalos a segui-lo. Mas, se Mordred estivesse com ela, a teria detido.

Guinevere não podia pensar em Mordred agora. No fato de tê-lo deixado para trás. No breve e vivo sonho delirante de ter uma vida com ele que a garota se dera ao luxo de experimentar.

Ela cavalgou o mais rápido que pôde sem prejudicar a égua. Sabia que estava indo de encontro às forças de Nechtan, mas que deveriam ter mudado de local desde que ela fugira. Não sabia quanto tempo levaria para encontrá-las. Tinha a sensação de que era urgente, de uma urgência desesperadora, encontrar Morgana. O único objetivo que a feiticeira tinha na vida era desfazer a magia de Merlin. Com certeza, ela se agarraria com unhas e dentes à oportunidade de quebrar qualquer possível elo que prendia Nimue ao corpo daquela pobre garota. Imediatamente. Tanto tempo fora perdido, tanto fora roubado da garota que um dia fora Guinevere. Cada respiração que exalava por seus lábios, cada batida daquele coração falsificado, cada pensamento e esperanças roubados lhe pareciam um ato de violência.

Quem era ela para julgar os saxões, afinal de contas? Ou mesmo Arthur? Sua própria existência era um ato de conquista.

Mais adiante, viu a fumaça de diversas fogueiras.

— Por favor — sussurrou, obrigando a égua a ir mais rápido. Era quase noite. Ela não havia parado para descansar nem para comer. Só de pensar em colocar comida naquele corpo se sentia enjoada. Mas, se não cuidasse dele, estaria prejudicando ainda mais a verdadeira Guinevere.

— Pare! — gritou uma voz vinda de trás dela.

A garota conhecia essa voz, conhecia o beijo e o toque daquela pessoa. Sua égua obedeceu bem quando outra pessoa gritou perto das fogueiras.

— Senhor do céu, Guinevere — disse Mordred, com a voz distorcida de angústia e frustração. Então se aproximou, ainda montado, segurou as rédeas da égua dela e, para surpresa de Guinevere, ordenou que ambos os cavalos seguissem adiante. — Não me desminta, eu imploro. — Em seguida, empertigou-se na cela, com uma postura relaxada e arrogante. — Olá! — gritou. — Trouxe um presente!

Foi a própria Nectudad que apareceu com os olhos ardentes.

— Você foi embora — disse ela, apontando uma faca para Mordred.

— Porque eu tinha mais chances de encontrá-la. E encontrei, sim. Aqui estamos.

Mordred bocejou e esticou um dos braços, espreguiçando-se. A expressão de Nectudad indicava que não havia acreditado, nem por um segundo, que Mordred partira do acampamento para trazer Guinevere de volta. Mas ambos estavam ali, e ela não conseguiu encontrar um motivo para discutir com ele ou refutar a prova de que suas palavras eram verdade.

A princesa grunhiu e fez sinal para os dois a acompanharem. Guinevere desceu do cavalo e prosseguiu a pé. Fina estava parada perto da fogueira mais próxima. Quando viu Guinevere, suas sobrancelhas se ergueram, em uma expressão de choque e desânimo.

— Você voltou — falou ela.

Guinevere sacudiu a cabeça sutilmente. Não sabia como contar para Fina a dimensão de seu fracasso. Arthur ainda estava a caminho. Nada do que fizera fora capaz de proteger ninguém. Mas remediaria a única coisa que ainda podia remediar.

Mordred se aproximou de Nectudad e falou, em voz baixa:

— Encontramos um campo de refugiados da costa leste. Homens, mulheres, crianças. Velhos e jovens. Todos feridos e expulsos de suas casas pelos saxões.

Nectudad diminuiu o passo e perguntou:

— Quando?

— Eles me disseram que foi há três dias. No mínimo duzentos saxões, pela estimativa dos refugiados. Não havia mulheres nem crianças nos barcos. Não era um grupo de colonos. Era um destacamento de guerra.

Nectudad fez um gesto brusco para a irmã. Antes que Fina pudesse acompanhar a princesa, Guinevere segurou seu braço e sussurrou:

— Não funcionou. Arthur está a caminho. Vocês deveriam fugir.

Fina soltou um suspiro, como se tivesse levado um tapa.

— Quando?

— Ele partiu de Camelot ontem à noite. Morgana não lhe contou?

— Não. Nectudad! Precisamos nos preparar! — disse Fina. Guinevere não sabia por que Morgana teria mantido essa informação em segredo. Será que errara ao revelá-la? Mas não queria que Fina corresse perigo.

— Eu sei — falou Nectudad. — Guerra com os saxões.

— Com Arthur! Ele está vindo nos atacar com um exército.

Nectudad franziu o cenho e perguntou:

— Como você sabe?

— Eu contei. — Guinevere olhou nos olhos ferozes de Nectudad e completou: — Não quero que vocês morram.

A expressão de Nectudad se desanuviou, surpresa, mas voltou a ficar dura em seguida.

— Isso não muda nossos próximos passos. Precisamos falar com nosso pai.

Mais adiante, um vulto alto e nobre, de capa escura, conversava com o vulto coberto de peles de Nechtan.

— Morgana! — gritou Guinevere.

A feiticeira virou para trás, levantando uma sobrancelha imperiosa, a única pista de que estava surpresa ao vê-los ali.

— Olá, minha mãe. — Mordred acenou alegremente. — Nosso plano deu certo. Aqui está ela novamente, sã e salva.

Os lábios de Morgana se repuxaram, dando um sorriso sarcástico, mas ela não desmentiu o filho.

— Sim. Muito bem.

— Preciso de sua ajuda — declarou Guinevere. — Podemos falar a sós?

Nectudad segurou o cotovelo de Guinevere com força e respondeu:

— Não. Eu é que vou ficar de olho em você agora, até encontrarmos a Rainha das Trevas. Meu pai, temos péssimas notícias.

— Você acha mesmo que vou perdê-la de vista? — disse Morgana, abanando a mão, fazendo pouco caso. — Este plano é meu, Nectudad. Não seu.

— Estou ciente disso — retrucou Nectudad, entredentes. Então falou com Nechtan com uma cadência apressada, aflita. Mariposas voejaram em volta das orelhas do rei e, naquele momento, ele parecia estar apenas meio presente, inclinando a cabeça para ouvir melhor as mariposas e não a filha.

Nectudad terminou o que estava dizendo. Nechtan grunhiu e resmungou sua resposta.

Morgana cruzou os braços, contrariada.

— E então? — indagou.

Mordred traduziu:

— Há um destacamento de guerra dos saxões na costa leste. Nectudad quer guerrear com eles. Como fizeram uma aliança com os saxões para enganar Arthur, isso acabaria com a aliança. E, se mudarem de trajeto, Arthur não conseguirá encontrá-los. Nechtan disse que esses são outros saxões, e que, de qualquer maneira, isso não importa, porque não atacaram o território nem o povo de Nechtan. Nectudad argumenta que forasteiros que ataquem qualquer ponto do norte atacam todos eles, e que um exército de saxões representa uma ameaça para todos.

Nechtan falou novamente, com um ronco grave, mas que parecia estranhamente delirante.

Mordred mexeu o maxilar de um lado para o outro e falou:

— O rei declara que não faz diferença, porque a Rainha das Trevas salvará a vida de todos nós.

Nectudad estendeu os braços no ar, em exasperação, finalmente levantando a voz. Apontou para Fina, depois para trás dela. Nechtan acenou de novo e lhe deu as costas. O rei havia perdido a intensidade que tinha quando Guinevere o vira pela primeira vez, como se as mariposas da Rainha das Trevas estivessem mantendo-o em um estado alienado, não completamente acordado.

Nectudad soltou uma série de palavrões em voz baixa.

— Ele não fará nada, não atacará os saxões, não preparará uma armadilha para Arthur. Agora depende de nós. Levarei a maior parte de nossas forças para a costa, para atacar os saxões e desviar Arthur do caminho de vocês. Se tivermos sorte, podemos fazê-los guerrear uns com os outros.

— Não! — exclamou Guinevere. Não era isso que ela gostaria que acontecesse.

Nectudad a ignorou.

— Fina, você fica com nosso pai e cuida para que a feiticeira e a rainha das fadas não o traiam.

Fina girou nos calcanhares, ficando de frente para Nectudad.

— Irei com você!

— É melhor assim. É o único jeito.

— A Rainha das Trevas exigiu todos os soldados de seu pai — disse Morgana. — Está esperando por ele.

— É disso que tenho medo. — Nectudad tinha a mesma altura de Morgana. Inflexível e destemida, foi até a mulher, ficando cara a cara com ela. — Você envenenou meu pai. Não irei destruir meu povo nem meu território. Como meu pai disse que não se importa com o que eu fizer, levarei meus soldados para a costa. E você pode me agradecer por tirar Arthur de seu encalço enquanto leva a rainhazinha para sua rainha das fadas e faz o que quer que tenha prometido para *salvar* a nossa vida.

Dito isso, Nectudad cuspiu no chão.

Fina sacudiu a cabeça, falando com a voz estridente de emoção.

— Vou com você para a costa, lutar.

— Nosso pai precisa de alguém que o proteja da Rainha das Trevas e da feiticeira — respondeu Nectudad. — E dele mesmo.

Fina cruzou os braços e declarou:

— Não levarei Guinevere para aquela aberração.

Nectudad foi para frente, ficando tão perto de Fina que ela foi obrigada a dar um passo atrás. Fina baixou a cabeça, intimidada, enquanto Nectudad falava:

— Você fará o que é melhor para nosso povo. Os inimigos estão se alastrando, vindos do mar, e Arthur está a caminho, vindo do sul. Se existe *alguma* chance de a Rainha das Trevas nos ajudar, precisamos aproveitá-la. E, se nos traírem, você irá garantir que paguem por isso.

Fina apontou para Guinevere e falou:

— Ela vai nos ajudar. É a rainha de Camelot!

Guinevere baixou a cabeça. A confiança que Fina depositava nela era descabida.

Nectudad não tinha a mesma confiança vã.

— Fazer aliança com uma rainha do sul é construir uma casa sobre a areia, que será levada embora com uma única onda da espada do rei.

Isso doeu em Guinevere quase tanto quanto queimar sua própria mão.

— Eu tentei impedi-lo — disse. — Talvez ainda consiga.

Talvez a verdadeira Guinevere conseguisse, quando voltasse para o próprio corpo. Poderia ir ao encontro de Arthur, que perceberia o quanto ela é frágil, quão desesperada estava para ajudar. Poderia ser o bastante para fazê-lo dar meia-volta.

— Não porei meu povo em risco baseada nessa esperança. Filho das fadas — disse Nectudad, virando-se para Mordred —, você vem comigo.

— O quê? — Mordred deu um sorriso para disfarçar seu pânico. — Não, obrigado. Não gosto muito da costa.

— Isso não está aberto à discussão. Se a feiticeira ficar com meu pai e minha irmã, você fica comigo, para garantir que ela não irá nos trair.

— Isso é absurdo — reclamou Morgana. — *Eu* procurei *vocês*, oferecendo ajuda. Não sou seu inimigo. Além disso, você não manda em nós.

Nectudad deu um assovio alto. Soldados se aproximaram em massa. Antes que Guinevere conseguisse reagir, três deles obrigaram Mordred a se ajoelhar, com uma faca encostada em sua garganta.

CAPÍTULO VINTE E DOIS

A vida de Mordred pulsava por baixo da lâmina encostada em seu pescoço, a uma facada de se esvair. Guinevere sentiu um aperto de pânico no coração. Ela o havia abandonado. Escolhera fugir de Mordred e da vida que ele queria ter com ela, porque Mordred não permitiria que fizesse nada daquilo. Mas Guinevere não o queria morto.

— Não preciso de você nem de seu filho — Nectudad informou calmamente à Morgana. — Fina e meu pai podem levar Guinevere para a Rainha das Trevas sem ajuda de ninguém.

Mordred pigarreou e falou:

— Mudei de ideia. Gostaria muito de acompanhá-los até a costa. Subitamente, tenho uma vontade louca de ver o oceano.

Morgana revirou os olhos, irritada, e em seguida balançou a cabeça para Nectudad.

— Apenas distraiam Arthur o máximo que conseguirem e não deixem de voltar à Capela do Homem Verde. Não sei por que a Rainha das Trevas quer o exército de seu pai. Mas, se ela o quer, ela irá recebê-lo.

Nectudad fez sinal, e os soldados soltaram Mordred.

— Partimos dentro de uma hora.

Mordred ficou de pé, estendeu a mão para Guinevere e falou:

— Venha, vou acomodar você.

— Não — disse Nectudad. — Conversarei com ela a sós.

Ela levou Guinevere até uma tenda e a empurrou para dentro.

— Sei que você gosta de minha irmã — declarou Nectudad, já arrumando suas coisas com eficiência. — Não a ponha em perigo nem peça para que traia a sua família e seu povo novamente.

Então Nectudad sabia, ou pelo menos adivinhara, que Fina havia possibilitado a fuga de Guinevere. Ela se ajoelhou, exausta, no chão da tenda. Se Nectudad tentasse ferir seu corpo, faria o que fosse preciso para protegê-lo.

— Ou você destruirá meus ossos? — perguntou.

— Ou *você* destruirá a essência de Fina. Se minha irmã contrariar as ordens de nosso pai, será banida. Suas tatuagens serão queimadas, deixando-a sem direito de pertencer a nenhuma família ou povo. Acho que você sabe como é não ter nenhum lugar em que você se encaixa verdadeiramente. Não faça isso com minha irmã.

Guinevere jamais quis fazer mal a Fina. E realmente sabia o que era não se encaixar em lugar nenhum, mais do que Nectudad seria capaz de compreender.

— Perdoe Fina. Ela só quer ajudar. Proteger todos vocês da guerra.

Nectudad pendurou sua trouxa de pertences no ombro.

— A guerra está aqui. Sempre esteve. Se eu pudesse salvar você da Rainha das Trevas, salvaria, mas não sacrificando meu povo ou minha irmã. Você entende?

— Entendo.

Arthur havia conversado com Guinevere a respeito disso. O custo da liderança. O preço que um governante tem que pagar, repetidas vezes, sacrificando alguns pelo bem de muitos. Matando para garantir a segurança dos mais vulneráveis. Mas Guinevere não poderia ser o sacrifício que salvaria a vida de Fina e de seu povo. Ela tinha que ser o sacrifício que devolveria a verdadeira Guinevere ao seu corpo.

Assim que Nectudad saiu da tenda, Mordred entrou correndo. Seu rosto estava contorcido de raiva.

— Por que, Guinevere? — indagou, caindo de joelhos e segurando os braços dela. — Por que você fez isso?

— Tenho que salvá-la — sussurrou ela.

— Não! Não tem, não! — Mordred encostou a testa na dela e fechou os olhos. — Poderíamos ser livres. De tudo isso.

— Não posso ser livre, esse conflito não é meu. *Nada* é meu.

— Eu era — disse ele, com a voz embargada. — Eu sou. Você se acha responsável por causa do que o feiticeiro fez? Ele usou de violência contra todos nessa ilha maldita. Não perderei você por causa disso.

Guinevere sacudiu a cabeça, desvencilhando-se de Mordred. Não precisava sentir a angústia desesperada dele. Já bastava a sua.

— Você me perderia de qualquer maneira — sussurrou. — Assim, pelo menos, remediamos um mal.

A voz de Mordred se tornou dura:

— E Arthur?

— Ele ainda terá uma rainha. Uma rainha melhor. Uma rainha de verdade.

— E Lancelote?

A garota virou a cabeça e respondeu:

— Não posso colocar ninguém acima da vida desta garota.

— O que minha mãe usou para conectar você a Lancelote? Conte para mim.

Guinevere finalmente o olhou nos olhos.

— Não importa. Nada que me conecte a pessoa nenhuma é meu.

Mordred remexeu o maxilar, mas se obrigou a pronunciar estas palavras:

— Sei muito bem como é olhar para alguém e querer apenas que essa pessoa também nos olhe. Lancelote olha para você desse modo. Se você me ama, se você a ama e ela ama você, não faça nada. Espere por nós. Fugirei de Nectudad. Lancelote já está a caminho. Imagine como vamos nos sentir se chegarmos tarde demais para salvar sua vida.

Guinevere fechou os olhos para não ver a dor. Confundindo isso com falta de convicção, Mordred a abraçou mais uma vez, e disse com uma voz suave e aflita: — Fuja comigo. Agora mesmo. Juntos, nós dois podemos fugir de novo. Por favor, Guinevere, por favor.

A garota não se mexeu. Não se aninhou nele nem o abraçou. A paixão que a conectara a Mordred se fora, assassinada pela descoberta de que aquele corpo nunca fora dela para ter essa experiência. Os dois haviam falado sobre proteger os inocentes, sonhado acordados com uma vida simples, cujo único propósito, único objetivo, seria esse. Guinevere ainda faria isso. Mas agora só era capaz de ajudar uma única pessoa inocente.

— Salvarei sua vida mesmo que você não queira — sussurrou Mordred no ouvido de Guinevere. — Salvarei sua vida nem que seja para entregar você para outra pessoa.

Nectudad gritou o nome de Mordred do lado de fora da tenda, e ele urrou de frustração.

— Eu queria mais. Deveríamos ter tido mais.

— Mais é a única coisa que eu sempre soube que queria — sussurrou Guinevere.

E era o que ela não podia mais ter esperança de ter. Deu um beijo no rosto de Mordred. Que pode até ter interpretado o gesto como uma promessa, mas ela o sentiu como uma despedida.

Assim que Mordred foi embora, Guinevere foi até a tenda de Morgana e entrou.

A feiticeira, que estava costurando, olhou para cima e disse:

— Tenho muita curiosidade de saber por que você voltou, já que sei que meu filho não a trouxe de volta.

Guinevere se sentou e contou tudo para ela, com a voz tão oca quanto seu coração.

Quando terminou de falar, Morgana ficou andando de um lado para outro.

— Você tem certeza do que me informou a respeito da magia de Merlin e da Dama? — perguntou.

Uma careta transformou todos os elegantes traços de seu rosto em uma máscara severa.

— Sim.

Guinevere olhou para as próprias mãos. Aquelas mãos roubadas. Acariciara amantes com aquelas mãos, destruíra mentes, dera fim a vidas. Causara cicatrizes àquele corpo que não era seu. E o devolveria avariado, mudado. Será que a verdadeira Guinevere se recordaria de alguma coisa ou aquele período simplesmente desapareceria?

— E você tem certeza que quer desfazê-la?

— E como poderia não querer? — Guinevere ergueu os olhos, e o desespero se acumulava neles. — Os dois mentiram para ela. Os dois a *enganaram*. Você entende, melhor do ninguém, essa violência. Seja lá o que eu for, sou porque Nimue queria um corpo e Merlin queria uma rainha para o rei que escolheu. Sei que a Dama do Lago ainda está aqui, em algum lugar: possuo um poder e uma magia que não deveria possuir, sonho com as lembranças dela, acho que é ela que está bloqueando a verdadeira Guinevere. Temos que tirar Nimue daqui, devolver esse corpo ao que e a quem era.

A careta de Morgana não se desfez quando ela sentou e falou:

— A Rainha das Trevas deve ter provado desta magia. Pensei que ela queria você apenas para atrair Arthur, afastando-o de Camelot. Mas não, é porque você é um ser completamente novo.

— Sou um ser completamente roubado.

Morgana segurou o braço de Guinevere e ficou olhando para ele, mas logo soltou um suspiro de frustração.

— Eu bem que gostaria de poder enxergar os nós. Ele deve ter usado esse tipo de magia, a magia de Nimue e magia humana também.

— Mas você é humana e emprega magia das fadas. Você é capaz de desfazê-la.

— Está além de meus poderes.

— Então não pode ser remediado?

Guinevere nem chegou a respirar direito. Não parava de lembrar do rosto da verdadeira Guinevere, o medo devastador quando a água invadiu os pulmões dela.

— Eu não disse que não pode ser remediado. Eu disse que está além de meus poderes. — Morgana esfregou o rosto e completou: — A Rainha das Trevas é a única que possui poder capaz de rivalizar o de Merlin, agora que...

— Agora que Nimue está unida, por amarração, a um corpo roubado — completou Guinevere. — Merlin não se deu conta de que ela também seria apagada. Acho que o feiticeiro pensou que Nimue usaria a verdadeira Guinevere como se fosse um vestido, para andar por aí fingindo-se de humana. — A garota estremeceu, a sensação da água invadindo sua boca era impossível de esquecer. E então outra ideia lhe ocorreu. — E Nyneve? A outra Dama? Ela se separou de Nimue, as duas devem ser a mesma coisa. Talvez ela possa desfazer o feitiço! Ela quer sua irmã de volta.

— Nyneve nunca interferiu nos assuntos dos humanos. Seja lá o que tenha levado Nimue a ficar obcecada por eles, a parte dela que se tornou Nyneve não teve nada a ver com isso. Talvez seja isso que tenha separado as duas, para começo de conversa. Não, acredito que a Rainha das Trevas seja nossa única esperança. Mas precisamos ser claras. Não fingirei que estou fazendo isso por você nem para ajudar a pessoa que possuía esse corpo antes de você. Farei isso porque, se Merlin lhe fez isso, desfazer irá atingi-lo. Merlin criou você com um propósito e, finalmente, tenho uma oportunidade de desfazer o que ele fez. — Os olhos de Morgana ardiam, não com as brasas do olhar de Merlin, mas com uma necessidade febril.

Guinevere não se importava com a motivação de Morgana, desde que, no fim, a verdadeira Guinevere fosse resgatada.

— Prometa que, assim que a magia de Merlin for desfeita, você irá me devolver... — Guinevere se corrigiu: — ... você irá *devolvê-la* para Arthur. E não quero que ela seja ferida. E, quando o rei tiver sua rainha de volta, tomara que isso resolva as questões com o norte.

— Garantirei a segurança da garota. — Guinevere nunca ouvira Morgana falar com um tom tão gentil. — Ela não merece nada disso.

Finalmente, alguém a compreendia.

— Ah, devo lhe avisar. Mordred irá tentar me salvar.

Morgana estalou a língua.

— Meu pobre filho. Você o faz querer ser herói, e receio que esse será o fim dele.

Guinevere ficou de pé e ajudou Morgana a enrolar as peles onde dormia.

— Logo não estarei mais aqui para fazer com que ninguém queira coisa nenhuma, e então tudo será como deveria ser.

Sem ela.

CAPÍTULO VINTE E TRÊS

Fina lançou olhares de preocupação para Guinevere durante todo o longo trajeto a cavalo até a Capela do Homem Verde. Em uma das paradas para os cavalos descansarem, a princesa pegou a garota pelo braço e a levou até um local discreto, onde poucas árvores resilientes haviam sobrevivido.

— Até as rainhas precisam mijar! — declarou, alto o bastante para todos ouvirem. — O que foi que aconteceu? — sussurrou. — O que Mordred fez com você?

— Do que você está falando? — perguntou Guinevere, sem olhar a amiga nos olhos.

— Quando você voltou, parecia que alguém havia assassinado você, seu corpo ainda não havia se dado conta e estava andando por aí sem alma.

Guinevere deu uma risada amarga por Fina ter chegado tão perto da verdade. Sua alma realmente não tinha lugar naquele corpo. Isso se ela tivesse alma e não fosse apenas um nó perverso de destruição em forma humana.

— Olhe, ainda podemos fugir. Conheço essas terras, e...

— Não. — Guinevere finalmente olhou nos olhos azuis e límpidos de Fina. Olhos azuis que eram dela mesma, que sempre foram azuis, que deveriam ser azuis.

— Você jamais deveria ter se arriscado a me ajudar, para início de conversa. Você sabe quem você é, Fina. Você ama quem você é e ama seu povo. Nada nem ninguém, muito menos eu, vale trair isso.

— Mas Arthur e a guerra...

— Mandei avisar que não corro perigo. Mesmo assim, ele está a caminho. Não posso mudar isso agora, mas talvez as coisas mudem depois que a Rainha das Trevas me ajudar.

Fina fez uma cara de desconfiança e perguntou:

— Ajudar você com o *quê*?

— Não importa. Quando chegarmos lá, você precisa ir embora o mais rápido possível. Faça o que tiver de fazer para convencer seu pai a ir com você. Depois, desvie Nectudad e seu povo do caminho de Arthur e se esconda. Se nenhum exército se chocar com ele, não poderá haver guerra. Essa luta não é sua. Jamais deveria ter sido. Apenas me leve até a Rainha das Trevas, vá embora em seguida e nunca mais pense em nenhum de nós.

Fina parecia magoada pelas palavras de Guinevere.

— Mas você é minha amiga.

— Eu não sou real. Não abra mão de quem você é por alguém que não é nada. — Guinevere deu as costas para ela e voltou para seu cavalo.

Guinevere não dormiu naquela noite. Não conseguia encontrar forças para encarar Mordred ou, pior, Lancelote. Já havia abandonado Lancelote uma vez, e agora estava fazendo isso de novo. Era egoísta de sua parte não se despedir, mas precisava de todas as suas forças para fazer o sacrifício que estava por vir. Ver Lancelote acabaria com elas.

O dia seguinte amanheceu claro, frio e terrível. O frio do outono havia chegado mais cedo naquele terreno elevado. As árvores estavam amarronzadas, os morros eram intermináveis e vazios. Depois de algumas horas de estrada, contudo, fizeram uma parada, surpresos.

Adiante, o verão estava em plena força caótica. Uma floresta se estabelecera em um cânion, entre dois morros, como se tivesse sido jogada ali, vinda de outras terras. Guinevere havia se perguntado como reconheceriam a Capela do Homem Verde quando a encontrassem, mas agora ficava óbvio por que a Rainha das Trevas fugira para aquele lugar de poder ancestral. Aquela floresta não era natural. Era *mágica*. Guinevere desceu do cavalo e andou em direção às árvores, parando em seguida, porque teve uma sensação inesperada.

A floresta respirava.

Guinevere era capaz de sentir sua vida quente e úmida, exalando e inalando. Em algum ponto de seu interior, um coração batia. Esperando por ela.

A garota esticou a mão e encostou em um dos troncos lisos que formavam um arco; os galhos lá em cima eram trançados com tanta delicadeza que a própria Brangien poderia tê-los amarrado. Lá dentro, o ar era verde. Não havia outro modo de descrevê-lo. Guinevere agora entendia por que Fina havia dito que era um lugar sagrado, por que era chamado de capela. A garota já havia estado na capela de Camelot, mas aquele era um lugar de adoração feito para homens. Este era um lugar de adoração para a natureza. E, como tal, era mais belo e mais perigoso.

Nechtan, Fina e os dez soldados restantes desceram do cavalo. Todos ficaram olhando, de olhos arregalados, sem se mexer. Seu espanto era tanto avassalador quanto um alerta: aquele lugar não era feito para seres humanos, e os seres humanos que não pisassem ali com cuidado poderiam não conseguir sair.

Nechtan deu um passo em direção à Capela do Homem Verde. Guinevere esticou o braço para impedi-lo de avançar. Estava com os punhos cerrados, examinando as árvores e os perigos que poderia encontrar dentro da capela.

Morgana dirigiu o olhar para Fina e falou:

— Diga ao seu pai que a Rainha das Trevas virá encontrá-lo. Ele não pode entrar neste local.

— Muito bem — respondeu Fina. — Mas Guinevere também ficará aqui fora conosco.

Guinevere tentou transmitir segurança:

— Não tenho medo.

Era mentira. Estava apavorada. Arrasada. Mas também determinada. E feliz porque Fina, pelo menos, não veria o que iria acontecer lá dentro. Fina não correria perigo.

Guinevere precisava de Morgana e da Rainha das Trevas para desfazer a magia abominável de Merlin, mas não precisava que as duas tivessem sucesso em qualquer outro quesito. Queria que fracassassem em sua missão de destronar Arthur. Ou seja: Fina arrancaria Nechtan das garras delas e o levaria para bem longe do que quer que a Rainha das Trevas tivesse planejado para o rei.

A garota se aproximou da amiga e ficou na ponta dos pés para lhe dar um beijo no rosto.

— Tire seu pai daqui, faça o que for preciso — sussurrou, lembrando-se da pobre égua de Mordred, que fora abatida, e o cuidado que Mordred teve de tirar Lancelote do bosque antes que a Rainha das Trevas ressurgisse. Não havia como prever o que ela faria por maldade ou mesmo por indiferença.

— Adorei conhecer você. Cuide bem de seu povo.

Ignorando os protestos de Fina, Guinevere foi em direção às árvores. Do lado de fora, o dia estava gelado. Naquele ar quente e vivo, ela mal precisava da capa. Por algum motivo, aquele teto verde pesado e aqueles troncos elegantemente retorcidos lhe davam vontade de tirar as roupas, tirar a própria pele. De deitar no chão e ficar olhando para cima, satisfeita com o simples fato de respirar, com o simples fato de ser.

A verdadeira Guinevere também se sentira segura na floresta, mas os predadores a haviam encontrado.

Morgana caminhava confiante no meio das árvores, que se afastaram para abrir caminho, levando as duas mulheres até seu objetivo. O trinado dos pássaros e o farfalhar de pequenos animais escondendo-se em suas tocas não perdiam a força com a passagem delas. Aquelas criaturas jamais tiveram motivo para temer seres humanos.

Mariposas voejavam de árvore em árvore, dançando pelo ar acima delas, guiando-as. Era como seguir as cinzas que pairam no ar para chegar a uma fogueira ardente. Uma mariposa pousou no ombro de Guinevere, e ela não a afugentou. O inseto estremecia e batia as asas de empolgação, ou talvez porque seu corpo minúsculo e frágil não era capaz de comportar o pedaço da Rainha das Trevas que continha. Guinevere não soube dizer. Antenas leves como plumas acariciavam seu rosto, e ela ficou arrepiada.

Bem mais adiante, uma árvore ancestral fora dividida ao meio, e seus ramos chamuscados marcavam o trajeto do raio que pôs fim à sua vida. Sentada no centro desse trono, havia um volume em forma de mulher, que se contorcia.

E, apesar de a Rainha das Trevas ser tão terrível quanto da última vez que Guinevere a vira — formada por um enxame de besouros, um emaranhado de raízes erguendo-se do chão da floresta —, ela também era magnífica. Ali, em seu trono, onde era seu lugar, Guinevere pôde enxergar o âmago de sua magnificência, o que a Rainha das Trevas um dia fora e deveria ser. Finalmente compreendeu Mordred. Porque a Rainha das Trevas era extraordinária, e a garota não queria que aquele precioso amontoado de besouros negros, em que a rainha consistia, desaparecesse.

Quando Guinevere olhou para o chão da floresta, contudo, viu a podridão que era resultado da forma da Rainha das Trevas. Tubérculos cresciam, corroídos por um bolor negro, remexendo-se e se contorcendo, cercando a área onde ela estava conectada ao chão. E, saindo de seu trono, havia ramificações crescendo dos mesmos tubérculos podres. Mas "crescendo" não era a palavra certa. Crescer implica saúde, vida. Aquilo não era vida. Aquilo era uma infecção. A Rainha das Trevas estava sugando poder da floresta sem dar nada em troca.

"Até que enfim."

Essas palavras vibraram e zuniram através de Guinevere, pronunciadas por corpos que jamais deveriam falar. A garota olhou para cima, para a cabeça da Rainha das Trevas. Duas mariposas, cujas asas tinham desenhos que pareciam olhos, voejavam suavemente, bem no meio. Besouros negros rastejavam, agitados, mantendo a forma humana, mas deixando Guinevere tonta com seu constante movimento.

— Preciso de sua ajuda — disse ela. — A Rainha das Trevas zumbia com o bater incessante das asas de insetos. — Merlin me criou. Ele usou esta garota — Guinevere apontou para o próprio corpo — e amarrou Nimue a ela. Preciso que a senhora desfaça isso, preciso que tire Nimue e recupere a garota.

Uma mão formada por insetos ariscos e ramificações de raiz se espichou, segurou o queixo de Guinevere e inclinou seu rosto em direção à luz. A Rainha das Trevas estava ferozmente viva, fazia parte de tudo que a cercava. Não era para menos que a Dama do Lago a tinha amado. Era difícil de respirar estando conectada a tanta magia, maravilhamento e terror.

"Mostre-me. Mostre-me o que ele fez."

Guinevere era capaz de sentir o poder daquela necessidade irradiando da Rainha das Trevas. Mas também havia outra coisa, outra coisa que ela não estava revelando. A sensação de uma colônia de formigas saindo de sua rainha aos borbotões, cobrindo...

A Rainha das Trevas segurou Guinevere com mais força, para ela não sair do lugar.

"Obrigue-a a me mostrar."

Morgana agarrou o pulso de Guinevere. Em sua ideia fixa de apelar à Rainha das Trevas, a garota havia esquecido da mãe de Mordred.

— Prometa-me primeiro. Prometa que irá libertá-la. A Guinevere que existia antes de Nimue... — Guinevere engasgou ao dizer esse nome, tentando engolir o gosto de água morna que descia pela sua garganta. — ... antes de *eu* surgir.

As mariposas da Rainha das Trevas voaram de seu rosto para o de Guinevere, deixando a rainha sem olhos, mas não sem visão. O ser deu risada, um som que parecia mil pássaros alçando voo.

"Eu libertarei tudo. Agora me mostre."

— Pense no que você viu — disse Morgana para Guinevere. — O que eles fizeram com a garota.

Guinevere tremeu de repulsa quando os olhos de mariposa da Rainha das Trevas voejaram diante dos seus, cobrindo tudo de um preto suave. Morgana apertou mais seu pulso, e então as três estavam dentro da caverna. Só que, dessa vez, Guinevere observava tudo do alto — o que não tornava a cena menos apavorante. A garota parecia tão frágil, deitada ali, na caverna sem luz. Nua, tremendo e esperançosa. Ver aquela esperança cega era o que mais doía. Guinevere sabia como aquela história terminava e não queria vê-la de novo. Queria que tudo aquilo acabasse.

Mas, antes que a história pudesse fluir para a sua devastadora conclusão, tudo ficou congelado. Seu pulso doía, porque estava sendo puxada para baixo, mais para perto da verdadeira Guinevere. Cada vez mais perto. Ela viu os desenhos riscados e amarrados à sua pele, tão fracos que eram quase invisíveis.

Merlin se aproximou, e um som sibilante e grave serpenteou em torno da caverna. Mas não vinha da lembrança. Vinha da Rainha das Trevas, espiando através de Guinevere. Ela quis gritar de dor, implorar para Morgana fazer aquilo parar. Olhar para a jovem princesa, ainda cheia de esperança, era, por algum motivo, pior do que observá-la ser tomada pela água.

Finalmente, depois de uma eternidade, o tempo começou a se movimentar novamente. O ruído da Rainha das Trevas vibrava através da caverna feito uma gargalhada, enquanto observavam Nimue dar banho na garota e depois se derramar para dentro dela. E os olhos da verdadeira Guinevere ficaram arregalados, depois mortos, depois...

Depois, veio uma parte que Guinevere não havia visto, porque ela ainda não existia. Merlin soltou um suspiro e olhou para o teto da caverna. Bem para elas.

Sua voz retumbou como a passagem do tempo.

— Não estou morto. Não estou desprovido de poderes. Temam a mim — ordenou, com os olhos ardentes, em tons de vermelho e dourado.

A nova Guinevere abriu os olhos, que não eram mais castanhos. Eram do mesmo negro do breu da caverna. Límpidos. A postos.

— Não — disse ela.

Merlin franziu o cenho, confuso, e olhou lá para baixo, para a garota.

A imagem rodopiou e foi se dissipando. Guinevere voltou a si ofegante, de joelhos, e o calor e a vida da Capela do Homem Verde ao seu redor era um contraste brutal com o vazio sombrio daquela terrível caverna.

A Rainha das Trevas estava tremendo. Ela estremecia e bruxuleava, desfazendo-se e refazendo-se. Guinevere pensou que a rainha estava decepcionada ou com medo, até que se deu conta de que ela estava dando risada.

"Nimue, sua tola", zumbiu ela. "Deu tudo. Não guardou nada. Poderia ter infectado e, em vez disso, ela se tornou."

A voz de Morgana tremeu de aflição.

— Você viu tudo que precisava ver?

"Sim."

— Então desfaça isso — disse Guinevere, tremendo e abraçando o próprio corpo, assombrada pelo som de sua voz quando abriu os olhos e se recusou a ter medo de Merlin. Ela havia perdido isso. A bravura. A confiança. O poder. Ela havia perdido cada pedacinho da vida roubada que construíra. E agora desapareceria completamente.

O bolor preto da Rainha das Trevas já se esgueirava em cima dos joelhos das ceroulas de couro de Guinevere. Uma única aranha, elegante e sinistra, cada pata uma agulha, desceu da Rainha das Trevas e seguiu o caminho da podridão em direção à Guinevere.

"Fico me perguntando se Nimue queria que você acontecesse. Se ela queria se desfazer, tornar-se algo novo." A Rainha das Trevas chegou mais perto, as mariposas voejaram, voltando para o seu rosto, para que ela pudesse fitar, de olhos arregalados e sem piscar. "Ou se você foi um erro. Ela não era dada a cometer erros. Até que me traiu e se mancomunou com o feiticeiro e seu rei marionete."

A aranha se arrastou para a perna de Guinevere e foi subindo, com uma determinação luxuriante de tão lenta. A garota precisou de todas as suas forças para não gritar, não dar um piparote no inseto. A aranha fez o primeiro nó de uma teia intrincada e delicada, depositando os fios reluzentes na mão de Guinevere.

"Eu irei desfazer você", disse a Rainha das Trevas com um sacolejar de insetos.

Guinevere tentou sentir alívio. Gratidão. Felicidade por ter acertado pelo menos dessa vez, com algo tão importante. Mas estava com muito medo. Não estava prestes a morrer, mas simplesmente deixaria de existir. Desejou ter dormido na noite anterior, ter passado mais alguns instantes roubados com Mordred, com Lancelote. Consigo mesma.

"Irei desfazer você e tomar esse corpo no qual você se vedou, Nimue."

O pavor tomou conta da garota.

— Não. Não, você prometeu. Você prometeu libertar a verdadeira Guinevere!

"Eu prometi que libertaria tudo. E cumprirei minha palavra. Libertarei toda a sua raça, querida criança. Libertarei-os de si mesmos, para sempre."

O que ela havia feito? O que havia entregado àquela criatura, àquela anomalia? Guinevere se remexeu, ateou fogo às próprias mãos e incinerou a aranha que estava prestes a furar sua pele, bem no meio do nó que havia feito. Mas havia mais aranhas — dezenas, centenas — caindo da Rainha das Trevas e indo em direção a Guinevere.

— Você ouviu isso? — perguntou Morgana, imóvel na beira da clareira, olhando fixamente para as árvores.

Todas as aranhas pararam ao mesmo tempo. O zumbido ensurdecedor do vulto da Rainha das Trevas silenciou.

O rosto de Morgana estava sem cor quando a feiticeira se virou para elas.

— Não tem... nada lá fora.

Não havia mais trinados de pássaros. Nenhuma brisa suave e sibilante. A temperatura também estava caindo, como se alguém tivesse aberto a porta para o outono.

"Excalibur", gemeu a rainha, com uma voz que parecia a de um pequeno corpo, que se decompunha lentamente no chão da floresta.

Ela se desfez em mil insetos, raízes que murcharam e voltaram para debaixo da terra, mariposas que alçavam voo, em círculos frenéticos. A rainha estava desaparecendo. Fugindo.

Guinevere sentiu o ser dizer uma última frase, uma mariposa roçando insistentemente em seu ouvido.

"Eu estarei por todos os lados."

— Não! — gritou Morgana. — Não me abandone! — Mas a Rainha das Trevas já se fora, e seu único rastro era o chão enegrecido em volta da árvore arruinada. Morgana olhou para Guinevere com o rosto enrugado por tamanho sofrimento que a fazia parecer mais velha do que quando haviam entrado ali. — Por favor... diga a Mordred que eu...

A ponta de uma espada apareceu, atravessada em seu peito.

CAPÍTULO VINTE E QUATRO

Morgana, a feiticeira, a amante do Cavaleiro Verde, a mãe de Mordred, a defensora das fadas e inimiga jurada de Merlin, capaz de ver através das pessoas e dominar mais magia do que qualquer outra mulher mortal, morreu com um único suspiro.

Guinevere não conseguia sequer gritar. O redemoinho do pavor de ser desfeita, o inescapável mal-estar de Excalibur, apoderaram-se dela, que caiu, voltando para a caverna, para debaixo d'água, para o fim de si mesma.

Foi segurada por braços que conhecia, braços para os quais fora destinada, fora criada.

— Peguei você — disse Arthur, e sua voz ribombou, confiante. Seu coração batia compassado e seguro, suas mãos estavam cobertas do sangue de Morgana.

O rei carregou a garota rapidamente, no meio das árvores. Árvores que eram verdejantes e imemoriais havia poucos minutos e agora estavam se desfolhando, no súbito e absoluto frio do outono. Antes, eram coisas sagradas, coisas especiais. Mas Excalibur havia cruzado seu caminho e devorado tudo. Agora, eram apenas árvores.

E, por causa de Excalibur, Guinevere não tinha forças para se soltar, para gritar com Arthur, para processar o que acabara de acontecer.

— Por quê? — sussurrou. — Por que você matou Morgana?

— Porque tive que matar. — Não havia satisfação em sua voz. O rei parecia triste. — Merlin disse que jamais devo permitir que Morgana fale comigo, e ele nunca me obrigou a fazer nada que me prejudicasse.

Guinevere fechou os olhos para segurar a náusea disparada pela lembrança do rosto de Merlin. Só conseguia vê-lo parado ao lado da verdadeira Guinevere, observando. O feiticeiro já havia prejudicado Arthur de incontáveis maneiras, e prejudicara brutalmente tantas mulheres que faziam parte da vida do rei... Só que a garota não podia ter essa discussão com Arthur naquele momento. Não tinha forças para isso. Depois do que Morgana havia feito com ela e agora, perto de Excalibur, tudo o que era capaz de fazer era continuar consciente. E, lá no fundo, estava desesperada, ansiando pela inconsciência.

Morgana estava morta. A Rainha das Trevas fugira. E Guinevere — aquela terrível possessão — ainda existia.

— Onde está Mordred? — perguntou Arthur.

— Não sei.

Pelo menos, Excalibur havia matado apenas Morgana e não seu filho também.

Guinevere ainda estava tentando se arrastar para sair daquele vazio gelado, onde Excalibur queria que ela ficasse, quando saíram do meio das árvores. Havia homens por todos os lados. Uma quantidade incompreensível de homens, cavalos, espadas e escudos, todos usando as cores de Arthur, um campo amarelo e azul em contraste com o verde pálido e o cinza do local.

Nechtan, o rei que se vendera à Rainha das Trevas para não servir a outro rei, estava deitado no chão com a garganta cortada, o pesado manto de pele empapado e enegrecido de sangue.

— Fina! — gritou Guinevere. A garota empurrou Arthur com tanta força que ele a deixou cair no chão. Guinevere foi tropeçando, mas não parou. Encontrou Fina ajoelhada no fim de uma fileira de cadáveres, com o rosto ensanguentado, os ombros caídos de derrota, olhando para baixo para não ter que ver o corpo do pai. Um soldado aproximava uma faca de seu pescoço. — Não — ordenou Guinevere, finalmente encontrando o tom de voz que havia usado quando se recusou a ter medo de Merlin. O soldado parou. — Fina é minha. — Guinevere segurou o braço da outra garota e ajudou a amiga a levantar, mas estava tão trôpega que talvez fosse Fina que a estivesse ajudando. — Ninguém encosta nela.

Arthur franziu o cenho e perguntou:

— Quem é ela?

— Filha de Nechtan. Ela me ajudou a fugir.

Fina não olhou para Arthur, e sua expressão era tão vazia como se sua garganta também tivesse sido cortada.

— Onde está o restante de seus homens? — indagou Arthur. — De acordo com os informes, havia entre duzentos e trezentos.

— Meus soldados — respondeu Fina, finalmente erguendo a cabeça. — Nem todos são homens. E foram embora. Acompanharam minha irmã, não meu pai, e não lhe interessam.

Guinevere cambaleou. Sua adrenalina havia se exaurido, e ela também.

Um rosto conhecido que Guinevere não conseguia lembrar de quem era apareceu diante dela. Tinha bochechas cheias e coradas. Gawain. Sir Gawain. Solene e preocupado.

— Minha rainha. Que roupa é essa?

Guinevere riu sem parar, porque Morgana estava morta e Nechtan estava morto e a Rainha das Trevas havia fugido, e ela não conseguira libertar a garota que fora torturada para tornar sua existência possível, e aquele rapaz estava preocupado com o fato de ela estar usando *calças*.

Arthur a puxou contra o seu peito, e Guinevere não estava mais rindo, estava chorando de soluçar, e o rei era tão real, exatamente como nas lembranças dela, mas nada mais era igual e jamais poderia ser.

CAPÍTULO VINTE E CINCO

Guinevere não se lembrava de ter pegado no sono. Só sabia que, em um momento, estava encolhida, em uma infelicidade abjeta, e no outro, Brangien estava gritando com ela.

— Você me abandona por alguns dias, e o mundo inteiro desmorona! — A dama de companhia corria em volta das profundezas negras da caverna, olhando feio para o breu. — Este lugar é ridículo. Você pode fazer melhor do que isso. Pelo menos, nos dê uma fogueira ou algo gostoso para comer.

— Brangien? — Guinevere não conseguia entender o que sua amiga estava fazendo ali. — Onde está Lancelote?

— Lancelote está acorrentada. Arranje uma cadeira para mim. — Guinevere estava perplexa demais para protestar. Duas cadeiras e uma mesa apareceram. Aparentemente, Brangien era capaz de conseguir o que queria mesmo quando estava no território dos sonhos de outra pessoa. A dama de companhia se sentou fazendo careta, apontando para a outra cadeira. Guinevere também se sentou e foi só então que Brangien explicou: — Depois que o rei falou com Lancelote, deixou ordens para o capitão da guarda. Se Lancelote tentasse sair da cidade, devia ser trancada em uma cela até Arthur voltar. Pelo menos, ela teve o bom senso de cortar os nós do cabelo, senão a acusação de bruxaria seria somada à de traição, ou seja lá qual for a acusação que farão depois de ela ter sido pega em flagrante no túnel secreto. Foi preciso uma dúzia de homens para levá-la até a prisão.

Guinevere sacudiu a cabeça, perplexa.

— Mas eu disse para ela ficar.

— Sim, bem, de acordo com ela, você enlouqueceu e está correndo perigo iminente.

— O que mais Lancelote lhe disse?

Guinevere era incapaz de olhar Brangien nos olhos.

— Alguma coisa sobre Merlin, a Dama do Lago e magia fazendo você resolver que não tem direito a existir.

A garota ficou olhando para o chão da caverna.

— Este corpo é de Guinevere. Ela era real. Amarraram Nimue a este corpo, e eu sou o resultado, uma infecção, uma praga e...

Brangien bufou e cruzou os braços, brava.

— E você é tão inocente quanto a outra garota, porque não foi escolha sua fazerem isso com você. Também foi forçada.

— Mas parte de mim é a Dama do Lago! E eu me beneficiei do que ela fez!

— Ah, sim, sua vida é maravilhosa! Que sonho, ser casada com um rei cabeça-dura, teimoso, ter que governar uma cidade, ser constantemente ameaçada, manipulada e sequestrada como um peão nas guerras de homens imbecis. Você com certeza se beneficiou.

Guinevere finalmente ergueu os olhos. Brangien bordava, furiosa, um pedaço de tecido. A dama de companhia não entendia. A garota precisava fazê-la entender.

— Brangien, sou uma aberração.

— Você é uma *garota*. Só porque foi moldada pela violência não quer dizer que sua existência em si seja um ato de violência.

— Mas...

Brangien enfiou a agulha no pano com mais força do que seria necessário, mas seu tom de voz era suave.

— Lamento pela outra Guinevere. Lamento mesmo. É de partir o coração. Mas isso não torna você menos verdadeira, menos digna de ter uma vida.

— Só que torna, sim. Eu jamais deveria existir.

— E o mundo seria mais pobre com a sua ausência! Aquela outra Guinevere jamais teria se casado com Arthur. Merlin não a teria escolhido. Arthur teria outra rainha, alguém que tivesse sido criada para ser rainha, alguém fria e delicada, protegida da vida, da dor e do sofrimento. Alguém que jamais prestaria atenção em uma dama de companhia, que dirá protegê-la, preocupar-se com ela e resgatar seu grande amor. Que teria permitido que Sir Tristão morresse, porque jamais seria capaz de curar sua febre. Alguém que jamais teria lutado por Lancelote, para lhe dar seu devido lugar como cavaleiro. Que jamais teria conhecido nem se importado com Lily, deixando essa pobre garota à mercê de Cameliard e de seu pai. Alguém que olharia para Dindrane com desdém e não com compaixão, relegando-a a uma vida infeliz nas mãos de Brancaflor e Percival. Que não seria capaz de guiar e direcionar nosso rei no caminho da compaixão e seria incapaz de ajudá-lo a ver as nuances e a complexidade da vida, porque ela mesma teria sido criada para ser cega a tudo isso. E alguém que, sem dúvida, exigiria *muito* mais de mim, obrigando-me a envenená-la e ser executada por assassinato.

Guinevere não sabia o que responder.

Brangien esticou o braço por cima da mesa e segurou as mãos dela.

— Eu não me importo com o modo que a fez chegar até aqui. Não foi obra sua. Mas posso lhe dizer o que você fez e o que você faz e o que você é. Você olha para as pessoas e enxerga o que elas podem se tornar. Você reflete a melhor versão de cada um e, ao fazer isso, permite que as pessoas se transformem no que poderiam ter sido, mas jamais seriam sem sua ajuda. Você não é uma aberração. Você é um milagre, na minha vida e na vida de todos que têm a sorte de conhecê-la.

— Nem todo mundo — sussurrou Guinevere, lembrando do dragão, de Hild, do irmão de Hild, de Rei Mark, dos inocentes e dos culpados que haviam sofrido e morrido porque cruzaram seu caminho.

— Esse é o preço a pagar por estar vivo. Esse é o preço a pagar por estar no mundo e rejeitar a apatia. Esse é o preço a pagar por ser humano, coisa que você é. Você é a pessoa mais humana que eu já conheci e não vou ouvi-la dizer o contrário. — Brangien fungou, secando as lágrimas debaixo dos olhos com o bordado, que se dissolveu assim que a dama de companhia não precisou mais dele. — E vou cutucá-la e incomodá-la até você concordar comigo, porque estou sempre certa e, a essa altura, você já devia saber disso.

A mesa que havia entre as duas desapareceu. Guinevere ajoelhou-se aos pés de Brangien e encostou a cabeça no colo da amiga. Ela acariciou seu cabelo com muito mais delicadeza do que já o havia penteado na vida real.

— Preciso tentar — sussurrou Guinevere. — Preciso tentar remediar essa situação.

— Sei que precisa, porque você é uma imbecil, e eu a odeio por isso. Mas, por favor, não se esqueça que todas as vidas têm seu valor, e a sua também tem. Não posso lhe dizer o que fazer. Mas, por favor, por favor, cuide bem de minha melhor amiga.

Guinevere balançou a cabeça, fechou os olhos e disse:

— Senti tanto a sua falta.

— Claro que sentiu. Minha companhia é maravilhosa.

Guinevere se permitiu existir em silêncio com sua querida Brangien por um tempo. Tinha pavor de pensar que Mordred poderia aparecer e que teria de lhe contar uma verdade impronunciável: que ele estava, mais uma vez, sozinho. Enquanto pudesse evitar falar com ele, Mordred continuaria acreditando que ainda tinha mãe. Por mais complicada que fosse a relação dele com Morgana, Guinevere tinha certeza de que Morgana amava o filho.

A garota gostaria que Morgana pudesse ter terminado de lhe pedir o que queria. O que Guinevere deveria dizer a Mordred? Que sua mãe queria vingança? Exigir que ele assumisse seu lugar na luta contra Merlin? Ou ela estava, simplesmente, deixando este mundo sentindo amor pelo filho?

Guinevere contaria uma mentira. Diria a Mordred que Morgana morreu dizendo que o amava. Era o único ato de bondade que tinha a oferecer.

— Você, pelo menos, está fora de perigo? — perguntou Brangien.

— Estou com Arthur. Mas vou tentar fugir e ir para a caverna. Merlin é o único que pode desfazer isso agora.

Os dedos de Brangien se entrelaçaram no cabelo de Guinevere, puxando-o antes de soltá-la.

— Merlin nunca ajudou ninguém, a não ser ele mesmo.

Guinevere sabia que isso era verdade. Tentara procurar ajuda da Rainha das Trevas, acreditara que a fada faria algo a respeito porque era a coisa certa a fazer. Em vez disso, a garota ensinara aquele ser como fazer o mesmo mal que fora feito à verdadeira Guinevere.

— Se eu não voltar ou voltar como outra pessoa, ajude Lancelote. Diga para Arthur que eu a enfeiticei ou que Morgana fez isso ou o que tiver que dizer. Ela precisa ser libertada. Tenho que ter certeza de que Lancelote será libertada.

— Mesmo que eu tenha de ajudá-la a lutar para se libertar apenas com minhas agulhas e linhas, juro que Lancelote será libertada. Mas não terei de fazer isso, porque me recuso a acreditar que você não irá voltar para libertá-la com suas próprias mãos.

— Você pode trançar meu cabelo? — pediu Guinevere, porque não podia responder nem fazer promessas. Pela primeira vez, Brangien, mostrando uma cortesia que Guinevere não sabia que sua dama de companhia possuía, não discutiu.

CAPÍTULO VINTE E SEIS

— Onde está Arthur? — indagou Guinevere, espiando para fora da tenda e dando de cara com Sir Tristão, que estava de guarda. Ela ficou em silêncio por alguns instantes, sorrindo apesar da dor no coração, e disse: — Fico feliz que você esteja bem.

Sir Tristão respondeu ao sorriso dela com outro sorriso.

— Fico feliz que *você* esteja bem. O rei está tentando alcançar a Rainha das Trevas antes que perca seus rastros.

Guinevere torcia para que Arthur a pegasse mesmo. Os nós para fazer a magia de Merlin — os nós que ela, sem saber, havia ensinado à Rainha das Trevas — a incomodavam. Será que a fada encontraria outra garota vulnerável, já que agora Guinevere estava fora de seu alcance? Conseguiria tomar outro corpo humano, como Nimue fizera? Ao que parecia, a Rainha das Trevas achava que poderia fazer isso sem perder a si mesma. Será que seria mais forte tendo forma humana? Por que sequer iria querer se tornar humana? Ela não era como Nimue, que havia passado tantos séculos dolorosos observando e desejando. A Rainha das Trevas não tinha o menor amor pelos seres humanos. A garota não pôde evitar ficar arrepiada ao lembrar que a Rainha das Trevas prometera estar por todos os lados. Talvez tentasse se apossar do corpo de Guinevere novamente. Será que a garota não apenas *não* tinha salvado a verdadeira Guinevere, mas também a havia condenado a ser invadida de novo?

Guinevere levantou a mão para ajeitar a trança, nervosa, antes de se dar conta de que Brangien só havia penteado seu cabelo no sonho. Soltou o emaranhado que havia por baixo da tira de pano azul e passou os dedos no cabelo.

— Como você chegou aqui tão rápido? — perguntou para Sir Tristão. Deveria ter levado dias para as forças de Arthur alcançarem os dois, e ela não conseguia entender por que estavam ali e não seguindo os rastros óbvios das forças de Nectudad.

— Viemos de barco, subindo pela costa, e depois viemos por terra — respondeu Sir Tristão.

Isso explicava por que não haviam deparado com as forças de Nectudad.

— Mas onde vocês conseguiram os barcos?

Guinevere ainda se sentia trêmula e fraca tanto por causa da magia de Morgana quanto pela proximidade de Excalibur. Precisava recuperar suas forças, preparar-se para a jornada até Merlin.

Sir Tristão respondeu com uma expressão inescrutável:

— Saxões.

— E Arthur agora é aliado dos saxões? — Guinevere estava perplexa. Além do fato de os saxões terem conspirado com o Rei Nechtan para emboscar Arthur, também haviam tentado sequestrar Guinevere para pedir resgate. E ela vira com seus próprios olhos o que os conquistadores saxões faziam com as pessoas cujo território queriam conquistar.

— Não. Invadimos vários povoados e roubamos os barcos deles.

— Ah.

Guinevere compreendeu o tom relutante de Sir Tristão. Não era do feitio de Arthur atacar sem ter sido atacado primeiro.

Ficou de pé, tentando sentir o calor do Sol. Mas, pelo jeito, o astro não queria aquecê-la. Abraçou o próprio corpo. Precisava que Arthur voltasse para que pudessem conversar. Para que ela pudesse explicar por que tinha que partir à procura de Merlin. Uma aranha imaginária fez seu braço coçar, e ela ficou olhando para baixo, para se certificar de que não havia nada rastejando em seu corpo. Precisava recuperar a verdadeira Guinevere antes que a Rainha das Trevas a encontrasse de novo.

Mas, antes, tinha de se certificar que sua amiga não corria perigo.

— Onde está Fina?

— Quem?

— A filha de Nechtan.

A garota saiu da tenda e andou pelo acampamento, com Sir Tristão ao seu lado. Eram tantos homens e cavalos. Mas ela sabia, pelo que Lancelote havia visto, que Arthur tinha ainda mais soldados. Devia tê-los deixado em Camelot, para garantir a segurança da cidade. Guinevere procurou Fina. Seus olhos se fixaram em uma árvore no meio do acampamento.

Guinevere foi correndo até Fina, que estava sentada, acorrentada à árvore, as mãos e os pés amarrados com uma corda. Um soldado com rosto obtuso e uma espada afiada estava de guarda.

— Solte-a — ordenou Guinevere.

O soldado franziu o cenho e disse:

— Mas...

— Você ouviu a sua rainha — disse Sir Tristão. E sua voz, sempre suave, não deixou transparecer nenhuma contrariedade.

— Claro.

O soldado fez uma mesura e ficou procurando a chave para abrir as correntes. Depois que fez isso, agarrou o braço de Fina para erguê-la de forma brusca.

— Não encoste nela — ordenou Guinevere. E, desta vez, o soldado lhe deu ouvidos. Sir Tristão se abaixou e pôs a mão na corda que prendia os pulsos da princesa. Ela se encolheu toda.

Guinevere se agachou ao lado dela.

— Ela é minha amiga — falou, então colocou a mão no ombro de Fina enquanto Sir Tristão soltava suas mãos e seus pés. A garota ajudou a princesa a levantar e a levou para sua tenda. Sir Percival ficou parado ali perto, apoiado em uma lança. Havia algo de pesado e ameaçador no modo como lambia os lábios enquanto observava Fina que fez o estômago de Guinevere se revirar.

— Traga-me água limpa e tecido — disparou Guinevere para ele.

A expressão de Sir Percival se transformou em uma careta. Antes que o cavaleiro pudesse dizer "não" ou informá-la de que cavaleiros não realizavam tais tarefas, Guinevere levou Fina para dentro da tenda e fechou a aba.

— Sinto muito. Sinto muito, muito mesmo — disse.

Quando Fina falou, parecia estar vazia, toda aquela sua insolência fogosa havia se transformado em cinzas.

— Sei que foi meu pai que começou essa briga. Mas ele é... Ele era...

— Ficarei de luto por ele com você — declarou Guinevere, ajudando Fina a se sentar.

Ficaria de luto por Morgana, também. Uma pessoa não precisa ser *boa* para representar uma perda quando abandona este mundo antes do tempo.

Foi Sir Tristão, não Sir Percival, que trouxe o que Guinevere pediu. Entregou para ela e fez uma mesura respeitosa para Fina, que soltou uma meia risada abafada, surpresa com o gesto. O cavaleiro deu um sorriso e foi embora. Guinevere limpou o rosto ensanguentado de Fina e fez o melhor que pôde para sarar ferimentos visíveis. Os que ela não conseguia enxergar seriam os mais difíceis de curar.

— O que aconteceu lá dentro das árvores? — perguntou Fina, olhando para o chão da tenda, enquanto Guinevere limpava seus dedos esfolados e inchados.

Lembrar o que havia acontecido disparava o pavor, o medo e também a vergonha. Vergonha por ter pensado que a Rainha das Trevas a ajudaria. Vergonha por não ter sido capaz de fazer o que jurara fazer e recuperar a verdadeira Guinevere. Vergonha por ter visto outra mulher morrer sem poder impedir que isso acontecesse.

Guinevere relatou da forma mais simples possível:

— Morgana morreu. A Rainha das Trevas fugiu. Arthur está atrás dela.

Não havia como terminar de outro jeito.

A garota não podia consolar a amiga pela morte do pai. Mas podia, ao menos, mandá-la de volta para a irmã.

— Vamos levar você até Nectudad e selar a paz. O conflito de Arthur era com seu pai, não com vocês.

Fina soltou um ruído desesperançado. Estava passando a mão nas tatuagens sem pensar, acompanhando com os dedos o intrincado triângulo que — Guinevere sabia — representava sua família. Um vértice daquele triângulo não existia mais.

— Não faça promessas que você não poderá cumprir.

— Farei de tudo para garantir sua segurança. *Farei de tudo.*

A princesa finalmente a olhou nos olhos.

— Guinevere, vi você confiar em Morgana. Vi você entrar naquela floresta com ela. Você permitiu que a feiticeira a manipulasse, assim como meu pai permitiu. Ele também me prometeu que garantiria nossa segurança. Que garantiria a segurança de nosso povo. E agora meu pai está morto, e Nectudad está lutando, e não estou do lado dela, e você voltou com seu rei, que nos atacou apesar de você ter dito que ele não faria isso. Não podemos continuar amigas se você mentir para mim. Se mentir para si mesma.

— Você tem razão — sussurrou Guinevere. Não podia fazer nenhuma promessa para Fina, porque não iria ficar ali. Nem naquele acampamento nem naquele corpo. — Venha, vamos pegar um cavalo para você e...

A aba da tenda se abriu novamente e Arthur entrou, observando aquela cena com uma boa dose de confusão.

— Achei que você estava descansando — comentou.

— Podemos pegar um cavalo para Fina? — perguntou Guinevere, sem parar de amarrar delicadamente o pano em volta do cabelo de Fina. Sentiu uma pontada no estômago, de pavor, ao imaginar qual seria a resposta de Arthur. — Ela deseja se juntar à irmã.

Arthur franziu o cenho. Antes que o rei pudesse responder, Fina ajoelhou, baixou a cabeça e declarou:

— Não. Quero jurar fidelidade ao rei, na condição de cavaleiro.

CAPÍTULO VINTE E SETE

— Como?

Guinevere e Arthur perguntaram ao mesmo tempo. Fina continuou de cabeça baixa, mas sua voz era forte e clara.

— Como prova de que meu povo não pretende lhe fazer mal e para compensar as ações de meu pai em conluio com a Rainha das Trevas, servirei ao senhor como seu cavaleiro.

Arthur coçou a nuca, perscrutando a tenda com os olhos, como se nela pudesse encontrar uma resposta.

— Você não pode... Veja, antes de qualquer coisa... Bem, existem regras para se tornar cavaleiro.

— Sim, é preciso conquistar esse direito em combate. Entendo. Estou disposta. — Fina ergueu a cabeça, com os olhos em chamas. — Conquistarei esse direito e depois servirei ao senhor, a Camelot e à rainha. Entendo que ela já tem um cavaleiro mulher. Pretendo me juntar a Sir Lancelote como guarda da rainha.

O coração de Guinevere disparou. Era uma jogada brilhante. Fina sacrificaria seu lugar entre seu povo para protegê-los. Pelo que sua família fizera e para manter Arthur longe de Nectudad.

Guinevere conhecia Fina, sabia o quanto ela valorizava a honra. Se a princesa fizesse isso, seria com o mais absoluto comprometimento.

— Pensarei a respeito.

O tom de Arthur era de cautela, mas Guinevere soube, pela sua expressão, que o rei estava examinando a proposta em seus pensamentos. Estava mesmo considerando.

Arthur não se sentou. Parecia estar esperando que alguma outra coisa acontecesse. Segundos depois, estendeu a mão para Guinevere e perguntou:

— Você me acompanharia em uma caminhada?

A garota se dirigiu a Fina:

— Você pode ficar aqui até sua tenda ficar pronta.

Queria ter dito mais, mas não era o momento. Segurou a mão de Arthur e saiu do acampamento com ele. Diversos soldados ficaram pairando à distância, guardando o rei e a rainha, mas permitindo que falassem a sós.

— Não consegui encontrar a Rainha das Trevas — declarou Arthur, e a frustração irradiava de sua mão.

Guinevere esfregou a testa com a outra mão, mas o toque imaginário das asas de mariposa permaneceu. Ela ficou arrepiada.

— A rainha tem pavor de Excalibur — falou.

Talvez fosse por este motivo que a Rainha das Trevas queria o corpo de Guinevere. Se tivesse um escudo de carne e osso, não poderia ser desfeita por Excalibur com facilidade. Mas ainda poderia ser morta por ela, capaz de matar como qualquer outra espada.

A garota se sentou em um rochedo manchado de líquen. A lembrança do calor que existia na Capela do Homem Verde tornava aquele dia ainda mais frio. E agora seus pensamentos estavam de volta àquela terrível caverna, porque se preparava para contar tudo a Arthur. Queria que ele fosse Lancelote ou Mordred. Para não precisar explicar aquilo *de novo*.

O rei a surpreendeu colocando a mão em sua nuca e lhe dando um abraço apertado.

— Fiquei com tanto medo. Sabendo que estavam com você, foi... tem sido...

Guinevere vinha enxergando Arthur como um guerreiro, mas essas palavras a fizeram lembrar de que ele mal se tornara um homem. Ainda tão jovem. E já tinha perdido tanta coisa. Por pior que fosse a dor de Guinevere, Arthur também já havia enfrentado muita coisa na vida.

— Fiquei de coração partido por você. Queria muito que você encontrasse seu filho — disse ela.

Arthur balançou a cabeça, com a bochecha encostada na cabeça de Guinevere.

— Eu também queria. E quase perdi você por causa disso. Desculpe. Eu deveria ter esperado, deveria ter enviado outra pessoa.

— Você fez o melhor que pôde com a informação que tinha.

— Mas você descobriu a verdade. — Arthur soltou um suspiro e se sentou ao lado dela. — Pelo menos, um de nós dois é inteligente. Mas por que você ficou do lado de fora do escudo, sem poder entrar na cidade?

Era tentador voltar às coisas como eram antes. Olhar para Arthur através de uma névoa confiante de fé e admiração. Ela queria retornar àquele momento na távola do castelo, sentada ao lado de Arthur, certa da decisão que estava prestes a tomar. Certa de que estavam prestes a se tornar rei e rainha, marido e mulher. De verdade e não apenas no nome.

Mas Guinevere jamais poderia voltar. Agora sabia que não era aquela pessoa, nunca havia sido aquela pessoa e jamais poderia ser aquela pessoa. E tampouco podia ignorar o que havia compreendido a respeito de Arthur e de Camelot. Nem o homem nem seu reino eram perfeitos, e idealizá-los não era bom para ninguém.

— Fiquei do lado de fora porque ia libertar Merlin. Queria que ele me explicasse quem eu sou. Quem eu era.

Arthur passou o braço em seus ombros e falou:

— Nós dois estávamos perseguindo fantasmas. Devemos fazer um pacto: olharemos apenas para a frente, juntos. Pelo bem de Camelot e para nossa própria segurança.

Guinevere abriu a boca para contar a verdade a Arthur. Para contar ao rei que havia obtido suas respostas. *Ela* era o fantasma e não podia seguir adiante. Mas, antes que pudesse dizer qualquer coisa, Arthur completou:

— Você sabe onde está o restante do povo de Nechtan?

Guinevere fez que sim, mas parou em seguida, ao lembrar de Nechtan deitado no chão, morto. Ela não estava presente. Não vira o que havia acontecido. Se Nechtan fora executado sumariamente, como Morgana, ou se havia lutado e obrigado Arthur a matá-lo.

Fina achava que Guinevere não era capaz de proteger ninguém, mas Guinevere tinha que, pelo menos, tentar. Um último presente antes de abrir mão de ser Guinevere para sempre.

— Se eu lhe contar, você irá matá-los?

Arthur se afastou dela, a confusão transformando seus traços fortes em algo mais de menino.

— Guinevere, eles sequestraram você. Entregaram você ao nosso maior inimigo. Eles me disseram que meu filho estava vivo e armaram uma emboscada para mim. Planejaram tanto a minha morte quanto a sua, e só sobrevivemos porque somos fortes. Não merecem nossa proteção nem nossa compaixão.

— *Nechtan* fez tudo isso, sim. Sob o comando da Rainha das Trevas. Comando esse que suas filhas não aprovavam nem apoiavam. Você sabe perfeitamente bem como um rei corrupto pode levar um povo inteiro a enveredar pelo caminho da violência. As filhas dele não escolheram isso, e o homem que escolheu está morto. Fina é uma pessoa verdadeiramente boa. Ela e a irmã nunca me trataram mal. — Guinevere ficou em silêncio por alguns instantes e completou: — Bem, Nectudad chegou a ameaçar que quebraria vários dos meus ossos. Mas fez isso para proteger sua família e seu povo.

— Nectudad? A filha mais velha de Nechtan? Não cheguei a conhecê-la.

— Ela é uma boa líder. Acho que você a respeitaria. Fez de tudo para corrigir o rumo do pai e proteger seu povo. Até se afastou de Nechtan para defender outros povos de uma invasão saxã.

— Então ela está na costa.

Guinevere se encolheu toda, fazendo uma careta de frustração. Não pretendia dar nenhum detalhe da localização de Nectudad para Arthur. Ficou com a sensação de tê-la traído.

O rei não deixou de perceber sua expressão. Segurou a mão dela, cobrindo-a com a sua.

— Adoro sua compaixão e o fato de você conseguir ver o bem em todo mundo.

— Aceite a oferta de Fina, então. Nectudad a ama loucamente e, se Fina fizer parte de Camelot, teremos uma aliança.

— Hummm. — Arthur franziu o cenho, pensativo. — Mas não posso virar as costas para um exército inimigo.

— Nectudad tem menos de duzentos soldados e os povos do norte não são um reino unificado. A maioria quer apenas ser deixada em paz.

— Mas eles provocaram este conflito. Jamais permitirei que Camelot fique vulnerável novamente.

— Mesmo que isso signifique deixar Lancelote em uma prisão? — perguntou Guinevere, lembrando da terrível situação da amiga com uma pontada de dor e arrependimento. Ao se preocupar tanto com Fina, Guinevere se esquecera de Lancelote, e ficou fervendo de raiva.

A expressão de Arthur anuviou-se.

— Ela tentou partir, então. Que decepcionante.
— E você mandou prendê-la!

Arthur parecia sinceramente aturdido pela reação da garota.

— Foi você quem fez o escudo de modo que só funcionasse se Lancelote permanecesse na cidade.

Guinevere ficou de pé, andou de um lado para o outro. Não queria sentir Arthur naquele exato momento. Talvez fosse por isso, em parte, que era incapaz de vê-lo verdadeiramente. A garota o entendia tão bem porque sentia como ele a respeito das coisas constantemente. Agora precisava se concentrar em como *ela* se sentia.

— Lancelote queria me resgatar.

— E eu falei para ela que não precisava. Os cavaleiros são súditos da coroa. Se Lancelote não é capaz de seguir ordens diretas tanto de seu rei quanto de sua rainha, é um perigo para todos.

Guinevere não sabia onde enfiar as mãos. Tudo estava arruinado.

— Ela não é um perigo para ninguém.

Arthur ficou de pé e a puxou para perto novamente.

— Vejo que você está chateada. Passou por tanta coisa. Consertarei tudo, prometo.

Guinevere sentiu o cheiro de Arthur. Sentiu o cheiro do quanto gostava dele, do quão profundamente acreditava nele, do quanto o amava. E foi dolorido. Agora, era capaz de ver todos os defeitos do rei, todos os defeitos de Camelot, da justiça e de Excalibur. Quanto do que sentia por ele era verdade e quanto era daquela terrível e destruidora Nimue, que o amava tanto que lhe deu uma cidade e uma espada e criou um novo ser para si mesma só para poder estar com ele?

E então uma ideia ainda pior tomou conta de Guinevere. Será que Arthur sabia? Será que sempre soube?

Segurou as mãos do rei. Arthur olhou para ela, com uma afeição que se transformou em pânico ao ver a expressão de Guinevere.

— O que foi? — perguntou Arthur.

— Quem sou eu?

— Você é... Guinevere?

A testa do rei, enrugada de confusão, combinava com os sentimentos que irradiavam dele. Arthur jamais fora capaz de fingir, nunca tivera o dom de dizer ou mostrar para as pessoas o que elas queriam ouvir ou ver.

— E quem eu era antes de ser Guinevere?

A confusão na expressão de Arthur se tornou de um terno divertimento.

— Você era uma bruxa da floresta, e eu não ligo. Eu não trocaria você nem por todas as princesas verdadeiras do mundo.

Não havia um pingo de mentira nele, nenhum fingimento. Arthur acreditava sinceramente no que Merlin havia lhe dito a respeito de Guinevere. Não fazia ideia do que fora feito para criá-la. Perdera o filho mais uma vez e agora ela lhe roubaria a esposa.

— Não — disse Guinevere. — Eu nunca fui *nada* antes de ser Guinevere. *Esta* era a verdadeira Guinevere. — Apontou vagamente para o próprio corpo e prosseguiu: — Ela era real, e este era seu corpo. Merlin e a Dama do Lago a aliciaram, fizeram-na se afastar do convento. Prometeram uma vida de força, amor e propósito e então a destruíram.

— Não entendo. Você é a verdadeira Guinevere? Mas... também não é?

— Os dois a destruíram para me criar. Não é por acaso que não sei quem eu era, porque não era ninguém. Sou... sou Guinevere e sou Nimue. A Dama do Lago. Ela queria ser real, ser sua, ser sua rainha. Merlin e Nimue a amarraram ao corpo de Guinevere, mas algo deu errado, e tanto a Dama quanto a garota foram apagadas. Sou o resultado. Arthur, não sou real. Sou um corpo roubado com uma alma falsa. E preciso remediar isso. Preciso encontrar Merlin e descobrir como devolver esse corpo à verdadeira Guinevere.

A garota esperava que o rei ficasse chocado. Que exigisse mais explicações. Até ficar horrorizado ao saber o que sua esposa realmente era. Sendo assim, nada poderia tê-la preparado para a reação de Arthur.

— De maneira nenhuma — declarou o rei, com a voz trêmula, cheia de uma fúria que ele mal conseguia controlar.

CAPÍTULO VINTE E OITO

Arthur voltou para o acampamento pisando firme.

Guinevere o segurou pelo braço e falou:

— Precisamos conversar. Você está bravo, mas...

— Estou *magoado* e não tenho tempo para isso. Já passamos um período longo demais longe de casa. Precisamos voltar para Camelot.

Ele continuou andando.

— Pare! — ordenou Guinevere.

— Vamos para casa.

A raiva irradiava do rei em ondas tão intensas que a garota se perguntou se mais alguém estaria sentindo. Arthur poderia até estar magoado, mas em algum momento de sua vida — talvez, sob a cruel tutela de Sir Ector e Sir Kay ou em qualquer outro ponto de sua jornada como um jovem órfão —, havia aprendido a transformar a mágoa em raiva. Guinevere sentiu quando ele fez exatamente isso ao descobrir que não tinha um filho. Em vez de parar e ficar de luto, o rei resolveu que a solução era conquistar o sul inteiro.

Será que as coisas seriam diferentes se Arthur tivesse sido criado por uma família carinhosa? Se alguém tivesse lhe ensinado que dor, angústia e mágoa eram coisas que ele tinha permissão de sentir, que a tristeza não era algo para ser combatido, mas algo que se enfrentava com determinação?

Se também tivessem ensinado isso a Guinevere, ela talvez jamais tivesse feito aquele acordo devastador lá no lago.

A garota acompanhou o rei até o meio do acampamento. Arthur apontou para a tenda onde Guinevere havia deixado Fina. Sir Tristão abriu a aba, e Fina surgiu.

— Reúna os demais — disse Arthur para Sir Tristão. Em seguida, se dirigiu a Fina: — Escreva uma carta para sua irmã. Diga a Nectudad que está indo para Camelot e que ela pode enviar um emissário para discutir os termos do acordo. E diga que, se qualquer uma de vocês duas me trair como o seu pai me traiu, se ela enviar mais do que um único emissário a Camelot, não pensarei duas vezes antes de enviar todo o poder do sul contra cada povo do norte.

Fina apertou os lábios, mas concordou com a cabeça e foi levada para escrever a tal carta.

— Isso não é justo — falou Guinevere. — Nectudad não governa o norte. Ninguém governa.

— Talvez seja esse o problema. — O tom de Arthur era seco. — No sul, certamente era.

— Meu rei — disse Sir Bors, que estava em posição de sentido, junto com os demais cavaleiros de Arthur. — Seria prudente deixar os pictões no nosso encalço?

— Acabei de falar com um olheiro da costa — declarou Sir Gawain, ficando com as bochechas redondas coradas de deleite por ter sido escolhido para dar a notícia. — Há uma escaramuça entre os pictões e um povoado de saxões, perto de uma enseada. Os pictões estão encurralados pelas montanhas e em menor número.

— Temos barcos ali perto — disse Sir Percival. — Deixe os saxões matarem todos e acabarem com quem restar.

— Não! — exclamou Guinevere. Todos os homens se voltaram para ela, franzindo o cenho. — Esta é uma oportunidade. Nectudad, filha de Nechtan, é uma boa líder. Façam um acordo com ela. Vocês não podem proteger toda a costa leste contra os saxões, e muitos dos povos daqui são marinheiros experientes, que já têm barcos.

Sir Caradoc sacudiu a mão, fazendo pouco caso.

— Se esses pictões morrerem, sempre haverá mais.

— Mas Nectudad é o tipo de líder capaz de unir os povos.

— E por que iríamos querer tal coisa? — retrucou Sir Percival, perplexo tanto pela sugestão quanto pelo fato de Guinevere estar falando.

— Eles poderiam se unir para lutar ao lado de *vocês*. Para proteger a costa contra os invasores saxões.

— Seria mais fácil apenas matá-los — declarou Sir Caradoc, bocejando. Guinevere ficou feliz por Fina ter se afastado para escrever a carta e não estar ouvindo como aqueles homens discutiam, de forma tão frívola e cruel, a extinção de seu povo.

Sir Bors a surpreendeu, contudo, quando falou com um tom atencioso:

— Nossas forças já estarão reduzidas, consolidando o seu reinado no sul e implementando nossas leis em todas as cidades e territórios. Vale a pena tentar qualquer coisa que facilite uma campanha no norte.

Arthur balançou a cabeça, mas não parecia disposto a concordar.

— Mandei avisar que Nectudad pode enviar um emissário para discutirmos as condições de um acordo.

— Mas eles podem morrer. Devemos enviar ajuda agora — insistiu Guinevere. — Posso falar com Nectudad quando a encontrarmos.

Sir Caradoc deu risada. Uma risada retumbante, do fundo do peito.

— Tivemos todo esse trabalho para resgatar a senhora e agora vamos jogá-la no meio de uma batalha contra uma princesa guerreira pictã?

O tom de voz de Arthur foi firme como as fundações de Camelot:

— Não derramarei o sangue de meus homens para proteger o povo de Nechtan. Vamos para casa.

O rei continuou falando com seus cavaleiros, e ficou claro que a sugestão de Guinevere foi descartada. Ela estava magoada e brava porque os cavaleiros não lhe deram ouvidos. Mas por que dariam? Quando é que a garota havia exercido liderança em Camelot? O máximo que havia feito — pelo menos, que *eles* soubessem — foi planejar um festival da colheita. Guinevere se esforçara tanto para manter seus poderes e dons em segredo que aqueles homens jamais enxergariam nela algo além de a esposa de Arthur.

Será que era assim com todas as mulheres? As regras e leis de Camelot eram feitas e administradas por homens, sempre. As mulheres tinham poder de maneiras sutis e silenciosas, subestimadas. Ou, no caso de empregar magia, eram simplesmente banidas.

— Não haverá tratado de paz — declarou Fina, sem nenhuma emoção, quando encontrou Guinevere. As duas ficaram observando o olheiro que se afastava a cavalo para entregar a carta à Nectudad. Fina ficou raspando o calcanhar na terra, fazendo movimentos circulares. — Haverá condições de rendição. Iremos sobreviver, mas não seremos mais nosso povo. Seremos o povo *dele*, e tudo irá mudar. É outro tipo de morte.

Guinevere segurou as mãos de Fina, que não as afastou. Teve a sensação de que a garota estava mais fraca e apagada, comparada à Fina selvagem e confiante que Guinevere conhecia. Será que a vida não passava de uma série de mortes e ressurreições? Que nos diminuíam a cada vez? Não. A garota não podia pensar isso. Porque, se pensasse, talvez concluísse que aquilo que haviam feito à verdadeira Guinevere não fora uma violência.

Ela ansiava por ter de volta sua Fina engraçada e cheia de vida.

— Você foi esperta quando se ofereceu para ser cavaleiro.

Fina deu um sorriso. Não com todas as forças, mas tímido e orgulhoso.

— Eu precisava assumir o controle antes que ele resolvesse me matar. Ou pior, me obrigar a casar com um de seus cavaleiros.

— Guinevere! — gritou Arthur.

A garota apertou as mãos de Fina e foi ao encontro de Arthur.

— Precisamos conversar — disse ela. — Preciso explicar.

— Você precisa descansar.

— Não me diga o que preciso ou deixo de precisar! — retrucou Guinevere.

Mas Arthur já estava falando com Sir Tristão.

— Deixarei você aqui com um destacamento significativo. Reúna-se com os soldados de nossos barcos e proteja as fronteiras do sul até eu decidir o que fazer.

Sir Tristão baixou a cabeça. O cavaleiro havia dito a Guinevere que tudo o que mais queria era viver aventuras e lutar ao lado do Rei Arthur. Mas agora estava sendo deixado para trás, para patrulhar um território que não era deles. Como estaria se sentindo?

— Venha, minha rainha, vamos trocar essa roupa para nossa viagem de volta para casa.

Arthur a levou até a tenda dela antes que Guinevere conseguisse falar com Sir Tristão.

— Você não pode abandoná-lo aqui! — falou ela assim que entraram. Sabia que estava falando alto e que outros podiam ouvir, mas não se importava.

O rei ergueu as mãos, em um gesto de frustração.

— O que você quer que eu faça? Qual solução é melhor do que essa? Não existe caminho perfeito. Só podemos fazer o melhor com o que temos, ou seja: o melhor que posso fazer para a maioria das pessoas. Os pictões estão sendo assassinados. Os saxões não deixarão de invadir. E, do modo que os pictões estão agora, espalhados e isolados, não irão sobreviver. Não estou sendo cruel. Estou sendo prático. Por acaso você notou as hordas de pessoas nos arredores do nosso acampamento?

Guinevere franziu o cenho e respondeu:

— Não.

Ela havia estado concentrada demais em proteger Fina e tentar falar com Arthur.

— Temos pelo menos uma centena de refugiados que imploraram nossa permissão para nos acompanhar até o sul. O norte não é *livre*, é um território sem lei e perigoso, até para aqueles que o amam. Não permitirei que a instabilidade se alastre e ameace Camelot.

— Mas os povos daqui não são unidos. Não podem planejar um ataque grande a ponto de representar uma ameaça a você.

— Se Nectudad é como você me descreveu, talvez possa unificá-los. Mas estou mais preocupado com os saxões do que com isso. Sir Tristão ficará aqui para nos proteger tanto de uma invasão saxã quanto de ataques de pictões.

— Eles não gostam de ser chamados de pictões — disparou Guinevere, porque era o último argumento que lhe restava.

Arthur ergueu as sobrancelhas, surpreso.

— Eu não estava ciente disso.

— Bem, agora está — retrucou a garota.

Pelo menos, Arthur não iria atacar Nectudad. E ela vira a destruição infligida pelos maldosos saxões. Se alguém tivesse que supervisionar os homens que ficaram no norte, devia ser alguém bom e leal como Sir Tristão. Mas Guinevere ficou de coração partido só de pensar em deixá-lo ali. O cavaleiro era seu amigo e, mais do que isso, era amigo de Brangien e Isolda. A garota não conseguia imaginar Camelot sem ele.

Ficou com o coração apertado. Não deveria estar imaginando Camelot coisa nenhuma. Estava se permitindo ser levada a tomar decisões que não eram de sua responsabilidade, lutando em batalhas que não eram suas. Ela não podia voltar para Camelot. Nunca mais. Tinha que reparar o mal que fora feito à verdadeira Guinevere.

Brangien e Isolda teriam que lamentar a ausência de Sir Tristão e a de Guinevere. A garota tinha certeza de que tratariam a verdadeira Guinevere com bondade, mas não seria a mesma coisa para elas. E quem cuidaria de Fina? A princesa precisaria de amigos e de aliados em Camelot. Guinevere garantiria que Lily, Brangien e Dindrane se ocupassem disso. Apesar de não conseguir imaginar Dindrane e Fina se dando bem.

Entretanto, Guinevere bem que gostaria de poder ver as duas tentarem ser amigas. Sem dúvida, seria hilário. E gostaria de poder assistir às provas de Fina, vê-la nomeada cavaleiro junto com Lancelote. Gostaria de poder tantas coisas... Com o conhecimento que tinha agora, quase se arrependia de sua decisão de vedar a cidade e dar as costas para ela em seguida. Se soubesse que aqueles seriam os últimos instantes que passaria ali, teria feito tudo diferente. Teria se despedido das pessoas de forma mais apropriada.

Arthur chegou mais perto e secou uma lágrima de seu rosto.

— Por que está chorando?

— Porque não posso ficar, mas quero.

— Você não vai a lugar nenhum.

— Mas a verdadeira Guinevere...

— Não está aqui e nunca a conheci. Mas conheço a Dama do Lago e...

— Você não quer perdê-la? É isso? A Dama do Lago arrebentou, como se fosse uma onda, em cima daquela garota assustada, apagando tudo que ambas eram. E sinto o medo da verdadeira

Guinevere, seu pavor, sua dor. Eu *me afoguei* com ela. A sua amada Dama a afogou e, mesmo assim, você não quer abrir mão dela?

— Eu não a amo nesse sentido. Não sabia nada desse plano. Se Merlin tivesse me perguntado, eu teria lhe dito para não fazer isso.

— Então por que você está bravo comigo por querer desfazê-lo?

Arthur esfregou a testa como se pudesse pôr as mãos em sua mente para encontrar as palavras certas.

— Estou *bravo* porque também estou aqui por causa da magia de Merlin. Eu me esforcei a vida inteira para garantir que meu lugar nesta terra valesse o preço que custou. Enquanto isso, você quer deixar de existir por causa de uma princesa que nenhum de nós dois conhece. Você, que se tornou rainha porque foi necessário, que encontrou um modo de proteger toda Camelot na minha ausência. — Arthur apertou as mãos de Guinevere contra o seu coração e completou: — Preciso de você. E sinto muito pelo modo como você foi criada, mas não sinto por você estar aqui. Você merece estar aqui.

— O que eu mereço não tem importância. — Guinevere piscou para segurar as lágrimas. — A verdadeira Guinevere era inocente. Você protege os inocentes. Se posso salvá-la, não deveria tentar?

— Você voltaria no tempo e salvaria Igraine se isso significasse que eu jamais nasceria?

— Não! — A garota baixou a cabeça e argumentou: — É diferente. Isso é diferente. Você era um bebê, e Igraine morreu. A princesa Guinevere não. Está aqui, em algum lugar, neste corpo. — Ela torcia para que fosse verdade. Seu corpo, pelo menos, lembrava-se de ter sido outra pessoa: sua habilidade com o arco e flecha era prova disso. A garota não poderia ter sumido completamente. Afinal de contas, Nimue continuava existindo na magia e nos sonhos de Guinevere. — Sei que você acha que sou real. Mas, antes de nos conhecermos, eu não era nada. E continuo não sendo nada.

Arthur bufou, fazendo pouco caso.

— Você só acha que é diferente porque, desta vez, é você que tem que suportar a culpa por sua existência. *Todo mundo* que vive, vive à custa de outros, de uma maneira ou outra. Para alguns de nós, o custo é mais alto. Você releva isso em mim porque me ama. Então, permita que eu ame você e proteja sua vida aqui.

A garota olhou nos olhos do rei. Aqueles olhos castanhos e afetuosos, que deveriam ser iguais aos da verdadeira Guinevere.

— Eu entendo. E sinto muito. Mas você não pode me proibir de tentar encontrar um modo de salvar a vida dela.

Arthur ficou com uma expressão arrasada, e a dor refletida nela não era aguda, mas de um cansaço de partir o coração.

— Posso sim e proíbo.

Guinevere ferveu de raiva.

— Não sou sua súdita para você me dar ordens. Nem sou sua esposa. Não sou nada e, portanto, posso fazer o que bem entender.

— Muito bem. Se você acha que é fácil decidir quem merece viver e quem não merece, vou lhe dar algo que minha mãe e a princesa jamais tiveram: escolha. Se você prometer que jamais irá atrás desse objetivo, perdoarei Lancelote e permitirei que ela continue sendo cavaleiro. E, se você não prometer, Lancelote será julgada como traidora.

— Isso não é justo! Você não pode ameaçar alguém de quem eu gosto!

— Diz a mulher que está me informando que irá acabar com a própria existência! — Ele respirou fundo, acalmou-se, tornando-se o rei Arthur novamente. — E não estou ameaçando Lancelote. Traição tem suas consequências. E estou disposto a perdoar o crime dela porque Lancelote é importante para você, assim como espero que você perdoe a si mesma porque é importante para mim.

— Mas como posso me perdoar por isso? — sussurrou Guinevere.

Arthur a enlaçou com seus braços fortes e respondeu:

— Descobriremos isso juntos.

A garota teve vontade de sorrir ao se dar conta do quanto Arthur e Mordred eram parecidos. Os dois faziam promessas. Mas, na verdade, ambos estavam pedindo para Guinevere esperar até a culpa diminuir e a dor ficar mais fraca, para ela ser capaz de se perdoar por ser quem era. Guinevere sabia que era exatamente isso que iria acontecer e estava apavorada.

CAPÍTULO VINTE E NOVE

Arthur cavalgou ao lado de Guinevere, mas os dois estavam cercados de cavaleiros e não podiam conversar. O rei deixou a garota ruminar a escolha que lhe propusera em silêncio. Ela receava que iriam para a costa e voltariam para casa de barco. Mas, pelo menos, Arthur compadeceu-se dela o suficiente para não ir de barco.

Acamparam quando escureceu, e Guinevere ficou sentada na tenda, observando enquanto o rei escrevia cartas.

— Você quer saber o que a Rainha das Trevas queria comigo? — perguntou.

Arthur olhou para ela, surpreso. Era óbvio que não lhe ocorrera perguntar.

— O quê?

— Descobrir como fui criada. Isso o preocupa?

O rei ficou em silêncio, com o rosto franzido, pensativo, os lábios formando uma careta. Mordred costumava sorrir quando era pego de surpresa. Arthur franziu o cenho e perguntou:

— Ela também quer se tornar humana?

— Não sei. Talvez.

— Isso limitaria seus movimentos. E seria muito mais fácil matá-la do que quando ela... — o rei sacudiu os dedos e movimentou as mãos, imitando insetos fugindo. — Não consigo imaginar que esse fosse seu objetivo. A Rainha das Trevas queria me atingir, me distrair, e sabia que conseguiria isso roubando você de mim.

Guinevere não concordava. Conseguia entender por que Arthur presumia que tudo era por causa dele, mas a Rainha das Trevas fora tão específica no que quis ver, ficara tão contente com a descoberta. Devia haver alguma vantagem em se tornar humana que a garota e o rei não estavam enxergando nem compreendendo.

Arthur voltou a escrever suas cartas. E as enviava assim que terminava, comunicando-se com os homens que havia deixado ao longo de todo o sul. Ocupando o sul.

"Arthur Pendragon", pensara Lancelote, ao olhar para ele. O nome de seu pai conquistador.

Guinevere conseguia enxergar perfeitamente o mal que havia em Camelot, e como poderia ser destrutivo. Mas também conseguia enxergar o bem, o modo como construía e construiria. Arthur era a ponte entre o velho e o novo. Mas o que aconteceria se ele continuasse a ceder à raiva quando sentisse dor? Se ficasse mais parecido com o pai que jamais conhecera? Será que essa ponte cairia, derrubando Camelot consigo?

— Para quem você está escrevendo? — perguntou.
— Deixei Sir Kay encarregado de Cameliard.
— Você *o quê*?

Arthur soltou um suspiro e disse:
— Pode acreditar, ele não era o primeiro de minha lista.
— O que aconteceu com o Rei Leodegrance, pai de Lily?

Guinevere se deu conta, com uma onda de enjoo, que Leodegrance também era seu pai. Ou, pelo menos, pai do corpo que ela estava usando.

— Morreu — respondeu Arthur. — Não aceitou nossa unificação do sul.

A garota não sabia como se sentir a respeito disso. Lily não tinha nenhum amor por aquele homem, e Guinevere vira com seus próprios olhos como ele fora um pai cruel e destrutivo. Arthur era uma pessoa melhor, um rei melhor. Mas será que isso justificava a morte de Leodegrance?

— E os filhos dele? — perguntou Guinevere, lembrando que Lily e a verdadeira Guinevere tinham irmãos.

— Aceitaram. Nomeei ambos cavaleiros e lhes dei o comando de diversos barcos para patrulhar e proteger a costa. Achei melhor não deixá-los em Cameliard.

— Ah, certamente *Sir Kay* é melhor. — Guinevere estivera na companhia de Sir Ector e Sir Kay apenas uma vez, e mais do que bastou. Eram mercenários rudes, oportunistas: até podiam não ser intencionalmente maus, mas com certeza podiam fazer mal sem querer.

— Ele é uma medida temporária enquanto não resolvo qual é a solução permanente.

— Lily. — Guinevere pronunciou o nome antes de pensar bem a respeito. Mas, assim que a palavra saiu de sua boca, teve certeza de que tinha razão. — Se existe alguém que deveria governar Cameliard, é ela.

— Mas ela é tão jovem...

— E você, por acaso, é velho?

Arthur deu de ombros, mordido.

— Ainda assim... Ela precisará se casar.

— Não. De forma alguma. Ela é muito...

Guinevere mordeu o lábio para não dizer que Lily era jovem demais para se casar, dado que acabara de declarar que ela tinha idade suficiente para governar uma cidade inteira.

O rei conteve um sorriso visivelmente, e quando falou, foi com um tom suave:

— Eles não aceitarão uma donzela solteira como governante. Além disso, o fato de ela não ter marido a tornaria um alvo de homens predadores em busca do poder. — Arthur ficou em silêncio e riscou o que havia escrito. — Mas, se for casada com um de meus cavaleiros, é um elo visível com o passado deles, e o cavaleiro seria uma ligação com o governo de Camelot. Você é um gênio. É claro que deve ser Lily. E ela pode se casar com...

— Lionel! — Guinevere foi logo dizendo, antes que Arthur pudesse falar outro nome. Se ele tivesse dito o nome de alguém velho e terrível, como Sir Caradoc, ela jamais o perdoaria. — Filho de Sir Bors. Ele pode ser nomeado cavaleiro junto com Fina, e você deveria mandar Sir Bors e Dindrane com Lily para ajudá-la a governar Cameliard. Ninguém é mais leal do que Sir Bors, e Dindrane é absurdamente inteligente. Ela fará de tudo para cuidar de Lily e Lionel.

— Você tem certeza? Ficará com saudade de Lily e Dindrane. — Arthur manteve um tom neutro, mas Guinevere pôde distinguir um toque de felicidade, mesmo assim. Porque, se ela sentisse saudade das duas, significava que ficaria em Camelot. Significava que ainda estaria naquele corpo.

— Tenho certeza — disparou. Se Arthur pretendia governar a ilha por meio de seus cavaleiros, também deveria haver mulheres inteligentes e compassivas presentes para liderá-los, guiá-los e orientá-los.

— Está decidido, então. Foi uma ótima ideia. Obrigado. Amanhã teremos uma longa jornada. Você deveria tentar dormir — disse Arthur, com um tom afável e afetuoso.

Será que ele ainda sentiria afabilidade e afeto se soubesse que havia uma chance de Guinevere fechar os olhos e dar de cara com Mordred assim que os abrisse? Será que ainda se sentiria dessa maneira se soubesse que Mordred estivera em seus braços, que a garota havia tido um contato mais íntimo com ele do que tivera com Arthur? Se Guinevere lhe contasse, será que Arthur permitiria que ela fosse atrás de Merlin? Ou será que a dor de Arthur se solidificaria em uma raiva tão completa que ele não poderia fugir do destino de ser Pendragon?

Guinevere não queria dormir. Não queria encarar Mordred, nem mesmo Brangien, e certamente não queria abrir os olhos e se encontrar novamente naquela maldita caverna.

— Vou ver como Fina está.

Foi logo saindo da tenda antes que Arthur pudesse perguntar por quê. A tenda de Fina ficava ao lado da deles, e Guinevere entrou.

Haviam dado à Fina tecido para que costurasse saias e mangas, mas ela estava sentada, olhando para o nada, sem ter tocado no material de costura. Guinevere sentou ao lado da princesa e ficou surpresa quando a amiga apoiou a cabeça em seu ombro.

— Nunca fiquei longe de minha família — declarou Fina. — Nem uma única noite, em toda a minha vida. Você vai me ajudar, não vai? Você será minha amiga e irá me ajudar. Estou... estou com medo.

Guinevere pôde perceber o quanto admitir isso foi difícil para sua amiga guerreira.

— Irei — prometeu, ficando com um nó na garganta. Estava fazendo mais promessas, amarrando a si mesma com nós de lealdade e obrigação ao povo de Camelot. Amarrando-se cada vez mais apertado àquele corpo e àquela vida que não eram seus. À liberdade de Lancelote. Ao bem-estar de Fina em Camelot.

Só que Fina precisava dela. E havia arriscado a própria vida para ajudá-la.

— Um dos cavaleiros me pareceu especialmente interessado em mim — disse Fina, com um tom forçadamente leve. — Ficou arrumando desculpas para cavalgar ao meu lado e me ajudar a fazer coisas, sendo que eu não precisava de ajuda. Ele até montou minha tenda.

— Ah, não. Sir Percival? — o estômago de Guinevere se revirou de pavor.

— Um jovem. Rosto redondo. Bochechas vermelhas. Não é muito feio — respondeu Fina, soltando um suspiro de decepção.

Guinevere soltou uma risada de alívio.

— É Sir Gawain.

Pelo jeito, ele também havia esquecido de Lily durante o período em que ficaram longe um do outro.

— Se eu não passar no teste para me tornar cavaleiro, temo que minha única opção seja casar. Talvez Arthur case comigo também, e nós duas poderemos ser esposas uma da outra.

Fina ergueu as sobrancelhas. Suas tentativas de provocar Guinevere lhe davam vontade tanto de rir quanto de chorar, sabendo o quanto tudo aquilo deveria estar sendo difícil para sua amiga.

— Receio que não façam isso no sul.

Fina soltou um suspiro dramático e disse:

— Será muito chato.

— Provavelmente.

Guinevere pegou os tecidos que haviam dado à Fina. Precisava de um vestido novo e tinha algumas ideias de reformas.

Fina balançou a cabeça e ficou com o corpo mais rígido.

— Nosso pai escreveu nossa sentença de morte. Eu estava preparada para morrer. Fico feliz que isso não tenha acontecido. Encontrarei um modo de enfrentar isso também. Junto com minha amiga.

A princesa segurou a mão de Guinevere, que sentiu todos os nós se apertando a ponto de mal conseguir respirar. Como conseguiria fazer o que precisava ser feito se tantas pessoas a prendiam ali?

CAPÍTULO TRINTA

A barreira mágica cintilante parecia emitir ondas de calor, apesar de o dia não estar muito quente. Através da névoa, Guinevere podia enxergar a costa distante de Camelot, lotada de pessoas, que sinalizavam com bandeiras azuis e amarelas. A cidade estava fora de perigo, e seu rei estava voltando como um conquistador triunfante.

Guinevere sempre vira Arthur como um protetor e não como um conquistador. A garota não gostava muito da ideia de o rei ser ambas as coisas.

Fina e Guinevere estavam vestidas de azul e amarelo. Guinevere fez o melhor que pôde para costurar vestidos para as duas usando as bandeiras de Arthur, o único tecido que um exército em campanha possuía. E havia costurado um segredo na parte interna dos dois vestidos.

Fina olhou para ela e deu um sorriso. Dobrou os cotovelos e as mangas, com uma fenda que começava logo acima do pulso e terminava no ombro, se abriram.

— Nossos pulsos ainda *estão* cobertos — disse.

— Exato. E quem melhor para criar novos padrões de moda do que a rainha? — Guinevere sorriu, franzindo o nariz, e se movimentou para que suas mangas também se abrissem. Mas seu sorriso era falso. Os belos braços de Fina revelavam a história dela, escrita em sua pele. Guinevere não podia olhar para a própria pele sem pensar que vestia a vida de outra garota, como se fosse uma fantasia obscena.

E o que poderia fazer a esse respeito? Não tinha ninguém com quem conversar sobre isso. Arthur não queria mais saber do assunto, e ela não teve mais sonhos ao longo da viagem. Ou porque ninguém estivesse tentando contatá-la ou porque dormira tão perto de Excalibur que conseguia sentir a dor constante de sua presença devoradora de magia mesmo quando estava embainhada.

Por onde Mordred andava, o que estava fazendo? Guinevere não tinha ideia. Suspeitava que ele soubesse o que havia acontecido com a mãe. Talvez estivesse de luto ou talvez estivesse furioso, com toda a razão, com o fato de Arthur ter matado sua mãe e Guinevere estar, mais uma vez, ao lado do rei.

Talvez fosse melhor assim. Ela não se arrependia do tempo que ficara com Mordred. Mas, em seu coração, sentia que o relacionamento havia se rompido. Uma linha partida aparecera, separando-a de quem ela acreditava ser. Agora, não havia lugar na sua vida para um desejo como esse, para deixar toda a cautela de lado em favor de uma paixão.

— Jamais pensei que entraria em Camelot — comentou Fina, fazendo Guinevere voltar ao presente, apontando para o outro lado do lago. A garota se lembrou da primeira vez que vira Camelot. Das cascatas gêmeas que protegiam a íngreme cidade cinzenta, que a Dama do Lago esculpira na montanha.

Fina apontou para a praia mais adiante, franziu o cenho e perguntou:

— Por que parece tão estranho? Feito uma bolha?

— É um escudo mágico — respondeu Guinevere.

— Achei que a magia era proibida pelas leis de Camelot — disse Fina, lançando um olhar preocupado para Guinevere. A garota tinha certeza de que Fina jamais usaria as verdades que sabia sobre Guinevere contra ela. Ficou tocada ao perceber que, mesmo agora, Fina estava do seu lado.

— E é — falou Arthur, que observava a cidade com as duas. Guinevere esperava que ele estivesse empolgado ou feliz. O rei parecia apenas cansado. Sua voz não combinava com a exaustão estampada em seu rosto, contudo. Projetava uma confiança afetuosa para todos que estavam ao redor, falando alto para que pudessem ouvir. — Esse escudo foi deixado pela Dama do Lago para proteger a cidade na nossa ausência. Foi seu último presente para nos ajudar a unificar o sul e resgatar nossa rainha.

Guinevere se preparou para o momento em que Arthur avançaria com o cavalo e brandiria Excalibur. Tinha certeza de que a espada a faria se sentir muito mal, deixando-a com uma dor incrível. Não só porque sempre causava esse efeito, mas também porque, desta vez, a espada desfaria uma magia que ela havia feito com o próprio sangue.

Um pensamento lhe ocorreu. Se Excalibur devorava magia... poderia devorar a magia que amarrava Nimue àquele corpo e havia apagado a verdadeira Guinevere?

Não teve tempo de refletir sobre isso. Foi logo descendo do cavalo tão rápido que quase caiu. Fina fez a mesma coisa.

— Se eu desmaiar — Guinevere sussurrou para Fina —, segure-me.

Fina ficou com uma expressão ainda mais confusa. Mas Arthur não tomou a frente, como era esperado. O rei também desceu do cavalo e deu a mão para Guinevere.

— Não posso estar por perto quando você usar a espada — sussurrou ela, sorrindo para não demonstrar seu nervosismo. Mas talvez devesse incentivar isso. E se estar tão perto de Excalibur quando ela fosse utilizada rompesse todos os nós da magia de Merlin e de Nimue? E se isso pudesse libertar a verdadeira Guinevere? Seu coração bateu acelerado, tanto de esperança quanto de medo.

— Não vamos usar a espada. Eles verão a magia abrir caminho não para Excalibur, mas para seu rei e sua rainha — disse Arthur.

Ele ouviu quando Guinevere disse que a barreira só funcionaria se ela estivesse deste lado, e Lancelote, do outro. E, em vez de aproveitar o momento para exibir seu poder de rei, estava aproveitando para demonstrar que ele e a rainha eram unidos. Que tinham voltado em paz e felicidade, não na ponta de uma espada. Que ele realmente podia ser tanto conquistador quanto protetor.

Dava no mesmo. Guinevere teria um encontro a sós com Excalibur. Depois que Lancelote fosse libertada, e todos estivessem acomodados. Era um gesto covarde e uma traição à confiança de Arthur. Mas, com isso, ganhava tempo para se despedir.

Balançou a cabeça, apertou a mão de Arthur, e os dois foram em frente. Passar pela barreira lhe deu a sensação de estar soltando o ar depois de segurar a respiração por muito, muito tempo. Um frio correu em suas veias e, de uma hora para outra, o ar clareou, e o escudo sumiu. Estavam em casa.

CAPÍTULO TRINTA E UM

Guinevere ouviu os vivas de Camelot, porque seu povo recém-libertado gritou em uníssono. Arthur levantou a mão, ainda entrelaçada à dela. E não a soltou quando seus homens dispersaram. Alguns ficariam acampados ali enquanto esperavam para ser destacados para diferentes partes da ilha. Outros cuidariam dos cavalos. O rei deu instruções a todos enquanto ficava esperando a balsa com a garota.

Guinevere finalmente compreendeu por que o lago era um local gelado e morto, desprovido de magia. Havia sido violentamente desviado para afogar e devastar a verdadeira Guinevere, quando a Dama do Lago se apoderou de seu corpo.

Talvez, atravessar o lago lhe desse uma sensação diferente agora que a garota sabia quem era. Talvez até fosse capaz de sentir a água debaixo dela. Mas, assim que pisou na balsa, o medo se apoderou novamente de Guinevere. Ela havia planejado ficar ao lado de Fina e mostrar para Camelot que a princesa era sua convidada. Tudo isso sumiu de seus pensamentos, dando lugar ao terror. Pior do que nunca, agora que ela tinha lembranças verdadeiras de ter se afogado.

Arthur a abraçou, e Guinevere encostou o rosto em seu ombro. O medo da água jamais havia sido incutido por Merlin, afinal de contas. Era um eco da verdadeira Guinevere, gritando através dela para sempre. *Ela* era a caverna escura, na qual a verdadeira Guinevere fora aprisionada. Ela era a água que afogara outra vida.

— Estamos quase em casa — murmurou Arthur, acariciando as costas de Guinevere para tranquilizá-la.

A balsa sacolejou, e o rei a abraçou mais forte. E então a balsa não exatamente sacudiu, era mais um tremor, um impacto tremendo que vinha de baixo.

— Em que batemos? — alguém gritou.

O grito foi seguido por outros, porque a balsa voou cerca de dois metros no ar e caiu de novo na água. Guinevere tombou de joelhos, e alguém caiu bruscamente em cima dela. Arthur havia atirado a pessoa para o lado.

— Guinevere! Nós...

A balsa se despedaçou: cavaleiros, pedaços de madeira e água voaram pelos ares, e Guinevere e Arthur mergulharam lá para baixo.

A garota tentou gritar, mas sua boca ficou cheia d'água. Agarrou-se a Arthur. O rei a empurrou, tentando soltar os dedos dela. Em pânico, Guinevere o agarrou com mais força ainda. Arthur lhe deu um empurrão, e ela ficou observando o rei afundar, tentando tirar a malha de aço, desesperado.

Guinevere ficou parada, suspensa. Mordred não estava ali para salvá-la. Quantas vezes alguém podia se afogar antes de nunca mais ser capaz de respirar?

Havia movimento em volta dela, corpos se debatiam, cavaleiros se desfaziam das espadas e armaduras para não afundar, mas a garota permaneceu imóvel. Não havia nada que pudesse fazer. Aquele seria seu fim, inevitavelmente. Agora tanto ela quanto a verdadeira Guinevere morreriam para sempre.

Só que havia algo mais se movimentando na água. Bolhas e ondas se aglutinaram em uma forma humana, e um rosto terrível, porque não tinha traços, apareceu diante dela. Uma única mão aquosa encostou em seu rosto. "Nimue", pulsou uma voz em seus ouvidos. Guinevere já vira esse ser, quando Nyneve, a outra Dama do Lago, a irmã arrancada e deixada para trás, vedara Merlin dentro da caverna.

Braços agarraram sua cintura, e Guinevere foi arrastada para cima. Nyneve borbulhava, furiosa.

Debaixo deles, um terrível vazio se abriu. Não de água, não de terra, não *de nada*, que rodopiava para cima, querendo engoli-los. Nyneve se dividiu, o redemoinho atravessou a água tão rápido que fez Guinevere rodopiar atrás dele.

Mas os braços não soltaram a garota. Eles a seguravam, e sua ascensão continuou. A cabeça de Guinevere emergiu do lago, ela engoliu ar avidamente, desesperada.

— Achei que *você* iria *me* proteger em Camelot — disse Fina, bufando. — Pare de se debater! Você fará nós duas morrermos afogadas. Apenas deite de costas. Assim. Peguei você. Peguei você. Bom. Assim mesmo. — Ela ficou em silêncio por alguns instantes e completou: — Não fiquei debaixo d'água tempo suficiente para ver coisas que não existem, mas havia, definitivamente, um rosto na água. Certo?

— Sim — respondeu Guinevere, ofegante, mantendo o rosto virado para o Sol, tentando ignorar a água que batia em seus ouvidos e cobria seu corpo, tentando entrar de novo em sua garganta, em seus pulmões, em todo o seu ser. Gritos soavam ao seu redor, mas ela não conseguia entender o que diziam.

— Aqui!

Era a voz de Arthur. Guinevere teve vontade de gritar de alívio porque o rei também havia emergido. De repente, o vazio debaixo dela fez sentido. Ele tinha desembainhado Excalibur para banir Nyneve. Ela fugira, e Guinevere ainda estava ali.

Um pedaço comprido e denteado da balsa foi jogado na direção deles. Fina ajudou Guinevere a passar os braços e os ombros por cima da tábua para conseguir se agarrar.

Arthur se pendurou do outro lado. A água escorria por seu rosto, e sua túnica estava colada ao corpo. Sua armadura havia sido levada pela água, mas ele ainda segurava Excalibur, embainhada de novo, felizmente.

— Você está bem?

Guinevere sacudiu a cabeça, de olhos arregalados. Ainda estava dentro do lago. Conseguia respirar, mas seus pulmões tinham dificuldade de lembrar como se faz isso corretamente.

— Desculpe por ter empurrado você. Minha armadura faria nós dois afundarmos. E então olhei para cima e vi...

A garota assentiu.

Fina ainda estava ao seu lado, flutuando, quase sem mexer os braços e as pernas.

— Talvez o plano de fuga de Guinevere, de entrar em um lago, não fosse tão tolo quanto eu lhe disse que era, se era essa a criatura que estava à espera dela. Quem era?

— A outra Dama do Lago — respondeu Guinevere, tremendo violentamente.

— Quantas damas existem? — Fina olhou para a água ao redor deles como se esperasse que um exército de damas surgisse borbulhando. A garota não podia contar para a princesa que só havia mais uma, presa dentro de seu corpo.

Arthur também olhou para a água, franzindo o cenho, como se ela contivesse respostas que só ele fosse capaz de enxergar.

— Acho que ninguém mais a viu. Por que vir agora, contudo?

— Ela quer a irmã de volta. Usei meu sangue para fazer o escudo, e ele caiu na água. Será que foi isso que a atraiu? — Guinevere suspeitava que Nyneve estivesse ali, à espreita, o tempo todo. Se Mordred não a tivesse seguido, Guinevere teria mesmo morrido sozinha em uma lagoa no norte, porque era uma tola.

O rei balançou a cabeça, pensativo.

— E, quando o escudo se desfez, ela sabia exatamente onde você estava. É um problema. Mas é um problema para resolver outro dia. Vamos manter segredo, só entre nós. Obrigado, Fina. — Arthur mudou de assunto, segurando a mão de Fina e dizendo: — Guinevere tinha razão ao lhe chamar de amiga. Fique com ela.

Ele foi ajudar outras pessoas e garantir que todos tivessem algo para se segurar enquanto outra balsa se dirigia ao encontro deles freneticamente. Haviam emborcado não muito longe da praia, e muitos cavaleiros optaram por nadar até terra firme assim que conseguiram se libertar das malhas de aço.

Os ferreiros teriam que fazer hora extra para repor todas as armaduras perdidas. Guinevere tentou imaginar o calor das fornalhas, o tilintar do metal, a fumaça subindo pelos ares. Tentou imaginar qualquer outra coisa que não fosse o que estava à espreita debaixo dela enquanto se dependurava, impotente, a um mero pedaço de pau.

Sir Gawain veio espalhando água na direção das duas.

— Você está ferida?

Guinevere achou que o cavaleiro estava perguntando para ela, mas seus olhos, arregalados e preocupados, estavam fixos em Fina.

— Sei nadar — respondeu Fina. Então, apontou para Guinevere, fazendo a tábua balançar, e a garota soltou um gritinho de medo. — Eu estava ajudando nossa rainha que, pelo jeito, não gosta muito de água.

— Foi nobre de sua parte. — O rosto de Sir Gawain se iluminou, maravilhado, com um toque de orgulho. — Quanto altruísmo. Verificarei se mais alguém precisa de ajuda! — completou. E se afastou nadando.

— Ele é um tolo e uma criança — resmungou Fina. — Mas acho que, pelo menos, é mais feio do que o Rei Arthur.

Guinevere abriu a boca para responder, mas acabou engolindo água do lago. Ela se engasgou, tossiu e se agarrou ao pedaço de madeira enquanto Fina batia nas suas costas de um modo que, decididamente, não ajudou em nada. Por fim, a outra balsa chegou. Arthur carregou Guinevere e a colocou bem no meio do deque. Quando enfim bateram nas docas, ele a ajudou a descer. A multidão estava em silêncio, sem dúvida imaginando como interpretar a bizarra destruição da primeira balsa.

Arthur abraçou Guinevere e riu bem alto.

— Que gentileza vocês terem sido poupados do cheiro de cavaleiros sem banho depois de uma viagem tão longa!

A multidão caiu na gargalhada e deu vivas. Guinevere se obrigou a dar um sorriso, e suas bochechas tremeram, tamanho o esforço. Brangien se afastou da multidão e correu em sua direção, tirou a capa molhada da garota e colocou a sua, que estava seca, nos ombros dela. A dama de companhia ficou em silêncio por alguns instantes, examinando o rosto de Guinevere com uma expressão de medo sincero. Então suspirou, aliviada, e sussurrou:

— É você.

Guinevere se deu conta de que Brangien não tinha medo de que ela pudesse estar ferida, mas de que tivesse conseguido recuperar a verdadeira princesa. A dama de companhia estava se certificando de que conhecia a garota parada diante dela. Foi, a um só tempo, comovente e arrasador.

Brangien puxou Guinevere para perto, abraçou-a ferozmente e a soltou em seguida.

— Seu cabelo está uma vergonha. Não posso suportar a ideia de que você seja vista neste estado e as pessoas pensem que tenho alguma coisa a ver com isso.

A dama de companhia colocou o capuz na cabeça de Guinevere, protegendo seu rosto, para que a garota ficasse mais livre para fazer a cara que quisesse.

— Como está Lancelote? — sussurrou Guinevere.

— Contei para ela que a magia foi desfeita antes de vir correndo para as docas. Lancelote sabe que você voltou sã e salva.

Por ora, Guinevere não podia pedir mais nada. Um borrão cor-de-rosa veio correndo em sua direção e, quando percebeu, estava ganhando um abraço de Lily.

— Rezei todos os dias para você voltar. Estou tão feliz. Ai, estou tão feliz!

Lily se afastou, radiante, com os olhos cheios de lágrimas.

Guinevere também teve vontade de chorar, porque estava realmente feliz de ver Lily e porque agora sabia a verdade a respeito de quem havia roubado a irmã daquela garota inocente. Como será que Lily se sentiria a seu respeito se soubesse que ela era apenas uma *coisa* usando o corpo de sua amada irmã?

Interpretando erroneamente a expressão torturada de Guinevere, Lily segurou suas mãos e as apertou.

— Você ficará bem — sussurrou. — Cuidarei de você, assim como cuidei de Camelot. Garantimos a segurança da cidade.

Era difícil falar com aquela dor alojada em sua garganta, mas Guinevere se obrigou a dizer:

— Nunca temi pela cidade, sabendo que você estava aqui para cuidar de todo mundo. Estou muito orgulhosa!

Lily deu um sorriso claro como o Sol que havia no céu e perguntou:

— Todo mundo voltou são e salvo?

Então olhou disfarçadamente em volta até encontrar Sir Gawain. Sir Gawain, que estava ao lado de Fina, colocando, galante, uma capa sobre seus ombros, enquanto Fina lhe lançava um olhar de pouco caso fulminante.

Lily espremeu de leve os olhos, mas foi como se seu rosto encolhesse. E, sem mais nem menos, esqueceu do cavaleiro. Guinevere se lembrou dos sentimentos que Lily nutria por Sir Gawain — que não eram muitos, afinal de contas — e ficou aliviada por, pelo menos, saber que ela não sofreria. Lily olhou novamente para a multidão reunida. Dindrane estava abraçada a Sir Bors, beijando-o, apesar de ele estar todo encharcado e de estarem em um local bastante público. Ao lado dos dois, havia um rapaz alto, que Guinevere reconheceu de quando estivera na cabeça de Dindrane.

Era belo, ainda em crescimento, tinha o maxilar pronunciado de Sir Bors, mas os olhos bem maiores e mais bonitos da mãe, pele negra que combinava com seu cabelo preto.

— Muita coisa aconteceu durante sua ausência — disse Lily, um tanto sem ar, com as bochechas ficando coradas, desviando o olhar de Lionel.

Pelo menos, Lily parecia ser flexível quando o assunto era entregar seu coração. Guinevere sentiu uma onda de gratidão por Morgana ter lhe dado o dom de ver a vida de seus entes queridos, mas o sentimento foi logo mesclado à tristeza, ao lembrar do fim de Morgana. Só que não tinha tempo para mergulhar nessa tristeza. Dindrane se soltara de Sir Bors e estava correndo para abraçá-la.

— Precisamos conversar — sussurrou Dindrane no ouvido de Guinevere. — Eu me intrometi e...

— Fico feliz. Confio, sem reservas, na sua intromissão. Faremos um torneio imediatamente para que Lionel possa se tornar cavaleiro, se passar pelas etapas.

Dindrane se afastou, em choque, e então deu um sorriso malicioso.

— Diga para Brangien que você confia na minha intromissão. Ela ainda tem suas dúvidas.

— Brangien está bem aqui — disparou Brangien.

Dindrane continuou falando, como se a dama de companhia não tivesse dito nada.

— Mas é claro que Lionel vencerá esse torneio. Ele é filho de Sir Bors. De qualquer modo, estou muito feliz de você estar de volta, sã e salva. — Os olhos de Dindrane brilhavam de sinceridade. Ela deu mais um abraço em Guinevere e voltou para o lado do marido.

Arthur surgiu novamente ao lado de Guinevere, deu-lhe o braço e começou a subir com ela a montanha em direção ao castelo, passando por um verdadeiro túnel de cidadãos que lhes davam vivas. Abaixou a cabeça para apenas Guinevere conseguir ouvi-lo.

— Iremos libertar Lancelote?

Ela sabia o que o rei estava perguntando. Concordaria em permanecer no papel roubado de Guinevere, concordaria em não procurar uma maneira de restaurar a verdadeira Guinevere, desfazendo Nimue e a si mesma de uma só vez? Será que viveria com esta culpa e esta dor, viveria com a atrocidade do que fora feito àquela pobre garota, para poder proteger as pessoas que amava? Arthur havia deixado a decisão em suas mãos. A garota sabia que, se dissesse "não", poderia ir embora. Poderia libertar Merlin, tentar de tudo para remediar aquela situação. O rei permitiria que ela decidisse, mas não a deixaria esquecer das consequências, caso abrisse mão de si mesma.

Desta vez, dentro d'água, o medo que se apossou dela não era da verdadeira Guinevere. Era todo seu. Ela não queria ser desfeita. Queria viver.

Era uma criatura desprezível e egoísta, e Arthur estava tentando facilitar as coisas para ela, fazendo com que acreditasse que estava salvando a vida de outras pessoas se permitisse que a verdadeira Guinevere fosse perdida. Mas o rei nem imaginava o que a garota sabia: Excalibur ainda estava ali. Ela não precisava ir embora para descobrir um modo de desfazer aquela magia. Estava bem ali.

— Ficarei aqui — sussurrou Guinevere.

CAPÍTULO TRINTA E DOIS

Era doloroso estar de volta a uma Camelot em que nada havia mudado quando, para Guinevere, tudo havia mudado.

Atravessar a soleira do castelo pela primeira vez sabendo da verdade a respeito de quem era, de onde viera, foi como se todos os seus nós se desfizessem ao mesmo tempo. A garota teve vontade de gritar, de chorar e de dormir. Mas, antes, queria buscar Lancelote. Estava se segurando para não desmoronar só por causa disso. E, como Arthur, Fina, Brangien, Lily e Dindrane a acompanhavam, não podia simplesmente perder a compostura.

— Brangien, você poderia levar a rainha até seus aposentos e ajudá-la a vestir roupas secas? — perguntou Arthur. — Preciso ver um cavaleiro.

O rei apertou a mão da garota e saiu andando. Antes que Guinevere pudesse correr atrás de Arthur, Fina segurou o braço dela e chegou bem perto.

— E aonde devo ir? — sussurrou.

— Certo. Sim. Venha conosco.

Enquanto subiam a escada atrás de Brangien e de Lily, Guinevere confidenciou detalhes cruciais para Fina, falando baixo: quem já sabia quais verdades e quem não devia saber nada a respeito do tempo que haviam passado fora e do que Guinevere fizera e com quem.

Mordred.

Fina deu um sorriso lúgubre.

— Fingirei ignorância. De qualquer modo, como suspeito que todos esperarão ignorância de mim, não será difícil.

Guinevere sentiu mais uma pontada de tristeza pela amiga, que agora vivia no meio de inimigos que tinham de um leve preconceito ao mais completo ódio pelos povos do norte.

— Não tenho espaço para você em meus aposentos, mas Lily tem.

A dama de companhia de Lily, Anna — Morgana disfarçada —, se fora para sempre. Guinevere estremeceu, tentando afastar seus pensamentos da lembrança da espada. Do sangue. Da luz se esvaindo dos olhos de Morgana.

Ao ouvir seu nome, Lily se virou e perguntou:

— O que você disse?

— Fina é minha querida amiga. Você pode acomodá-la nos seus aposentos? Ela também é princesa. Vocês têm muita coisa em comum.

— Qual é sua arma preferida? — perguntou Fina, olhando para Lily.

Lily deu risada e respondeu:

— Bordado.

— Você pode me ensinar. E eu vou lhe ensinar tudo sobre machados e facas.

Lily ergueu as sobrancelhas, mas balançou a cabeça e falou:

— Parece justo.

Para surpresa de Guinevere, nenhuma das mulheres de seu séquito a abandonou quando entrou em seu quarto. Todas também entraram, juntando-se à Isolda, que havia arrumado o cômodo. A garota estava com saudade de Brangien, Isolda, Dindrane e Lily. Mas, com ela e Fina também, havia gente demais para um aposento só.

Guinevere foi até a cama, exausta, e parou de repente. A coroa estava em cima da mesa, onde Brangien a havia colocado. Era como uma marca ardente, tomando seu campo de visão, não importava para onde ela olhasse. Voltara à estaca zero. Tinha todas as respostas, mas nada havia mudado.

Não. Isso não era verdade. Tudo havia mudado. Voltar fora a decisão certa: não significava que havia desistido. *Jamais* desistiria da verdadeira Guinevere. Mas, enquanto estivesse ali, aproveitaria o tempo o melhor que pudesse. Para cuidar de suas amigas. Para prepará-las, e preparar a cidade, para o que estivesse por vir, caso conseguisse cortar a magia de Nimue e de Merlin com Excalibur.

Esperar não era o mesmo que não fazer nada. Respirou fundo. "Aproveite esse tempo." Este pensamento abrandou um pouco sua culpa, e ela se comprometeu a pensar nesse período como uma dádiva da verdadeira Guinevere e não como um roubo ainda maior da vida da princesa.

— Não preciso de ajuda — disse Brangien, dispensando os esforços de Dindrane para escolher outras roupas para Guinevere. — Sério, tenho certeza de que a rainha quer descansar. Consigo fazer isso sozinha.

Ficou claro que Brangien queria falar a sós com Guinevere, lançando olhares sugestivos para ela, mas nenhuma de suas amigas deu ouvidos aos repetidos comentários de que sua presença não era necessária, feitos pela dama de companhia. Isolda, sempre atenciosa, tirou as roupas de Guinevere e a enrolou em um robe. Dindrane ficou observando Fina, que estava com o rosto grudado na janela, olhando para a cidade. Lily falava sem parar, contando o que havia acontecido na cidade durante a ausência da rainha.

De início, Guinevere ficou irritada porque Lily não parava de falar. Mas então se deu conta de que estava fazendo isso para seu próprio bem. Lily a observava com atenção e, toda vez que Brangien ou Dindrane iam perguntar sobre o período em que Guinevere esteve longe de Camelot, Lily começava a tagarelar, contando outro caso de como havia reunido atores para andar pelas ruas, encenando uma peça depois do toque de recolher, que todos assistiram da janela de suas casas; quais eram os rapazes que estavam se preparando para o próximo torneio; como as trocas de guarda haviam sido melhoradas. Coisas corriqueiras, sem importância, que Lily teceu, formando um cobertor para enrolar Guinevere até que ela estivesse disposta a falar.

Enquanto Fina e Brangien discutiam a respeito do pano que prendia o cabelo da princesa e se ela precisava ou não de uma boa escovada agressiva, Guinevere se sentou ao lado de Lily e encostou a cabeça no ombro dela. Não merecia Lily. Lágrimas arderam em seus olhos ao se imaginar contando a verdade para a garota.

— Você gostaria que ficássemos e jantássemos com você? — perguntou Dindrane, tirando os olhos das novas mangas de Guinevere com um ar crítico, mas curioso. — Se sim, tenho que avisar Brancaflor para não me esperar.

Guinevere lembrou que Isolda havia dito que Brancaflor estava presa.

— E agora você faz suas refeições com Brancaflor?

Dindrane colocou o vestido de Guinevere em cima da cama e contou:

— Ela está morando comigo.

— O quê? Mas você a odeia! Brancaflor foi horrível com você!

Dindrane deu um sorriso e ficou enrolando um cacho de seu reluzente cabelo castanho-avermelhado no dedo.

— Bem, eu dei a ela o pior quarto de toda a casa. Com vista para o banheiro. — Dindrane soltou um suspiro e completou: — Você tem exercido uma má influência sobre mim. Eu a acolhi depois que tivemos uma conversa sincera sobre as muitas amantes de meu irmão, e Brancaflor contou que estava desrespeitando o toque de recolher para ficar atrás dele.

— E como isso é influência de Guinevere? — perguntou Fina, inclinando-se para frente, curiosa. Gritou em seguida, porque a escova de Isolda puxou um nó especialmente teimoso.

— Porque, há um ano, eu teria ficado feliz com o sofrimento de Brancaflor. Mas Guinevere me ensinou a ter compaixão. E isso foi bom. Como sou da família, meu maldito irmão não pode alegar que Brancaflor o abandonou ou obrigá-la a voltar para ele sem causar fofocas. Já que tenho que ser generosa com minha cunhada, pelo menos serei uma pedra no sapato de Percival.

— Ela não pode simplesmente largar seu irmão? — perguntou Fina, arrancando a escova da mão de Isolda.

— Brancaflor é esposa dele — respondeu Dindrane, como se isso explicasse tudo.

— Sir Percival é aquele cavaleiro cujos olhos mais parecem mãos, certo? — indagou Fina, virando-se para Guinevere.

— Como assim, olhos que parecem mãos? — interveio Isolda.

— Dá para sentir os olhos desse cavaleiro passando as patas em você mesmo quando ele está longe. — Fina fez garras com a mão e atacou o ar de modo agressivo.

— Deve ser ele — disse Brangien, com um tom sombrio. Será que ela já tivera problemas com Sir Percival? Ou com qualquer outro homem de Camelot? Por que será que Guinevere não sabia disso?

— Onde está Sir Tristão? — perguntou Brangien, mudando de assunto habilmente, mas a pergunta permaneceu na cabeça de Guinevere. — Ele não estava na balsa. Estaria supervisionando o acampamento dos soldados?

Guinevere sentiu um aperto no peito. É claro que elas ainda não sabiam.

— Ele ficou no norte. Não sei quanto tempo permanecerá lá.

Isolda ficou com uma expressão desolada. Brangien apertou a mão dela.

— Ele ficará bem — disse.

Isolda balançou a cabeça, valente.

— Eu sei. Mas estava ansiando pelo momento em que todos nós estaríamos juntos novamente.

Alguém bateu à porta, e Guinevere foi correndo abri-la, com o coração acelerado, pronta para pedir desculpas a Lancelote. Só que parou de repente, surpresa, quando viu que não era seu cavaleiro que havia batido, mas seu rei.

Arthur sorriu ao ver o quarto tão cheio de gente.

— Posso roubar Guinevere um minutinho?

— Não demore, ela precisa descansar — disparou Dindrane, arregalando os olhos em seguida ao se dar conta de para quem havia dado aquela ordem. — Meu rei — foi logo completando.

— É claro.

O sorriso de Arthur não se desfez. E Guinevere achou o olhar que o rei trocou com sua dama de companhia estranhamente conhecido. De confidência, até. Os dois nunca tinham conversado muito. Será que tinham se falado nas docas, enquanto ela estava distraída?

O rei lhe estendeu o braço, e a garota aceitou, mas Arthur só a acompanhou até o aposento ao lado. Guinevere esperava que ele a levasse até Lancelote. Assim que a porta do quarto de Arthur se fechou, Guinevere se virou e perguntou:

— E então?

— E então? — repetiu Arthur, devolvendo a pergunta.

— Onde está Lancelote?

— Ah.

Depois disso, o rei se sentou. Mas não foi sua postura que fez Guinevere se remoer por dentro, de medo e pavor. Foi seu olhar de expectativa determinada. A garota já vira aquele olhar algumas vezes quando o rei estava lutando, preparando-se para levar um golpe.

Guinevere segurou o próprio ventre.

— O que foi que você fez?

Arthur levantou as mãos, em um gesto de rendição, ao ouvir seu tom de acusação.

— Eu a libertei, como prometido.

Guinevere não exatamente se sentou: atirou-se na cadeira que havia diante de Arthur.

— Então por que você está com cara de quem acha que vou lhe atacar?

— Por favor, entenda. Eu dei à Lancelote o título de cavaleiro. Ela representa o reino e a coroa. Os piores entre nós ditam o quanto somos bons, e os mais fracos, o quanto somos fortes.

— Lancelote não é nada disso! Ela é a melhor entre os cavaleiros!

— Mas perdeu Camelot de vista, perdeu sua obrigação de cavaleiro de vista. E eu entendo, entendo mesmo.

Guinevere tinha toda certeza de que Arthur *não* entendia. A garota havia entrado nos pensamentos do rei, sentido o que ele sentia. Arthur jamais perdia Camelot de vista nem suas obrigações de cavaleiro. Havia perdido um filho prometido, enfrentou o medo de perder Guinevere e decidiu conquistar o sul para fortalecer Camelot.

Arthur andava pelo mundo como sua espada: cada decisão dele cortava as nuances e a complexidade, reduzia o mundo em uma questão de certo e errado, bem e mal, vida e morte. E acreditava, sinceramente, que suas escolhas é que mantinham Camelot de pé. Essa crença sincera, provavelmente, também era correta. Guinevere sabia que Camelot existia por causa da determinação de seu rei.

E sabia qual era o preço a pagar. Assim como Arthur. Mas era possível saber o preço a pagar e, mesmo assim, não *entender*.

— O que foi que você fez? — perguntou Guinevere.

— Eu a enviei para o norte, para ajudar Sir Tristão.

— Como? Você não pode fazer isso! Ela é meu cavaleiro!

— Lancelote é cavaleiro de Camelot — retrucou Arthur, com um tom firme. — Foi você que exigiu isso, e era isso que ela queria. Agora vejo que não fiz bem ao permitir que Lancelote não fosse como os demais cavaleiros. Isso criou uma divisão, tornou tudo mais difícil para ela. Sei que você pensa que não me importo com Lancelote, mas me importo. Eu a admiro imensamente e quero a mesma coisa que ela: que desenvolva seu potencial e seja um grande cavaleiro e defensor de Camelot. E é assim que faremos isso por ela.

Guinevere tremia de raiva. Arthur tomara aquela decisão sem consultá-la. Enviara Lancelote para longe dali antes que Guinevere pudesse vê-la, pudesse descobrir se seu cavaleiro a havia perdoado. Antes que ela pudesse se atirar nos braços de Lancelote, ouvir seu riso relutante, ver novamente seus cachos, a covinha em seu queixo ou sua intensa determinação.

Guinevere tinha saudade de Lancelote. De tudo nela, de um modo que a surpreendeu, por sua intensidade e especificidade.

— Lancelote jamais poderá ser igual aos demais cavaleiros porque ela *não* é igual a eles. É meu cavaleiro, e isso é uma punição. Só me pergunto qual de nós duas você pretendia punir. Foi uma decisão errada, e você a tomou sozinho — disparou Guinevere. Ela ficou de pé. Nectudad, dizendo que sabia exatamente o poder que as rainhas tinham no sul lhe veio à cabeça, assombrando-a. — Foi uma decisão errada *porque* você a tomou sozinho.

CAPÍTULO TRINTA E TRÊS

Guinevere examinou seu trabalho. Brangien soltou um ruído dúbio. Dindrane, contudo, pareceu gostar. Dobrou os braços, e observou as fendas das mangas se abrirem.

— E vocês todas irão usar também?

— Sim. Eu esperava causar um impacto maior com elas quando chegássemos à cidade — comentou Guinevere. — Mas fui eclipsada pelo acidente com a balsa.

— Você causou impacto, só não do tipo que estava esperando. — Dindrane deu risada e completou: — Bem, eu gosto. É bastante sedutor: cobre o pulso, mas mostra o braço.

— Espere até ver meus planos para o verão.

Dindrane cobriu a boca com a mão, fingindo estar escandalizada, sorriu e declarou:

— Mal posso esperar.

— O próximo verão será maravilhoso — disse Brangien, um pouco mais alto do que o necessário.

Guinevere inclinou a cabeça e soltou um suspiro ao ouvir aquela indireta nada sutil de que ficaria ali até o verão. Voltara a Camelot havia menos de um dia, e sua dama de companhia aproveitara todas as oportunidades possíveis para enfatizar o quanto todos precisavam dela ali.

Isolda havia levado Fina para passear na cidade. A princesa devia encontrar Sir Gawain na arena, naquela tarde, para começar os treinos. Arthur cumpriu sua palavra. Fina teria uma oportunidade justa durante as eliminatórias. Ou uma oportunidade ostensivamente justa. Guinevere não duvidava de que os cavaleiros pegariam muito mais pesado com Fina do que com Lionel, filho de um cavaleiro como eles. Mas suspeitava que Fina não gostaria que fosse de outro modo. Lancelote, com certeza, não teria gostado.

Lily abriu a porta.

— Ah, oi! — disse ela.

Estava com as bochechas lindamente coradas. Brangien já havia reformado o vestido cor-de-rosa que Lily usava no dia anterior, fazendo fendas nas mangas. Guinevere estava determinada a tornar essas mangas aceitáveis e em voga.

— Achei que você estava com Lionel... — falou Dindrane, com um leve tom de preocupação.

— E estava! Mas ele e Sir Bors tinham reunião com Arthur e me acompanharam até em casa.

— Quando? — perguntou Guinevere, subitamente interessada.

— Estão em reunião agora mesmo.

Não fariam reunião nenhuma sem Guinevere, não mesmo. A garota sabia exatamente qual seria o assunto da reunião, e ai dela se permitisse que a discussão acontecesse sem as mulheres que mais seriam afetadas.

— Dindrane, Lily, venham comigo.

Guinevere pegou a coroa, colocou-a de qualquer jeito na cabeça e desceu correndo até a sala do trono.

Escancarou a porta bem na hora em que Arthur, Sir Bors e Lionel se sentaram. Os três levantaram, intrigados.

— Minha rainha? — disse o rei, com um leve alarme ao ver a expressão da garota. — O que foi?

— Eu estava com medo de que nos atrasássemos para a reunião — respondeu Guinevere, entrando na sala e sentando-se ao lado de Arthur, sem rodeios. — Vamos discutir os planos para Cameliard, não é mesmo?

— Ãhn, sim. — Arthur se sentou. Chegou perto de Guinevere enquanto Sir Bors e Lionel puxavam as cadeiras para Dindrane e Lily se sentarem e falou: — Você não precisa estar aqui para isso.

— Se não tenho direito a tomar decisões unilaterais a respeito do meu próprio destino, você não tem direito de tomar decisões unilaterais a respeito do destino dos outros. Isso não é uma missão, é uma *discussão*, e todos terão direito a opinar sobre suas próprias vidas. Principalmente Lily.

A garota ergueu a cabeça e não olhou para o rei para tentar ver sua reação. Não seria mais guiada pelos sentimentos dele.

Guinevere sorriu para todos que estavam sentados à távola e começou a falar:

— Sir Bors, o senhor é um dos cavaleiros do rei mais valiosos e confiáveis. Já provou seu valor tanto dentro quanto fora do campo de batalha. Dindrane, você é uma de minhas melhores amigas e aliadas, e uma força poderosa desta cidade. Lionel, não o conheço, mas já ouvi falar muito da sua bondade e de sua bravura e estou ansiosa para vê-lo completar as provas e conquistar o título de cavaleiro.

O rapaz — que era só um ano mais novo do que Guinevere, mas não carregava o mesmo peso nos ombros — ficou corado e baixou a cabeça, constrangido. Só por isso, a garota já gostou dele. Mas, obviamente, não tanto quanto Lily gostava. A princesa olhava para Lionel radiante, com uma afeição e um orgulho descarados.

— E Lily... — prosseguiu Guinevere, e sua afeição por ela se debatia com a profunda vergonha e tristeza por estar escondendo da garota informações a respeito de si mesma — ... você é minha irmã amada. Inteligente, compassiva e infinitamente capaz. Como todos vocês sabem, o Rei Arthur decidiu alargar os limites de Camelot, ou seja: Cameliard também foi incluída.

Lily franziu o cenho e comentou:

— Nosso pai jamais aceitaria isso.

— Ele não aceitou — disse Arthur, em voz baixa. — Foi morto em combate.

A princesa demorou vários segundos para falar de novo:

— E nossos irmãos?

— Concordaram com meus termos e se tornaram meus cavaleiros. Estão supervisionando nossos barcos na costa nordeste, protegendo-a de invasões saxãs.

Lily balançou a cabeça e falou:

— Entendo.

Guinevere teve vontade de perguntar o que a garota estava sentindo. Ela mesma não nutria amor nenhum pelo homem que fora pai de Lily. As lembranças que tinha dele — as lembranças que pertenciam à verdadeira Guinevere — eram ruins, na melhor das hipóteses. Violentas e cruéis, na pior. Lily tinha praticamente fugido de Cameliard. Mas, ainda assim, aquele homem era seu pai e agora estava morto.

Todos observavam Lily com uma expectativa gentil, esperando que ela chorasse, tivesse um ataque de raiva ou exigisse mais explicações.

— Meus irmãos não devem ficar com Cameliard — declarou ela.

Arthur se recostou na cadeira, surpreso, e comentou:

— Concordo.

— Quais são os seus planos, então? O povo é bom, mas viveu muito tempo sob o governo de um tirano, e esse veneno vai se infiltrando nas pessoas. Precisam de uma liderança firme na transição para a lei e a ordem de Camelot.

Arthur lançou um olhar para Guinevere. Estava pedindo sua permissão. Tanto aliviada quanto satisfeita, a garota balançou de leve a cabeça para o rei. Que tornou a se dirigir a Lily:

— Gostaríamos que vocês quatro fossem essa liderança. Sir Bors e Dindrane irão contribuir com sua experiência. E Lily, ao tomar o lugar deixado por seu pai, garantirá ao seu povo que serão respeitados, como parte de nosso reino e não como um povo conquistado.

Para surpresa de Guinevere, Lily riu alegremente. Depois do trabalho que a princesa tivera para fugir de Cameliard, Guinevere esperava que ela não quisesse voltar para lá ou, pelo menos, expressasse preocupação. Só que Lily bateu palmas, encantada.

— Ah, ele morreria de novo se pudesse ouvir isso. Sua filha inútil, encarregada de guiar Cameliard até uma nova era de paz. — O sorriso da princesa era incandescente, mas sua expressão logo ficou determinada, acompanhada por um inclinar de cabeça. — Sou capaz de fazer isso, Rei Arthur. Juro.

— Sabemos que você é capaz — concordou Arthur, olhando para ela, radiante.

— E qual será o papel de Lionel? — perguntou Dindrane, com um tom de falta de curiosidade ensaiado, como Guinevere jamais ouvira. Mas ela conseguia ver a expectativa esperançosa nos olhos da amiga.

Guinevere falou primeiro:

— Isso quem decidirá é Lily. As pessoas terão menos disponibilidade de aceitar a liderança de uma garota solteira. Se for aceitável para todos, iremos selar o amor e a aliança entre nossas duas famílias por meio do casamento. Mas, se alguém objetar, seja qual for o motivo, podemos encontrar uma alternativa.

Lionel estava sentado reto como uma espada, absolutamente rígido, se de esperança ou pavor, era impossível dizer. Seu rosto estava quase roxo. Guinevere suspeitava que ele não havia respirado desde que Dindrane fizera aquela pergunta. Dindrane tossiu e cutucou Lionel.

— Sim — disse ele, em um suspiro. — Sim, eu sou... Eu gostaria... É aceitável. Muito aceitável. Mais aceitável, impossível. Nunca ouvi um plano tão aceitável.

Dindrane o cutucou de novo, e ele parou de gaguejar.

Sir Bors estava segurando um sorriso por baixo do bigode. Balançou a cabeça solenemente e falou:

— Seria a mais alta honra que eu poderia desejar.

Guinevere olhou para Lily e completou:

— A decisão é sua. Eu lhe prometi isso e jamais descumprirei essa promessa.

A expressão forte de Lily se anuviou, e seus lábios tremeram.

— Viveremos separadas — disse ela.

Guinevere balançou a cabeça. Isso iria acontecer de qualquer forma. Lily não era sua, não para sempre. Mas, quando a verdadeira Guinevere fosse recuperada, as duas iriam se reencontrar. Teve *inveja* disso, inveja por não ter direito de contar com o amor e a proteção feroz de Lily para sempre.

— Sim, por um tempo — respondeu.

— Mas você não precisa de mim. — Os olhos de Lily estavam rasos d'água, mas seu tom de voz transmitia um sorriso. — Não como antes. E agora Cameliard precisa.

— Precisa mesmo.

Lily assentiu, ergueu o queixo novamente e disse:

— Desde que eu e Guinevere possamos nos visitar com frequência, fico honrada e encantada... — Neste momento, ela lançou um olhar de relance para Lionel, que parecia estar prestes a se derramar de felicidade — ... de servir ao meu rei e a Camelot desse modo.

— Ótimo. — Arthur bateu na mesa com a mão espalmada. — Então isso está resolvido, e...

— Lily e Dindrane serão incluídas em todas as decisões de governo — interrompeu Guinevere. — Quando surgirem situações e não houver tempo de enviar cartas para nós e aguardar a resposta, acreditamos que vocês irão representar Camelot com compaixão e bom senso. Acreditamos em vocês quatro, *juntos*. Lily e Dindrane não terão papel decorativo, estarão presentes para liderar ao lado de vocês dois.

Lionel acenou com a cabeça diversas vezes, empolgado.

Guinevere olhou para Sir Bors. Ele era a pessoa mais velha e mais experiente da távola. Esperava que ele ficasse ofendido ou discordasse. Ficou surpresa quando o cavaleiro baixou a cabeça e levou a mão boa ao coração. Guinevere se deu conta de que Dindrane estava segurando a mão murcha do marido debaixo da mesa.

— Como deseja minha rainha, e Cameliard merece, trabalharemos juntos.

— Excelente. — Guinevere ficou de pé e declarou: — Deixarei vocês quatro pensando na logística do casamento e da viagem e irei dar uma volta com minha irmã.

A garota estendeu a mão para a princesa.

Olhou para trás, de relance para Arthur, quando saíram. O rei a observava com as sobrancelhas erguidas, uma conversa pendente. Guinevere deixou a porta se fechar entre os dois. Arthur poderia continuar esperando.

Assim que as duas saíram da sala do trono e chegaram à escada, onde ninguém poderia ouvi-las, Guinevere se virou de frente para Lily, e segurou suas mãos, para ser capaz de sentir se Lily estava com medo, preocupada ou mentindo.

— Peço mil desculpas. Queria ter lhe contado antes. Não me dei conta de que Arthur agiria tão rápido. E agora estamos só nós duas, sem pressão. Você...

Lily estava dando risada. Deu um abraço em Guinevere. Que sentiu sua tensão derreter. A princesa estava feliz. Verdadeiramente feliz.

— Eu sempre soube que teria um casamento estratégico. Casar com alguém de quem eu realmente gosto me parece um milagre. E ele não é velho! E é tão gentil. Lionel escreve poemas para mim, Guinevere.

— E os poemas são bons?

Lily deu risada, chegando a gargalhar, encostada no ombro de Guinevere.

— Não, e gosto ainda mais dele por causa disso. E Cameliard! Ficarei com Cameliard. — A garota se afastou para olhar no rosto de Guinevere e completou: — Desculpe. Eu me sinto péssima por estar tão empolgada, já que significa que vamos nos separar.

— Não sinta culpa nenhuma. — Guinevere prendeu uma mecha do belo cabelo loiro de Lily atrás da orelha dela. — Você nasceu para ser líder. Meu único arrependimento é que você deveria ser rainha por si só, não representante de Arthur.

— Discordo. Prefiro mil vezes governar Cameliard como parte de Camelot do que tentar administrar o território sozinha. O que temos aqui vale a pena ser protegido, e tenho a oportunidade de levar isso ao nosso povo. À nossa terra natal. Tenho a oportunidade de levar a eles o mesmo refúgio que encontrei.

— Mas jamais se esqueça que não é um refúgio para todos. Pode melhorar. *Deve* melhorar.

Durante todo aquele tempo, Guinevere tentara estar presente para apoiar Arthur quando, na verdade, deveria estar lá para apoiar Camelot.

Lily balançou a cabeça e falou:

— Irei obrigá-la a me visitar e tramar para que você venha pouco antes da estação das chuvas, quando é perigoso viajar por meses e mais meses. E não vou me sentir nem um pouco mal de roubar você de seu marido. — Ela deu um beijo no rosto de Guinevere e completou: — É claro que você terá de levar Brangien e Isolda. E Fina também. Ela é muito impiedosa. Gosto muito, muito dela. Venha, precisamos planejar meu vestido de casamento! Presumo que nos casaremos assim que Lionel receber o título de cavaleiro. O torneio será dentro de duas semanas. Não há muito tempo!

Guinevere não sabia quando contaria a verdade à Lily. Mas ouvi-la fazer esses planos com sua "irmã" era traição demais para ela conseguir administrar. Se existia alguém que merecia dar sua opinião, merecia saber o que havia acontecido com a verdadeira Guinevere, era a garota que sempre lutara para protegê-la.

— Preciso lhe contar uma coisa. Vamos para seus aposentos.

Lily ficou com uma expressão preocupada, mas a acompanhou até os próprios aposentos. Guinevere a fez sentar. E então explicou cuidadosamente o que havia visto. O que havia sentido. E o que fora feito à verdadeira irmã de Lily. Ficou com a sensação de ter aberto um corte de fora a fora no próprio corpo.

Não. Pior do que isso. Teve a sensação de ter aberto um corte de fora a fora no corpo de *Lily*. Porque não foi apenas a verdadeira Guinevere que sofreu, mas agora Lily também estava sofrendo. Sendo obrigada a saber o que haviam feito. Talvez, por bondade, não deveria ter sido informada, mas era tarde demais.

— Ah — disse Lily, quando Guinevere terminou de falar. Ficou olhando para o chão. Pela primeira vez desde que se conheciam, sua expressão, sempre tão clara, era inescrutável. — Achei que eu tinha enlouquecido. Os seus olhos realmente eram castanhos, como eu lembrava.

Guinevere balançou a cabeça, com os olhos cheios de lágrimas, como se essas lágrimas fossem capazes de levar embora, de limpar, as evidências da violência que fora praticada. As evidências de si mesma, infectando aquele corpo.

— Irei remediar essa situação, se puder. Pretendo desfazer essa magia e lhe devolver sua irmã.

Lily sacudiu a cabeça e declarou:

— Acho que você está enganada. Quando diz que não é minha irmã.

A garota sentiu uma dor no coração. É claro que a princesa tentaria encontrar um modo de fazê-la se sentir melhor em relação a isso. Ainda estava tentando protegê-la, de todas as maneiras que estivessem ao seu alcance. Mas Guinevere não podia aceitar.

— Eu lhe contei o que vi. O que aconteceu com ela. Não sou aquela garota.

— Você mudou, e daí? Todos nós mudamos. Às vezes, essas mudanças são forçadas por decisões de outras pessoas. — Lily levantou a mão, fazendo sinal para Guinevere não interrompê-la. — Sim, você não é a mesma, mas não é tão diferente. Tenho a *sensação* de que você é minha irmã.

Um leve suspiro escapou dos lábios de Guinevere. Ela amava Lily com muito mais força do que seria esperado, já que se conheciam havia tão pouco tempo. Mas isso não lhe dava o direito de ocupar o lugar da verdadeira Guinevere.

— Mas e se eu conseguir trazer sua irmã verdadeira de volta?

— Minha irmã verdadeira me foi roubada anos atrás. E ainda que aquele feiticeiro e aquela bruxa aquosa não tivessem feito isso, eu jamais a teria de volta. Minha irmã jamais teria se casado com Arthur. Nosso pai ainda estaria vivo em Cameliard. E meu futuro seria um pesadelo sombrio.

— Mas...

Lily ergueu a mão de novo. Se o modo como controlava aquela conversa servia de indicativo, ela daria uma excelente governante.

— Você pode ou não conseguir desfazer a magia, mas eu... eu não sei se me importo com isso. Agradeço por você também querer proteger quem ela era. Minha irmã é digna de ser protegida. Mas, aconteça o que acontecer, por favor, certifique-se de que eu terei uma irmã quando tudo isso acabar. E não se esqueça de que *você* é minha irmã, por bem ou por mal.

Guinevere concordou com a cabeça, sentindo um aperto no peito. Ninguém mais dera ouvidos à sua necessidade de recuperar a verdadeira Guinevere. Como Lily era a única pessoa que compreendia o que – quem – fora perdido, a garota não sabia como lidar com o fato de ter sua permissão para trazer a verdadeira Guinevere de volta... ou continuar ali.

— A única coisa que eu sempre quis é que você seja feliz.

Lily apertou o braço de Guinevere e declarou:

— Agora irei falar com Brangien sobre o meu vestido. Minha irmã estará do meu lado quando eu me casar. Certo?

— Prometo.

Guinevere pigarreou. Tinha mais coisas para resolver antes de ir ao seu encontro marcado com Excalibur.

— Brangien irá reclamar do trabalho a mais, mas não lhe dê ouvidos. Ela gosta de fazer vestidos perfeitos.

— As coisas não precisam ser perfeitas para serem *boas* – disse Lily.

E Guinevere teve certeza de que ela não estava falando apenas de vestidos.

CAPÍTULO TRINTA E QUATRO

A noite havia caído fazia tempo. Guinevere e Arthur estavam sentados no chão do quarto dele, para ficar mais perto do calor da lareira. Estavam com a voz rouca, de tanto conversar, horas e horas debatendo as ideias que Guinevere tinha para Camelot.

— Não precisamos disso. — Arthur esfregou o rosto. Estava encurvado, havia abandonado sua postura normalmente perfeita, e estava com olheiras.

— Precisamos, *sim*.

— Mas as leis são as mesmas para todos!

— Então me diga: o que você faria se uma mulher lhe procurasse e dissesse que está apanhando do marido?

— Eu convocaria o homem também e o interrogaria. Se fosse verdade, eu o puniria.

— E você não acha que puni-lo o deixaria mais bravo, e que ele multiplicaria sua crueldade por dez?

Arthur franziu o cenho, pensando a respeito, e respondeu:

— Talvez.

— E se o homem negasse os maus-tratos e dissesse que a esposa estava praticando magia?

— E ela está?

— Isso tem importância?

— Bem, a magia é proibida.

— Bater na mulher também, assim espero. E se um homem lhe procurasse e dissesse que a esposa o abandonou, negando a ele a oportunidade de ter herdeiros?

Arthur jogou as mãos para o alto e respondeu:

— Não sei. Por que ela o abandonou?

— E se uma mulher lhe procurar e confidenciar que o marido não apenas bate nela, mas também tem diversas amantes por toda Camelot? Que é infiel tanto no coração quanto no corpo, e ela não tem recurso, porque não pode abandoná-lo, não pode se casar com outro, não pode se proteger?

— Eu a protegeria. Nós a traríamos para o castelo.

— E se o homem negasse as acusações? E se fosse um homem em quem você confiasse a sua própria vida? Um homem que lutou ao seu lado, um homem que jurou protegê-lo e cumprir suas leis? Em quem você acreditaria?

O olhar de Arthur ficou mais aguçado.

— Este é um exemplo verdadeiro — comentou.

Guinevere fez que sim e disse:

— Sir Percival.

A expressão de Arthur ficou entre o desgosto e a descrença.

— Ele é um bom cavaleiro.

— Isso não faz dele um bom homem.

— Onde você conseguiu esta informação?

— Com alguém que não tem motivos para inventar nada em defesa de Brancaflor. Se Brancaflor fizer essas alegações, existem leis para protegê-la?

Arthur abriu a boca, mas ficou calado por alguns instantes. Então disse:

— As mulheres são protegidas por seus maridos. Nunca me ocorreu protegê-las *de* seus maridos. — O rei dobrou as pernas, abraçou os próprios joelhos e completou: — E os homens que julgariam o caso dela são homens que lutaram lado a lado com Sir Percival, muitos dos quais devem a ele a própria vida.

— Então agora você entende por que também precisamos de um conselho de mulheres? Não para meramente aconselhar, mas com poder de fato para proferir ou mudar julgamentos? Você baniu a magia, e isso eu entendo. — Guinevere entendia mesmo. Mais do que ninguém, entendia a violência que a magia podia causar. — Mas isso deixou muitas mulheres sem recursos para proteger a si mesmas, e você substituiu esses recursos pelas leis dos homens.

Quando Arthur ergueu os olhos, sua expressão era de angústia genuína.

— Por que as pessoas não podem ser boas? — perguntou.

— Porque elas são complicadas. Têm defeitos, são confusas, desastradas e maravilhosas.

A garota deu um sorriso triste. Houve um tempo em que pensava que o rei era absolutamente bom. O amor que tinha por ele, o apoio, a admiração, foram fáceis de sentir. Mas agora ela o conhecia — e a si mesma — melhor. E era perigoso pensar que alguém podia ser completamente bom. Ou completamente mau. Conteve um arrepio ao pensar no destino de Morgana. Ao pensar em qual poderia ser o destino de Mordred, caso Nectudad não o tivesse levado consigo.

Arthur esticou as pernas compridas e falou:

— Tudo costumava ser mais fácil. Eu tinha um objetivo: desbancar meu pai e criar Camelot. E fiz isso. Mas a tarefa ainda não terminou. Só ficou mais difícil e mais confusa.

Guinevere cutucou a perna dele com o joelho.

— E você continua inventando mais trabalho para si mesmo. — Ela suavizou sua próxima frase com um toque de brincadeira.

— Você poderia ter deixado o sul resolver suas questões por conta própria.

— Deveria ter deixado? — A pergunta foi tão sincera que Guinevere ficou sem ar. Arthur se aproximou dela, examinando seu rosto. — Será que tomei a decisão errada?

A garota não tinha uma resposta para dar ao rei. Não tinha dúvidas de que alguns dos reinos — Cameliard, para dar um exemplo, assim como o reino de Rei Mark, que estava em tumulto e caos graças às atitudes da própria Guinevere — estavam melhor agora. Mas, com certeza, alguns reinos estavam perfeitamente bem e agora sofreriam dores devastadoras durante a transição.

Guinevere pôs a mão no rosto de Arthur e falou:

— Só o tempo poderá dizer. Devemos aproveitar esse tempo o melhor que pudermos, para tornar a vida nesta ilha melhor para todos.

O rei fechou os olhos e soltou um suspiro. A garota, mais uma vez, desejou que outras pessoas fossem capazes de senti-la, como ela sentia essas pessoas. Mas será que realmente queria que Arthur soubesse como ela estava se sentindo? O quanto estava dividida, olhando para aquele rosto que um dia amara, que um dia quisera amar, e sentindo carinho, mas não desejo? O afeto brigando com a tristeza? Arthur sentiria a tristeza e o arrependimento dela, e descobriria a verdade: Guinevere não estava planejando ficar em Camelot por tempo suficiente para descobrir se o rei havia tomado a decisão correta ou não.

Ela olhou para Excalibur, que estava encostada na parede, ao lado da porta.

"Em breve."

Seu coração bateu mais rápido e com mais força, acelerado pelo medo, só de pensar. Mas havia feito uma promessa. A situação logo se resolveria, até onde estivesse ao seu alcance. Guinevere queria esperar Lancelote voltar, para se despedir de seu cavaleiro, mas isso lhe parecia uma trapaça. Porque quem poderia dizer que, quando Lancelote voltasse, Guinevere não teria traçado outro objetivo, estabelecido outro prazo, empurrando a verdadeira Guinevere cada vez mais para frente, até ser capaz de aceitar viver aquela vida roubada para sempre?

— Quando decidi ficar no sul em vez de voltar correndo para Camelot — disse Arthur, em voz baixa —, eu sabia que corria o risco de perder você. E de fato perdi, de certa forma. As coisas entre nós mudaram. — Ele pôs a mão em cima da mão de Guinevere e deu um sorriso triste. — Sempre que eu olhava para você, você estava me esperando. E não está mais. Sinto muito por ter desperdiçado minha oportunidade.

Arthur não precisava de magia para compreendê-la, afinal de contas. Guinevere puxou a mão, incapaz de segurar tanto seus próprios sentimentos quanto os de Arthur.

— Eu gostaria...

Do que ela gostaria? De não ter descoberto quem realmente era? De ter se unido a Arthur, como marido e mulher, antes de ter sido sequestrada? De continuar fugindo com Mordred, deixando tudo para trás?

Não. Ela gostaria de saber o quão limitado seu tempo era. De ter aproveitado melhor todo esse tempo. Amado com mais força, sem medo. Exigido poder como rainha, em vez de sempre tentar operar nas sombras. Havia desperdiçado tanta coisa...

Não era culpa dela. Mas nem por isso doía menos.

— Antes, eu gostaria... — disse, por fim — ... que você fosse apenas um rapaz, e eu fosse apenas uma garota. E que nós pudéssemos nos conhecer, nos apaixonar e ter uma vida simples. Mas aí você não seria *você*, e eu não teria coragem de querer isso.

O olhar pesado de Arthur se dirigiu a Excalibur.

— Nunca tivemos o direito de escolher esse destino — declarou o rei.

Guinevere ficou de pé e se aproximou da espada. Passou o dedo no cabo e sentiu uma pontada de frio na cabeça.

— Por que você pode possuir magia se ninguém mais pode? — perguntou, fechando a mão sobre o cabo e cerrando os dentes de dor.

— A espada não é mágica — respondeu Arthur, aproximando-se da garota e tirando seus dedos do cabo com delicadeza. — É melhor irmos dormir. Temos muito o que fazer amanhã de manhã.

— Como não é mágica?

Arthur soltou um suspiro e se sentou na beira da cama.

— É o contrário de mágica. Foi criada apenas para pôr fim à magia. Não para criar, controlar ou qualquer outra coisa. É a noite que engole o dia. O inverno que acaba com o crescimento. O silêncio ao final de uma canção.

— Quem a criou? — Guinevere não tirou os olhos da espada. Precisava saber, tinha que entender mais a seu respeito. — Sei que a Dama a deixou aqui, mas quem a forjou?

— Foi ela — disparou Arthur, com um tom tão bravo que Guinevere olhou para ele, surpresa. — É isso que você quer ouvir? Foi forjada por ela. Nem Merlin sabia como. Tentou replicá-la e não conseguiu. Ela a forjou para mim. Ela a deu para mim. Se você quer saber por que, bem, não podemos perguntar para ela.

Arthur se deitou na cama e virou de costas para Guinevere.

A conversa tinha chegado ao fim.

CAPÍTULO TRINTA E CINCO

— Mas Fina é nossa prisioneira? — perguntou Lily, chegando perto de Guinevere. As duas estavam caminhando pela Rua do Mercado, indo para a arena. Fina andava confiante, mais à frente, e Sir Gawain se esforçava para acompanhar o ritmo dela. — Ninguém sabe se deve convidá-la para um jantar, ostracizá-la ou algo entre esses dois termos.

Guinevere sacudiu a cabeça e explicou:

— Arthur a trouxe para cá como uma garantia contra sua irmã, Nectudad. Então, em certo sentido, ela é uma prisioneira. Mas Fina jurou lealdade ao rei e fez votos de se tornar cavaleiro. Nosso objetivo é apoiar isso e incentivar todos a apoiarem também. Estou encarando a situação como uma aliança, na esperança de que, um dia, essa aliança se concretize. De qualquer modo, eu a amo muito e quero que Fina seja feliz aqui, se ela puder.

— Você gosta mesmo de acolher pessoas estranhas — disse Lily, rindo até franzir o nariz. — Sempre surpreende a todos.

O sorriso que Guinevere deu foi contido e falso.

— Não há muito com o que se surpreender. — Não havia muito dela, afinal de contas. Há quantos meses ela existia? E cada um desses meses fora roubado de outras pessoas. — Obrigada pelas sugestões para o conselho das mulheres, aliás. Você julga tão bem as pessoas...

Lily ficou radiante, puxou Guinevere e ficou de braço dado com ela.

— Na verdade, só precisamos de Brangien. Ela treinou a vida inteira para julgar todos que cruzam seu caminho — comentou.

Guinevere deu risada e disse:

— Não há quem possa rivalizar com as habilidades dela.

— Você irá me avisar? — perguntou Lily, falando mais baixo de repente. — Antes de tentar. Para eu saber. Toda vez que a vejo, fico com medo de que você esteja diferente.

— Tentarei em breve — respondeu Guinevere. — Desculpe não poder ser mais específica do que isso. Preciso ter cuidado, porque Arthur e Brangien tentarão me impedir.

Lily balançou a cabeça e falou:

— Entendo.

Brangien estava esperando pelas duas mais adiante, atrapalhando a conversa. A dama de companhia e o rei haviam se aliado para jamais deixar Guinevere sozinha. Só que não havia como a garota ficar sozinha na arena.

Fina praticamente pulou lá dentro. Sir Gawain iria mostrar para ela como o combate era estruturado. Apesar de a princesa já ter participado de muitas batalhas durante sua breve vida, aquele tipo de luta era diferente. Guinevere não queria deixar o sucesso de Fina a cargo da sorte. Felizmente, Sir Gawain tampouco queria.

Brangien e Lily começaram a conversar sobre os planos para o casamento e se acomodaram no camarote de frente para o chão da arena, mas logo foram embora para comprar tecido. Isso depois de Guinevere ter garantido diversas vezes que não iria embora da arena sozinha.

A garota ficou assistindo ao treinamento da amiga. Como era permitido usar machados, mas não facas, Sir Gawain estava lhe ensinando o manejo da espada. Fina aprendia rápido e sempre conseguia dar um jeito de parecer que estava se divertindo, lá no chão de terra, arremessando armas para lá e para cá. Só que logo chegou sua vez. O revezamento da arena fora cuidadosamente planejado. Durante o breve período em que Camelot ficou isolada do resto do mundo pelo escudo, os jovens precisavam ter alguma coisa para fazer, e o próximo torneio teria um número recorde de aspirantes.

Fina foi correndo para o camarote, ficar com Guinevere. Gargalhou ao ver o novo grupo de aspirantes.

— Nectudad chicotearia todos até dizer chega, por causa dessa postura. Não estão se concentrando no ataque de fato.

— Como você está?

A princesa não lhe deu muita atenção, alongando os ombros e o pescoço.

— É um estilo diferente do que estou acostumada, mas gosto de aprender. E acredito que posso derrotar pelo menos três cavaleiros. Ainda mais se Gawain for um deles. Ele está bem apaixonado por mim.

— E quem poderia condená-lo?

Fina deu um sorriso malicioso e respondeu:

— Certamente, não eu. Sou muito desejável.

— Mas como você está *de verdade*? Com tudo? — Guinevere se virou para ficar de frente para a amiga, não para o chão da arena.

— É... muita coisa. — O sorriso de Fina se desfez, e seu olhar ficou reservado. — Quando fica demais, imagino que estou onde quero estar e com quem quero estar. Isso me traz força. Vamos, tente comigo.

Ela segurou a mão de Guinevere e fechou os olhos em seguida.

A garota fez a mesma coisa.

— Você pode estar onde quiser — disse a princesa, com um tom suave e sonhador. — Olhe em volta. Onde você está? Com quem você está?

O *onde* era nebuloso. Guinevere não conseguia se decidir por um lugar. Camelot, uma floresta, um campo dourado, tudo era um só borrão. Mas, quando se virou, a pessoa que surgiu em sua mente foi tanto um choque quanto nenhuma surpresa.

— É Arthur ou Mordred? — sussurrou Fina, em tom de malícia.

Guinevere abriu os olhos e perdeu a imagem de Lancelote parada diante dela. O cavaleiro era a pessoa com quem Guinevere ansiava estar, a única que não queria abandonar. Fora capaz de dar as costas tanto para Arthur quanto para Mordred, mas abrir mão de si mesma sem ter um último momento com Lancelote? Guinevere mal conseguia respirar só de pensar.

— Nenhum dos dois — respondeu ela, com um sorriso triste.

— Mesmo? — Fina se recostou com um olhar intrigado. — Era eu? Por que eu não gosto de você desse jeito, mas entendo meu charme.

Guinevere deu risada e respondeu:

— Não era você.

Fina balançou a cabeça e prosseguiu:

— Bem, lamento. Tanto por Arthur quanto por Mordred. Mas existem muitos tipos de amor. Alguns ardem com tanta intensidade que consomem a si mesmos. Alguns se acendem e acabam virando amizade. Alguns se acumulam por anos, tornando-se a fundação de uma vida. Meus pais eram assim. Acho que foi isso que destruiu meu pai, perder minha mãe. Ele ficou duro, quebradiço, e a Rainha das Trevas pôde se infiltrar pelas rachaduras.

Guinevere balançou a cabeça. O que havia vivido com Mordred foi verdadeiro e maravilhoso. Mas, mesmo enquanto acontecia, a garota tinha certeza de que não poderia construir uma vida baseada em estar com ele. E suspeitava que Mordred também pensava assim.

E, apesar de ainda amar Arthur e se preocupar com ele, agora se dava conta de que estivera tentando formar uma identidade baseada na fé que depositava no rei. Foi errado e magoou os dois.

Durante o tempo em que passou no norte, Guinevere se deu conta de que a única pessoa da qual não suportaria ficar separada para sempre era Lancelote. Talvez porque o cavaleiro sempre a enxergara e aceitara como ela era. Não havia expectativas do que Guinevere seria para Lancelote, nenhuma exigência, a não ser que a garota fosse a melhor versão de si mesma. A pessoa mais merecedora de um cavaleiro como ela.

Mordred não havia prendido Guinevere naquele mundo. Arthur tampouco prenderia. Mas, quanto mais a garota pensava em abandonar seu cavaleiro, mais tinha vontade de ficar. Ficar com aquele corpo e aquela vida para sempre.

— Você está chorando? — perguntou Fina, preocupada.

Guinevere secou as lágrimas. Se fosse possível expelir a Dama do Lago chorando, certamente, àquela altura, isso já teria acontecido.

Ela tinha que tentar usar Excalibur naquela noite. Senão, jamais tentaria.

Pela última vez, Guinevere entrou de fininho na passagem secreta entre seus aposentos e os de Arthur. Passou os dedos nas pedras, pensando na Dama, que esculpira tudo aquilo. Pensando na garota que ficara naquela mesma passagem, na primeira noite que estivera em Camelot, tão certa de si mesma e de seu propósito. A garota que entregou o próprio nome à chama da vela e a assoprou.

Aquele nome não importava mais. Jamais fora seu.

Ela odiava a Dama e tinha pena da garota sem nome. E, naquela noite, poria fim a ambas.

O quarto de Arthur estava na penumbra. O fogo da lareira se reduzira a brasas bruxuleantes. Guinevere conseguia ver sua silhueta escura na cama, seus ombros largos, sua cintura fina. Sabia como o rei se sentiria se ela se aninhasse ao seu lado, deliciando-se com aquela proximidade, esperando mais. Sentiria muita falta dele. Mas, por ora, fizera tudo que estava ao seu alcance. Não tinha coragem de se arriscar por mais tempo.

"Desculpe, Lancelote", pensou.

Excalibur estava encostada na parede, em um local que seria fácil para Arthur levantar da cama e pegá-la. O rei nunca pendurava a espada, nunca a expunha. Era estranho, agora que parava para pensar, o quão pouco Arthur exibia sua espada maravilhosa.

A garota respirou fundo, sentou-se no chão gelado e colocou a espada embainhada no colo. Se caísse quando a magia fosse desfeita, o corpo da verdadeira Guinevere não ficaria ferido. Ela não havia sido a guardiã mais cuidadosa daquele corpo, e se arrependia disso. Mas havia amado demais a vida! Reuniu suas lembranças mais queridas, tentando viver nelas um último instante.

A primeira vez que viu Arthur.

O olhar de Mordred subindo a montanha de costas e dançando, provocando-a.

A sensação de certeza que a inundou quando segurou a mão de Lancelote.

Dar risada com Brangien. Observar Isolda e Brangien em momentos silenciosos. Fazer Lily sorrir. A alegria de Dindrane durante o casamento dela. A risada de Fina, que assustava os cavalos.

Beijos, tanto roubados quanto dados de livre e espontânea vontade.

Guinevere gostaria de poder ter avisado Lily de que aquela seria a noite.

Sendo egoísta, gostaria que Lily estivesse com ela naquele

momento, para não precisar fazer aquilo sozinha. Mas não estava sozinha, estava com todas as suas lembranças mais queridas.

A garota preencheu o próprio coração com Camelot, com quem havia sido enquanto estivera ali, e desembainhou a espada.

Uma náusea se apoderou de Guinevere instantaneamente, e ela caiu para trás, segurando a espada, tentando não vomitar para não acordar Arthur. Esforçou-se para continuar consciente, lutou contra o pavor que a deixava zonza e o torpor que irradiava da espada. Mas ainda era ela mesma. Não teve a sensação de estar se despedaçando, de estar sendo expulsa daquele corpo pela verdadeira Guinevere, de estar caindo no nada.

A espada odiosa não estava cumprindo sua tarefa.

Guinevere cerrou os dentes. A Dama havia forjado aquela coisa maldita, e ela *a usaria* para livrar aquele corpo da Dama e de sua magia.

Passou a mão na lâmina, permitindo que cortasse sua pele. Um frio terrível a inundou. Não o mesmo frio que sentiu quando a Dama inundou a verdadeira Guinevere, levando-a embora e substituindo-a por outra coisa. Nem do veneno da Rainha das Trevas ou da possessão de Morgana. Era o frio de um vazio, da peremptoriedade da morte.

Guinevere havia cometido um erro.

E caiu na escuridão.

CAPÍTULO TRINTA E SEIS

Uma discussão em voz baixa pulsava na cabeça de Guinevere, que estava latejando. Cada onda de som criava uma onda de dor. Ela levou vários segundos nebulosos para lembrar o que havia acontecido. A espada. Sua tentativa determinada de restaurar a verdadeira Guinevere. Determinada, mas fracassada. Ela ainda estava ali. Pelo menos, não havia morrido. Estremeceu, horrorizada, ao pensar que poderia ter matado aquele corpo que não era seu, e esse movimento causou uma onda de náusea.

— Guinevere? — disparou Brangien.

A garota abriu os olhos com dificuldade. Ainda era noite. A dama de companhia pairava acima dela. Seu rosto, iluminado pela vela, era uma máscara de raiva e frieza.

— Venha me chamar se precisar trocar o curativo dela — disse Brangien, com a cabeça virada para trás. — E *você* perdeu o direito de dormir sozinha — completou, dando um beliscão forte no braço de Guinevere. O medo que a dama de companhia sentia foi transmitido de uma maneira muito mais forte por aquele breve contato físico do que por suas palavras.

— Sinto muito — sussurrou a garota. E sentia mesmo. Tanto pela dor que havia causado em sua amiga quanto por sua tentativa fracassada de libertar a verdadeira Guinevere.

Brangien foi embora, e a cama afundou porque Arthur sentou-se na beirada, de costas para Guinevere.

— O que você estava pensando? — perguntou o rei, exausto.

— Eu pensei... — A garota engoliu em seco, com a cabeça girando. Baixou a voz e sussurrou de novo: — Pensei que, se a Dama fez esta magia para amarrar a si mesma neste corpo, a magia da espada poderia desfazê-la.

— Você é humana, Guinevere. Excalibur só será capaz de lhe desfazer atravessando seu corpo. É isso que você quer? Sangrar até morrer? Acabar com a própria vida porque não consegue viver com a culpa do que aconteceu para que você pudesse existir?

— Não. Não. — Guinevere se encolheu, aproximando os joelhos do corpo e segurando a mão machucada, que latejava junto com as batidas de seu coração. — Mas sempre me sinto mal perto de Excalibur. E, lá no bosque, quando despertei a Rainha das Trevas, a espada ia acabar comigo, pude sentir.

Mordred havia usado isso contra Arthur, posicionando Guinevere entre Excalibur e a Rainha das Trevas, como se ela fosse um escudo.

— Aquele bosque inteiro estava repleto de magia — argumentou Arthur. — A magia se esvaía de você e da Rainha das Trevas, porque ela estava usando você. Então, sim, era tanta magia que a espada poderia ter arrancado o restante de dentro de você e lhe matado. Excalibur consome magia desenfreada, magia selvagem. Faz você se sentir mal porque você é rodeada de magia. Mas a espada não é capaz de *acabar* com você. Porque, na maior parte do tempo, a magia está contida em seu corpo. O seu corpo muito humano e muito frágil.

Guinevere fechou os olhos. Aquela era sua última esperança.

A menos que libertasse Merlin da caverna e, de alguma maneira, obrigasse o feiticeiro a ajudá-la, não tinha mais nenhum recurso. Nenhum modo de salvar a garota inocente cujo corpo habitava.

— Não posso salvar a vida dela.

— Você realmente pensou que uma espada poderia salvar a vida de alguém? Espadas não salvam vidas. Elas matam, Guinevere.

A garota esticou o braço e pôs a mão nas costas do rei. Ele não se mexeu.

— Por que você acha que a espada é uma maldição? — perguntou Guinevere.

— O quê?

Arthur finalmente se virou para ela. Estava escuro demais para ver seu rosto, só sua silhueta aparecia.

— Morgana me fez entrar em sua cabeça quando eu estava com ela. E você achava que Excalibur era um presente, mas também uma maldição. Qual é a maldição? É por que ela põe fim à magia?

Talvez, se entendesse melhor a espada, os dois poderiam chegar a uma solução juntos. Se Arthur estivesse disposto a ajudá-la, se o rei pudesse compreender por que ela precisava fazer aquilo...

— A maldição é a seguinte: como Excalibur foi dada a mim, eu *tenho* que empunhá-la. Não posso virar as costas para a espada ou para o que ela representa. Carrego o peso de Camelot, o peso desta ilha inteira, nos ombros, todos os instantes de todos os dias. A maldição não é o fato de pôr fim à magia. É o fato de pôr fim a *vidas*. Mas apenas às vidas que eu escolher pôr fim. Tenho que tomar essa decisão infinitas vezes. E fica mais fácil com o tempo. O pior é isso.

Guinevere sentiu a compreensão se alojando nela, tão pesada que mal conseguia respirar. A espada era apenas uma ferramenta. Era inútil sem alguém que a empunhasse. E esse fardo havia caído sobre os ombros de Arthur e de mais ninguém.

Não, não havia caído. Cair era algo passivo. Este fardo fora cuidadosa e deliberadamente colocado nos ombros de Arthur por Merlin e Nimue.

Naquela noite, a garota havia tentado deixar o rei ainda mais só do que ele já era. A tristeza e a culpa tomaram conta de Guinevere. Tinham o mesmo gosto da água morna da Dama, que levara embora uma garota amedrontada e frágil. Ela tinha certeza, sem nenhum questionamento, de que a verdadeira princesa, a que fora substituída, não seria capaz de ajudar Arthur a suportar aquele fardo. A verdadeira Guinevere quis se tornar alguém mais forte para poder fazer isso. Teve uma visão, dentro d'água, de quem precisaria ser para andar ao lado de Arthur e, ainda que não tivesse entendido o trato que estava fazendo, quis que aquilo acontecesse. Isso não tornava a verdadeira Guinevere uma pessoa fraca, má ou indigna. Mas ela não havia sido criada para ser rainha de Camelot. Guinevere fora *literalmente* criada para isso.

Ela pôs as duas mãos sobre a boca, tentando abafar o pranto. Sentiu cheiro de sangue, o cheiro de ferro pungente da humanidade, exalado pelo curativo.

Seja lá quem fosse, seja lá o que fosse, era forte o bastante para governar ao lado de Arthur. Para garantir que o rei não tomasse aquelas decisões sozinho. Que a maldição da espada não se tornasse tão pesada e perversa a ponto de Arthur se tornar outro Pendragon.

A maldição de Excalibur podia ser de Guinevere também.

A garota havia pensado que estava escolhendo o rei, escolhendo Camelot, quando estivera ali pela primeira vez e quando voltou, depois de abandonar o bosque encharcado de sangue da Rainha das Trevas. Mas jamais havia se comprometido de verdade com isso. Jamais vira a si mesma como rainha, como parceira de Arthur, de verdade.

Não era a protetora do rei. Mas poderia ser sua *parceira*, se fosse capaz de aceitar o preço a pagar.

— Preciso decidir — disse. — Preciso decidir se vou abrir mão da garota. Ela era inocente, Arthur, e preciso decidir se serei conivente com seu fim.

O rei a puxou para perto e a abraçou na escuridão. Não falou nada, e Guinevere ficou feliz por isso, porque nada seria capaz de fazê-la se sentir melhor. Nada *deveria* ser capaz de fazê-la se sentir melhor em relação àquilo.

Pela primeira vez, Guinevere estava decidindo tirar a vida de alguém em nome de Camelot.

CAPÍTULO TRINTA E SETE

O clima estava gloriosamente agradável, um outono equivalente às falsas promessas que amantes sussurram entre si. No dia seguinte provavelmente faria frio, com vento. Mas, por ora, Guinevere se deleitava com a sensação do Sol batendo em sua pele. Lá no alto do castelo na montanha, no jardim que Arthur lhe mostrara, ela quase era capaz de fingir que estava fora da cidade.

Lily estava sentada ao seu lado, cantarolando e colocando os últimos detalhes em seu vestido de casamento. Leal como sempre, até havia incluído as mangas com fenda que Guinevere rapidamente estava popularizando.

O torneio seria no dia seguinte. O casamento de Lily, um dia depois, presumindo que Lionel se tornasse cavaleiro, coisa da qual Guinevere não duvidava muito. Os dias transcorridos desde sua tentativa vã com Excalibur foram preenchidos com os planos para o torneio e o casamento, formando seu conselho de mulheres e discutindo com Arthur a respeito de como governar metade de uma ilha.

A garota soltou um suspiro e massageou a palma da mão machucada. O processo de cicatrização estava em um estágio que provocava uma coceira terrível. Lily segurou a mão de Guinevere e passou os dedos pela linha vermelha da ferida deixada por Excalibur.

— Não estou desapontada — disse, surpreendendo Guinevere.

Depois que contou para Lily que sua última esperança de restaurar a verdadeira princesa havia fracassado, não tinham mais tocado no assunto. Guinevere achava que nunca mais conversariam a esse respeito. Por mais que quisesse conversar sobre isso, não despejaria o fardo de ter que ouvir nos ombros da princesa.

— Mas desisti dela.

Guinevere havia se envolvido na culpa como se fosse uma malha de aço. Certos dias, tinha a sensação de estar de volta ao lago, com esse peso a puxando para o fundo. Outros dias, contudo, lhe parecia mais uma armadura, que a recordava do quanto tivera que lutar. Do quanto tivera que fazer, porque ela estava ali, e a outra Guinevere, não.

Lily apertou a mão de Guinevere e, em seguida, apoiou-a em seu braço e ficou observando a paisagem.

— Tenho visto você trabalhar todas as horas do dia e muitas horas da noite também. Você não desiste de nada. Você... ela... — A princesa sacudiu a cabeça e fez uma careta frustrada. — Desculpe, não consigo enxergar você como duas pessoas diferentes. Você sempre quis ajudar todos ao seu redor e não ter o poder para fazer isso partia seu coração. Agora você tem esse poder e o está usando. *Esta* é minha irmã. *Você* é minha irmã.

Guinevere encostou a cabeça no ombro de Lily e disse:

— Queria que você ficasse em Camelot.

— Também quero, às vezes. Mas quero ajudar, assim como você está ajudando. E estou determinada a obliterar o legado de nosso pai em Cameliard.

— Você conseguirá. — Guinevere não tinha dúvidas. — Mas você bem que seria útil em meu conselho. Ah! Lembrei. Quero convidar Ailith.

— Quem é Ailith?

— Neste exato momento, ela trabalha na cozinha. Mas foi criada fora de Camelot, por mulheres que foram banidas da cidade por praticar magia. Acho que a perspectiva dela será útil.

Lily deu risada.

— Você irá colocar uma criada de cozinha sentada ao lado de Lady Tegau Eurfron, a esposa de Sir Caradoc, que tem um orgulho infinito? Agora eu realmente gostaria de poder ficar aqui, só para ver.

— E agora eu gostaria de poder ir com você, só para fugir.

A garota olhou para o terreno além do lago. Os campos estavam marrons, já havia passado a colheita, e estavam se preparando, lentamente, para dormir durante o inverno. Uma névoa de poeira atraiu seu olhar: alguém a cavalo se aproximava de Camelot, a galope.

Vindo do norte.

Guinevere ficou de pé.

— Parece que teremos notícias — falou.

Sir Tristão, lá do norte, não havia mandado notícias, ou seja: ela tampouco tinha notícias de Lancelote. Torcendo, desesperada, para estar certa, mas também com receio de que o cavaleiro fosse a própria Lancelote, Guinevere acompanhou o trajeto do cavalo até ele chegar à balsa, enquanto ajudava Lily a guardar suas coisas. Depois de levar a princesa e seu material até os aposentos dela, Guinevere desceu correndo as escadas da parte exterior do castelo.

Arthur não estava no castelo. Naquele dia, estava na arena. Não era muito apropriado à rainha ser vista correndo pela rua, mas Guinevere não se importou. O guarda do castelo que estava com ela mal conseguia acompanhar seu ritmo. A garota estava acostumada a observar em seu balestreiro. Mas, em vez disso, foi direto para o chão da arena, chegando a Arthur antes do mensageiro. O rei estava lá, cercado de garotos poucos anos mais novos do que ele, rindo com uma felicidade tão inocente que Guinevere sentiu dor ao ouvir. Era pouco mais velho que os garotos e, apesar disso, carregava Camelot nas costas desde que era criança.

A garota levou a mão ao coração, imaginando a verdadeira Guinevere aninhada ali dentro, em algum lugar. Todos os dias, teria que escolher ficar com aquela vida. Todos os dias, pelo resto de sua vida roubada, ela teria que escolher a si mesma em detrimento da garota cujo corpo havia roubado. Teria que escolher Arthur e Camelot.

— Minha rainha! — exclamou Arthur, radiante. Tirando as reuniões de governança, os dois não tinham passado muito tempo juntos. Guinevere não queria ficar no mesmo recinto que Excalibur e tampouco queria encontrar consolo na força do rei. Precisava sentir aquela dor. Viver com aquele desconforto e jamais esquecer que não podia menosprezar sua existência e seu dever.

— Um mensageiro está vindo. Do norte — disse ela.

Arthur ficou sério imediatamente e acenou, despedindo-se dos garotos, e foi correndo para o lado de Guinevere. Ao que parecia, estava tão aflito quanto ela, porque, assim que o soldado — que não era Lancelote nem ninguém que a garota conhecia — entregou-lhe o pergaminho selado, Arthur o deu para Guinevere e a levou para uma alcova mais privativa da arena. Ela passou os dedos por baixo da cera, quebrando o selo, e estendeu a carta para que ambos pudessem ler ao mesmo tempo. A carta era curta, e a tinta estava borrada: obviamente fora escrita com pressa.

— Estamos marchando em direção a Camelot, dois dias atrás do mensageiro e um dia à frente do exército da Rainha das Trevas — leu Guinevere. — Encontre-nos na fronteira da floresta com

Excalibur. Deixe seus homens na cidade, onde não correrão perigo. Não confie em ninguém, principalmente em seus soldados do norte. Não são mais seus. Diga à rainha que a infecção está se alastrando. Atenciosamente, em aliança e lealdade — Guinevere leu a assinatura e em seguida ergueu os olhos, surpresa, Nectudad, filha de Nechtan e governante do povo do Rio Ramificado, e Sir Tristão.

— O que mais você pode nos dizer? — perguntou Arthur, olhando para o soldado, que esperava sua resposta. O pobre homem estava exausto, coberto de terra e suor.

— Nada, meu rei. Eu estava destacado na fronteira com o norte. Outro mensageiro ferido me entregou a carta, mas não deu mais nenhuma informação.

Arthur assentiu e o dispensou.

— Alguém roubou meus homens, ou eles desertaram. E a letra de Sir Tristão está estranha. — Arthur passou os dedos pelas palavras trêmulas. — Das duas, uma: ou ele foi obrigado a escrever esta carta ou está ferido. Ou foi Nectudad que escreveu. O que ele quis dizer com "a infecção está se alastrando"?

— Está falando de quando foi mordido por um lobo na floresta, e eu queimei a febre para limpá-lo. — Guinevere franziu o cenho, perplexa. — Será que disse isso para provar que foi ele quem de fato escreveu, de livre e espontânea vontade?

— Mas não temos certeza disso.

— Não — concordou Guinevere, sinais de alerta zumbindo dentro dela feito um enxame de abelhas. — Você consegue imaginar alguma circunstância em que seus homens desertariam e se juntariam à Nectudad ou à Rainha das Trevas?

— Não. — A expressão de Arthur era lúgubre. — Parece que estão lutando juntos, mas será que Sir Tristão está fazendo isso por vontade própria? Só sabemos, com certeza, que Sir Tristão está me falando para não confiar em meus próprios homens, que a filha de Nechtan estará a pouca distância de Camelot dentro de dois dias e que a Rainha das Trevas tem um exército.

Todo o calor daquele dia desapareceu, e Guinevere conseguia sentir o eco da sensação de pernas de aranha se arrastando por sua pele. "Eu estarei em toda parte."

CAPÍTULO TRINTA E OITO

Guinevere ficou puxando uma de suas tranças, distraída. A meia-noite chegara fazia tempo, e a manhã se aproximava rapidamente. Os argumentos e discussões tinham andado em círculos tantas vezes que ela ficou surpresa por não terem cavado um sulco em volta da távola.

— Mas não podemos confiar em uma pictã — disse Sir Percival.

— Fina provou seu valor! — protestou Sir Gawain.

— Provou, sim — falou Guinevere, levantando a mão. — Mas não teve contato com Nectudad desde que a irmã foi para a costa, por isso não tem como opinar. Nectudad é honrada, mas também protege seu povo ferozmente, por isso não tenho como dizer se isto é uma trama de vingança ou uma tentativa de resgatar Fina. Que não foi sequer mencionada na carta. E eu confio em Sir Tristão. Se ele escreveu, estou inclinada a acreditar que não é uma armadilha.

— Eu também estou — concordou Arthur. — Mas todos sabemos que todo homem tem seus pontos fracos.

— Podemos ir ao encontro deles, como pedido — sugeriu Sir Bors. — Mas levaremos uma força inteira. E enviaremos alguns homens amanhã, para ficarem escondidos, à espreita, caso precisemos cercá-los ou emboscá-los. Sabemos quantos homens Nectudad é capaz de comandar e, presumindo que ela não obrigou os soldados que deixamos no norte a se voltarem contra nós, não pode ter esperanças de vencer a batalha.

— Mas não fazemos ideia de por que Sir Tristão diria para nossos soldados ficarem na cidade, onde não correm perigo, e não sabemos onde a Rainha das Trevas conseguiu um exército — argumentou Guinevere.

— Isso se ela tiver um — objetou Sir Bors.

Arthur balançou a cabeça.

— Acho que a sugestão de Sir Bors é a melhor medida a tomar. Encararemos o que tivermos que encarar e estaremos preparados para tudo. Mandei olheiros também, para encontrar as forças vindas do norte antes de chegarem aqui, para que tragam informações e números para nós. Gostaria que Sir Tristão tivesse dito mais. Preocupa-me o fato de ele não ter feito isso. — O rei ficou inclinando a cabeça de um lado para o outro, alongando o pescoço, então completou: — Agora, já que temos tempo, devemos finalizar os planos para o torneio de amanhã. Ao que parece, no futuro bem próximo, precisaremos de todos os cavaleiros que pudermos conseguir.

Guinevere ficou de pé. Para aquilo, pelo menos, não precisava estar presente. Todos os cavaleiros inclinaram a cabeça quando a garota se dirigiu para a porta. Arthur a abriu para ela.

— Não fale disso com Fina — alertou. — Não temos como ter certeza da lealdade dela.

— Entendo. — Guinevere ficou triste, mas Arthur tinha razão. Nectudad jamais fora sua aliada. Se a princesa estivesse planejando alguma coisa, Guinevere manteria Fina fora de seus planos. Era a melhor maneira que tinha de proteger sua amiga.

Em vez de voltar aos seus aposentos, Guinevere aproveitou a oportunidade para ficar sozinha. Desde sua tentativa com Excalibur, Brangien voltara a dormir em seu quarto e não no quarto ao lado. E, quando a dama de companhia não estava com ela, Lily estava — ou

Fina, Dindrane ou Arthur. A garota subiu a escada externa do castelo, e seus pés a levaram, inconscientemente, até a alcova de Mordred.

Ah, voltar para a natureza, não ter nada para pensar a não ser em perder-se com ele. Jamais voltaria àquele momento. Mas, naquela noite, se fechasse os olhos e se imaginasse em outro lugar, suspeitava que acabaria nos braços de Mordred.

Guinevere fez careta para o lago que se esparramava, enganosamente plácido, debaixo do céu noturno. Sentia-se tão descontrolada e perigosa quanto uma tempestade de raios, prestes a atacar a qualquer instante. Ou a evaporar, tornando-se um mero chuvisco, desaparecendo sem deixar rastro. Sentou-se com um suspiro, apoiada na parede, e fechou os olhos. Estava tão absurdamente cansada... O dia seguinte seria exaustivo, e o próximo, ainda pior.

Quando fechou os olhos, tudo estava escuro. Mas não era a escuridão da noite, que era algo. Aquela era a escuridão da ausência. A escuridão do nada.

— Até que enfim — disse Mordred. — Atrasada, como sempre.

Guinevere correu até ele. O cabelo de Mordred estava lindo, na altura dos ombros, e ele usava uma fina túnica verde-escuro. A garota examinou seu rosto, procurando alguma pista do que poderia ter acontecido desde que haviam se separado.

— Onde você está? Está a salvo?

Mordred não abriu os braços para ela, como Guinevere esperava. Pelo contrário: cruzou-os e olhou feio, com os olhos entreabertos.

— Você quer dizer ao contrário de minha mãe...

Guinevere viu Excalibur atravessando o coração de Morgana de novo, muitas e muitas vezes, aquele final violento repetindo-se infinitamente em sua cabeça. Então Mordred sabia.

— Sinto muito. Eu...

— Ela tinha razão ao seu respeito. Disse que jamais daria certo, e aqui estamos nós.

— O que jamais daria certo? — Guinevere observou o rosto dele e logo se arrependeu de ter feito isso. A maldade e o desdém eram quase palpáveis. Por instinto, deu um passo para trás, confusa.

— Eu disse que conseguiríamos manipular você. Deixá-la tão confusa e vulnerável que você não saberia que o Sol estava brilhando mesmo que estivesse a pino. E deu certo. — Mordred deu uma risada amarga. — Nem sequer foi difícil. Você acreditou que eu estava lá para protegê-la, acreditou que eu seria capaz de me voltar contra minha mãe e minha avó. Até pensou que eu havia tomado uma poção *da verdade*. Mas isso não foi tão patético quanto lhe prometer que só lhe beijaria se você me pedisse, sabendo que você pediria. E pediu. — Seu sorriso cruel se desfez, e seus olhos se espremeram, parecendo facas. — Mas tudo deu certo demais, porque você era tão incrivelmente fraca, tão absolutamente incapaz, que Arthur teve que resgatá-la mais uma vez. Você pode não ter visto o que estava acontecendo, mas ele não tinha dúvidas a nosso respeito. Minha querida mãe pagou o preço por isso. Eu tive o bom senso de ir embora antes. — Mordred soltou um suspiro, olhando-a de cima a baixo com um desdém brutal, e declarou: — Não quero mais saber de você. Tentei, de todas as maneiras possíveis, tornar você útil. Mas, tirando o seu sangue, que convenientemente ajudou minha avó a tomar forma, isso se revelou impossível. Você é realmente inútil.

Guinevere não conseguia entender o que estava ouvindo, o que estava vendo. Ali estava a enguia, o homem a respeito do qual todos haviam lhe alertado. Será que tudo o mais fora falso? Uma mentira? A história dos dois estava reescrevendo a si mesma com uma crueldade fria. Tudo o que Mordred havia dito e feito, todos os momentos de verdade e intimidade. Os abraços para se proteger do frio e da escuridão. Tudo mentira. Manipulação.

Não. Aquele era o Mordred a respeito do qual o mundo inteiro havia lhe alertado. Mas não era o Mordred que ela conhecia. E

Guinevere acreditava em si mesma, pelo menos. Ela havia *sentido* Mordred. Havia compreendido Mordred.

— Você cruzou a linha acima de Camelot. O arame mágico que fiz mataria qualquer um que quisesse me fazer mal.

Mordred soltou uma risada seca e disse:

— Receio que você também não seja muito boa na magia.

— Não. — Guinevere sacudiu a cabeça, sendo tomada pelo desespero. — Não, você é... Isso é...

— Mentira? Tudo é mentira. Esqueça de mim. Eu certamente pretendo esquecer você e o tempo que desperdicei aqui.

Ele levou a mão ao cabelo, no ponto em que o cabelo da garota estava amarrado, conectando os dois.

— Espere...

Guinevere levantou a mão, com o coração acelerado. Aquela *era* a enguia. Mas a enguia fora um fingimento. Uma mentira que ele havia contado para sobreviver, para tentar salvar alguém que amava.

Mordred estava mentindo para ela, e Guinevere não sabia o porquê. Mas não o deixaria ir embora antes de descobrir.

— Você quer saber quais foram as últimas palavras de sua mãe?

Mordred ficou petrificado e, naquele momento, a fachada ruiu. Ele não foi capaz de esconder a dor bruta em seu rosto, seu luto profundo e agonizante.

— Por que você está tentando me fazer odiar você? — sussurrou Guinevere.

Ele se esforçou para recolocar a máscara, mas seu rosto não queria obedecer. Seu sofrimento se diluiu em medo, e Mordred se aproximou de Guinevere, agarrando-a com força pelos ombros, machucando-a.

— As pessoas *morrem*. Pessoas morrem o tempo todo. Não é nada especial ou incomum e só representa uma tragédia se não merecem morrer. Eu mereço. Não esqueça disso.

— Do que você está falando?

— Eu provoquei isso, e você não me deve nada. Você já me deu muito mais do que eu deveria ter pedido.

Guinevere sacudiu a cabeça.

— Do que você está falando? Por que está me dizendo isso?

— Esqueça de mim. Fique aí. Fique com Arthur. — A intensidade de Mordred foi interrompida por uma careta, como se ele tivesse sentido o gosto de algo ruim. — Bem, talvez não fique com Arthur. Odeio isso e sempre odiarei. Mas fique com Lancelote, fique em Camelot.

— Mordred, o que foi que aconteceu? Onde você está?

Houve um ruído que parecia um suave bater de asas na escuridão. Os olhos de Mordred fixaram-se nos de Guinevere, ardendo na escuridão.

— Fique. Prometa que vai ficar. E eu menti... Por favor, não quero que você se esqueça de mim. Pense em mim com frequência. Pense em mim nas horas mais impróprias. Mas pense em mim com sinceridade e lembre-se de que estou pagando pelos meus próprios erros.

Guinevere sentiu alguma coisa pousar em seu braço. Tentou olhar para baixo, mas Mordred encostou a testa na dela, sussurrando, aflito:

— Ela quer refazer o mundo inteiro, tornar-se seres humanos, já que não pode derrotá-los. Fique em Camelot. Fique com Excalibur. Deixe-a se debater contra esta rocha até se esmigalhar e não restar mais nada. Foi errado revivê-la. — Sua voz ficou embargada, partindo o coração de Guinevere, e ele disse: — Eu sempre amo coisas que não podem retribuir meu amor.

Mordred roçou os lábios nos lábios de Guinevere e então, antes que a garota pudesse decidir se queria ou não beijá-lo, ele foi engolido pela escuridão.

Só que Guinevere estava no território de seus sonhos. Em sua própria mente. A escuridão não poderia engolir Mordred se ela não permitisse. A garota queria luz do sol, floresta, a cabana dos dois. Uma oportunidade para Mordred se explicar. Uma despedida de verdade. Ambos mereciam isso. Fechou os olhos e se concentrou na luz.

O sussurrar farfalhante de asas ficou mais alto. Agora ela conseguia senti-las, em seus braços. Olhou para baixo e se viu coberta por mariposas pretas. E ali, diante de seus olhos... Mordred não fora engolido pela escuridão, fora coberto por ela. Estava petrificado, a poucos passos dela, sua silhueta vibrava suavemente com o movimento das asas.

"Algo novo", disse uma voz, quase um ruído de escamas de cobra deslizando sobre rochas. "Você mudou tudo."

— Onde está Mordred? — perguntou Guinevere, apavorada.

"Ele alcançou a completude. Logo todos alcançarão. Virei buscá-la também. Não tenha medo."

— Arthur pode impedir você. Excalibur pode impedir você.

"A espada não pode desfazer os nós que você me ensinou a fazer. Venha. Vamos beijá-la, e você irá se juntar a nós. E tudo será suave, escuro, macio e completo."

A coisa que não era mais Mordred abriu os braços e veio em sua direção.

Guinevere arrancou-se daquele sonho, e a sensação de que coisas rastejavam em seus braços permaneceu. Olhou para baixo e descobriu que não era uma reminiscência do sonho. Gritando, sacudiu-se, batendo nos braços e no rosto, tentando expulsar os borrões de escuridão voejante que, a cada bater de asas, prometiam a morte.

CAPÍTULO TRINTA E NOVE

As últimas mariposas caíram no chão, mortas, assim que Guinevere entrou correndo no castelo, mortas pelos seus nós de ferro que desfaziam magia.

Mas não *toda e qualquer* magia. Não a magia que amarrava a Dama do Lago no corpo da verdadeira Guinevere, porque era protegida por sua humanidade. Alimentada pelo ferro em seu sangue, formando um perfeito híbrido de ser mágico e mortal. Era por isso que se sentia mal perto de Excalibur, mas a espada não pôs fim à sua vida. Era isso que a Rainha das Trevas havia descoberto.

— Arthur! — gritou ela, invadindo o quarto do rei, que estava vazio.

A garota desceu correndo para o salão principal e o encontrou sentado na grande távola redonda, reunido com Sir Bors e alguns outros cavaleiros.

Foi só olhar para o rosto dela que Arthur mexeu o braço, como se quisesse varrer o restante da conversa.

— Muito bem. Esta noite todos já fizemos por merecer algum descanso — declarou.

Então ficou de pé e andou calmamente até o lado dela, tirando-a do salão como se não houvesse nada de errado.

— Que foi? — sussurrou Arthur, assim que chegaram ao corredor.

— Aqui não. — Os dois subiram pela escada interna, sorrindo e balançando a cabeça para os guardas da noite, então entraram no quarto do rei.

Assim que a porta se fechou, Guinevere se atirou em uma cadeira.

— A Rainha das Trevas conseguiu. Ela aprendeu a fazer a magia de Merlin. E a utilizou para ter forma humana.

— Quem lhe passou essa informação?

Guinevere soltou um suspiro, levando a mão ao cabelo que estava trançado com capricho graças a Isolda e Brangien. Aquilo não seria fácil.

— Mordred. Em um sonho. Antes de a Rainha das Trevas se apoderar dele.

Arthur cerrou os dentes ao ouvir o nome de Mordred.

— Agora ele consegue falar com você em sonhos também? Como?

— Isso não tem importância. — A lembrança de vê-lo coberto por mariposas, da Rainha das Trevas entrando em contato com ela através de Mordred, lhe deu vontade de gritar. — Eu vi Mordred e vi a Rainha das Trevas se apossar dele.

Arthur se sentou. Sua expressão era de choque.

— Mordred usou você para dar forma à Rainha das Trevas. Sequestrou você. E você acredita quando ele lhe conta essa história de perigo iminente e diz que você é a única capaz de salvá-lo?

Guinevere sacudiu a cabeça e respondeu:

— Mordred não me procurou pedindo ajuda. Ele... Ele me falou que devo ficar com Excalibur.

O rei levantou de repente e ficou andando de um lado para o outro, movendo o maxilar a cada passo.

— Para mim, parece um truque perfeitamente orquestrado para pôr em risco sua segurança, afastando você de Camelot.

— Dizendo para eu ficar aqui e deixá-lo morrer?

— Sim! — Arthur jogou as mãos para o céu. — Ele conhece sua bondade. Sabe o quanto você se arriscaria para ajudar os outros. E está se aproveitando disso.

— Mas a Rainha das Trevas não mente. Não precisa mentir. E Mordred tampouco estava mentindo. Não a respeito disso. Ela o levou, e Mordred prefere que eu fique aqui, em segurança, e deixar que isso aconteça.

— Se for verdade, que bom. Pelo menos, é a atitude correta.

— Mas não podemos permitir que ele morra!

— O que você acha que teria acontecido se Mordred estivesse na floresta quando eu encontrei você?

O tom de Arthur era delicado, não de acusação. Seus olhos estavam tristes, mas não transpareciam relutância. Nem um pedido de desculpas.

Guinevere respirou fundo para se acalmar, para afastar seus pensamentos de Mordred, juntando-se a Morgana no ciclo infinito da morte.

— Temos que encontrar Mordred e impedir o que quer que a Rainha das Trevas tenha feito com ele. Arrancá-lo de suas garras.

— E o que podemos impedir? — Arthur levantou as mãos ao ver a expressão incrédula de Guinevere. — Quer tenha sido planejada por Mordred ou pela Rainha das Trevas, é uma armadilha. Para *você*. Mas a Rainha das Trevas não tem nada que possa nos fazer mal. E percebo isso agora, é isso que ela é: nada. Precisa usar homens para levar você, porque não podia me fazer mal sozinha. Quando apareci, fugiu correndo. Não tentou me encarar, não lutou. Eu governo a ilha que ela teria destruído. Se Mordred estiver falando a verdade, então tem razão. A melhor maneira de ele compensar o fato de ter revivido a Rainha das Trevas é manter você longe dela. Você está em segurança, e ela não passa de resíduos de caos sugados da terra.

Se a Rainha das Trevas se amarrou a Mordred, que seja. Irá viver e morrer como um ser humano agora.

— Ela não faria isso. Só pode haver um plano maior. A Rainha das Trevas me disse que estaria em toda parte. Senti sua promessa naquelas palavras, na sua ameaça. E, se não ajudarmos, Mordred estará perdido.

Guinevere não podia negar que parte de seu pânico era devido a isso. Não queria que Mordred morresse.

A expressão de Arthur se anuviou. O rei podia até ter aceitado a morte de Mordred. Mas, ainda assim, isso o afetava.

— Lamento muito por isso e fico feliz por não ter sido necessário que eu mesmo tirasse a vida dele. Mas não irei arriscar nada pela vida de Mordred, muito menos você.

Guinevere ficou de pé e se esquivou de Arthur quando ele tentou lhe dar a mão. Preferiu andar de um lado para outro, como o rei.

— Esta não é a decisão certa a tomar. Posso sentir que não. Eu disse que voltaria como rainha para lutar contra a Rainha das Trevas. E você me *prometeu* que eu poderia voltar.

A garota estava deixando escapar alguma coisa, não havia entendido alguma coisa. A Rainha das Trevas não iria simplesmente se amarrar a um corpo humano. O que faria, então? Tentaria liderar exércitos? Tentaria governar na pele de Mordred? Quando muito, teria se amarrado ao corpo de Arthur. Não fazia sentido.

Ela disse que estaria por toda parte. E, no sonho, Mordred disse algo estranho. Ele disse...

— Ela quer ser *humanos*. No plural. Sir Tristão disse que a infecção está se alastrando. Não estava falando da própria infecção. Estava se referindo à infecção da Rainha das Trevas! — Guinevere ficou zonza com a terrível sensação que tudo aquilo lhe trazia. — Ela viu o que Merlin e Nimue fizeram e descobriu um modo de fazer isso sem se perder, como Nimue. É por isso que você não pode confiar em nenhum de seus soldados do norte. Ela está se amarrando em todos os seres humanos que pode, construindo um exército em que sua magia é vedada, isolada de Excalibur por pele, sangue e ossos.

— Mas...

— Eu tenho razão. Sei que tenho razão a respeito disso.

— Você está presumindo que Mordred disse a verdade. E que podemos confiar em Nectudad.

— Sim! Estou presumindo essas duas coisas porque este inimigo é maior do que qualquer um de nós. Diante do fato de a Rainha das Trevas estar se alastrando feito uma praga para consumir e se apossar de cada ser humano desta ilha, somos todos aliados agora! Não há como saber quantas pessoas ela já infectou. Não posso desfazer esta magia! — Guinevere parou de andar de um lado para o outro. Sabia o que precisava ser feito. E declarou: — Precisamos de Merlin.

Arthur soltou um suspiro. Sentou-se em uma cadeira, tirou as botas e então tirou o cinto que prendia a espada e a túnica de cima. Por fim, tirou o seu diadema de prata simples, segurou-o nas mãos e ficou olhando para ele.

— Acho que você ainda tem esperança de encontrar algum modo de salvar a vida daquela garota. Mas ela se foi e jamais voltará. Merlin nunca poderá...

— Isso não tem nada a ver comigo! Não poderemos vencer sem a ajuda de Merlin. Eu gostaria que houvesse outro modo, qualquer outro modo. Sei exatamente quanto mal ele está disposto a fazer. Mas precisamos libertá-lo.

Arthur levantou e pôs a coroa na cadeira onde estava sentado.

— Sei que Merlin não era bom, Guinevere. E, apesar disso, também sei que devo a ele tudo o que sou, todas as vidas que posso melhorar e salvar. Então, atenderei a *todos* os desejos dele, incluindo o de jamais libertá-lo.

— O quê? Quando ele lhe pediu isso?

— Você não leu até o fim a carta em que Merlin me pediu para protegê-la. Também me pediu para garantir que ele jamais tivesse permissão para andar por essas terras novamente. O poder da Dama se acabou. A Rainha das Trevas está perdendo, seja lá o que estiver tramando neste exato momento. A ilha pertence aos homens, e Merlin sabe usar homens melhor do que ninguém. Ele viu o que seria necessário para me dar poder e também viu o que aconteceria se continuasse do meu lado. Ou, pior ainda, se ficasse com a espada e a coroa para si.

Arthur abriu os braços, chamando Guinevere; seus olhos imploravam para que ela o abraçasse.

— Mas, em vez disso, ele colocou você do meu lado. Por favor, ajude-me. Ajude-me a ser o que nosso povo precisa que eu seja.

Os pés de Guinevere se movimentaram por vontade própria, e Arthur a abraçou. A garota encostou a cabeça no peito do rei, e as batidas compassadas do coração dele lhe eram mais conhecidas do que as do seu próprio coração.

Aquela era a promessa da água, a que atraíra a verdadeira Guinevere para seu cruel destino, a promessa de se tornar algo novo que tanto ela quanto a Dama do Lago queriam. A promessa daquele Arthur e de uma Guinevere forte o bastante para ficar ao lado dele.

Mas esta fora a escolha *delas*. Não de Guinevere.

— Precisamos tentar — insistiu a garota. — Se eu estiver certa, é a única maneira de impedir a Rainha das Trevas sem ter que lutar contra um exército inteiro.

— Já lutei contra exércitos antes. Posso fazer isso de novo.

— Não como este! Serão seus homens, seus próprios soldados, que se viraram contra você pelas mãos da Rainha das Trevas.

A exaustão se acumulou nos olhos de Arthur. Ele a soltou e disse:

— Eles *foram* meus próprios homens. Meus amigos. Meu pai. É *sempre* assim. Toda guerra é. Todo homem contra o qual eu luto poderia muito bem ser de minha família, um de meus cavaleiros, meu amigo, se não estivéssemos lutando em lados opostos.

— Mas lutar contra o exército dela será lutar contra sintomas. Temos que destruir a infecção em si. Precisamos de Merlin.

Arthur sacudiu a cabeça.

— Levarei meus homens para encontrar Nectudad e Sir Tristão. Quando tivermos mais informações, poderemos traçar um plano para derrotar essa ameaça. Se *for* o que você acha que é, e não um simples truque tramado pela Rainha das Trevas e seu neto.

— Se você estiver enganado, ninguém estará a salvo!

— Se eu estiver enganado, Camelot ainda estará a salvo. Quando eu partir, vedaremos a cidade, como você fez daquela vez.

Guinevere espremeu os olhos e disse:

— Ou seja: você ficará do lado de fora, e eu ficarei atrás do escudo.

— Serei capaz de lutar sabendo que minha cidade e minha rainha estão em segurança. E que, se algo acontecer, Camelot ainda terá um verdadeiro líder. Não tenho herdeiros, Guinevere. Tenho *você*. Camelot tem você. E você é o que todos nós precisamos. Agora, vamos deitar?

— Passei muito tempo perto de sua espada — respondeu Guinevere, dando um sorriso amarelo para Arthur e apontando para Excalibur, que estava de sentinela, encostada na parede. — Ela me dá dor de cabeça. Vejo você pela manhã.

A garota se abaixou, deu um leve beijo no rosto do rei e saiu do quarto antes que pudesse ver a expressão dele. Arthur e Brangien ainda não a deixavam dormir sozinha, mas Guinevere não iria, não poderia, encontrar consolo dormindo ao lado de Arthur naquela noite.

Seu próprio quarto estava às escuras, não havia luz debaixo da porta da saleta que fora convertida em quarto para Isolda e Brangien.

A dama de companhia devia ter presumido que Guinevere passaria a noite no quarto de Arthur. A garota tateou às cegas, tentando encontrar sua capa sem acender uma vela. O rei estava enganado. Ela sabia disso no fundo de sua alma. E não tinha tempo para convencê-lo do contrário.

Teria que se virar sem ele.

CAPÍTULO QUARENTA

Apenas um monstro poderia ajudá-los a desfazer a magia de outro monstro. A ideia de ver o feiticeiro, agora que Guinevere tinha conhecimento da verdade, agora que lembrava do que a verdadeira Guinevere tinha sofrido nas mãos dele, lhe dava vontade de vomitar. Mas era preciso. Não tinha opção. Se fosse capaz de desfazer aquela magia, já teria desfeito. Estaria morta.

A verdadeira Guinevere teria sido incapaz de encarar aquele perigo. A culpa e o alívio se debateram dentro dela novamente. Ainda estava viva, e porque ainda estava viva, a ilha tinha chances de ser salva. Mas a verdadeira Guinevere continuava sendo o sacrifício a fazer.

Não havia tempo para culpa nem para medo. A garota precisava se concentrar. Também precisava de seus amigos. Mas, com Lancelote e Sir Tristão no norte, Brangien discordando dela, Dindrane dormindo profundamente, na segurança de sua própria casa, Fina sem poder participar desta luta e Lily sendo inapta para ela, Guinevere estava sem opções.

— Onde está? — sussurrou com seus botões, remexendo em um baú, tentando encontrar sua capa mais quente.

— Nenhuma balsa permitirá que você suba a bordo.

Guinevere girou nos calcanhares, com o coração acelerado. Brangien estava parada perto da porta, mal dava para vê-la na escuridão do quarto.

— O quê? — Guinevere perguntou.

— Nenhuma balsa permitirá que você suba a bordo, e a passagem secreta está sendo vigiada por guardas e bloqueada com barreiras tão pesadas que você não conseguirá tirar sozinha. Mesmo que passe pelos guardas usando magia, não conseguirá sair.

Guinevere sacudiu a cabeça e falou:

— Você não entende. Eu...

— Eu não *entendo*? — a voz de Brangien ficou embargada. — Eu não entendi quando você foi embora da outra vez, se expondo ao perigo, e agora você vai embora de novo, para desfazer minha melhor amiga?

— Não é isso. A Rainha das Trevas pegou Mordred e...

— *Eu não ligo*. Não perderei você de novo. Muito menos para uma tentativa mal-ajambrada de salvar uma garota que não chegamos a conhecer e muito menos para ajudar Mordred, que fez a cama e agora tem que se deitar nela. Como ele tem coragem de lhe pedir ajuda?!

— Ele não pediu. Falou para eu ficar longe.

— Ah. — Brangien murchou. — Bem, talvez, então, ele tenha mesmo algum bom senso. Mordred tem razão.

— Só que outras pessoas estão sofrendo. A Rainha das Trevas descobriu uma nova magia horrenda.

— Mesmo assim, eu não ligo! Eu lhe falei que meu amor é vingativo e egoísta, e que farei o que for preciso para protegê-la de si mesma. Eu e Arthur estamos mantendo você em Camelot, fora de perigo, e fique à vontade para me odiar por isso, porque você estará viva para me odiar, e é o que basta. Agora, deite na cama ou vou obrigar você a dormir.

Guinevere se sentou na beirada da cama, com o coração tão pesado que não tinha forças para levantar dali.

— Eu jamais conseguiria odiar você. Mas o preço a pagar pela minha segurança é alto demais.

Brangien bufou e veio se sentar ao lado de Guinevere.

— Você o ama? — perguntou. — Estou falando de Mordred. Mas acho que também estou falando de Arthur.

A garota ficou olhando para as próprias mãos. A força inabalável e a segurança que sentiu quando tocou em Arthur. A faísca, o fogo e a necessidade que sentia ao tocar em Mordred. Coisas que ela pegava para tentar preencher a si mesma. Mas jamais poderia ser preenchida por outra pessoa. Era a mesma coisa que havia dito a Arthur. Vinha tratando os sintomas de sua infelicidade, não a causa. Até que pudesse se sentir completa por si só, como poderia ser parceira de outro alguém?

— Eu achei que amava Arthur. Mas não consigo separar o que é meu do que é da Dama e do que é de Guinevere. As duas o amavam antes de eu conhecê-lo.

— Deixe-as de lado. Elas não estão aqui. Você está. Como *você* se sente?

— Será que amo Arthur ou desejo a aprovação que seu amor me traria? Quero ser vista. Quero ter importância. E o que poderia importar mais do que ter alguém como Arthur me amando?

Brangien pegou a mão de Guinevere. Quase toda a sua raiva se fora, substituída pela leve irritação de sempre, suavizada pela compaixão. Pelo menos, aquele poço de tristeza absurdo que Brangien costumava carregar desaparecera, agora que Isolda estava em Camelot.

— Mas Mordred sempre enxergou você.

— Sim. Ele me ofereceu paixão, desejo e um amor que poderia me engolir por inteiro. Algo livre e selvagem.

— Arthur é a ordem de Camelot, e Mordred é a atração da magia.

As palavras calaram fundo em Guinevere. Ela estava dividida entre os dois porque estava dividida entre dois mundos, uma estranha em ambos.

— Mas não me encaixo na ordem *nem* na magia.

— Você se encaixa em si mesma — disse Brangien, com um tom firme. — Aceite o fato de que você é digna de seu próprio amor e aceite o fato de que você é digna do amor de seus amigos, que não querem ver você ferida. Pelo menos nisso, eu e Mordred concordamos. — A dama de companhia deu um tapinha no joelho de Guinevere e completou: — Ele é esperto. Irá descobrir um jeito de se proteger. Sempre descobre. E Arthur enfrentará o que quer que a Rainha das Trevas esteja fazendo e sairá vitorioso, porque sempre se sai. E, nesse meio-tempo, guardarei você aqui, bem protegida, e amaremos você com tanta força que você não conseguirá mais sentir culpa nenhuma.

Guinevere encostou a cabeça no ombro de Brangien e falou:

— Tenho muita sorte de ter você.

A garota esperava que a dama de companhia concordasse com ela. Mas, para sua surpresa, Brangien fungou e disse:

— Nós é que temos sorte, e odeio o fato de você não conseguir enxergar isso.

Como Guinevere poderia continuar tentando convencer as pessoas que amava, que a amavam, de que precisavam permitir que ela se dirigisse ao perigo? Se Brangien estivesse no seu lugar, por acaso ela não tentaria deter a amiga? Como poderia culpar Brangien — e Arthur também — por tentar protegê-la? Mas, por que os dois não conseguiam enxergar que ela era forte o bastante para fazer aquilo? E, se não fosse, que estava disposta a apostar a própria vida naquela luta?

— Posso pelo menos ir me sentar na passarela? Preciso organizar meus pensamentos.

Brangien balançou a cabeça, imperiosa, e declarou:

— Sim, isso eu posso permitir.

— Obrigada.

Guinevere deu um beijo no alto da cabeça de Brangien e saiu. Pressionou as costas contra a parede de pedra do castelo e ficou olhando para o lago negro, lá embaixo.

Se fosse a Dama do Lago, poderia enfrentar a Rainha das Trevas cara a cara. Se fosse a verdadeira Guinevere, deixaria Arthur enfrentar aquela situação sozinho, como ele bem entendesse. Mas não era nem uma nem outra. Tinha que se armar com um feiticeiro. E, para fazer isso, precisava fugir de sua cidade.

A garota ficou na beirada da passarela, com os dedos dos pés para fora. O início de um plano estava se formando. Não haveria tempo a perder, mas, antes...

Uma mão tapou sua boca, e um braço enlaçou sua cintura para que ela não caísse. Guinevere levou um susto e se debateu.

— Sou eu — disse uma voz que ela reconheceria em qualquer escuridão. A mão saiu de sua boca.

— Lancelote!

Guinevere virou-se e abraçou seu cavaleiro. Já estava preparada para abrir mão de vê-la novamente. Lancelote, ali, em carne e osso, segurando seu corpo, a deixou feliz de verdade por ainda ser ela mesma pela primeira vez. Por ter conseguido viver aquele instante e por entender o quanto era valioso.

— Sinto muito, muito mesmo. Por tudo — disse Guinevere.

Lancelote soltou um suspiro trêmulo. A garota se preparou para ser rejeitada, para seu cavaleiro ainda estar bravo. Muito pelo contrário: Lancelote também a abraçou com seus braços fortes, e falou:

— Eu sei. Prometa que nunca mais irá me deixar para trás que perdoo tudo isso.

— Prometo. Mas como você está aqui?

— Fui enviada para entregar uma mensagem ao rei. Como eu não sabia se corria perigo, atravessei o lago a nado e escalei as paredes do castelo. A Rainha das Trevas dominou a mente dos homens, Guinevere. Eles invadem o mundo feito formigas, atendendo aos caprichos dela. E estão vindo para cá. Arthur sabe disso? Algum dos outros mensageiros conseguiu avisá-lo? Sir Tristão e Nectudad mandaram uma dúzia deles.

— Apenas um conseguiu. — Guinevere sentiu uma pontada de um triunfo terrível por estar com a razão. Era apavorante ter razão a respeito disso. Mas agora Arthur enxergaria e...

Não mudaria nada. O rei, ainda assim, encararia a ameaça de frente, no campo de batalha, porque era isso que havia resolvido fazer. Porque, mesmo depois de tudo, ainda seguia as ordens de Merlin.

Mas Guinevere não.

— Tenho um plano, mas irá contra os desejos de Arthur. Você me ajudaria? — perguntou Guinevere, com pavor da resposta.

Lancelote já fora castigada por sua lealdade a Guinevere, em detrimento de Arthur. E agora, no mesmo instante em que seu cavaleiro voltava para casa, Guinevere pedia que fizesse essa escolha novamente.

A voz de Lancelote foi clara como o tilintar de uma lâmina de ferro:

— Sou sua e apenas sua.

Guinevere segurou um suspiro de alívio, mas esse suspiro foi misturado com uma surpreendente onda de calor. Lancelote era *dela*.

— Neste caso, não temos tempo a perder.

— O que vamos fazer?

Guinevere continuou segurando o braço de Lancelote, porque precisava absorver cada gota da força de seu cavaleiro que estivesse ao seu alcance.

— Roubaremos Excalibur.

CAPÍTULO QUARENTA E UM

Lancelote ficou andando de um lado para o outro na beirada da passarela, enquanto Guinevere terminava de explicar o que vira em seu sonho.

— Eu acredito em Mordred e...

O cavaleiro a interrompeu.

— Eu também — falou, com a voz rouca de relutância. — Aquele *imbecil* — completou, para não perder o hábito, e então parou de andar, ficando de frente para Guinevere. — Mas agora você precisa me dizer a verdade. Você vai libertar Merlin para desfazer apenas a magia da Rainha das Trevas ou para tentar desfazer a magia que a amarra também?

A garota estava de costas, contra a parede do castelo. Lá dentro, Isolda, Brangien e Arthur dormiam, sem ter consciência de que Guinevere estava tramando contra eles. Teria mentido para os três, mas não para Lancelote.

— A magia da Rainha das Trevas. Mas, quando tudo isso acabar, se vencermos... Não posso prometer que não irei restaurá-la, se puder. Ela era inocente, Lancelote.

O cavaleiro sacudiu a cabeça, visivelmente bravo, mas não discutiu.

— Quantos homens tem o exército da Rainha das Trevas? — perguntou Guinevere, mudando bruscamente de assunto.

— Não sabemos. Centenas, pelo menos. O norte não é muito povoado, mas ela conquistou muitos homens do Rei Arthur e também alguns povoados saxões. Receamos que tenha se infiltrado até aqui no sul.

A forma da Rainha das Trevas erguendo-se da terra, borbulhando em uma torrente de besouros pretos, passou pela cabeça de Guinevere.

— Nada do que sou capaz de fazer poderá desmanchar os nós que ela usou. E, como Excalibur só pode desfazer essa magia matando, Arthur terá que declarar guerra contra pessoas inocentes.

Lancelote se sentou, com um longo suspiro, e disse:

— Ah.

— Precisamos detê-la para sempre, porque ela pode se apossar de todos nós. A única pessoa capaz de desfazer essa magia é o homem que a projetou. E, para libertar Merlin, acho que preciso de Excalibur.

A caverna havia sido vedada com magia, coisa que Excalibur era capaz de devorar. Fazia sentido Merlin ter deixado sua liberdade nas mãos de Arthur, já que acreditava que o rei sempre atenderia aos seus desejos.

— Você não pode empunhá-la — lembrou Lancelote.

— Eu sei. Mas você pode.

O cavaleiro sacudiu a cabeça e falou:

— A Dama disse que Excalibur não era para mim. Ela escolheu Arthur.

— Bem, eu *sou* a Dama e eu escolho você. — Guinevere disse isso com um tom de petulância. Mas, no instante em que as palavras saíram de sua boca, sentiu que eram verdadeiras. — Eu escolho você — repetiu, ganhando forças com essa convicção. Não fazia diferença o que Merlin ou a Dama queriam ou tinham escolhido para aquela ilha. Lancelote era a defensora dela. — Está nas nossas mãos.

O cavaleiro disse, e seu tom era suave como a luz das estrelas:

— Arthur jamais nos perdoará.

— Nós daremos ao rei uma última chance de ajudar, quando você contar para ele o que sabe. Mas não acho que Arthur vá ceder. Então, sim, trairei a confiança dele. Posso viver com essa culpa, se a Rainha das Trevas nunca mais puder fazer mal a outra pessoa. — Guinevere ficou em silêncio por alguns instantes. Duvidava que Arthur a perdoaria duas vezes se Lancelote o traísse. — Você consegue?

— Concordo em libertar Merlin para impedir a Rainha das Trevas, mas jamais lhe ajudarei a desfazer o que fizeram com você. Essa é a única culpa com a qual não conseguiria viver.

Guinevere não pôde deixar de ficar emocionada com a declaração de Lancelote. Talvez fosse por isso que a única pessoa sem a qual Guinevere não suportaria viver era Lancelote, porque o amor a levara até ela. A garota só encontrava a completude com o cavaleiro. Ou, pelo menos sentia que conseguiria encontrar a completude um dia.

— Como vamos sair da cidade? — perguntou Lancelote. — Posso nadar, mas... — Ela deixou o restante da frase subentendido. Se ao menos soubesse o que Guinevere estava pensando.

— Tenho um modo. Primeiro, precisamos da espada. Arthur nunca a deixa no quarto, sem ninguém por perto. Excalibur só fica lá se ele estiver lá. E, se nos vir pegando a espada, saberá que estamos tramando algo — falou, e juntou os dedos das duas mãos, fazendo um gesto maligno.

— Quais são nossos recursos?

— Minha magia. Sua habilidade. Contra nós, está o fato de que tanto Brangien quanto Arthur estarão me vigiando atentamente.

— Temos algum aliado?

O primeiro impulso de Guinevere foi dizer "não", mas ela ficou em dúvida e respondeu:

— Lily ajudará no que estiver ao seu alcance. E sei que Fina também ajudaria, mas não gostaria de pôr a vida dela em risco.

Uma voz chegou até as duas, vinda lá de cima:

— Gosto de riscos.

Lancelote empunhou a espada, olhando para cima.

— Fina? — sussurrou Guinevere. — É você?

Um vulto pulou da passarela, mais acima, e pousou agachado. Lancelote ficou entre Guinevere e Fina, mas a garota pôs a mão no seu braço e disse:

— Lancelote, esta é Fina, minha amiga.

— Ah, eu estava louca para conhecer você! — Fina, que estava apenas de camisola, levantou e chegou mais perto para examinar o cavaleiro no escuro. O que, talvez, tenha sido perto demais para Lancelote, que ficou rígida, incomodada. E então, para piorar ainda mais a situação, Fina segurou o braço de Lancelote. Exclamou algo em sua própria língua, deu risada e disparou: — Magnífica mesmo, como prometido!

— Magnífica? — perguntou Lancelote.

Guinevere pigarreou e disse:

— Não precisamos entrar em detalhes.

— Foi assim que Guinevere descreveu você. Quando estávamos bêbadas.

— Ah! — exclamou Lancelote, sem demonstrar emoção.

— Bêbadas de poção da verdade — completou Fina. — Você estava no norte. Minha irmã está viva?

— Estava quando fui embora.

A princesa assentiu.

— Tudo bem, digam o que devo fazer. Prefiro não matar ninguém, mas estou disposta a fazer traquinagens.

— Na verdade — disse Guinevere, olhando de uma guerreira para outra, com mil possibilidades passando em sua cabeça —, acho que tenho uma ideia.

— Eu também irei ajudar — disse uma voz baixa, vinda da porta do castelo. Lancelote girou nos calcanhares com a espada em punho, antes que Guinevere conseguisse entender de quem era aquela voz.

— Isolda? — perguntou Lancelote, incrédula. — Sou um cavaleiro muito ruim. Por acaso metade da cidade está aqui?

Isolda saiu das sombras e explicou:

— Brangien me mandou espionar você, mas sei como é ficar presa em um castelo. Jamais permitirei que a liberdade de escolha de outra mulher lhe seja tirada. Se você precisa encarar a Rainha das Trevas, farei tudo o que estiver ao meu alcance para ajudar.

— Tem certeza? — perguntou Guinevere. — Brangien ficará furiosa.

— Conheço muito bem o temperamento de Brangien. Ela tem sido minha companhia há muitos anos. — Por mais que o tom de voz de Isolda fosse triste, era possível ouvir seu sorriso. — Você já me resgatou. Permita que eu retribua esse favor.

— Camelot não para de me surpreender — comentou Fina. — Mas, considerando a rainha que tem, suponho que não deveria ser surpresa o fato de todos no reino serem loucos.

— Ainda precisamos de Lily? — indagou Lancelote. — E se ela se aliar com Brangien e o rei?

Era uma possibilidade. Mas Guinevere fora tola de pensar que poderia tentar fazer aquilo sozinha. Estava partindo em missão e precisaria de todos os defensores que pudesse angariar. Entendia por que Arthur e Brangien tinham necessidade de restringir sua liberdade, mas nem todo mundo que a amava expressaria isso da mesma forma. Lily acreditava que Guinevere era capaz de fazer suas próprias escolhas; Guinevere confiaria em Lily da mesma forma.

— Precisamos de todos que conseguirmos convencer. Lancelote, vá acordar o rei e conte o que sabe. Dê a ele uma última chance de mudar de ideia. Isolda, se você não se importar, fique aqui para Brangien achar que estou sendo vigiada, que irei conversar com Lily. A menos que ela também esteja aqui e não tenhamos notado. Não? Ótimo.

Guinevere estava dividida entre a alegria por ter Lancelote, Fina e Isolda ao seu lado e a tristeza de isso significar que *existia* um lado naquele conflito. Que estavam conspirando contra as pessoas que mais amavam.

Arthur tinha razão. Todas as batalhas são travadas, inevitavelmente, contra amigos e pessoas da família. A garota torcia para que Camelot sobrevivesse à batalha que ela estava planejando.

CAPÍTULO QUARENTA E DOIS

Guinevere sentou ao lado de Lily no camarote com vista para a arena. Ainda não era a hora. Logo seria, e Guinevere não sabia o que Lily faria. Na noite anterior – no início daquela manhã, na verdade –, quando conversaram, a princesa ficou apenas a encarando, em silêncio. Guinevere esperava encontrar raiva, empolgação ou discussão, mas Lily ouvira seu plano e depois perguntara se seria perigoso. Guinevere não pôde negar que seria. Lily disse que estava cansada e pediu para conversarem depois.

A princesa tinha em suas mãos o poder de estragar tudo. De certo modo, Guinevere achava acertado o fato de que uma garota que jamais tivera poder – que fora obrigada a lutar contra o mundo para encontrar um lugar onde ela escolheu viver – pudesse determinar o futuro de todos naquele dia.

Arthur estava de pé em um canto do camarote, esperando os aspirantes a cavaleiro lutarem.

"Devíamos adiar o torneio", insistira Guinevere naquela mesma manhã.

"Preciso de cavaleiros mais do que nunca. Não podemos deixar o destino da ilha à mercê do que a Rainha das Trevas possa estar fazendo."

"Sabemos o que ela está fazendo. Lancelote confirmou."

"A carta de Sir Tristão dizia para não confiar em ninguém, nem mesmo em meus próprios homens."

"Lancelote é ela mesma! Eu saberia se não fosse."

"Ainda assim... Não confio em Nectudad, assim como não confio na Rainha das Trevas. Daremos o título de cavaleiro a mais homens, e então partirei para encarar a ameaça que está lá fora, enquanto você protege Camelot aqui de dentro."

Guinevere teve vontade de esganá-lo e abraçá-lo a um só tempo. Arthur era teimoso, cabeça-dura e ainda tinha fé em Merlin. Acreditava que, como o feiticeiro havia lhe dito para não libertá-lo, qualquer sacrifício que fizesse para isso era aceitável.

A garota ficou observando Lancelote entrar na arena. O rei não havia seguido o conselho do cavaleiro. Mas, pelo menos, não o mandara embora. Pelo contrário: colocara Lancelote no torneio. Os aspirantes precisavam vencer pelo menos três cavaleiros para receber o título, mas aquele torneio era estruturado de outro modo. Havia muito mais aspirantes a cavaleiros do que o normal, e menos tempo para testar todos. Os aspirantes lutavam entre si, em um esquema eliminatório, e depois os três melhores competiriam contra os verdadeiros cavaleiros.

Brangien estava sentada atrás dos dois no camarote, costurando ostensivamente, mas Guinevere era capaz de sentir os olhos da amiga pesando em sua nuca. A garota odiava o fato de sua dama de companhia ter se tornado um obstáculo.

Lily chegou mais perto e falou baixo, para que o barulho da arena impedisse que Arthur ou Brangien a ouvissem.

— Se você tiver uma oportunidade de desfazer a magia que foi feita ao seu corpo depois de derrotar a Rainha das Trevas, quero que você saiba: a escolha é sua. Desde que alguma versão de você volte sã e salva para mim.

Guinevere teve vontade de rir da declaração sem rodeios de Lily, de que ela derrotaria a maior força mágica da ilha, uma força que já havia escapado incontáveis vezes pelos dedos de Merlin e de Arthur.

Guinevere não tinha certeza do resultado daquela luta, ao contrário de Lily. Mas, mesmo assim, apertou o braço da princesa, tranquilizando-a, grata por sua amiga — não, sua irmã, sempre — continuar lhe dando a bênção do amor, seja lá qual fosse sua decisão.

Lily balançou a cabeça e falou:

— Então, certo. Quando o plano irá começar?

Arthur virou-se para as duas, deu um sorriso e se aproximou, sentando do lado delas. Guinevere só teve tempo de sussurrar:

— Você saberá, pode acreditar em mim.

— Ah, Lionel está lutando! — Lily ficou de pé perto do cercado do camarote, sacudindo o lenço.

— Você dormiu bem? Como está sua cabeça? — a mão de Arthur foi até o seu cinto vazio. Ele havia deixado Excalibur no quarto para que Guinevere não tivesse dor de cabeça.

Sabendo o que estava planejando e o quanto iria magoá-lo se tivesse sucesso — ou se fracassasse e fosse descoberta —, Guinevere quase se arrependeu de *não ter* ficado com ele na noite anterior. Uma última noite aninhada em sua força inabalável e tão conhecida.

— Quais foram as notícias trazidas por Lancelote? — perguntou Guinevere. Porque, até onde Arthur sabia, as duas ainda não haviam conversado. A garota torceu, desesperada, para que ele lhe contasse tudo e mudasse de ideia. Torceu para que falar em voz alta faria o rei encarar a enormidade do perigo e admitir que a ideia dela era a melhor chance de vencer.

— Nada para o qual eu não esteja preparado — foi o que Arthur disse.

Guinevere tentou não deixar transparecer sua tristeza. Porque, naquele dia, era para *ela* que Arthur não estava preparado.

A garota segurou a mão do rei, entrelaçando seus dedos, e olhou para a pele dele, mais escura que a sua. Sentiu a força que tinha amado e da qual dependera tanto durante o tempo em que foi rainha. O que quer que acontecesse, quem quer que ela fosse agora ou no futuro, a única coisa que jamais havia perdido era sua fé em Arthur. Se essa fé vinha da Dama e da verdadeira Guinevere ou se era completamente sua, não tinha importância. Camelot não era perfeita. Arthur não era perfeito. Mas Guinevere não se arrependia de ter lutado tanto por ele.

Não podia se arrepender do fato de que tinha que lutar por Arthur e por Camelot naquele momento.

— Guinevere? — insistiu o rei.

Como não confiava em suas próprias palavras, a garota levantou o rosto e puxou o dele para beijá-lo. Um beijo, roubado por aqueles lábios que não eram seus. Mas achou que a verdadeira Guinevere, que havia escolhido ir atrás de Merlin e da Dama até a caverna para perseguir o sonho de Arthur, não se importaria.

O susto que Arthur levou pulsou na pele dos dois, mas o rei também a beijou, com carinho e até desejo. Aquele desejo era algo novo, e partia o coração de Guinevere não poder desfrutá-lo. Os dois jamais conseguiram ter aquele momento simples, um período tranquilo para descobrir quem poderiam ter sido juntos.

Guinevere até podia não sentir por Arthur a mesma faísca de paixão avassaladora que sentia por Mordred, mas isso não queria dizer que não sentia nada. Queria aquilo, e queria o rei, de tantas maneiras desde que era ela mesma... E agora não podia ter nada disso.

Interrompeu o beijo e encostou o rosto no de Arthur.

— Eu te amo — sussurrou, porque era verdade e queria que ele soubesse antes que fosse tarde demais.

— Vamos ficar bem — disse o rei com um tom suave, mas que deixava transparecer a alegria de um cavalo correndo em pleno galope, correndo só por amor ao movimento. — Eu e você, juntos.

E foi neste momento que a plateia soltou um suspiro de choque simultâneo.

CAPÍTULO QUARENTA E TRÊS

— O que ela está fazendo? — perguntou Arthur, com o cenho franzido de confusão.

Fina estava parada no chão da arena. Seus braços gloriosamente tatuados estavam à mostra, e ela usava suas ceroulas e sua túnica de couro.

— Minha vez! — declarou, girando um machado habilmente.

Todos os homens e todos os cavaleiros viraram ao mesmo tempo e olharam para Arthur. Com exceção de Lancelote, que ficou de cabeça baixa, como se torcesse para não ser notada.

— Achei que tínhamos dado roupas para ela — disse Arthur. — Fina ainda tem que seguir *algumas* regras. Eu deveria ter pedido para Lancelote conversar com ela sobre como se comportar.

— Receio que Fina jamais será boa nisso — brincou Guinevere, levantando-se e aplaudindo educadamente.

Fina continuou girando o machado no ar, com os pés bem abertos.

— Não me obriguem a lutar primeiro contra essas crianças. Eu já sujei meus machados com o sangue e as vísceras quentes de lutadores do tipo que eles não são nem capazes de imaginar. Lutarei contra os cavaleiros ou contra ninguém.

A arena ficou em silêncio. Fina não era apenas diferente de todos que eles já haviam visto, mas também estava fazendo exigências e ridicularizava a estrutura do torneio. Como o rei reagiria?

Sir Gawain foi correndo até ela. Levantou a espada e disse:

— Eu lutarei contra ela primeiro.

Fina deu um sorriso para o cavaleiro e falou:

— Não. Você gosta demais de mim. Quero lutar contra a única outra mulher que conquistou um lugar na távola do Rei Arthur. Quero lutar contra Sir Lancelote.

Lancelote ficou com uma expressão vazia, esperando receber instruções de seu rei.

— Fina, do povo do norte — disse Arthur, e Guinevere teve um instante de orgulho pelo fato de o rei lembrar que "pictões" era um termo que eles desprezavam —, como você é uma convidada especial de Camelot, permitirei que você pule as lutas preliminares. Mas, esteja avisada: se não derrotar três dos meus cavaleiros, não poderá receber o título. Não abrirei exceções. E você está desafiando um dos melhores cavaleiros de Camelot.

Lancelote baixou a cabeça, com a mão no coração. Guinevere pôs a mão no próprio coração, imaginando como seu cavaleiro se sentia ao ouvir aquele elogio, sabendo o que as duas tinham planejado.

— Aceito! — gritou Fina, indo para cima de Lancelote, que mal teve tempo de se esquivar de um golpe poderoso. Ela levantou as mãos, disse algo inaudível, mas Fina respondeu lhe dando uma joelhada nas costelas. Lancelote pôs a mão debaixo da túnica, visivelmente sentindo dor. Ainda não empunhara a espada. O público vaiou, apontando, com raiva, para o suporte onde ficavam as armas que, de acordo com as regras, os cavaleiros deviam escolher antes de dar início à luta.

— Não é assim que nós... — disse Lancelote, no mesmo instante em que Fina girou a ponta cega do machado. Que atingiu a lateral da cabeça do cavaleiro, e Lancelote caiu no chão de terra, inerte.

— Não! — gritou Guinevere. Ela saiu às pressas do camarote, sem se importar com a impressão que estava causando. Desceu as escadas e foi correndo até Lancelote. Ajoelhou-se e segurou a mão inerte dela. O peito subindo e descendo era a única indicação de que ainda estava viva.

Fina ficou parada mais para o lado, constrangida. Havia jogado o machado no chão da arena.

— Desculpe — falou, com delicadeza. — Pensei...

— Nós seguimos as regras — Guinevere olhou para a amiga com o rosto contorcido de raiva, sentimento que sua voz também transmitia. — Nós seguimos as regras para coisas como essa não acontecerem.

Fina encolheu os ombros e baixou a cabeça. Sir Gawain pôs sua capa em volta dela e murmurou algo que não conseguiram ouvir.

Guinevere fora seguida até o chão da arena. Brangien pôs a mão em suas costas, para consolá-la, e Arthur agachou ao lado de Lancelote, olhando para tentar ter uma dimensão dos ferimentos. Ela estava inconsciente, mas o golpe a atingira na lateral da cabeça e seu cabelo grosso e cacheado tapava o ferimento.

— Fina — disse Arthur com um tom firme, mas não severo —, está claro que você não tem a disciplina necessária para ser cavaleiro. Assumo a culpa por ter permitido que você tentasse, não estando completamente preparada. Não posso permitir que você continue participando do torneio. No próximo, talvez, se estiver preparada.

Fina balançou a cabeça uma única vez.

— Entendo — disse, olhando para Lancelote.

Guinevere ficou de pé.

— Preciso levar Lancelote de volta para o castelo. Brangien pode ajudá-la. Não pode? — A garota lançou um olhar desesperado para a dama de companhia, que assentiu com a cabeça. E então Guinevere se virou para Arthur e perguntou: — Você pode carregá-la?

— Qual é o problema? — indagou Lily, vindo rapidamente na direção deles.

— Precisamos levar Lancelote de volta para o castelo — respondeu Arthur.

— O quê? Não. — Lily franziu o cenho, olhando para o cavaleiro inconsciente. — Quer dizer, lamento que ela tenha sido ferida. Mas se o senhor for embora, o torneio será suspenso. Lionel não receberá o título de cavaleiro, e não poderei me casar com ele. Cameliard precisa de bons governantes para ajudar na transição para as suas leis. A cada dia de delonga, receio pela violência que possa estar criando raízes por lá. Por favor, meu rei, fique aqui. Permita que o torneio continue. As necessidades do reino devem ser mais importantes do que cuidar de um único cavaleiro ferido.

Tudo o que Arthur era, cada decisão que já tomara, sempre era pelo bem do reino. Ele não podia se opor a isso. Mas estava visivelmente dividido.

— Eu...

Guinevere ficou abanando a mão, desesperada, apontando para o corpo de Lancelote, de bruços no chão.

— Estamos perdendo tempo! Se o torneio precisa mesmo continuar, fique. Sir Gawain? Fina? Vocês podem carregá-la?

Sir Gawain parecia aliviado por ter uma tarefa a desempenhar. Segurou Lancelote por baixo dos braços, e Fina pegou as pernas dela. Seria precário, mas os dois conseguiriam. Sir Gawain tomou o cuidado de apoiar a cabeça de Lancelote em seu ombro.

Guinevere tirou os olhos de seu cavaleiro caído e pôs a mão no peito de Arthur.

— Mandarei avisar quando ela acordar. — Então ficou na ponta dos pés e deu um beijo no rosto de Arthur, desejando poder ficar mais, mas não havia tempo para isso.

Saiu correndo da arena, e Fina e Sir Gawain foram atrás dela, com dificuldade, levando aquele peso morto.

Brangien ficou ao lado de Guinevere e falou:

— Lancelote é forte. Tenho certeza de que ela ficará bem.

Mas sua voz deixou transparecer preocupação. Ferimentos na cabeça eram assustadores: os danos, frequentemente, só ficavam visíveis quando era tarde demais. E Lancelote ainda não se movera nem mostrara nenhum sinal de que acordaria.

Sir Gawain e Fina não diminuíram o passo mesmo quando chegaram ao castelo e subiram cinco lances de escada carregando Lancelote.

— Você é muito forte — disse Sir Gawain, ofegante.

Fina deu um sorriso malicioso e falou:

— Espere só para ver.

O rosto já corado de Sir Gawain ficou de um tom violento de vermelho.

Brangien foi correndo na frente e abriu a porta dos aposentos de Guinevere. A garota apontou para a cama, e Sir Gawain e Fina colocaram Lancelote ali. Sir Gawain batia os pés no chão, olhando para baixo, claramente constrangido.

— Obrigada, Sir Gawain — disse Guinevere. — Pode voltar para a arena. Precisam de você no torneio.

— E eu? — perguntou Fina. — Gostaria de ficar até ela acordar. E suspeito que não serei muito bem quista na arena neste exato momento.

Guinevere balançou a cabeça e respondeu:

— Pode ficar, se quiser.

Sir Gawain fez uma reverência e saiu correndo do quarto. Brangien foi até a mesa, mas a bacia de água estava vazia.

— Isolda! — gritou.

Isolda entrou, vinda do quarto ao lado, e soltou um suspiro.

— Ah, não! — disse.

— Vou até a cozinha buscar umas coisas. Atice o fogo. Já volto! — Brangien também saiu correndo.

Assim que a porta se fechou, Guinevere pôs a mão debaixo da túnica de Lancelote e tirou os nós do sono que o cavaleiro havia ativado quando caiu. Lancelote se sentou com um gemido enquanto Guinevere tirava a capa decorativa e colocava a capa de viagem. Pegou uma bolsinha de material preparada por Isolda — incluindo o fio de ferro que Guinevere tinha cuidadosamente amarrado durante a madrugada — e prendeu ao seu cinto. Lancelote, enquanto isso, havia tirado a malha de aço, ficando apenas com a túnica e as ceroulas de couro. E a espada na cintura.

Fina pegou suas armas guardadas debaixo da cama de Guinevere e as prendeu ao corpo com um sorriso, dizendo:

— Isso foi divertido.

A careta de Lancelote era mais ameaçadora do que qualquer golpe que pudesse ter dado.

— Ainda não entendi por que eu é que tive de ser ferida. Poderia muito bem ter sido Fina.

— Pobre Lancelote! Feri o seu orgulho?

Lancelote cerrou os dentes, espremeu os olhos e declarou:

— Um dia, teremos nossa revanche.

— Mal posso esperar. — As sobrancelhas erguidas de Fina e seus lábios levemente entreabertos fizeram Guinevere sentir uma onda de algo quente e furioso, que levou alguns instantes para entender. Será que estava... com ciúme? Fina tinha muito mais em comum com Lancelote do que ela. Guinevere jamais seria tão forte, tão fisicamente capaz. Tão ousada na conquista.

Não tinha tempo para aquilo. A garota se virou para Isolda, com o estômago revirado e um aperto no peito. Principalmente por causa do que ainda iriam enfrentar. Era só nisso que devia se concentrar naquele exato momento.

— Você conseguiu?

— Consegui. Boa sorte. — Isolda abraçou Guinevere e completou: — Cuidem-se e voltem para nós.

Isolda saiu correndo para o corredor. Encontraria Brangien e contaria a verdade: Lancelote acordara e partira com Guinevere e Fina.

Fina soltou um suspiro com uma expressão nostálgica.

— Eu queria mesmo ser cavaleiro, sabia?

— Sabia — respondeu Guinevere. — E eu também queria que você fosse.

— Juro, Nectudad nunca mente. Se ela diz que existe perigo, é porque existe perigo. Minha irmã não criaria uma armadilha para Arthur, como fez nosso pai. Quando o rei encontrar minha irmã e Sir Tristão, encontrará aliados, não inimigos.

Guinevere torceu, desesperada, para que Fina tivesse razão. De qualquer modo, sua amiga não voltaria para Camelot depois de ajudá-la a enganar Arthur. As duas podiam ter acabado de destruir qualquer chance de paz com o norte.

— Você tem certeza? — insistiu Guinevere. — Lancelote pode bater em você. Fazer parecer que você tentou nos deter.

Fina olhou Lancelote de cima a baixo e sacudiu a cabeça.

— Prefiro encarar a ira de Arthur do que o punho de Lancelote. Estou com você.

O cavaleiro saiu primeiro e ficou segurando a porta que dava para as escadas externas do castelo. Todas as docas estavam sendo vigiadas, e as balsas estavam fora de funcionamento; a passagem secreta estava selada. Cada avenida ou caminho que saísse da cidade estava bloqueado.

Todos, com exceção de um, que Arthur não conhecia. O único que ninguém jamais esperaria que Guinevere tomasse. O único que, se pudesse escolher, ela escolheria se jogar da lateral do castelo e tentar voar para não encará-lo.

Foram subindo cada vez mais, com passos rápidos e furtivos, até chegarem à alcova em que o irmão de Hild tentara matar Lily e Guinevere, e onde, escondido atrás de uma coluna esculpida em forma de árvore, havia um cômodo minúsculo, com um buraco no meio do chão. Um buraco que dava direto no lago gelado que espreitava Camelot por baixo.

Excalibur estava encostada em uma das colunas. Arthur havia deixado a espada em seu quarto para não agravar a dor de cabeça de Guinevere. Ela se sentiu ainda pior por tirar vantagem da preocupação afetuosa do rei, pelo fato de a bondade de Arthur ter tornado tão fácil para Isolda roubar a espada e deixá-la ali para elas.

Lancelote levantou a espada com uma expressão de reverência e a prendeu nas costas. Tomou o cuidado de deixá-la embainhada.

— A Dama a deu de presente para Arthur — disse baixinho, quase com seus botões.

— Bem, esta Dama está pegando o presente de volta. Mas só por um tempinho — retrucou Guinevere.

A garota, então, foi até a beirada do piso e contornou a coluna que dava para o cômodo escondido. Deu um passo para o lado e Lancelote e Fina entraram imediatamente depois dela. Mal havia espaço para as três lá dentro.

Guinevere apertou o corpo contra as pedras que havia atrás dela. A montanha que a Dama — a própria Guinevere, de certo modo — esculpira para criar Camelot. Ela também havia criado aquela queda. Aquele único caminho para a liberdade, desde que Guinevere estivesse disposta a enfrentar um inferno para chegar lá.

— E se Nyneve estiver nos esperando? — perguntou Lancelote.

— Ah, sim, a bruxa aquosa — disse Fina. — Não ligue para ela. Você tem muitos inimigos para alguém tão pequena, Deslize.

— Se Nyneve tentar nos impedir, usaremos a espada — respondeu Guinevere.

Ficou olhando para o abismo, lembrando da sensação que teve no sonho em que caía lá dentro. Da certeza que tivera. Do quanto aquilo lhe parecia certo. E, neste exato momento, não tinha nem uma gota daquela calma certeza.

Fina não fez contagem regressiva nem sequer perguntou se estavam preparadas. Pulou com um gritinho alegre, e o barulho de seu corpo batendo na água demorou demais para chegar aos ouvidos de Guinevere e Lancelote.

— Ele jamais irá nos perdoar — disse Lancelote.

— Eu sei.

Guinevere estendeu a mão. Lancelote a segurou. Mesmo com aquele pavor devastador, estar de mãos dadas com Lancelote foi a sensação mais verdadeira que ela já tivera na vida.

As duas pularam.

CAPÍTULO QUARENTA E QUATRO

Guinevere não conseguia respirar. Sabia — em algum ponto da minúscula parte de seu cérebro que ainda funcionava — que Lancelote estava com ela, que os braços em volta de sua cintura eram de Lancelote, que Lancelote jamais permitiria que ela se afogasse. Mas a água estava por todos os lados. Não conseguia ver nada e, apesar de Lancelote a ter puxado para cima, deixando sua cabeça fora d'água, a água se espalhava e batia nela, tentando se apoderar dela novamente. Tentando pôr fim nela.

— Pare de se debater — disse Fina.

— Acho que estou vendo uma luz — disse Lancelote, chutando as pernas. — Posso nos levar...

Uma onda arrancou Guinevere dos braços de Lancelote e a fez rodopiar e cair, presa na escuridão, sozinha. Ela tinha a sensação de que a água eram mãos que seguravam seus braços, com a força de um torniquete.

Eram mãos. Nyneve a havia encontrado.

— Lancelote! Fina! — gritou, mas não obteve resposta. Não conseguia sequer ouvir as duas nadando. De repente, o medo de perder a si mesma foi substituído por algo mais profundo e mais forte: o medo de perder Lancelote. — *Não* — disse Guinevere, tentando sair da água com todo o seu ser.

A água ficou imóvel, congelada, gotículas pairando no ar em volta das duas. O rosto luminescente e em choque de Nyneve apareceu diante dela.

Guinevere foi para cima. A água reagiu, borbulhando em volta dela como um chafariz suave, até que a garota conseguiu colocar boa parte de seu corpo fora d'água. Estendeu a mão e tentou chamar Lancelote *com a força do pensamento*. Uma onda jogou Lancelote contra ela. Guinevere olhou rapidamente para ter certeza de que o cavaleiro estava consciente. Apesar dos olhos arregalados, Lancelote balançou a cabeça, determinada. Guinevere encontrou Fina do mesmo jeito, boiando pela força da água e da mulher ao seu lado. Fina ainda se movimentava como se estivesse de pé, chutando a água com os pés para não afundar, sem confiar no poder de Guinevere. O que, provavelmente, foi prudente da parte dela.

— Nyneve — disse Guinevere.

Agora que vira Nimue, não havia comparação entre as duas. Nimue mantinha forma humana com amor e carinho. Nyneve cintilava e estremecia, incapaz de manter a forma, seus traços escorriam feito lágrimas.

"Por favor." A voz de Nyneve foi uma onda ecoando para fora. "Por favor, queremos ela de volta. Precisamos tê-la de volta. Não somos completas sem ela."

Guinevere conseguia sentir seu autocontrole se esvaindo. Sem o puro pânico animal de ter que salvar Lancelote, seu medo e sua repulsa estavam voltando. Não sabia por quanto tempo mais conseguiria segurar a água ou controlar Nyneve. E, se Lancelote brandisse a espada para banir a Dama, Guinevere não conseguiria fazer nada.

— O que restou de Nimue está em mim — declarou Guinevere — e preciso chegar até a praia. Se eu morrer, ela também morre.

"Você é ela?" Nyneve estendeu uma mão aquosa, e Guinevere tentou não se encolher toda, horrorizada. "Queremos ser uma só novamente."

A garota entendia o anseio para ser restaurada. Para tomar posse novamente de algo que lhe foi roubado, algo que lhe divide tanto a mente quanto a alma. Mas será que poderia ser assim para Nyneve? Mesmo que conseguisse extrair Nimue, será que as duas Damas seriam uma só novamente?

Merlin e a Rainha das Trevas deveriam ter acreditado que o fato de Nimue ter se perdido em Guinevere foi um erro. Mas, ao ver Nyneve naquele momento, Guinevere ficou em dúvida. Nimue foi tão deliberada, tão cautelosa em seus planos. Arrancar parte de si mesma para que a magia permanecesse na água. Criar Camelot e a espada. Encontrar a verdadeira Guinevere. Não fazia sentido Nimue ter cometido um erro justo no fim.

Seria possível que Nimue soubesse que seria apagada, refeita, virando algo novo – e que tenha querido isso? A única maneira de poder viver verdadeiramente como um ser humano era deixar para trás seu ser eterno e se tornar algo finito, com começo e fim.

Um fim que Guinevere não queria que fosse ali, no lago frígido de Nimue.

— Leve-me para a praia. Iremos procurar Merlin.

"Ele é perigoso", disse Nyneve. "Você não pode libertar o que prendemos."

— Estamos com a espada.

Um arrepio fez Nyneve ondular. "Você *não deve* libertar o que prendemos", corrigiu ela.

Guinevere sabia disso, quiçá melhor do que ninguém. Mas a Rainha das Trevas estava usando uma magia criada pelo feiticeiro. Sem ele, essa magia não podia ser desfeita. Todos que a rainha havia infectado teriam que ser mortos, e isso era inconcebível.

Entretanto, a garota ainda morria de medo do preço a pagar pela libertação do feiticeiro. A magia sempre cobra seu preço, e a magia de Merlin sempre exigia que os outros pagassem por ela.

"Devolva a água para nós. Nós a levaremos até a praia."

Nyneve parecia apavorante, mas também incapaz de mentir. Guinevere abraçou Lancelote, e Fina a abraçou do outro lado. Fechou bem os olhos e se soltou.

Elas caíram. E, em seguida, começaram a se movimentar. Era um movimento muito mais suave do que andar a cavalo e também era bem pior. Estavam sendo arrastadas pela corrente inescapável da Dama. Nyneve lembrou de manter a cabeça das três fora d'água na maior parte do tempo, e logo saíram das cavernas e túneis que havia debaixo da cidade. A luz do dia era um pequeno consolo, que Guinevere, com os olhos fechados com a mesma força que abraçava Lancelote, não conseguiu enxergar.

Apesar de o trajeto ser rápido, pareceu que demorou uma eternidade até serem jogadas, sem cerimônia, em terra firme. Guinevere se afastou do som da água, cambaleando, e vomitou até não sobrar mais nada.

Queria se afundar em sua infelicidade, mas não havia tempo para isso. Torceu a capa e as saias o melhor que pôde. Lancelote ficou por perto, preparada, como sempre, parecendo que nada havia lhe acontecido, tirando o fato de estar completamente ensopada. Excalibur ainda estava embainhada e presa às suas costas, e ela levava sua própria espada em seu cinto. Fina estava tirando a água do cabelo. Parecia empolgada, a danada.

— Ela pode vir conosco? — perguntou Fina, apontando para onde Nyneve cintilava, ali perto. — Poderia ser útil em uma luta. Ou apenas divertida.

Guinevere ficou parada na margem, olhando para mais uma criatura que fora estraçalhada e destruída por Merlin e Nimue.

— Lamento muito que Nimue tenha feito isso com você — disse.

Nyneve se movimentou, fazendo um ruído que parecia de choro.

"Ela nunca mais voltará para nós. Enxergamos isso agora e não podemos suportar. Você está com a espada. Desfaça-nos. Devolva-nos para a água. Tire essa consciência desolada, esse tormento de saber o que éramos quando éramos uma só. O que jamais poderá voltar a ser."

Lancelote olhou para Guinevere, sem saber o que fazer.

Guinevere odiou a si mesma por ser tão calculista, mas prometera a Arthur que protegeria Camelot. Não podia se dar ao luxo de ter compaixão. Ainda não.

— Mantenha a Rainha das Trevas e tudo em que ela tocou fora de Camelot que, quando eu voltar, farei o que você está pedindo.

Nyneve estendeu a mão com um anseio. Guinevere não teve forças para tocá-la. Então Nyneve baixou a cabeça, concordando, e tornou a se esparramar para se tornar o lago.

— Seu plano agora é roubar uns cavalos? — perguntou Fina.

Entre elas e as árvores, havia apenas um campo aberto, que se estendia, vazio, sem oferecer nenhuma proteção. Precisavam se apressar mais do que tudo. Depois que chegassem às árvores, ainda teriam que andar a cavalo duas horas para chegar à caverna onde Merlin estava.

— Sim — respondeu Guinevere, respirando fundo para se acalmar. — Assim, conseguiremos chegar bem antes de escurecer.

— Suponho que você não tenha pedido para lhe trazerem cinquenta cavalos e esquecido de me contar...

Fina apontou para as dezenas de soldados montados que galopavam na direção delas, vindos dos estábulos de Camelot.

— Como nos descobriram tão rápido? — Lancelote empunhou sua espada, assumindo uma postura de ataque, apesar de os soldados ainda estarem a vários minutos de distância. — E como eles sabiam em que local da margem do lago cairíamos, se nem nós sabíamos?

— Não estão vindo atrás de nós — Guinevere apontou na direção oposta, para o norte, onde havia poeira subindo por causa de outros cavalos. — Não podemos confiar em ninguém vindo do norte, e Nectudad e Sir Tristão só devem chegar amanhã. Precisamos correr para os campos e torcer para que ninguém nos veja.

— Não há onde se esconder — disse Lancelote com um tom lúgubre. — Deveríamos correr na direção dos soldados que vêm de Camelot. Dominá-los, roubar seus cavalos e fugir.

Fina girava uma faca a esmo.

— Minhas habilidades não têm comparação, mas acho que nem nós duas juntas podemos ter expectativa de vencer cinquenta homens. Eu sabia que deveríamos ter deixado a bruxa da água ficar conosco.

Guinevere olhou para um dos exércitos que se aproximava, depois para o outro. O que vinha de Camelot a protegeria, mas os soldados também a levariam de volta para Camelot e Arthur, pondo um fim abrupto à sua missão. Era provável que o outro fosse liderado pela Rainha das Trevas. Mas era *possível* que fosse liderado por Sir Tristão e Nectudad, que poderiam estar possuídos.

Estava encurralada pelos campos, pelo lago pavoroso, pelos soldados leais a Arthur e por outros. Leais a quem, ninguém sabia.

— Vamos nos arriscar com os soldados do norte.

Guinevere levantou as saias e saiu correndo.

CAPÍTULO QUARENTA E CINCO

Lancelote brandiu a espada, Fina, o seu machado, e Guinevere tirou dois de seus preciosos nós de ferro da bolsinha, pronta para usá-los, caso fosse necessário. Os dois primeiros soldados a cavalo se tornaram visíveis. Guinevere resistiu ao alívio de ver Sir Tristão e Nectudad — ainda havia a possibilidade de não serem eles de verdade. Assim que se aproximaram, Nectudad desceu do cavalo e abraçou Fina com tanta força que as duas quase caíram no chão.

— Por acaso ela está tentando estrangular você? — perguntou Lancelote.

— Não, é assim que ela demonstra afeto — respondeu Fina, com o rosto vermelho da falta de ar, quando Nectudad a soltou.

— Vocês só deveriam chegar amanhã — disse Lancelote, enquanto o restante das forças — mais ou menos uma dúzia de soldados — vinha chegando.

Sir Tristão desceu do cavalo com dificuldade, com um braço preso à lateral do corpo e uma das pernas enfaixadas.

— A situação piorou. Tivemos que nos dividir para que a Rainha das Trevas não nos encontrasse todos juntos. Isso também permitiu que viéssemos mais rápido. Onde está o rei?

Lancelote sacudiu a cabeça e respondeu:

— Na cidade. Está determinado a enfrentar a ameaça usando força. Pensamos de outro modo.

— De outro modo como? — indagou Nectudad.

— Iremos libertar... — Fina começou a contar, mas Guinevere gritou:

— Não! Não diga nada. Entrem na água. Todos vocês.

A garota apontou para o lago. Era impossível dizer se a Rainha das Trevas havia infectado alguém, por mais que Guinevere tivesse esperanças de ser capaz de reconhecer Sir Tristão ou que Fina pudesse sentir se algo estivesse errado com Nectudad. Mas Nyneve saberia.

— Por quê? — perguntou Sir Tristão, indo em direção ao lago.

Os demais soldados desceram dos cavalos, mas permaneceram ao lado de suas montarias. Quatro deles eram de Camelot; os outros dez eram do povo de Nectudad.

— É um teste. Você nos disse para não confiar em ninguém — respondeu Guinevere. — Não confiaremos até termos provas.

Sir Tristão já estava com água pelos tornozelos. O fato de ter obedecido Guinevere sem questionar confirmou que ele não estava infectado — ainda era, definitivamente, Sir Tristão, leal até o último fio de cabelo. Nectudad balançou a cabeça e entrou na água, fazendo um gesto para que os demais soldados a seguissem.

Nove deles obedeceram.

Um, uma mulher do norte, com braços tatuados e cabelo castanho quase todo raspado, não se dirigiu ao lago. Talvez não tivesse entendido. Guinevere cruzou o olhar com Lancelote, que ainda brandia a espada.

— Derile — disse Nectudad, falando com ela em sua língua e apontando para a água.

Derile sorriu, mas seu sorriso não parecia normal. Era como se fios puxassem os cantos de sua boca para cima.

— Já sabemos aonde vocês vão — disse a mulher, estendendo a mão direita em seguida. Havia uma aranha na palma de sua mão, indo para frente e para trás, em um ritmo hipnótico, acariciando a pele de Derile com suas pernas pontiagudas. — Por que vocês estão lutando contra nós? Aqui é fácil. Tão tranquilo. — Seu sorriso ficou mais largo, um esgar falso. Então estendeu o braço, e a aranha voou pelos ares, soltando fios de seda que flutuaram na brisa e pousaram bem no ombro de Nectudad.

— Nectudad! Entre no lago! — gritou Guinevere.

A princesa se atirou na água.

Fina urrou, foi para cima de Derile e a atirou dentro do lago. A água borbulhou em volta da guerreira do norte, infiltrando-se e puxando-a suavemente para o fundo. Todos seguraram a respiração, na expectativa, observando o ponto onde Nectudad havia desaparecido. Esperando para ver se a princesa reapareceria como ela mesma ou outra coisa.

Nectudad voltou à tona, ofegando e batendo nos próprios ombros, mas a aranha havia sumido.

— Derile — disse Nectudad, colocando a mão em seu coração. Sua amiga estava cercada de água espumante. O que quer que Nyneve estivesse fazendo, não estava curando Derile nem limpando a infecção da Rainha das Trevas. Guinevere pedira à Dama para manter a Rainha das Trevas fora de Camelot. Ao que parecia, a Dama só era capaz daquilo.

— É tarde demais — disse Derile, dando risada, engasgando e cuspido água. — O feiticeiro não poderá salvá-los. Jamais salvou ninguém. Só nós podemos curar a ilha. Vocês irão entender. Todos vocês irão entender.

A água a engoliu e, em seguida, a superfície do lago tornou a ficar lisa.

Nectudad e seu povo baixaram a cabeça e levantaram os olhos

para o céu. Um instante de dor transpareceu no rosto da princesa, mas logo sua expressão se tornou feroz e determinada.

— Qual é o seu plano? — perguntou.

Guinevere ficou de costas para a luz refletida na água do lago enquanto os homens não infectados foram saindo lentamente.

— Exatamente o que Derile disse. Iremos libertar Merlin.

— Nectudad, vá com elas. Peguem nossos cavalos — disse Sir Tristão.

O cavaleiro fez sinal para dois de seus soldados ficarem com ele. Nectudad pôs a mão no braço de Sir Tristão e sacudiu a cabeça. Dispensando mais instruções, ele apontou para um dos guerreiros do norte. Guinevere entendeu. O cavaleiro ficaria com um homem de Camelot e um homem do norte. Uma frente unida.

Sir Tristão se virou para o lado em que a força de Camelot se aproximava, cada vez mais rápido.

— Informaremos Arthur do que aconteceu — disse.

— E tentem retardá-los, se quiserem nos deter — falou Guinevere.

O cavaleiro inclinou a cabeça e se virou para Nectudad. Os dois trocaram um último olhar antes de apertar as mãos e encostar as testas.

— Em outro campo de batalha — disse Nectudad.

— Em qualquer batalha — falou Sir Tristão.

Guinevere e Fina se entreolharam, ambas curiosas. O que havia acontecido na ausência delas para ligar aqueles dois com tanta força, tão rápido? Sir Tristão e Nectudad se afastaram, e o cavaleiro se movimentou o mais rápido que pôde para interceptar o exército que se aproximava, com um soldado de Camelot de um lado e um guerreiro do norte do outro.

Lancelote ajudou Guinevere a subir no cavalo de Sir Tristão e montou em outro. Fina pulou em seu cavalo.

— Rápido. Precisamos chegar ao feiticeiro antes da fada maligna — falou, chutando os flancos do cavalo e saindo apressadamente.

Os demais foram atrás. Guinevere torceu para que Sir Tristão conseguisse convencer Arthur da ameaça que se aproximava. Torcia para que o rei permanecesse em Camelot, onde o lago protegeria os habitantes da cidade. E, mais do que tudo, torcia para ter forças suficientes para encarar a missão que a aguardava.

O sorriso rígido de Derile a assombrava. Uma imitação de humanidade feita por um titereiro. Só conseguia pensar nos olhos verdes de Mordred sendo consumidos pela escuridão. E se Sir Tristão tivesse sido infectado? E se a aranha tivesse picado Fina ou Lancelote? Mordred já fora possuído. E, logo, a ilha inteira poderia sucumbir.

A garota não podia fracassar. O mundo inteiro e todos de quem ela gostava dependiam dela.

Enquanto galopavam em direção à caverna onde Merlin estava, Nectudad foi passando informações, gritando para que sua voz fosse ouvida apesar do bater dos cascos dos cavalos.

— A Rainha das Trevas se apossou de quase todas as forças de Arthur. Tivemos que nos dispersar. Ela controla um grupo grande de saxões, que sumiram antes que conseguíssemos descobrir quantos eram ou aonde estavam indo. Por que vamos libertar o feiticeiro?

Guinevere respondeu, gritando:

— Não podemos lutar contra todos que ela possuir, nem matar mais pessoas inocentes como Derile. Iremos libertar Merlin. Esta magia corrompida é dele. Nossa esperança é que o feiticeiro consiga desfazer o que Rainha das Trevas fez para se amarrar às suas vítimas e libertar a todos.

— E Merlin irá nos ajudar? — indagou Nectudad.

— Como odeia a Rainha das Trevas, acho que sim. Se precisar ser convencido, temos Excalibur.

No fundo, Guinevere queria que Merlin se recusasse a ajudar para poder pedir que Lancelote o ameaçasse com a espada. Mas isso era infantil. Sua própria dor tinha que vir em segundo lugar em relação ao destino da ilha. A ilha com a qual Merlin sempre se importara. Mas como Merlin não previra que isso aconteceria? Como não sabia que ele seria necessário?

As mãos de Guinevere doíam, de tanta força que havia feito segurando as rédeas. Foram horas dolorosas. Forçaram os cavalos mais do que deveriam, mas não tiveram coragem de descansar nem de diminuir o ritmo. Enfim, as árvores mais à frente se tornaram conhecidas, como em um pesadelo. Estavam de volta.

Guinevere não olhou para o casebre dilapidado que Merlin usara para enganar a verdadeira Guinevere, achando que era uma choupana. Passou reto por ele, fazendo sinal para Nectudad e os demais virem atrás.

— Aqui! — gritou, descendo do cavalo diante da rocha lisa que já fora a entrada da caverna. A caverna onde Nimue e a verdadeira Guinevere haviam sido transformadas. A caverna onde Merlin se permitira ficar preso para sempre, de acordo com suas ordens.

O feiticeiro não tinha direito à escolha. Não desta vez.

— Temos certeza de que devemos libertar o demônio? — perguntou Fina, deixando o nervosismo transparecer em sua voz. Guinevere a vira ser destemida ao encarar a morte, mas o feiticeiro lhe dava medo.

A princesa tinha razão para ter medo. Guinevere foi até a rocha e pressionou a mão espalmada contra ela. Sentiu Nyneve ali, sentiu traços de sua raiva, de seu luto.

— É nossa única escolha.

— Como você vai libertá-lo? — perguntou Nectudad, examinando a rocha com uma expressão dúbia.

Guinevere olhou para Lancelote e falou:

— Primeiro com magia e depois com seu contrário.

O cavaleiro balançou a cabeça. Estava com uma expressão determinada, mas o modo como cerrava e abria os punhos deixava transparecer relutância e preocupação. Ainda não queria usar Excalibur. Guinevere torceu, pelas duas, que não precisassem fazer o que viria a seguir.

A garota fez um corte em um dos dedos e fez o nó para envelhecer. O mesmo que havia usado para enferrujar o cadeado da porta do quarto de Isolda, no castelo de Rei Mark, coisa que parecia ter acontecido fazia uma vida. Desta vez, deixou cair muito mais sangue na pedra. Dias, semanas, meses, talvez até anos de sua própria vida sangraram para tentar salvar aquela ilha.

Com um suspiro de assombro, ela tirou a mão da rocha e foi cambaleando para trás.

— Isso é o que sou capaz de fazer.

A rocha já estava com infiltração e desgastada. No local onde Guinevere colocara o nó, havia uma única rachadura.

Lancelote fez sinal para Guinevere ficar atrás dela, mas não foi necessário. A garota já estava correndo para longe do cavaleiro e de Excalibur o mais rápido que podia. Queria ficar olhando, mas não podia se dar ao luxo de ficar ainda mais fraca. Escondeu-se atrás de uma árvore, apoiando-se para continuar de pé. Rezou, para qualquer deus que pudesse estar ouvindo, pedindo que aquilo funcionasse.

Sentiu o instante em que Lancelote brandiu a espada. Abraçou o próprio corpo, respirou fundo e pulou, quando um som retumbante de rachadura ecoou pelos ares. Saiu de trás da árvore quando Lancelote embainhou a espada. Diante dela, na rocha, havia uma ferida denteada.

Todos seguraram a respiração, esperando para ver se um velho esquelético sairia de lá. Ninguém apareceu. Mas, ainda assim, havia uma abertura larga o suficiente para entrar uma pessoa por vez.

— Você conseguiu! — exclamou Guinevere, correndo ao encontro dos demais.

— Nós conseguimos — corrigiu Lancelote.

— Obrigado — disse Mordred, saindo de trás das árvores. — Não teríamos conseguido sozinhos.

CAPÍTULO QUARENTA E SEIS

Os movimentos eram de Mordred, que veio se esgueirando na direção delas; seus passos pareciam mais uma dança do que um andar. O modo como ele girou a espada no ar, para que brilhasse no sol da tarde, também era conhecido.

Mas seus *olhos*...

Essa era a pior parte. Porque, ao contrário do sonho de Guinevere, não eram negros. Eram os próprios olhos de Mordred, verdes, encantadores e absolutamente sem vida. As conhecidas piscadelas haviam sumido, o olhar de esguelha malicioso, as centenas de mudanças infinitesimais que eram *dele*. Aqueles olhos eram sem vida e não mudavam, feito os de uma cobra.

— Fujam — sibilou Mordred. Sua boca não cooperou direito, seus olhos continuaram frios. — Por favor, fujam.

— Mordred? — falou Guinevere, dando um passo na direção dele. Mordred ainda estava naquele corpo!

— Fique — a voz dele saiu com facilidade. — Junte-se a nós. *Não. Não sou tão forte assim* — disse Mordred, com lágrimas escorrendo pelo rosto. — *Não consigo mais resistir a ela. Por favor, fuja. O mais rápido e o mais longe que puder.* — Sua boca se contorceu em um sorriso, e Mordred se aproximou mais delas. Talvez fosse capaz de resistir à Rainha das Trevas porque era filho das fadas ou porque era Mordred e sempre sobrevivia. Mas, assim como a memória muscular do corpo de Guinevere era da verdadeira Guinevere, ficava óbvio que a Rainha das Trevas tinha controle total das habilidades de Mordred, incluindo suas habilidades com a espada.

Lancelote brandiu a espada e ficou em posição de ataque.

— Pare, Mordred.

— Vão embora — disse ele, com uma voz agonizante.

Ouviram um galho se partir, um passo e em seguida uma dezena, uma centena, um enxame de incontáveis pessoas saiu de trás das árvores, onde estavam à espreita. Saxões, pessoas do sul, do norte, não importava. Andavam de forma sincronizada, como se fossem controladas por um único titereiro. Mas todos tinham aquele mesmo aspecto sinistro nos olhos: janelas inanimadas, sem vida, sem alma por trás.

— Por que estão todos aqui? — perguntou Fina, em pânico.

— Como eles sabiam? — indagou Nectudad.

— Ela já estava tentando entrar — respondeu Guinevere, tentando controlar o desespero que a inundava. A garota conseguira fazer o que a Rainha das Trevas não era capaz. Havia aberto a caverna, e agora a Rainha das Trevas mataria o único ser capaz de derrotá-la. Ou, pior ainda: o infectaria. Era por isso que Merlin proibira Arthur de abrir a caverna. Guinevere ignorara esse alerta por causa do ódio que tinha pelo feiticeiro. E agora estragara tudo. — Não podemos deixar que eles entrem!

— Formem um círculo em volta da caverna! — ordenou Nectudad.

Fina agarrou Guinevere pelo braço e a arrastou para trás, enquanto o grupo de Nectudad assumia posição de defesa. Lancelote se aproximou de Mordred, impedindo que ele se movimentasse.

— Por favor, Lancelote, mate-me! — implorou Mordred. Seus dedos se retorceram, e sua voz ficou suave novamente: — Entregue-nos

Excalibur, Lancelote. Entregue-nos agora e pouparemos a vida dela.

Em um gesto que não combinava com suas palavras, Mordred apontou sua espada para o pescoço de Lancelote e, em seguida, para o de Guinevere.

Como tinham vindo pela água, o cavaleiro estava sem armadura. Mordred também. Seria uma luta de espada contra espada, sem nada para proteger seus corpos terrivelmente humanos.

— Você não pode derrotar todos nós — disse Mordred. — E logo você estará conosco.

Um dos soldados de Nectudad gritou, porque aranhas atacaram o grupo deles, formando um tapete no chão da floresta, um negro que se alastrava. Guinevere pôs a mão em sua bolsinha. Não esperava que a Rainha das Trevas as derrotasse ali, mas tampouco viera despreparada. Esperou até a primeira aranha ficar perto o suficiente para dar o bote e então enfiou um nó de ferro assassino nela, empalando-a no chão.

Como esperava, a magia se conectou à aranha, e a aranha estava conectada a todos os demais aracnídeos que se somavam. Os bichos pularam e foram murchando, em um círculo que foi se alastrando. O coração de Guinevere bateu feliz e ficou apertado em seguida. No fundo, em seu desespero, tinha esperança de que a magia matasse *toda* a infecção da Rainha das Trevas, mas havia detido apenas aquele método de inoculação específico. O exército que os cercava ainda era da Rainha das Trevas.

— Inteligente — disse Mordred. — E perverso. Não sabíamos que você era disso, sua garota mole e delicada. Não é para menos que ele a ama — a mão livre de Mordred bateu no próprio coração. — Ainda podemos senti-lo, o quanto dói. Como está com medo que façamos mal a você por meio dele. Você já o magoou tantas vezes... Não nos obrigue a matá-la. Entregue-nos a espada.

A horda da Rainha das Trevas se aproximou. Fina e Nectudad brandiram suas espadas, em uma formação tática ombro a ombro com os poucos soldados posicionados entre a Rainha das Trevas e a caverna. Seriam derrotados, e rápido, mas nenhum deles fez menção de recuar.

— Pelo menos, morreremos sendo nós mesmas — disse Fina, com uma voz animada.

— É o máximo que podemos esperar — concordou Nectudad. — Continuem a postos! Segurem firme! Protejam Guinevere e a espada!

Lancelote virou a cabeça e cruzou o olhar, lúgubre e determinado, com Guinevere. Desamarrou Excalibur, ainda embainhada, de suas costas. A garota se preparou para o mal-estar iminente. Talvez pudessem ganhar tempo com Excalibur. Mas ela sabia, por experiência própria, que a espada não era capaz de desfazer aquela magia.

A horda que os cercava chegou ainda mais perto. A paciência da Rainha das Trevas chegara ao fim.

— Até lutarmos de novo — disse Nectudad.

— Em outro campo de batalha — respondeu Fina.

Ela ergueu a espada e rugiu.

Um rugido igual ecoou, ampliado mil vezes, vindo do leste. Todos viraram naquela direção, apavorados com a nova ameaça. Mas o bater dos cascos no chão anunciou a chegada das forças de Camelot. A horda se virou para a ameaça, e o próprio Arthur veio a galope, brandindo a espada com fogo nos olhos.

Arthur estava ali! Camelot estava ali!

Mas... O rei estava longe demais. Havia centenas de corpos infectados entre eles, um mar de Rainha das Trevas os separava. Se estivessem em ilhas isoladas uma da outra daria na mesma. Arthur olhou, em meio às cabeças do exército que atacava, para Guinevere e, em seguida, para Lancelote. Seus olhos arderam de raiva quando viu que o cavaleiro empunhava Excalibur, ainda embainhada. Mas balançou a cabeça uma única vez, dando-lhe permissão para atacar. Em seguida, veio galopando em direção ao campo de batalha, girando sua espada. As forças da Rainha das Trevas lutaram com um frenesi irrefletido, atirando-se contra as espadas, alheias aos danos que causavam a seus corpos. Cavalos e homens foram jogados, aos gritos, no chão da floresta.

O pior, contudo, era que os possuídos pela Rainha das Trevas morriam sem fazer som, sangrando na terra. Não lhes era permitido sentir a própria dor, gritar por terem sido arrancados violentamente do mundo contra sua vontade. A Rainha roubou até os últimos suspiros daqueles seres humanos.

— Venha, Lancelote! — gritou Mordred, mais alto do que a cacofonia da batalha. — O tirano não conseguirá nos alcançar em tempo. Entregue-nos a espada ou tente nos derrotar. De qualquer modo, ficaremos com ela e com você.

Mordred estava flanqueado por, pelo menos, vinte homens da horda da Rainha das Trevas, separado do conflito mais amplo por este outro, menor e mais desesperador. Guinevere, contudo, era capaz de ver como ambos os conflitos terminariam. Como poderiam lutar contra uma infecção? Como poderiam vencer, quando aqueles que os atacavam pagariam qualquer preço para destruí-los?

Ela teria que ver Arthur, Mordred e Lancelote morrerem diante de seus olhos.

— A espada, Lancelote! — disparou Fina. — Ela pode nos salvar!

Em vez de brandir Excalibur, Lancelote atirou a espada embainhada para Guinevere.

— Faça o que tiver de fazer para não deixá-la cair nas mãos da Rainha das Trevas. Encontre o feiticeiro. Protegeremos a entrada da caverna pelo tempo que conseguirmos.

Mordred correu na direção de Guinevere. Lancelote bloqueou sua passagem, de espada erguida. Fina e Nectudad soltaram um grito de guerra e se juntaram ao combate, apoiadas pelos soldados que estavam com elas, mantendo a entrada da caverna livre.

Guinevere pendurou a maldita espada no ombro.

— Por favor, não morra — disse para Lancelote. — E não o mate, se puder evitar.

— Ela não pode derrotar Mordred, e nós somos ele — disse Mordred, dando aquele sorriso de marionete de novo.

— Eu tive um ótimo professor — Lancelote atacou com uma rajada de aço, obrigando Mordred a retroceder. — Agora! — gritou para Guinevere.

A garota se virou e entrou rastejando na escuridão.

CAPÍTULO QUARENTA E SETE

O ruído do tilintar do aço e das mortes agonizantes foi imediatamente abafado quando Guinevere passou rastejando pela abertura denteada da caverna e ficou de pé. Bem à frente, havia luz. A garota teve vontade de correr, mas seu corpo ficou paralisado quando a lembrança da última vez que havia entrado naquele lugar veio à tona. Quando era outra garota, cheia de esperança. Agora não tinha tal esperança.

Estava de volta à caverna e, mais uma vez, prestes a ficar à mercê de uma criatura desprovida de misericórdia. Mas, desta vez, não era apenas seu corpo que estava disposto no altar em sacrifício, mas o de todos.

Deu um passo à frente, depois mais um. Seus pensamentos gritavam, com a necessidade de ir depressa, mas seus pulmões se recusavam a puxar o ar, lembrando da inundação de água morna. Deveria ter mandado Lancelote entrar. Jamais deveria estar ali. Não naquele lugar, com sua escuridão e seu silêncio à espreita.

Mas... não havia silêncio.

Ouviu um zumbido e cliques vindos do alto. Olhou para cima, mas seus olhos não conseguiam enxergar na penumbra. Acendeu um fogo nos dedos e se arrependeu em seguida. O teto da caverna se mexeu e brilhou, de tantos besouros negros voando de forma bêbada e atrapalhada. Um revoar de mariposas se juntou a eles.

O exército de Guinevere estava do lado de fora da caverna, mas a Rainha das Trevas estava *ali*.

A garota começou a correr, desesperada para encontrar o feiticeiro antes que a Rainha o encontrasse. Um tornado rodopiante de vida impediu sua passagem. Guinevere teve vontade de rir, de chorar e de gritar. Tivera tanto medo de ver Merlin novamente e agora era mais provável que nem chegasse a tanto.

A luz das faíscas de Guinevere foi refletida mil vezes, dando a impressão de que a Rainha das Trevas era composta de minúsculos pontos de fogo, que rastejavam e brilhavam assumindo um arremedo de forma humana. Nimue havia amado a Rainha das Trevas, amado a vida feroz que ela continha. Mas essa vida fora corrompida, apodrecera e se tornara voraz de desespero. Será que era uma coincidência o fato de a Rainha das Trevas, cujo estado natural fora pervertido pela violência, agora escolher surgir à semelhança de pessoas?

E não qualquer pessoa, mas uma rainha. Grandes besouros formaram uma coroa na cabeça da Rainha das Trevas, e duas mariposas se posicionaram, piscando as asas com desenho de olhos para Guinevere. A garota lançou seu fogo no chão da caverna, e ele continuou ardendo. Então Guinevere segurou o pomo de Excalibur.

"Espere", zumbiu a Rainha das Trevas. "Irei parar a matança inútil lá fora se você me escutar. Vocês, seres humanos, nunca *escutam*."

Guinevere engoliu em seco e fez que sim. Talvez isso fizesse seus amigos ganharem tempo para fugir ou se reorganizar.

"Você já perdeu", zuniu a Rainha das Trevas. Seu tom não era triunfante. Era quase terno. "Neste exato momento, tudo o que você ama está morrendo ou matando alguma outra coisa que você ama. E tudo isso é por nada. Se eles apenas me aceitassem, tudo ficaria melhor."

— Você é um monstro — disse Guinevere. — Não pode roubar vidas assim.

"Se não estivessem morrendo aqui, estariam morrendo em outro lugar. Saxões, povos do norte, do sul. Você sabe que é verdade. Eles estavam matando uns aos outros muito antes de eu me envolver nisso e continuarão fazendo isso, em um ciclo sem fim de luta e violência."

A garota apertou o pomo de Excalibur. A Rainha das Trevas sibilou, estremecendo.

"Posso matá-los todos agora mesmo. Cada um dos corpos que possuo. Fazer o coração deles parar apenas com um desejo."

Guinevere soltou o pomo.

O zumbido da Rainha das Trevas ficou mais agudo, com um tom mais agradável.

"Tantos estão sendo feridos, perdidos, deixados para trás. Serei uma deusa benevolente para esta ilha. Nenhum outro povo chegará à costa para matar e conquistar. Todos se tornarão um só conosco. A vida florescerá. Ninguém mais irá ferir ou morrer antes do tempo."

— E esses que estão morrendo lá fora neste exato momento? — indagou Guinevere.

"Não é culpa minha. Merlin teve uma visão para a humanidade, e foi uma visão que resultou na destruição sistemática de *minha* magia, de *meu* poder. Sem a natureza para lembrá-los do quanto são pequenos, sem a luta constante para comer, aquecer-se, caçar ou evitar ser caçado, a humanidade dirige sua violência para o resto do mundo. Os homens se isolam atrás de tijolos e de pedras, tornam-se cruéis, conquistadores, criaturas malditas e gananciosas. Foi isso que

Merlin fez com seu *progresso*. Por que ele tem o direito de decidir o futuro desta ilha? Afinal de contas, olhe só para o que ele fez com você. Olhe só para o que eles fizeram com você, como lhe feriram para poderem se apoderar de você."

Guinevere soltou uma gargalhada fria.

— Não finja que se importa comigo.

A Rainha das Trevas levantou uma mão cintilante e rastejante, como se fosse acariciar o rosto de Guinevere. A garota se esquivou da carícia. O zumbido continuou quando a mão e o braço rastejaram, desaparecendo e voltando a se formar na lateral do corpo da Rainha.

"Eu agora sou Mordred, e ele é eu, e eu amo você como ele ama. Você partiu o coração dele quando o abandonou, mas Mordred entendeu. Você não pode dar as costas às pessoas necessitadas. Mas agora pode ter aquela vida! A vida com ele. Porque, quando eu estiver por toda parte, cuidarei de todos eles. Cuidarei de você. E até de Arthur, aquele menino maldito. Eu o amarei, porque serei você, e você o ama. E eu o amarei porque serei ele, e ele me amará porque o peso que carrega não existirá mais. Ele será livre. *Todos* serão livres."

— Pagando com a própria liberdade.

"Nada é de graça. Arthur também rouba a liberdade deles. E, mesmo assim, muitos sofrem e morrem. Isso irá terminar. Posso governar com uma mão mais leve. Um sussurro em seus pensamentos, o bater das asas de uma mariposa em sua pele. Vocês ainda serão vocês mesmos. Serão unificados. Um. Seguros."

Guinevere sacudiu a cabeça. Uma mariposa pousou em sua testa, e ela não pôde afugentá-la porque o inseto sussurrou uma visão dentro de seus pensamentos.

Luz do sol.
Árvores.

Risos e felicidade. Mordred do lado dela, e todos os vestígios da enguia sumiram, não irradiava mais dor da pele dele. Agora Mordred tinha uma família, a família que sempre quis. Arthur do outro lado dela, mais jovem, mais livre, mais leve do que jamais fora. Todos os fardos apagados, toda violência banida, a maldição de Excalibur desfeita, restando apenas vida. Poder entregue àqueles grandes o bastante para verdadeiramente empunhá-lo, sem esmagar essas pobres crianças. O coração dela alegre ao vê-las assim, ao ouvir seu riso, tudo entre eles curado.

E Guinevere completa, por fim. Não perdida, não lutando, não em dor. Completa, amada e...

Guinevere deu um tapa no inseto, afugentando-o. Seus olhos se encheram de lágrimas. No fundo, gostaria de ter ficado em Camelot. Nem que fosse só por alguns instantes, apenas para ver quem eles poderiam ter sido.

— Você é uma mentirosa.

"Você não ama meu neto o bastante para ficar com ele? Você não ama Arthur o bastante para libertá-lo de sua vocação amaldiçoada?"

Os insetos zumbiram e bateram as asas com menos força, até ficarem em silêncio. As mariposas fecharam suas asas, escondendo os olhos falsos da Rainha das Trevas. E então abriram novamente, bem devagar.

"Tenho a espada de Mordred encostada na garganta de seu cavaleiro", sussurrou a Rainha das Trevas. "Solte Excalibur, que deixarei vocês duas irem embora. Esta luta não é sua. Nunca foi. Deixe que Arthur, eu e Merlin terminemos o que começamos."

A jogada da Rainha das Trevas teve o efeito contrário ao pretendido. Em vez de ficar com medo, Guinevere sentiu que estava ainda mais determinada. Lancelote lutaria até o fim. E ela também.

— Irei deter você — disparou.

Guinevere levou a mão à Excalibur mais uma vez.

A Rainha das Trevas cintilou, dando risada, e todo o seu ser sacudiu e estremeceu para expressar seu júbilo.

"Você não pode empunhá-la e, mesmo que pudesse, eu apenas iria me espalhar."

Como se quisessem demonstrar isso, os insetos caíram no chão em uma cascata de escuridão. Em seguida, se juntaram para formar a Rainha das Trevas novamente.

"Certamente, você aprendeu essa lição com Arthur. Estou cansada disso. Quem é *você* para atravancar meu caminho? Sou uma deusa e você não é Nimue. Você é apenas uma garota. Nem isso. Você não é Nimue nem a princesa. Você não é *nada*. Deixe-me tornar você alguma coisa."

A Rainha das Trevas tinha razão. Ela não era Nimue nem a verdadeira Guinevere. Mas tinha, sim, a determinação daquela garota. Não foi a fraqueza que a levou até aquela caverna. Foi a esperança. Foi a coragem. E foi a força. A força que a Rainha das Fadas jamais levou em consideração, jamais mediu, jamais temeu. Porque Guinevere — a verdadeira Guinevere — fora um ser humano. E isso queria dizer que era pequena. Finita. Contida.

E capaz de empregar uma magia pequena e finita que podia conter até aqueles que se consideravam infinitos.

Enquanto a Rainha das Trevas se concentrava na mão pousada em Excalibur, Guinevere pôs a outra mão na bolsinha e tirou um emaranhado de fios de ferro.

— Você é apenas outra tirana, seu monte de bosta! — disparou.

Então atirou o fio no qual sangrara na noite anterior, infundindo poder no mesmo nó de amarração que vira Merlin pintar em seu corpo. O nó caiu, fazendo um *plim* suave no chão da caverna.

A Rainha das Trevas olhou para baixo, dando uma risada de desdém. Zumbiu e estendeu uma mão. Nada aconteceu. Ela olhou para a própria mão, os olhos de asas de mariposa batendo de confusão.

As mariposas batiam as asas freneticamente, mas não saíram de seu rosto. A Rainha permaneceu com a forma que havia tomado, todos os milhares de criaturas que usara para se formar, as minúsculas partículas de si mesma que sairiam correndo e voando antes de serem destruídas, ficaram unidas, formando um só pedaço e em um único lugar: o chão da caverna.

— Muito inteligente — disse Merlin, dando risada.

CAPÍTULO QUARENTA E OITO

A risada de Merlin preencheu o vazio que os cercava. Doeu em Guinevere ouvir o quanto a voz do feiticeiro era afetuosa, paternal. O quanto soava gentil, quando Merlin virou em uma quina da caverna e se uniu às duas.

— Ah, sua bruxa velha e má. A garota amarrou todos os seus malditos pedaços para você não conseguir fugir rastejando. — As sobrancelhas prateadas e peludas do feiticeiro baixaram, porque ele se deu conta de algo: — Eu não lhe ensinei este nó.

— Ensinou, sim. — Guinevere tremia de raiva ao olhar para aquele homem, aquele monstro, aquela coisa que, com sua magia, havia deixado um rastro de corpos de mulheres. — Você o usou nela. Na verdadeira Guinevere.

— Ah — Merlin puxou a própria barba. — Bem. Estou surpreso de ter acordado e descoberto que você ainda está viva. Achei que eu dormiria por séculos e séculos. Não vi isso. Não vi *nada* disso. — O feiticeiro, então, ficou com uma expressão surpresa. — Que maravilha! Ter algo novo assim. Nimue tinha razão. Quando escolheu se tornar você, ela mudou tudo. Saiu da corrente do tempo que controlo, e agora não podemos ter certeza de nada.

Merlin estava olhando fixamente para Excalibur, que Guinevere segurava na lateral do corpo, e Fina tinha razão: os olhos dele ardiam como carvões em brasa.

A garota achava que o feiticeiro havia proibido que abrissem a caverna por causa daquela ameaça específica. Mas, se Merlin não vira nada daquilo acontecer, por que teria feito essa proibição? Por que era tão imperativo que ele não fosse libertado?

— Precisamos da sua ajuda — declarou Guinevere.

Merlin deu risada, sacudindo a cabeça.

— Eis mais uma coisa que eu jamais me imaginei dizendo: eu estava errado. *Eu* estava *errado*! Eu estava errado ao permitir que me prendessem. Achei que seria melhor assim. Mas obviamente, Arthur, pobre menino, não anda lidando bem com as coisas. E aqui está você e aqui está ela... — O feiticeiro apontou para a Rainha das Trevas, que estava emitindo um zumbido agudo e estridente. Todos os besouros e as mariposas batiam as asas tão freneticamente que os contornos da rainha ficaram borrados por causa dessa vibração. — E onde está meu rei? — perguntou Merlin, com um suspiro. — Arthur não é capaz de fazer isso sozinho.

— Ele não está sozinho — retrucou Guinevere, entredentes.

Merlin sequer tomou conhecimento de seu comentário e declarou:

— Assumirei o poder novamente.

— Ele tem a mim — insistiu a garota.

Merlin finalmente olhou para ela, levantando apenas uma sobrancelha, e falou:

— Mas você não tem a força necessária para ajudá-lo a moldar o mundo. Ande, entregue-me a espada. Eu deveria ter ficado com ela desde o início, apesar do que Nimue disse.

Guinevere pedira ajuda para Merlin, e o feiticeiro nem sequer perguntou por que ela estava ali. Merlin não se importava. Aquele velho safado presumia que, independentemente do problema, a solução era ter mais poder. A garota sacudiu a cabeça e respondeu:

— Arthur não precisa de mim por causa da minha força. Ele precisa de mim por causa da minha fraqueza. Minha fraqueza me permite sentir medo, sentir mágoa, entender a dor, ser... ser humana.

Ela finalmente compreendeu o que Nimue via quando olhava para Camelot. O que Nimue ansiava. Por que desistiu de ser quem era para se tornar uma criatura limitada e frágil. Nimue, sendo a Dama, era incapaz de ser fraca, e, portanto, jamais poderia ser forte.

Merlin bufou, com seus lábios pálidos e úmidos.

— Você é uma criança tola! Não há Nimue suficiente em você e há demais daquela garota.

Guinevere ergueu o queixo, espremendo os olhos de raiva por ter sido diminuída. De raiva por a vida da verdadeira Guinevere ter sido diminuída.

— Eu vou lhe mostrar aquela garota. Assim, talvez, você entenderá.

Então foi para a frente, pressionou a mão na testa de Merlin e *empurrou*.

Empurrou para dentro da cabeça do feiticeiro cada instante de sofrimento, toda a terrível dor da qual a verdadeira Guinevere fora incapaz de escapar. Os olhos de Merlin pararam de arder como carvões em brasa.

Guinevere empurrou tudo o que sentia tão profundamente, tão absolutamente, até ficar paralisada. Os olhos de Merlin ficaram azuis, enevoados e perdidos, como os de um velho.

Guinevere empurrou a esperança que a garota havia sentido ao olhar para a promessa de uma nova vida. Os olhos de Merlin se encheram de lágrimas, e seus ombros caíram.

E então, por fim, Guinevere empurrou a dor e o terror do fim que Merlin obrigara aquela criatura inocente a ter. Merlin ficou sem ar e se afastou cambaleando, porque a garota terminou de lhe dar o presente do qual Nimue se apossara violentamente, a única coisa que Merlin jamais poderia ter só para si.

Humanidade.

— Agora você sabe o que é pagar o preço que você sempre inflige aos outros — disse Guinevere.

— Tire isso de mim — suplicou o feiticeiro, arranhando a própria testa com os dedos retorcidos. Ele sacudia a cabeça, como se assim pudesse se livrar do que ela havia lhe mostrado, feito um cachorro que se sacode para tirar água do pelo. — Não. Não. Não importa. Eu faço o que é certo. É preciso fazer sacrifícios.

— Então os faça você. — Guinevere apertou o cabo de Excalibur, odiando o fato de sentir dor de cabeça, de ter suas mãos congeladas, mas precisava se segurar em algo. — Mostre-me como desfazer os nós que me criaram. Os nós que a Rainha das Trevas corrompeu para infectar a humanidade consigo mesma.

— Por que eu criaria um modo de desfazer minha magia? Minha magia é impecável. Essencial. Minha magia é *necessária* — declarou Merlin, ficando com o rosto vermelho de raiva. Então ele estreitou os olhos e deu um sorriso. Guinevere já podia enxergá-lo superando a humanidade que ela havia empurrado para dentro dele. O feiticeiro estava, deliberada e intencionalmente, colocando essa humanidade de lado. — Mas posso remediar isso. Dê-me a espada. — Então ele fez sinal para Guinevere entregar a espada, retorcendo os dedos de cobiça.

O zumbido e o farfalhar ficaram mais altos. A miríade de asas da Rainha das Trevas estava batendo em sincronia, e seus dedos do pé mal roçavam o chão da caverna.

— Se ela conseguir sair do chão da caverna, irá se libertar do nó! — exclamou Merlin. — Se eu a destruir, a infecção causada por ela chegará ao fim. Preciso de Excalibur.

Algo na avidez de Merlin arrepiou os pelos da nuca de Guinevere.

A garota lembrou que o próprio feiticeiro havia alertado Arthur, dizendo que ele precisava ser removido do poder. Se Nimue tivesse a intenção de entregar Excalibur para Merlin, teria dado a espada para ele. Mas, em vez disso, dera-a para Arthur. Mas também ajudara e protegera Lancelote, fizera questão de que Lancelote tivesse a oportunidade de crescer e se tornar quem era. Para, em algum momento, empunhar a espada.

E Nimue colocara ambos ao lado de Guinevere, para que um deles pudesse entregar a espada para ela. A espada era uma maldição, o peso da escolha. O peso de fins violentos para criar novos começos.

Nimue havia forjado a espada para *ela*.

Aquele era um futuro que a Dama do Lago tinha arrancado de Merlin. Um novo futuro, criado para os humanos, que Nimue amava mais do que tudo. Um futuro que só poderia ser garantido por um ser humano. Por uma garota.

Por Guinevere.

— Ande logo! — ordenou Merlin, com a voz tomada por uma aflição e uma autoridade tão pesadas que quase a compeliram a obedecer. — Entregue-me a espada, que poderei remediar tudo. Posso retraçar o caminho que construí para esta ilha ingrata. — Merlin mostrou os dentes em um arremedo de sorriso, e ficou parecendo uma caveira. Não era para menos que havia se disfarçado de mulher idosa. Seu rosto verdadeiro mal era humano, e ele não tinha uma gota de bondade. — Libertarei a garota também. A verdadeira Guinevere. Você vive a dor dela, já me mostrou isso. Nimue enganou a nós dois. Eu não sabia o que ela estava planejando. Removerei Nimue e restaurarei a princesa.

— A espada não foi feita para você — disse Guinevere, mas tinha tirado as mãos do cabo e podia sentir as palavras de Merlin ecoando em sua cabeça, trazendo à tona toda a dor da verdadeira Guinevere. Não era isso que ela queria? O que tentara fazer contra si mesma?

Merlin restauraria a princesa, Arthur não correria mais perigo, e a Rainha das Trevas seria derrotada. Ela poderia salvar a vida de todos.

— Entregue-me a espada — ordenou Merlin. — Não sacrifique esta garota inocente por causa de sua própria arrogância.

— Eles precisam de mim — falou Guinevere, olhando para trás, de relance, para seus amigos, sua família, seus amores, que estavam lutando e morrendo.

E, mesmo depois daquele dia, mesmo se vencessem, continuariam lutando, se esforçando e trabalhando. Não teria fim. Tudo era dor e luta, e a garota não estava ajudando ninguém. Não de verdade. O desespero assomou dentro dela.

— Eles não precisam de você. O que você pode fazer? Esses truques com fios e nós, espólios da magia de Nimue? Você não tem força para ser o que Arthur precisa que você seja. O que Camelot precisa que você seja. Eu tenho. Eu lhe disse para lutar como uma rainha, mas você é incapaz. Você não é rainha, nunca foi e nunca será. Você irá estragar tudo. Já quase estragou. Eu *juro* — disse ele, envolvendo a garota com sua voz —, cuidarei bem dela. Ela nunca mais irá sofrer. Você terá salvado a vida dela. A menos que ache que a vida dela não é digna de ser salva.

Guinevere assentiu. Era arrogância de sua parte presumir que o destino da ilha estava em suas mãos; sua exigência de permanecer no lugar da verdadeira Guinevere, uma cobiça violenta. Seus dedos roçaram o cabo da espada e uma descarga gelada de dor a apunhalou. Lembrava seu fogo da limpeza, queimando sujeira e suor. Limpando a magia da voz de Merlin, o veneno de suas palavras, o desejo que o feiticeiro havia incutido em sua cabeça.

Ela segurou o cabo novamente.

— Lamento — sussurrou para a garota cuja vida era digna de ser salva, porque a vida de qualquer garota é. Lamentou pela garota que fora roubada. Ela jamais voltaria. Guinevere a sacrificaria para proteger todas as outras garotas que existiam daqueles dois monstros, daqueles dois seres incapazes de enxergar o valor de uma vida humana.

O valor de uma única garota. E o incrível poder que ali reside.

Guinevere desembainhou Excalibur. Seus braços tremiam, o vazio à espreita já a puxava, borrando e prejudicando sua visão. Precisou de cada gota de suas forças e sentiu essa energia correndo, como da vez que a empregara para deter Nyneve na água. Ela fez todo o poder ancestral de Nimue vir à tona.

"Somos tolos", disse a Rainha das Trevas. Suas mariposas pararam de bater as asas, o zumbido e o farfalhar enfim cessaram e silenciaram. "Ela me disse, desde o início, nesta mesma caverna, mas não achei que era possível. Ela irá desfazer todos nós."

As asas caíram, e apenas uma lágrima do sangue de Guinevere rolou pelo rosto da Rainha das Trevas. Em vez da resistência esperada, um último ataque de malevolência: os olhos de mariposa da Rainha das Trevas bateram as asas, ficando entreabertos e pensativos.

— Não — falou Merlin, ficando diante da Rainha das Trevas. — Preciso dela! Você não tem o direito de destruí-la.

— Você a abandonou de propósito — disse Guinevere, começando a compreender. Não foi por acaso que a Rainha das Trevas havia sobrevivido à batalha contra Arthur. Merlin permitira que ela continuasse vivendo, de certa forma. Porque, enquanto a Rainha das Trevas estivesse presente na terra, Merlin também seria necessário. O feiticeiro havia permitido que pessoas fossem feridas, controladas, assassinadas, para que ele continuasse tendo importância.

"Nós dois ou nenhum dos dois", sibilou a Rainha das Trevas. Ela agarrou Merlin e o abraçou. O feiticeiro gritou palavras incompreensíveis, debatendo-se para se soltar. Os olhos de mariposa da

Rainha das Trevas se abriram, triunfantes. Seu destino selado com o de Merlin, como sempre.

— Aceito este preço — declarou Guinevere. E atravessou Excalibur em Merlin e na Rainha das Trevas.

Seus dedos estavam presos em volta do cabo, grudados ali enquanto a corrente de nada fluía, drenando a vida de Merlin e da Rainha das Trevas. Merlin se debateu, mas seus olhos de brasas ardentes se apagaram de novo. Toda a fria arrogância de sua expressão desapareceu e ele murchou, sua pele foi se enrugando, ficando cinzenta e sem vida.

A Rainha das Trevas soltou uma gargalhada sibilante.

"Ele não viu isso."

Com um último choramingo de asas de mariposa, ela se desfez em todos seus belos pedaços, que viraram cascas vazias. A Rainha das Trevas havia sido amarrada pelo ferro de Guinevere, e Excalibur se apossara de cada parte dela.

Mas era muita magia, e a garota estava fragilizada demais para se manter íntegra. O mesmo vazio que havia desfeito Merlin e a Rainha das Trevas convidava, pacientemente, Guinevere para entrar. Ela sentiu que o fio de ferro no chão se partiu, e os nós que restavam em sua bolsinha se desfizeram um por um. A magia que tinha de Nimue havia lhe dado o poder que precisava para empunhar Excalibur, mas agora essa mesma magia a conectava à espada, e a espada drenava suas forças.

A garota aceitara o preço e fora sincera quando disse isso. Não apenas o preço de derrubar os últimos pilares da antiga magia que existia no mundo, mas também o preço que ela teria que pagar por fazer isso.

Com o último suspiro que lhe restava antes de Excalibur acabar com ela, Guinevere exalou amor. O amor que havia forjado uma garota do nada. O amor que lhe dera o passado que procurava, o futuro pelo qual ansiava. O amor que a havia moldado, transformando algo roubado em algo *verdadeiro*. Ela jamais havia sido a verdadeira Guinevere, mas sempre fora verdadeira, e isso era extraordinário.

Com um suspiro, Guinevere se entregou à escuridão.

E então as mãos de alguém cobriram as suas e as arrancaram da espada.

CAPÍTULO QUARENTA E NOVE

Guinevere nunca havia sentido nada como aquele sol batendo em sua pele. Mesmo com as pálpebras bem fechadas, lágrimas escorriam de tanto que o Sol brilhava. Era verdadeira, estava viva e estava diferente. Tantas coisas haviam terminado naquela caverna, e ela conseguia sentir alguns desses términos dentro de si mesma.

Finalmente, abriu os olhos. Dois rostos, ambos amados, pairavam acima dela.

— Lancelote... Arthur...

A garota não sabia de quem eram as mãos que a haviam libertado. De quem eram as mãos que tinham cortado sua conexão com Excalibur antes que ela morresse. E não se importava. Ergueu os braços e abraçou ambos pelo pescoço, puxou-os para baixo e pressionou o rosto dos dois contra o seu. E, pela primeira vez, sentiu apenas o calor deles. Nada mais.

Merlin e a Rainha das Trevas não foram os únicos destruídos dentro da caverna. Uma parte inteira dela — a parte que continha a magia de Nimue — havia *desaparecido*. Agora, ela era realmente apenas uma garota. Se era isso que Nimue sempre esperara ou que a primeira Guinevere quisera, ela jamais saberia. Só podia viver a vida mais completa e verdadeira possível. Ficaria de luto pelo que fora perdido, mas deixaria a culpa para trás. Havia protegido a ilha inteira e disso, pelo menos, tanto Nimue quanto a primeira Guinevere teriam ficado orgulhosas.

— Tudo agora é diferente — disse.

— Você fez o que não fui capaz de fazer. — Os olhos de Arthur estavam vermelhos, seu rosto, encovado de pesar. — Senti que Merlin estava morrendo. E, quando ele morreu, foi como... foi como me livrar de uma malha de aço e me dar conta de que eu havia esquecido o quanto era pesada.

Se Merlin tinha infectado os pensamentos de Guinevere com apenas alguns minutos de conversa, quanto não devia ter invadido os pensamentos de Arthur ao longo de todos aqueles anos? E o feiticeiro também fora a família dele. Merlin fez questão, por muito tempo, de ser a *única* pessoa da família de Arthur. Não fora a sabedoria que levara Merlin a roubar o bebê, a entregá-lo para dois cavaleiros horríveis que não podiam lhe dar nem amor nem cuidados verdadeiros. Fora o egoísmo. A mesma coisa que levou Merlin a manter viva parte da Rainha das Trevas. Ele precisava que *precisassem* dele.

— Lamento muito — disse Guinevere. Ela lamentava por Arthur, mas não por ter dado fim ao feiticeiro. As suas manipulações violentas através do tempo tinham chegado ao fim.

Arthur balançou a cabeça, em choque. O rei ficaria de luto pelo feiticeiro, e seria mais difícil, porque era uma dor complicada.

Lancelote ajudou Guinevere a se sentar e falou:

— O exército da Rainha das Trevas ficou petrificado, sem conseguir se mexer. Alguns argumentaram que deveríamos matá-los ali mesmo, mas Arthur ordenou que esperássemos. Que déssemos tempo para você.

Guinevere apertou a mão de Arthur. Teria sido compreensível ter tomado aquela outra decisão. Mas o rei confiava nela e mostrara compaixão — a ponto de arriscar uma derrota —, apostando que ela conseguiria.

— Obrigada.

Lancelote prosseguiu:

— E aí, minutos depois, todos desmaiaram e acordaram normais. Você conseguiu. Eu sabia que conseguiria.

Guinevere deu uma risada triste, e esse esforço foi doloroso.

— Pelo menos um de nós conseguiu.

Ela olhou para o campo de batalha. Havia cadáveres, cadáveres demais, mas não tantos quanto haveria se tivesse fracassado. Fina e Nectudad estavam com Sir Tristão, Sir Bors e Sir Gawain, examinando os feridos. Por todos os lados, saxões, homens do norte e do sul estavam ajudando, fazendo curativos ou simplesmente sentados uns ao lado dos outros, em um silêncio perplexo.

E então Guinevere soltou um leve grito de aflição quando encontrou quem estava procurando. Mordred estava encostado em uma árvore, de olhos fechados, com a cabeça pendendo de um jeito estranho. A garota foi se arrastando até ele, esticou o braço e tocou seu rosto. Mas o seu sexto sentido não existia mais. Não conseguiu sentir nada de Mordred.

— Não morri — murmurou ele. — Ainda.

Guinevere baixou a cabeça, aliviada, e deu um sorriso orgulhoso para Lancelote.

— Você lutou contra ele sem matá-lo.

— Nem morrer. — O sorriso de Lancelote era relutante, como se ela mesma não acreditasse no que havia acontecido.

Guinevere sentiu um aperto no estômago ao se dar conta de que Arthur estava ali e Mordred também. E Mordred não estava em condições de se defender nem de fugir.

— Arthur... — disse Guinevere, mas ele passou reto por ela e agachou-se ao lado do sobrinho.

— Meu tio e rei — falou Mordred, abrindo um dos olhos com dificuldade. Só ele seria capaz de estar desarmado e meio morto, frente a frente com o rei que havia traído e ainda conseguir fazer aquela cara insolente. — Serei executado?

Arthur sentou-se ao lado dele, com uma perna dobrada e a outra estendida.

— Você tentou nos avisar. E este, ao que parece, é um dia para deixar as inimizades de lado diante de um inimigo comum. — O rei falou em voz baixa, exausto, e fechou os olhos para dizer: — Eu perdoo você.

Mordred franziu o cenho, surpreso. Mas então um esboço de um sorriso puxou seus lábios para cima.

— Ah, você me perdoa. Mas não perdoa meus crimes. Então não posso chamar sua morada de lar nem serei bem-vindo em Camelot.

— Não. Receio que esta porta tenha se fechado a você para sempre.

Guinevere se lembrou da espada atravessada, sem hesitação, em Morgana. Fosse porque Arthur amava Mordred ou porque finalmente enxergou que as regras e leis de Camelot precisavam abrir espaço para a compaixão e a compreensão, ela teve esperanças. E sentiu a determinação renovada. Não achava que o Arthur de poucos meses atrás teria tomado aquela decisão. O rei precisava dela, sim, mas mais do que isso: Camelot precisava dela. Não para servir a Arthur, mas para governar com ele. Para moldar a ilha não como conquistadores, mas como protetores e provedores. Juntos.

— Irei embora — declarou Mordred.

— Para onde? — perguntou Arthur. — Não permitirei que você fique no sul e tampouco quero que fique no norte. Não confio em você.

Mordred ergueu os olhos para o céu, exasperado, e retrucou:

— Assim me restam pouquíssimos lugares da ilha para viver.

— Vá para outra ilha, então — sugeriu Guinevere, apertando o joelho dele. — Uma que você já encontrou e que serve de refúgio a outras pessoas.

— Ah, Rhoslyn. Irei para Avalon, então.

Rhoslyn e os habitantes de seu povoado haviam se mudado para lá, para poder viver como bem entendessem, livres de perseguição e de violência. Já tinham, certa vez, curado Guinevere. Ela não tinha dúvidas de que, agora, ajudariam Mordred. Avalon seria o último porto seguro da magia naquelas terras, que desapareceria lenta e silenciosamente, em vez de ter o fim violento que tantos dos antigos poderes tiveram.

— Irei buscar o corpo de Merlin — declarou Arthur, ficando de pé. Movimentou a mão, como se fosse pousá-la na cabeça de Mordred, para se despedir ou lhe dar uma bênção, mas a tirou no último instante e desapareceu dentro da caverna.

Assim que Arthur saiu de vista, Guinevere se aproximou e deu um abraço em Mordred. Que falou, no ouvido dela:

— Você também pode ir embora. Viver livre. Sem preocupações nem responsabilidades. Comigo.

Guinevere já havia tomado aquela decisão duas vezes. Voltara para Camelot para proteger a cidade da Rainha das Trevas, e abandonara a paixão que encontrara nos braços de Mordred para tentar salvar uma garota perdida. Mas a primeira Guinevere havia sido sacrificada para sempre, e a Rainha das Trevas e Merlin haviam sido derrotados. Guinevere cumprira sua própria missão, pagando um preço devastador por isso.

Mas ela não tinha a sensação de missão *cumprida*, porque, na verdade, não era uma missão. Não era uma história, perfeitamente contida e com um fim bem-amarrado. Todas as histórias eram mentiras, que deixavam de fora o antes, o depois e todos os personagens que quem as contava não achava dignos de ser mencionados.

Guinevere sacudiu a cabeça e falou:

— Não posso dar as costas para as pessoas que precisam de mim.

— Para Arthur, você quis dizer.

A garota virou o rosto para não olhar nos olhos de Mordred. Tirou o cabelo dele do rosto e respondeu:

— Não. Para todos. Não deixarei o bem-estar desta ilha nas mãos de uma távola repleta de cavaleiros.

— Eu gostaria que você fosse um pouco menos boa. — Mordred deu um sorriso pesaroso e completou: — Mas, então, você seria menos você, e jamais quero vê-la diminuída.

Mordred estendeu a mão, e Guinevere o ajudou a levantar. Sentiu falta da faísca que sempre sentia quando encostava nele e sabia que sentiria essa saudade pelo resto da vida.

Ela lhe deu um beijo no rosto. Mas, no último instante, Mordred virou a cabeça para beijá-la nos lábios.

Mordred sorriu enquanto a beijava, então se afastou e disse:

— Um último beijo roubado. Não posso pedir desculpas por isso. E lhe deixo com uma promessa: se você, algum dia, achar que é difícil demais viver em Camelot, virei resgatá-la. Mas sei que, até lá, você terá amor.

Ele balançou a cabeça, fazendo sinal para Guinevere olhar para trás. A garota se virou, esperando ver Arthur, mas deu de cara com Lancelote.

O cavaleiro balançou a cabeça para Mordred, reconhecendo seu inimigo, tornado aliado a contragosto. Se tinha ou não ouvido o que Mordred havia dito, Guinevere não sabia.

Antes que a garota pudesse dizer mais alguma coisa, Mordred se afastou e assobiou. Um cavalo respondeu imediatamente e ele montou com dificuldade.

— Não ficarei para me despedir e dar tempo para Arthur mudar de ideia em relação ao meu perdão ou eu mudar de ideia em relação a abrir mão de você.

Ele deu um último sorriso, aquele sorriso que a havia deixado intrigada, perplexa e irritada, que partira seu coração e ajudara a curá-lo. E então foi embora cavalgando.

— Adeus — sussurrou Guinevere.

CAPÍTULO CINQUENTA

Cuidaram dos feridos, enterraram os mortos. E então todos — pessoas do norte, de Camelot, do sul e saxões — voltaram juntos para Camelot. Na beira do lago, Guinevere segurou o braço de Arthur e sussurrou um último pedido. O rei empunhou Excalibur. A garota não sentiu nada. Para ela, agora, aquela era apenas uma espada, que representava a mesma ameaça de qualquer outra espada. Guinevere ajoelhou-se na beira do lago e afundou a mão na água. Sentiu o toque da água roçando a ponta de seus dedos.

— Adeus, Nyneve — sussurrou.

Arthur submergiu Excalibur no lago. A água ondeou ao contrário, as ondas foram formando círculos e desaparecendo no centro, onde a espada pôs fim à magia de Nyneve, a última Dama do Lago.

Uma última promessa terrível tinha sido cumprida.

Arthur se virou para Nectudad, que estava montada em seu cavalo, ereta, de cabeça erguida, e ainda bastante suja de sangue.

— Você pode ficar conosco na cidade — disse o rei.

A princesa desceu do cavalo, lavou as mãos no lago e respondeu:

— Não. Está na hora de voltar para casa. Quero que sejamos aliados, Arthur, rei do sul. Não quero guerrear contra você. E não quero que meu povo nem qualquer outro povo do norte desapareça. Mas me pergunto se não será esse nosso destino.

— Você poderia unificá-los. — Arthur lhe entregou sua própria capa para que ela se secasse.

Nectudad olhou para ele, pensativa, e respondeu:

— Você consideraria uma ameaça se eu fizesse isso?

— Seria uma ameaça?

— Se eu unificar o norte, será para proteger e evitar que seja apagado. Não para ameaçar outros povos com a destruição. Jamais serei sua inimiga.

— Nem eu serei seu.

O doloroso lado positivo de ver aqueles que os cercavam serem possuídos pela Rainha das Trevas foi compreender que estavam todos do mesmo lado. Não havia diferença entre eles, apenas o desejo de viver, crescer e prosperar da maneira que bem entendessem.

Arthur estendeu a mão e falou:

— O norte tem sorte de ter você como protetora. Se você um dia for ameaçada, pode contar comigo.

Nectudad apertou a mão de Arthur com força e disse:

— E o sul tem sorte de chamá-lo de rei. Se um dia você for ameaçado, irei... pensar se vou ajudar.

Finalmente, sua expressão lúgubre se desfez com um sorriso.

Arthur deu risada.

— Você nos acompanharia por ora? Temos que terminar um torneio, depois teremos um banquete e um casamento.

Guinevere não conseguia acreditar que Camelot ainda era a mesma cidade da qual ela havia partido. É claro que ainda haveria cavaleiros para serem nomeados, o casamento de Lily e Lionel, todas as questões relativas à administração do reino para resolver. O mundo não havia acabado — graças a ela —, mas ficou exausta só de pensar em todo o trabalho que tinham pela frente.

Nectudad inclinou a cabeça e respondeu:

— Obrigada pelo convite, mas não. Eu e minha irmã precisamos voltar para o norte o quanto antes.

Fina desceu do cavalo, olhando para cima com uma careta de dor. Ela se encolheu toda, como se esperasse levar um soco.

— Na verdade, vou ficar.

— Como? — disseram Arthur, Nectudad e Guinevere, em tons que variavam da surpresa à raiva, passando pelo absoluto deleite.

— Quero muito ser cavaleiro. — Fina deu de ombros, com uma expressão tímida. — E posso ser embaixadora entre nossos povos.

— Eu voltarei para o norte — declarou Sir Tristão. Então seus bondosos olhos castanhos se arregalaram, assustados com sua própria ousadia. O cavaleiro baixou a cabeça e falou: — Se meu rei permitir. Achei que precisava de uma missão para me tornar o melhor cavaleiro que posso ser, mas preciso mais do que isso. Preciso de um propósito, e o encontrei ao lado de Nectudad. Quero ajudar a levar a paz aos povos do norte. Para preservar o que restou deles.

O olhar feio de Nectudad se suavizou ao ouvir isso. Ela acenou a cabeça e declarou:

— Seria uma honra permitir que você fizesse isso.

— Se é isso que você deseja — disse Arthur, solene, com uma boa dose de arrependimento em sua expressão.

Guinevere não sabia se chorava de felicidade por Fina resolver ficar ou de tristeza por Sir Tristão ter encontrado alguma coisa no norte para a qual desejava voltar. Ela o abraçou e perguntou:

— Você voltaria para se despedir de Brangien e de Isolda? Elas estavam preocupadas com você.

— É claro.

Surpreendendo a todos, dezenas de pessoas do norte que estavam possuídas ou vieram de livre e espontânea vontade se ajoelharam e pediram permissão a Arthur para ficar em Camelot e se tornarem fazendeiros.

— As terras do norte são uma merda para isso — disse Fina, pensativa.

E, como se esse comentário acendesse a percepção de que tal coisa era possível, vários saxões pediram a mesma coisa. Em seguida, dezoito homens das forças de Arthur pediram permissão para ir para o norte com Nectudad e Sir Tristão. Com a expansão do território, todos tinham oportunidade de escolher qual era o melhor caminho para si.

— E você? — perguntou Arthur, chegando perto para que apenas Guinevere ouvisse. — Irá ficar?

Os dois não haviam conversado sobre o fato de Guinevere ter traído a confiança de Arthur ao roubar a espada e ir contra a sua vontade. Nem sobre Arthur não ter confiado em Guinevere a ponto de acreditar que ela sabia o que precisava ser feito. O fato de ela ter razão ajudava um pouco, mas o laço de confiança fora partido. Por Guinevere e por Lancelote, mais uma vez. Ela não sabia quanto tempo levaria para repará-lo.

Guinevere deu o braço para Arthur. Ficaria ao lado dele, ajudaria a garantir que ele jamais perdesse de vista o quão complicadas, frágeis, malditas e maravilhosas as pessoas realmente são. Independentemente da razão que havia levado os dois a se casarem, do que aquele casamento havia se tornado, ela o amava. Formavam uma família, rei e rainha, e precisavam um do outro para serem bem-sucedidos. Por ora, isso queria dizer que eram parceiros. Talvez, um dia, florescesse de outra forma, uma forma que, para eles, fora cortada antes do tempo. Mas Guinevere descobriu que não se importava mais tanto com isso. Camelot viria primeiro, para ambos.

— Desculpe por não ter tido fé em você, por você ter precisado contar com a ajuda de Lancelote e não com a minha — disse Arthur.

— Desculpe por ter roubado sua espada.

Arthur assentiu e falou:

— Fico feliz por nós dois sermos dignos dela. E espero que eu nunca mais tenha motivo para desconfiar de Lancelote novamente. — O rei parecia incomodado, olhando de relance para o cavaleiro, que estava ajudando a levar os feridos para a balsa. — Ela é uma defensora de Camelot e é sua amiga. Gostaria que fosse ambas as coisas para mim também.

— Ela também gostaria, tenho certeza. E, respondendo à sua pergunta, é claro que ficarei em Camelot. Você ainda precisa de uma rainha, certo?

— Sim — respondeu Arthur, pronunciando essa palavra com um suspiro de alívio. — Não quero mais fazer isso sozinho.

Guinevere encostou a cabeça no ombro dele e falou:

— Você não precisa.

CAPÍTULO CINQUENTA E UM

Guinevere assistia ao torneio de seu camarote, que estava mais cheio do que de costume, graças ao seu recém-nomeado conselho de mulheres. A rainha fazia questão de estar na companhia delas em todos os eventos públicos, para que a cidade conhecesse seus rostos e sua autoridade tão bem quanto conhecia os cavaleiros. Lily estava sentada ao lado de Guinevere, pegando sua mão de tempos em tempos, como se quisesse que ambas tivessem certeza de que Guinevere ainda estava viva.

Desta vez, o torneio transcorreu sem incidentes, e Guinevere não ficou nem um pouco surpresa quando Fina derrotou os primeiros quatro cavaleiros que encarou, perdendo apenas para Lancelote. Mas, ainda assim, assegurou seu título de cavaleiro. Tampouco ficou surpresa quando Lionel, delicado e desengonçado — mas muito promissor —, *miraculosamente* derrotou o pai em combate, garantindo seu título de cavaleiro.

A garota torceu por todos eles, e seu conselho também aplaudiu, com exceção de Brangien, que ficou sentada em um canto, com Isolda. Brangien bordava com uma força mortal, enquanto Isolda aguentava, pacientemente, as ondas de sua ira silenciosa.

— Ela irá nos perdoar — havia dito Isolda para consolar Guinevere, que estava agoniada, porque Brangien se recusou a cumprimentá-la quando voltou para Camelot. — Deixe-a terminar de sentir a raiva que precisa sentir.

— E pare de falar dela como se ela não pudesse ouvir atrás dessa porta! — gritara Brangien, obrigando Guinevere e Isolda a afundar o rosto no colchão da rainha, para tentar abafar a risada. Era bom estar em casa, e melhor ainda era a sensação de que a casa continuava igual.

Quando o torneio terminou, e a cerimônia de nomeação dos cavaleiros chegou ao fim, Guinevere voltou andando para o castelo com Dindrane e Lily. Arthur e Lancelote foram logo atrás, acompanhando os novos cavaleiros até a capela, onde passariam a noite, rezando. Guinevere imaginou, achando graça, como Fina lidaria com tamanha chatice.

— Temos um casamento amanhã! — disse Dindrane, sem ar de tanta felicidade. — E tanta coisa para fazer! É mais agradável planejar o casamento de outra pessoa do que o nosso. Ficamos com toda a diversão e sem nenhum medo.

Lily ficou corada, mas reluzia de felicidade e, principalmente, de propósito. Passara mais tempo fazendo planos para Cameliard do que para seu próprio casamento.

Guinevere abraçou a irmã quando chegaram ao portão do castelo e declarou:

— É uma honra tão grande conhecer você...

— Estou tão feliz por você ter voltado — sussurrou Lily, apertando-a. Então subiu até seus aposentos com Brangien e Isolda e foi se preparar para o casamento. Seria um dia de comemoração e tristeza, o começo de sua vida de esposa e líder e o fim de sua estadia em Camelot.

Havia uma última missão para ser cumprida, e só três pessoas poderiam se encarregar dela. As únicas três pessoas que sabiam da verdade. As histórias já estavam se espalhando, histórias que contavam como Merlin derrotara a Rainha das Trevas, como Arthur derrotara a Rainha das Trevas com a ajuda de Merlin, e até diversas histórias dizendo que Merlin não estava morto, mas dormindo, caso a ilha precisasse dele novamente um dia. Nenhuma dessas histórias estava correta. Nenhuma delas incluía Guinevere nem a dor nem o antes nem o depois disso tudo.

Talvez fosse da natureza humana se apegar a histórias simples. Histórias do certo triunfando sobre o errado, de feiticeiros poderosos e bons, de reis que sempre salvam seu povo. Histórias que fazem sentido, com começo, meio e fim. Guinevere não sabia dizer se as histórias ajudavam — inspirando e consolando quem as ouvia — ou faziam mal, deixando de fora verdades confusas em favor de falsidades reluzentes. Mas continuariam a ser contadas, disso ela não tinha dúvidas.

Guinevere ficou no portão, esperando a chegada de Lancelote e Arthur. Os três subiram, com um ar solene, pelas escadas externas do castelo até chegar ao topo, quando a construção se tornava montanha novamente.

A pira estava à espera. Guinevere, sem perceber, tentou invocar o fogo em suas mãos, mas ele não era mais seu. Imaginou se um dia deixaria de sentir o luto toda vez que tentasse empregar uma magia que não existia mais. Suspeitava que esse dia jamais chegaria.

Arthur acendeu uma tocha e a encostou na madeira. Ficaram diante da pira, observando-a queimar, iluminando o céu noturno, consumindo o corpo de Merlin. O feiticeiro. O homem que andava através do tempo. O engenheiro da existência de Arthur, destruidor de Igraine e da primeira Guinevere, criador desta Guinevere. Mais do que um homem e, portanto, muito menos.

Uma era chegava ao fim. As Damas do Lago, Morgana, a Rainha das Trevas e o feiticeiro não existiam mais. A magia e todo o caos, a violência, a beleza e as maravilhas que ela trazia haviam afundado na terra ou queimado diante dos olhos dos três. O caminho a seguir era desconhecido e incognoscível.

Arthur pegou na mão de Guinevere. Guinevere estendeu a outra mão e pegou na de Lancelote. Ela tomou um susto ao olhar seus dedos entrelaçados. Apesar de não ser mais mágica, Guinevere teve a mesma sensação de *certeza* ao tocar na mão de Lancelote, uma sensação que ela não podia negar. Levantou a cabeça e olhou nos olhos dela. Para sua surpresa, o sorriso do cavaleiro estava um tanto receoso. E, enquanto as faíscas surgiam e crepitavam em volta dos três, Guinevere sentiu um fogo se acender dentro de si mesma também.

Dever, paixão e amor. Ela havia conhecido as duas primeiras coisas com Arthur e Mordred. Poderia esperar pacientemente para ver como seria a terceira.

Voltou a olhar para as chamas, sentindo o calor ávido da destruição e da vida em seu rosto. Havia um longo caminho à frente deles, que iriam percorrer juntos, os três. Ela havia sido enviada para Camelot como uma mentira, lutara pela cidade como uma bruxa e a abandonara como uma rainha. Agora tomaria a decisão de servi-la pelo tempo que pudesse, do modo que pudesse e como a coisa mais poderosa que pudesse ser.

Uma garota.

AGRADECIMENTOS

Antes de mais nada, acho que devo agradecer às muitas e muitas lendas arturianas que tiveram participação na longa história de tratar suas personagens femininas como lixo. Foi minha raiva que serviu de combustível para esta trilogia. Todas as suas mulheres agora me pertencem, e vocês não podem tê-las de volta.

Àqueles que tratam bem as mulheres de Camelot, venham se sentar ao meu lado. Somos amigos.

E, por falar em amigos, tenho muita sorte de contar com o apoio, em minha carreira, de távolas tanto redondas quanto retangulares, ocupadas por pessoas tremendamente talentosas e infinitamente inteligentes. Minha agente, Michelle Wolfson; minha editora, Wendy Loggia; minha *publisher*, Beverly Horowitz; toda a equipe da Delacorte, da Get Underlined e da Penguin Random House; Kristopher Kam, assessor de imprensa; Alison Romig, assistente editorial; Hannah Hill, editora; Regina Flath, a *designer* genial da capa; Alex Dos Diaz, o ilustrador excepcional da capa; Colleen Fellingham e Heather Lockwood Hughes, preparadoras (mil desculpas, nunca consigo acertar os hífens); e todos da Random House Children's em geral, com quem eu tenho o mais absoluto prazer de trabalhar. As pessoas do universo dos livros são as minhas preferidas, e vocês são as minhas mais preferidas de todas.

Stephanie Perkins literalmente cuidou de mim enquanto eu escrevia a primeira versão do primeiro livro da série e, apesar de termos sido obrigadas a ficar longe uma da outra enquanto eu escrevia este, ela ficou às ordens para responder a todas as minhas mensagens de texto desesperadas, triunfantes e tudo que possa existir entre esses dois extremos. Eu te amo, Steph.

Quem também sempre está ao alcance do telefone e nos bastidores de cada livro que escrevo é minha eterna amiga Natalie Whipple. Não há mais ninguém para quem eu queira choramingar além dela. Venha ser minha vizinha, fazer bolos para mim, que minha vida estará completa.

À minha família — se você leu os agradecimentos de *A traição de Camelot*, sabe que é uma legião —, obrigada por todo o apoio, todo o orgulho e toda a ajuda. Tenho tanta sorte de ser cercada (às vezes, literalmente) por tamanho amor.

Meus filhos são constantemente adoráveis, quase de um jeito irritante. E, apesar de este livro ter sido parido em um momento historicamente difícil, eles jamais reclamaram por ter que dividir minha atenção com uma porção de personagens de ficção que se metiam em situações muito piores do que as que qualquer um dos meus adolescentes poderia imaginar. (Só que meu filho de 7 anos provavelmente se candidataria a participar de umas brigas de espada, e fico feliz por Camelot ser inacessível para ele). Sempre me perguntam como faço para equilibrar a maternidade e a carreira de escritora, e a verdade é que meus filhos são as pessoas mais sensacionais, mais organizadas e mais interessantes que eu poderia querer. Não tenho participação nenhuma nisso (ok, talvez tenha uma participaçãozinha). (Ok, tenho uma participaçãozona, mas só me exibo quando falo deles nas minhas contas privadas das redes sociais.)

Escrevo sobre adolescentes em situações extremas, e escrevo muito sobre esses mesmos adolescentes pensando no amor, se apaixonando, se desapaixonando e, de forma geral, tomando decisões muito importantes, que terão impacto pelo resto de suas vidas. Mas, depois de passar metade da minha vida com minha pessoa preferida, sei que, às vezes, os adolescentes acertam. Eu, com certeza, acertei. Obrigada, meu amor, pelas sessões de *brainstorming*, pelas sugestões que raramente são úteis mas sempre me fazem rir, pelo apoio incondicional e pela bunda absurdamente em forma.

(Espero que a mãe dele leia esse pedaço. Ou, pelo menos, vários dos seus colegas de trabalho.)

Adorei fazer essa jornada através de Camelot. Vou sentir uma saudade louca destes personagens, mas essa saudade é amenizada porque sei que vou dividi-los com *você*. Obrigada, como sempre, por me emprestar sua imaginação por algumas centenas de páginas. Sério, não existe honra maior do que contar histórias para você.

Agora, vá pegar uma espada, uma agulha, uma caneta ou a ferramenta que quiser para criar sua própria magia e construir seu futuro.

SUA OPINIÃO É MUITO IMPORTANTE

Mande um e-mail para **opiniao@vreditoras.com.br** com o título deste livro no campo "Assunto".

1ª edição, abr. 2022
FONTE Centaur MT Std Regular 13,5/17pt
PAPEL Ivory Cold 65g/m²
IMPRESSÃO Geográfica
LOTE GEO180222